JOHANNES EPPLE

ZWISCHEN DEN WÄNDEN

ROMAN | LABOR

Johannes Epple: Zwischen den Wänden

Lektorat: Katharina Krones
Umschlagfoto: Esther Pruckner
Typografie: Rainer Scheichelbauer
Schrift: *Ingeborg* von Michael Hochleitner (www.typejockeys.at)
Druck: Theiss (www.theiss.at)

1 2 3 4 5 — 14 13 12 11

ISBN 978-3-902800-02-2

bm:uk

Gefördert mit Mitteln des
Bundesministeriums für Unterricht,
Kunst und Kultur

I

Ohne den Taxifahrer hätte es Helga nicht geschafft. Selbst er – ein grober Mann, der jahrelang als Handwerker gearbeitet hat, wie er während der Fahrt erklärte – muss sich anstrengen, um Adalbert im Rollstuhl durch den tiefen Schnee zu schieben. Über die Treppe in den ersten Stock trägt er ihn wie ein Kind. Helga folgt den beiden mit dem zusammengeklappten Rollstuhl, dabei stöhnt sie, blickt auf. Adalbert starrt sie an.

In der Wohnung bettet der Taxifahrer Adalbert auf die ausgezogene Couch. Adalbert lässt alles teilnahmslos mit sich geschehen. Erst durch die Kraft eines anderen scheint er zu einer eigenen Bewegung fähig zu sein – wie eine Marionette. Helga zieht die Decke bis an sein Kinn und gibt dem Taxifahrer ein wenig Trinkgeld. An der Tür vereinbart sie, er solle sie nächsten Montag um halb sechs Uhr früh wieder abholen. Der Taxifahrer nickt, tippt an die olivgrüne Baseballkappe und verschwindet im Stiegenhaus.

In der Küche füllt Helga den Wasserkocher, dreht das Radio an. Aus einem Regal holt sie eine Schale und gibt zwei Löffel Rohzucker hinein. In ein Teeei füllt sie Schwarzteepulver. Das Wasser beginnt allmählich zu dampfen. In ein Glas leert sie ein wenig vom Kirschrum, setzt sich an den Tisch und blickt auf die Uhr. Für sechs Uhr hat sich der Sanitäter angekündigt. Er wird die Verbände wechseln, das Fieber und den Blutzucker messen und die Werte in eine Tabelle eintragen. Der Wasserkocher pfeift. Helga gießt das Wasser in die Schale. Mit einem Tablett bringt sie den Tee, den Rum und ein Stück Brot ins Wohnzimmer.

Sie setzt sich an die Bettkante. Mit der von der Teeschale warmen Hand streicht sie Adalbert über die Stirn. Er rührt sich, schlägt die Augen auf, so als würde er es das erste Mal in seinem Leben tun. Er sieht sich um, allmählich scheint in ihm das Wissen zurückzukehren, wo er ist, wer er ist und wem die Hand gehört, die auf seiner Stirn liegt. »Ich habe Tee gemacht, und wenn du Hunger hast… Hier ist ein Stück Brot.« Helga reicht ihm den Teller, doch Adalbert lehnt ab, greift nach dem Glas Rum und leert die Hälfte in die Teeschale, den Rest kippt er in den Rachen. »Geht's dir gut?«, fragt Helga. »Ja«, antwortet Adalbert und lächelt.

Nach einem Schluck vom Tee sinkt er in den Polster und schließt die Augen. Helga streicht über die Bettdecke. Nach einem Augenblick, in dem sie nicht weiß, was sie tun soll, was sich noch tun lässt, merkt sie, dass Adalbert schläft. Sie legt ihre Hand auf seine Stirn, blickt von seinem Gesicht auf den Brustkorb, der sich unregelmäßig unter der Bettdecke hebt und senkt. Ein merkwürdiges Gefühl ergreift Helga. Sie spürt, dass es überall im Raum ist. Eine Weile sucht sie nach einem Wort, es zu benennen. Ihr fällt keines ein. Sie blickt auf ihre faltige Hand, die auf der Bettdecke liegt. Als sie aufsieht, denkt sie, Adalbert ist leer, ausgeleert. Sie erschrickt, zieht die Hand zurück und verbirgt sie in ihrem Schoß. Dann blickt sie durchs Zimmer, sieht nach der Stehlampe, dem Vorhang und den Gläsern im Wandschrank, so als ließe sich dort die Leere aufspüren und vertreiben.

Adalbert stöhnt. Helga legt ihre Hand auf sein Gesicht. Sie spürt die Nase, die feuchten Lippen, die Augenbrauen. Sie weiß nicht, wie lange sie so dasitzt, aber allmählich beruhigt sie sich, und sie hat das Gefühl, dass auch das Heben und Senken von Adalberts Brustkorb gleichmäßiger wird.

Plötzlich klopft es an der Tür. Helga zuckt zusammen. Der Sanitäter kann es nicht sein. Er hat keinen Schlüssel für die Haustür. Oder hat der Taxifahrer sie nicht ordentlich verschlossen? Helga stemmt sich mit Hilfe des Nachtkästchens in die Höhe und geht zur Tür. Sie blickt durch den Spion und sieht Caspar, Belas Sohn, der links über die Schulter blickt, dann rechts, so als fühle er sich beobachtet. Er klopft noch einmal, mit der Faust. Das Geräusch ist dumpf und bodenlos.

Helga hat nicht daran gedacht, dass Freitag ist und Caspar kommen würde. An den Wochenenden ist sein Vater stets zur Gänze vom Wettcafé eingenommen. Zwar kommt er manchmal aus dem Erdgeschoß, wo das Wettcafé liegt, und sieht nach seinem Sohn, aber lieber ist es ihm, wenn Helga sich um ihn kümmert. Sie macht es gerne, eigentlich, aber heute … Sie sieht aus dem Türspion, sieht Caspars schwarze Locken, die ihm über die Ohren hängen. Dann geht sie ins Wohnzimmer. Adalbert bewegt sich. Sie sieht nach ihm. In seinen Augen meint sie etwas Großes, etwas Namenloses auszumachen. Das macht ihr Angst. Adalbert sinkt wieder in den Polster. Helga blickt aus dem Fenster. Es ist finster geworden. An der Tür klopft es noch einmal und noch einmal. Sie dreht die Stehlampe neben dem Fernseher an. Das Licht wirft pittoreske Schatten auf die weiße Kalkwand. Bitte geh, denkt Helga.

Und Caspar geht. Sie hört seine Schritte, die Stiegen hinauf. Hört im Stock über ihr eine Tür zuschlagen. Dann ist es beinahe still. Auf der Schnellstraße dröhnt der Abendverkehr. Vor der Kreuzung hat sich ein Stau gebildet. Der Schein roter Bremslichter verschmilzt mit den Schneeflocken, die auf die Fahrbahn fallen.

In der Wohnung ist nur das Knistern in den Heizkörpern zu hören – und Adalberts Atem, sein Röcheln, das schwach und kraftlos klingt. Früher ist es anders gewesen, denkt Helga, früher hat er geschnarcht und sie konnte nur mit Ohrenstöpseln neben ihm schlafen. Aber sie beschwerte sich nicht. Sie wusste, was sie ihm schuldig war. Denn eine wie sie war nichts wert. Ist nichts wert, denkt Helga. So hat es ihr ihre Mutter erklärt. Und Helga hat ihr geglaubt, glaubt ihr. Früh schon haben die Ärzte bei Helga ein Hormonleiden diagnostiziert. Eine Konsequenz ist Unfruchtbarkeit. Andere Symptome sind starker Körperhaarwuchs, Akne, Haarausfall. Und zu den Spätfolgen zählt ein erhöhtes Risiko, zuckerkrank zu werden. Davon ist Helga jedoch verschont geblieben. Dafür hat es Adalbert erwischt. Manchmal denkt sie, dass die Krankheit ein Schatten ist, der über eine Mauer tanzt und, wenn es ihr passt, herunterspringt – auf wen auch immer.

Vom Gang hört sie Stimmen. Die Tür der Nachbarwohnung wird geöffnet. Geräusche sind zu hören, Stimmen. Der Lärm wird lauter und lauter. Helga blickt zu Adalbert, der sich unter der Bettdecke wälzt. Sie klopft gegen die Wand, schreit: »Ruhe. Wir brauchen Ruhe.« Sie sinkt in den Fauteuil und erinnert sich an die Stille, die sie mit aufblinkenden Bremslichtern verbindet. Allmählich wird es leiser, die Stimmen schwächer und schwächer. Adalberts Seufzen beruhigt sie. Ihre Mutter, Anna, hat ihr jahraus, jahrein vorgehalten, dass sie, so wie sie war, übrig bleiben würde. Wen interessiere schon eine Frau mit Oberlippenbart und kaputtem Bauch? Helga gab ihr Recht. Doch Adalbert kam und er blieb. Alle wunderten sich darüber, auch sie selbst. Ihre Mutter vermutete, er würde ihre Tochter nur heiraten, um an das Familienvermögen heranzukommen. Was allerdings gar nicht mehr möglich gewesen wäre, da Helgas Vater Harald schon damit verschwunden war. Die beiden Frauen lebten von einer kleinen Pension und von den Erinnerungen an eine bessere Zeit, von der Anna nicht müde wurde zu erzählen. Tagtäglich saß sie vor dem Fenster und beobachtete das Treiben in den Gassen, das sie nicht mehr verstand. Bei Adalberts ersten Besuchen drückte sie trotz aller Vorbehalte seine Hand und sagte: »Glaube mir, früher hatte ich einen Kleiderschrank, der größer war als diese Wohnung. Sogar das ganze Miethaus hat einmal uns gehört.« Dabei blickte sie über die Schulter ins Wohnzimmer, in dem sich die Sonne in den Glasvitrinen seltsam spiegelte.

Mit einem Mal schrillt die Musik in die Höhe. Helga hält sich die Ohren zu. Es kommt regelmäßig vor, dass Konrad, der in der angrenzenden Wohnung lebt, Freunde zu Besuch hat und lärmt. Tagsüber ignoriert sie es normalerweise und nachts trägt sie ohnehin Ohrenstöpsel. Heute jedoch ... Sie beißt in das Stück Brot. Wartet. Plötzlich ertönt die Glocke. Und Adalbert fährt hoch, hustet. »Nichts ist geschehen«, flüstert Helga. »Es ist nur der Sanitäter.« Adalbert murmelt Wort- und Satzfetzen, die sie nicht versteht. Sie drückt den Summer und öffnet die Wohnungstür, lauscht dem Knacken des Eingangstors, das ins Schloss fällt, den Schritten, die sich langsam nähern.

Der Sanitäter ist ein grobschlächtiger Mann in seinen Fünfzigern mit wucherndem Oberlippenbart und krausem Haar.

In der linken Hand trägt er einen schwarzen Arztkoffer, die Rechte streckt er Helga schon von Weitem entgegen. »Wie geht's Ihrem Mann?«, fragt er und schlüpft aus den klobigen Winterstiefeln. Helga wippt mit dem Kopf. Sie weiß nicht, was sie sagen soll, so sagt sie nichts und reicht dem Sanitäter einen Kleiderhaken für die Jacke. Im Wohnzimmer öffnet er den Arztkoffer und blättert Adalberts Krankengeschichte durch. Er zwirbelt den Oberlippenbart und macht dabei glucksende Geräusche. Dann schlägt er die Bettdecke zurück und legt einen Polster unter Adalberts rechtes Bein. Es hat Zeiten gegeben, da hat Helga in diesem Moment das Zimmer verlassen. Sie konnte Adalberts verstümmelten Körper nicht ansehen, jenen Körper, der jahrelang neben ihr gelegen ist, den sie berührt hat, der ihr immer als schön, als kräftig, als das Pendant zu ihrem Körper erschienen ist. Mittlerweile hat sie sich an den Anblick gewöhnt. Adalbert starrt an die Decke. Seit Wochen vermeidet er es, seine Beine anzusehen. Ein Teil des linken wurde ihm wegen dem Diabetes, an dem er seit einigen Jahren leidet, abgenommen. Auch das rechte ist von einer diabetisch bedingten Knochen- und Gelenkszerstörung befallen. Die beiden Verbände, auf die Helga starrt, sind blutig. Ein fauliger Geruch steigt von ihnen auf. Der Sanitäter schneidet den rechten Stück für Stück entzwei. Er legt das Bein auf ein keimfreies Tuch. Blutender Ausschlag überzieht die Wade, brauner Schorf den Vorfuß, das faulende Fleisch gibt den Blick bis auf den Knöchel frei. Die Ärzte nennen das Chacot-Fuß, denkt Helga und wendet sich ab.

Der Sanitäter streut Puder auf die Wunde. Mit einem Lappen verreibt er es vorsichtig und sieht Helga an, die sich wieder gefasst hat. Er kramt eine Pinzette aus dem Koffer. Seine Hände zittern, als er abgestorbene Hautfetzen von der Wunde zupft. Danach kontrolliert er die Notizen in Adalberts Krankengeschichte. Abwechselnd blickt er vom Bein auf das Blatt Papier und wieder zurück. Dabei macht er erneut glucksende Geräusche und streicht über seinen Bart. Mit der Schere schneidet er den Verband vom linken Fuß. Er beginnt am Schienbeinkopf und arbeitet sich bis zum Knöchel vor, wo der Stumpen endet. Zunächst ist Helga überrascht, dass die kleineren Wunden am Schienbein verheilt sind. Doch je weiter der Sanitäter den Verband öffnet, desto blutunterlaufener wird die Haut. Sie wird dunkler, je näher er dem Knöchel kommt. Am Ende ist der Stumpen schwarz. Der Sanitäter blickt zu Helga – traurig, und in diese Trauer mischt sich Ratlosigkeit über den weiteren Verlauf von Adalberts Krankheit. »Kaffee?«, fragt Helga.

Der Sanitäter beachtet sie nicht. Er schlichtet die Verbandstücke auf einen Haufen. Helga geht dennoch in die Küche und blickt aus dem Fenster. Der Sanitäter folgt ihr. Er lehnt sich gegen den Kühlschrank und meint: »Ihr Mann muss ins Krankenhaus. Das Bein wird man ihm wohl abnehmen. Es wird einfach nicht mehr durchblutet.« Helga nickt, starrt aus dem Fenster. So fern erscheint ihr alles, die Bremslichter, die Schneeflocken, ihre Hände, die auf dem warmen Stahl des Heizkörpers liegen. Über die Jahre ist sie sich selbst eine Fremde geworden, eine andere, denkt sie, über deren Tun und Denken sie keine Verfügungsgewalt besitzt. »Ich rufe die Rettung«, sagt der Sanitäter und zieht ein Handy aus dem Anorak. »Packen Sie ihm Kleider in eine Tasche und Toilettesachen.«

Gemeinsam verlassen sie die Küche. Im Wohnzimmer bewegt sich Adalbert. Was los sei, fragt er, was man mit ihm vorhabe. »Sie kommen ins Krankenhaus, Herr Safranek«, meint der Sanitäter. Adalbert richtet sich auf, blinzelt, sieht zum Fenster. Es scheint, als spielte er das, was möglicherweise geschehen wird, im Kopf durch. Dann sinkt er wieder auf den Polster. »Schon wieder. Meinetwegen«, sagt er und atmet schwer.

Im Arbeitszimmer, wo Adalberts Kleiderschrank steht, schlichtet Helga Unterwäsche und Toilettesachen in eine Reisetasche. Eine bestimmte Fotografie von ihm fällt ihr ein. Da er sich zurzeit gerne an Vergangenes erinnert, will Helga auch sie in die Tasche packen. Sie holt sie aus dem Wohnzimmer. Die Fotografie ist 1986 entstanden und zeigt ihn in einem anthrazitfarbenen Dreiteiler vor einer Reihe von Bücherregalen in seiner Bibliothek mit einer gräulichen Locke, die über die Stirn hängt. Die Fotografie hat sie schon immer fasziniert, vor allem Adalberts Blick, der über die Bücherreihen streift. Helga folgt ihm, und die Fotografie wird, je länger die Regalfluchten werden, immer unschärfer. Die Wand ist nur mehr schemenhaft zu erkennen. Damals hatte Adalbert gerade mit dem Aufbau der Bibliothek begonnen. Sie gehörte zu einer städtischen Handelsakademie und war in desolatem Zustand. Adalbert kümmerte sich um die Reorganisation. Er verwaltete und katalogisierte den Bestand, stritt mit Direktoren und Stadtbeamten um Förderungen. Das brauchte Zeit, die er jedoch aufbrachte, ging es doch um seine Bücher, die er aufzusaugen schien, so als würde sich dadurch irgendetwas ändern. Helga sagte einmal zu ihm, er sei ein intellektueller Staubsauger, was ihm gar nicht gefiel. Doch mit der Zeit merkte sie, dass sie sich getäuscht hatte. Tatsächlich schienen die Bücher ihn aufzusaugen. Sie fürchtete, Adalbert würde irgendwann verschwunden sein. Selbst in der Pension arbeitete er noch halbtags in der Bibliothek. Vor fünf Jahren dann, als der Diabetes diagnostiziert wurde, trat er kürzer. Er begann, Insulin zu spritzen, und kontrollierte täglich seinen Blutzucker. Lange geschah nichts. Es wirkte, als zweifle die Krankheit, ob sie sich nun tatsächlich und endgültig über seinen Körper ausbreiten oder sich mit dem bloßen Befall zufrieden geben sollte.

Vor einem Jahr dann zeigten sich erste körperliche Auswirkungen. Adalberts Nieren versagten. Er musste dreimal in der Woche zur Blutwäsche. Gefäßverstopfungen führten zu einem Herzinfarkt. Aber die Ärzte wunderten sich stets, wie agil er angesichts der körperlichen Gebrechen blieb. Er ging spazieren, machte mehr Gymnastik als die Physiotherapeutin verlangte und schien von einer grundsätzlichen Lebensfreude erfüllt zu sein. Erst mit der Abnahme des linken Vorfußes wegen anhaltender Durchblutungsstörungen verschlechterte sich sein Zustand. Das war zwei Monaten zuvor gewesen. Seither hatte er keine Kraft mehr für die Spaziergänge im Park des Krankenhauses, und die Arbeit mit der Physiotherapeutin wurde zur Qual. Schließlich ließ er nur noch geschehen, was nach dem Entschluss anderer mit ihm geschehen sollte.

Mit der Fotografie geht Helga ins Arbeitszimmer, wo schon immer ihr Platz gewesen ist. Nur in der letzten Zeit ist sie im Wohnzimmer gestanden, auf dem Regal über der ausgezogenen Couch, auf der Adalbert lag. Manchmal erwischte Helga ihn dabei, wie er nach der Fotografie griff. Sein Blick war dabei seltsam verwirrt, ratlos erschien er ihr. Es war, als sei Adalbert nicht sicher, wen er da vor sich habe, als wüsste er nicht, ob es ein Augenblick seines Lebens sei, der hier abgebildet war, oder der eines Fremden.

Helga öffnet den Bilderrahmen, da sie Angst hat, er könne während des Transportes oder wegen einer unachtsamen Schwester zu Bruch gehen. Behutsam hebt sie die Glasplatte aus dem Rahmen und zieht das Foto heraus. Dabei fällt ein zweites zu Boden. Mit der weißen Rückseite nach oben bleibt es am Teppich liegen. Wieder dringt Musik durch die Wände. Helga stellt sich vor, dass die Wohnung von mannshohen Lautsprechern umstellt ist. Dazwischen sieht sie Konrad stehen, der sie angrinst und an bunten Knöpfen dreht, auf rot und grün blinkende Tasten drückt, sodass die Membrane der Lautsprecher zu zittern beginnen. Nichts scheint sich diesem Lärm, diesem Grinsen entziehen zu können. Einen Augenblick, in dem sie glaubt, die Musik würde sie aufsaugen, steht sie still. Dann greift sie nach der zweiten Fotografie, dreht sie um und sieht Adalbert, der mit einer fremden Frau zwischen den Regalfluchten seiner Bibliothek posiert. Er hat den Arm auf ihre Schulter gelegt. Er lacht, und die Frau deutet ein Lächeln an, was sie ernst und würdevoll erscheinen lässt.

Der Sanitäter ruft nach Helga. Sie steckt die Fotografien in ihre Rocktasche und läuft nach draußen. Er habe noch einen Patienten, sagt er, die Rettung sei verständigt, in fünfundvierzig Minuten würde sie hier sein. Die Musik aus Konrads Wohnung wird schrill und schriller. Während der Sanitäter auf Adalberts Bein Wundsalben verstreicht, blickt er auf die Trennwand zur Nachbarwohnung und schüttelt den

Kopf, spricht nichts. Helga sieht ihm zu, trotz des schlagenden Basses, der kreischenden Stimmen sieht sie einfach nur zu.

Bevor der Sanitäter geht, füllt er ein Behandlungsformular aus. Helga zeichnet gegen und stellt sich an den Heizkörper vor dem Fenster. Sie mag es, die Hände, die Oberschenkel gegen den warmen Stahl zu pressen. »Auf Wiedersehen«, murmelt der Sanitäter. Sie schweigt, hört seine Schritte, hört das Knacken des Türschlosses, Adalberts Atem. Mit einem Mal fühlt sie sich alleine. Aus dem Arbeitszimmer holt sie die Reisetasche. Eine Box mit Medikamenten stopft sie in ein Seitenfach. »Bald wird die Rettung kommen«, sagt sie. Adalbert starrt an die Decke, hustet. Auf einmal springt die Musik eine Oktave höher. Gelächter. Helga zieht den Reißverschluss zu und ruft: »Ruhe. Wir brauchen Ruhe.« Sie stapft ins Vorzimmer. Sie sucht den Schlüssel. Sie öffnet die Tür. Dabei stellt sie sich junge Menschen vor, die um einen Tisch sitzen, die reden, die lachen, die nichts wissen von der Zeit und ihren Tücken. Aber das ist alles nur geliehen, denkt Helga. Und wenn sie zurückblickt, sieht sie, all das Schöne war immer nur geliehen. Sie denkt an das Foto in der Rocktasche, an Adalberts Arm, der auf der Schulter der Fremden ruht. Alles ist flüchtig, denkt sie, insofern nichts.

Konrad sitzt auf der Ledercouch und legt den Kopf in den Nacken. Er blickt auf den Gummibaum und zwischen den Ästen des Gummibaums auf die Zimmerdecke. Die ganze Wohnung ist mit weißen Raufasertapeten ausgekleidet. Die Fasern bilden Muster. Wie am Himmel die Wolken lassen sie sich in verschiedenster Weise interpretieren.

Konrad geht ins Schlafzimmer. Aus dem Kasten holt er das schwarze Jackett. Er nimmt es vom Kleiderhaken und legt es aufs Bett, setzt sich daneben und blickt auf die Uhr. Bald werden sie hier sein, denkt er und lässt sich auf die Matratze fallen. Vom Stiegenhaus hört er Stimmen und das Knacken eines Schlosses. Er richtet sich auf, schlüpft ins Jackett. Tische und Stühle werden in der Nachbarwohnung verrückt. Es klingt dumpf, als ein Gegenstand an der Mauer anschlägt.

Konrad tritt vor den Spiegel. Das Jackett ist schwarz und enganliegend. Auf der Rückseite hat es zwei Schlitze. Er richtet den Stehkragen und steckt die Hände in die Hosentasche, blickt in den Spiegel. Er fühlt sich anders in dem Jackett. Als ein anderer erscheint er sich, wenn er so vor dem Spiegel steht. Ansonsten trägt er nicht solche Kleidungsstücke. Nur wenn er seine Kunden erwartet, schlüpft er in das Jackett und fühlt sich gut, fühlt sich als ein anderer. Nur als ein solcher glaubt er, das, was er seinen Beruf nennt, ausführen zu können.

Vom Schlafzimmer geht Konrad in die Küche. Er steigt auf den Tisch und öffnet den Lüftungsschacht. Am Gang draußen wird jemand verabschiedet. Gelächter. Stimmen und Schritte, die sich über die Treppe entfernen. Eine Tür schlägt zu. Ein wenig später erklingt aus der Nachbarwohnung die Melodie der Radionachrichten. Er schiebt einige Mappen zur Seite, die er im Lüftungsschacht versteckt hat, und zieht eine Hutschachtel hervor. Kalk und Staubkörner rieseln auf den Tisch. Er bläst über den Deckel. Der Kalk knistert und wirbelt in weißen Wölkchen durch die Küche.

Im Wohnzimmer sinkt Konrad auf die Ledercouch und öffnet die Hutschachtel. Die Geldstöße bilden einen ungeordneten Haufen. Er nimmt die Scheine heraus und schichtet die Hunderter, die Fünfziger und die Zehner auf eigene Stöße. Er zählt, zählt noch einmal. Allein aus dem Haufen Stöße zu machen, dem Geld eine Ordnung zu geben, die sich in Zahlen ausdrücken lässt, gibt Konrad eine Ruhe, die ihn wirklich macht, wie er denkt, die ihn fühlen lässt, dass es ein Hier gibt, ein Jetzt, über das er verfügen kann.

Mit Gummiringen fixiert er die Stöße und legt sie zurück in die Hutschachtel. Dann greift er nach dem Zeug. Aus einem Plastiksack zieht er eine Marihuanablüte. Sie ist sonnengetrocknet und lässt sich leicht zerreiben. In der Hutschachtel liegen etwa fünfzig Gramm Marihuana verschiedenster Preisklassen und Sorten. Er hat Skunk, Santa Maria und Amstel Gold. Auch einige Säckchen mit Gift hat er gehortet, Speed und Ecstasy. Das Speed ist mit Mehl gestreckt. Es brennt in der Nase, manchmal beginnt sie zu bluten. Bei den Pillen ist Konrad weniger gut bestückt. Er hat bloß zehn 69er und zwanzig Mitsubishi. Aber die meisten kaufen ohnehin nur das Speed und das Gras, um das Tageslicht am Morgen danach ertragen zu können.

Seltsam, findet Konrad, dass alle immer nur vom Gras, vom Speed, von den Pillen als vom Zeug sprechen. So als handelte es sich um eine Kleinigkeit, ein Gerümpel, etwas Wertloses und nicht um den Grund, weshalb sie stets zu ihm kommen und überhöhte Preise dafür bezahlen. Manchmal denkt er, dass es nicht um das Zeug an sich geht, sondern darum, was das Zeug bedeutet. Mit ihm geht eine Ordnung einher, eine Wirklichkeit, in der sich ein Leben vollziehen lässt. Und Konrad als derjenige, der das Zeug besitzt, vermittelt diese Ordnung. Er verkauft Wirklichkeiten.

Vom Parkplatz hört er Motorenlärm. Er blickt aus dem Fenster. Einige Autos halten an den reservierten Parkplätzen des Wettcafés Arabella. Konrad schüttelt den Kopf. Oft schon hat er den Kunden erklärt, dass sie dort nicht parken sollen. Bela, der Besitzer des Wettcafés und zugleich Besitzer des Miethauses, klopft dann stets an seiner Tür und funkelt ihn aus seinen braunen Augen an, die Konrad schwarz erscheinen wie Löcher, die ihn aufsaugen.

Bald darauf hört Konrad Schritte im Stiegenhaus. Er blickt durch den Türspion, sieht Manu und Mathilde und einige Kunden, die er nur flüchtig kennt. Den einen etwa, der links von Manu steht und eine Lederjacke trägt, sein langes blondes gewelltes Haar hinter die Ohren streicht, hat er vergangene Woche in der Innenstadt an einer Kreuzung getroffen. Konrad stand auf der einen Seite der Straße, der Kunde auf der gegenüberliegenden. Er merkte, wie ihm der Kunde zunickte, wie er überlegte, ihn anzusprechen, wie er zauderte. Konrad aber sah zu Boden, ging bei Grün über den Zebrastreifen und tat, als würde er in Gedanken sein.

Konrad öffnet die Tür und umarmt Manu, küsst Mathilde auf die Wange. Den übrigen nickt er zu. In der Wohnung ziehen einige Bierdosen aus ihren Rucksäcken und sinken auf die Couch, andere wühlen in Konrads CD-Box und drehen die Stereoanlage an. »Leiser«, sagt Konrad und bevor einer in die Hutschachtel blickt, schiebt er sie vom Glastisch unter den blauen Schemel, auf dem er Platz nimmt. »Wo ist Balazs?« Niemand antwortet ihm. Manu kommt mit einer Wasserpfeife aus der Küche. Er hat frisches Wasser eingefüllt und setzt sich neben Konrad. »Balazs. Er hat gemeint, er würde kommen. Er schuldet mir Geld.« Balazs ist Konrads liebster Kunde. Er kauft immer in großen Mengen. Und zahlt pünktlich. Konrad geht sogar so weit, ihm das Zeug auf Kommission zu geben. »Ich weiß nicht. Ruf an!« Manu dreht eine Zigarette über einer Feuerzeugflamme, bis das Papier braun wird und ein herber Duft aufsteigt. In eine Schüssel streut er den Tabak und ein wenig Zeug aus einem Plastiksäckchen, das er aus seiner Natojacke zieht. Die Mischung stopft er in die Wasserpfeife. Konrad sucht nach seinem Handy. Da er es nicht findet, reicht ihm Manu seines. Mathilde greift nach der Wasserpfeife. Sie zündet die Mischung an. Konrad betrachtet sie, die Perlen in ihrem Haar, die ihm schon an der Tür aufgefallen sind. Mathilde hat ihre Haare zu unzähligen feinen Zöpfen geflochten, die am Ende mit einer farbigen Perle fixiert sind. Als sie ihren Mund an die Wasserpfeife legt, fallen die Zöpfe nach vorne und die Perlen stoßen aneinander. Klick-Klack, tönt es, Klick-Klick-Klack. Konrad steht auf, dreht die Musik ein wenig leiser. Am Fenster wählt er Balazs' Nummer und wartet. Rasch meldet sich die Mobilbox.

Als Konrad sich umdreht, bläst Mathilde eine gelbliche Rauchwolke über den Glastisch. Sie hustet. Jemand lacht. Klick-Klack, Klick-Klick-Klack. Auch Konrad greift nach der Wasserpfeife, raucht ein Hütchen. Dann sinkt er in die Ledercouch. Er blickt auf die Zimmerdecke. Geometrische Formen lassen sich erkennen und es scheint, als würden ihre Ränder ein wenig zittern.

»Was ist los? Hast du nichts zu verkaufen?«, sagt Manu ein wenig zu laut, wie Konrad findet. »Genau. Wir sind nicht zum

Trinken gekommen«, meint der Junge in der Lederjacke und dreht die Musik wieder lauter.

Konrad starrt an die Wand. Von der Mauer sinkt eine geometrische Figur auf Manu herab, gleitet über sein Gesicht, seinen Körper und verschwindet im Fußboden. Jedes Mal, wenn er zu lang zwischen den Blättern des Gummibaums auf die Decke starrt oder Zeug genommen hat, sieht er geometrische Figuren. Es ist, denkt er, als könnte man dann durch die Dinge hindurchsehen, auf ihren Grund, an dem die Elementarformen – Flächen und Körper – verborgen liegen. Unter dem blauen Schemel zieht Konrad die Hutschachtel hervor. Er stellt sie auf den Glastisch und zwängt sich zwischen zwei Kunden auf die Ledercouch. Über ihm hängen die Blätter des Gummibaums und werfen Schatten auf den Tisch und auf die Bücherregale an der Wand, die sie seltsam verzerren. »Das Zeug kostet acht Euro das Gramm, eine Pille zwölf Euro, das Speed macht pro Gramm dreißig Euro. Bei einem Deka kostet das Gramm zwanzig Euro.« Konrad lehnt sich zurück, blickt auf den Gummibaum und zwischen den Ästen des Gummibaums auf die Zimmerdecke. Manu greift als Erster in die Hutschachtel. Er zieht ein Päckchen Speed hervor und streut ein wenig davon auf eine CD-Hülle. Mit einer Bankomatkarte zerreibt er die Ephedrin-Kristalle, sodass sich das grobe Pulver zu Puder verwandelt. Nun greifen auch die anderen zu. Der Kunde in der Lederjacke mahlt das Speed auf der Glasplatte des Tisches und formt zwei Linien. Mit einem Metallröhrchen zieht er das Gift in die Nase. Es sei bitter, meint jemand, der Konrad bisher nicht aufgefallen ist. »Ja«, antwortet Manu, »das ist ein Zeichen seiner ersten Güte.« Konrad kann nicht sagen, ob stimmt, was Manu sagt. Manche meinen, der bittere Geschmack komme vom Strychnin, mit dem das Speed möglicherweise versetzt ist, oder gar von dem Waschmittel – niemand weiß es so genau. Doch er steckt Manu eine Zigarette an, murmelt: »Genau!«, murmelt: »Richtig!«, und blickt wieder auf den Gummibaum und zwischen den Ästen des Gummibaums auf die Zimmerdecke.

Nachdem Mathilde noch ein Hütchen geraucht hat, hievt sie sich in die Höhe und durchwühlt Konrads CD-Box. Nach einer Weile scheint sie das Richtige gefunden zu haben. Sie schiebt eine CD in die Stereoanlage und für einen Augenblick ist es still. Dann: orientalische Rhythmen. Mathilde tanzt. Klick-Klack, Konrad sieht auf, Klick-Klick-Klack. Auch Manu beginnt zu tanzen, küsst Mathilde, dreht die Lautstärke höher und höher. Mathildes Strähnen wirbeln nun geräuschlos durch die Luft. Der Rhythmus des Tanzes, das pantomimische Spiel fesselt Konrad. Er zieht an der Zigarette, ein Joint wird ihm gereicht. Mathildes Bewegungen, findet er, scheinen etwas zu sagen, scheinen Schriftzeichen einer Sprache zu sein, die er nicht versteht. Mit einem Mal meint der Kunde in der Lederjacke: »Das Speed ist gestreckt.« Er schnieft. »Ich glaube mit Mehl… Spürt jemand eine Wirkung?« Zehn Augenpaare fixieren Konrad, der lächelt. Tatsächlich ist er wütend auf den Kunden, auf den Augenblick, der den Worten des Kunden folgt. Solche Augenblicke sind es, die Konrad seine eigene Abhängigkeit zeigen. Solche Augenblicke fürchtet er wie sonst nichts. So versucht er stets, sie zu übertünchen – mit Bewegungen, mit Gesten, mit Worten. »Natürlich ist er gestreckt«, sagt er. »Wäre er pur, würdest du schon auf dem Kopf gehen.« Der Kunde in der Lederjacke nickt. Er blickt von Manu zu Mathilde und dann in die Gesichter der übrigen Kunden. Mit der Kreditkarte schabt er den weißen Rest von der Tischplatte. Er verschränkt die Beine, wischt mit dem Finger das Gift von der Kreditkarte und leckt ihn ab. »Ich dachte bloß…«, sagt er und schweigt, zieht noch eine Linie in die Nase, so als wollte er zeigen, dass er trotz allem mit dem Gift zufrieden ist.

Konrad rutscht auf die Kante der Ledercouch und beugt sich über den Glastisch. »Du denkst? Bitte denk nicht, bitte…« Er reißt ihm das Säckchen Speed aus der Hand. »Und nun? Was denkst du nun?«

Manu hat zu tanzen aufgehört. Nur Mathilde macht weiter und immer weiter. Der Kunde ist unsicher. Er beobachtet die fliegenden Zöpfe, kaut an seinen Fingernägeln. Konrad macht eine Handbewegung. Der Kunde steht auf, greift nach seinem Rucksack. »Bleib doch hier«, flüstert Konrad. »Denk für mich? Sag mir, was gerade ist, was noch sein wird. Erklär es mir!«

Der Kunde zaudert. Er will gehen. Er will Speed kaufen. Er blickt noch einmal zu Mathilde und setzt sich auf den blauen Schemel. Konrad wirft das Säckchen Speed vor ihm auf die Glasplatte. Lächelt, lehnt sich zurück. Die Blätter des Gummibaums.

Konrad zieht am Joint, bläst den Rauch über den Tisch und verfolgt die Bilder, die so entstehen. Einen Moment lang ist es still. Nichts scheint zu geschehen. Um Konrad und in Konrad ist es gleichermaßen leer. Bloß das Vergehen der Zeit wird ihm in den Rauchsäulen gegenwärtig. Bildlich wird ihm, dass nichts geschieht und alles möglich ist. Da sieht er auf. Die Kunden starren ihn an, als erwarteten sie etwas von ihm, einen Satz, Worte, die die Leere füllen und Möglichkeiten zu Wirklichkeiten formen. Ich muss etwas sagen, denkt Konrad, ja, was soll ich denn sagen? Dann klopft es an der Tür. Noch einmal.

Bela hievt das Paket auf den Esszimmertisch. Aus der Küche holt er eine Schere und öffnet damit den Deckel. Rechnung und Zahlschein legt er auf die Anrichte neben der Tür, Werbeprospekte und Einladungen zu Messen zerknüllt er und wirft sie in den Mistkübel. Am Gang knackt der Parkettboden. Er blickt hinaus. Sieht noch, wie Caspar in seinem Zimmer verschwindet. Hört das Rauschen der Toilette. Aus dem Paket zieht er hundert in Plastik verschweißte Plakate. Das Layout entspricht nun seinen Vorgaben. Schlichte Schrift, schwarze Buchstaben auf gelbem Hintergrund, Ort, Zeit, Datum – mehr bedarf es nicht, findet er. Die ersten beiden Lieferungen hatte der Drucker aufgepeppt, wie er es nannte, was sich vor allem im höheren Preis zeigte. Das Papier wäre von besserer Qualität, die Farbe strahle und jeder Autofahrer würde auf das Plakat am Straßenrand blicken, meinte der Drucker. Bela antwortete, er zahle nicht, was er nicht bestellt habe. Er habe mehr bekommen, als er bestellt habe, entgegnete der Drucker. »Das macht nichts«, sagte Bela und legte auf.

Und nun lag vormittags der Abholschein für das Paket im Postfach. Reichlich spät, findet Bela, da das Pokerturnier schon morgen im Wettcafé Arabella stattfindet. Im Begleitschreiben meint der Drucker, dass er ihm einen Spezialpreis gemacht habe und er hoffe, weiterhin mit Belas Aufträgen rechnen zu dürfen. Das hat Bela noch nicht entschieden. Jedenfalls muss er heute noch die Plakate in der Stadt aufhängen. Am Gang läutet das Schnurlostelefon. Bela wartet. Zumeist saust Caspar aus seinem Zimmer, um als Erster abzuheben. Er mag das. Und Bela möchte ihm die Freude nicht nehmen. Doch das Telefon läutet und läutet, und von Caspar ist nichts zu hören. So geht Bela ins Vorzimmer. Das Telefon steckt nicht in der Ladestation. Er sucht es, findet es zwischen den Schuhen auf der Stellage.

Es meldet sich Caspars Klassenvorstand vom Gymnasium. Bela setzt sich neben der Stellage auf den Boden. Er presst die Lippen aufeinander. Der Lehrer langweilt ihn und auch das, was er sagen wird. Kurz überlegt er, einfach aufzulegen. »Nun ist es wieder so weit«, meint der Klassenvorstand. »Was ist wieder so weit«, antwortet Bela und blickt auf die Uhr, da nur mehr wenig Zeit bleibt, bis das Wettcafé öffnet. »Caspar ist diese Woche drei Mal unentschuldigt vom Unterricht ferngeblieben«, sagt der Lehrer.

Bela schämt sich. Ob andere Eltern solche Dinge auch hören? Er bezweifelt es. Er entschuldigt sich. Er werde mit seinem Sohn sprechen. »Gibt es noch etwas?« Der Lehrer räuspert sich. »Es kommt ja nicht das erste Mal vor«, meint er. »In der Schule gibt es einen Psychologen. Mit dem könnte Caspar reden und Sie auch.«

Bela schnaubt ins Telefon. Er stemmt eine Hand in die Hüfte. »Wir brauchen keine Hilfe. Vielen Dank. Wir werden das alleine schaffen«, meint er und legt auf.

Bela geht zu Caspars Zimmer, lauscht, ob sich etwas hinter der Tür regt, doch er hört nichts. Aus der Küche holt er einen Tacker und Klammern. Die Plakate gibt er wieder in die Kartonschachtel. Er wird Caspar brauchen. Alleine wird er heute nicht mehr fertig werden. Die ersten Gäste vor verschlossener Tür warten zu lassen, kann Bela sich nicht leisten.

Er klopft an Caspars Tür. Er sieht sich selbst, wie er auf die Tür starrt, sieht zugleich vor sich, wie Caspar auf die Tür starrt. Bela drückt die Klinke hinunter, streckt den Kopf durch den Spalt. »Können wir reden?« Caspar nickt und tritt zu Bela auf den Gang. Nie lässt er seinen Vater in sein Zimmer, immer schiebt er ihn hinaus, meint, er komme gleich, anstatt zu sagen: »Komm herein.« Daran hat sich Bela gewöhnt, an das Geheimnis, an das Fremde in der Wohnung, das sein Sohn ist.

»Ich muss noch Plakate für das Pokerturnier aufhängen. Alleine schaffe ich es nicht.«

Caspar legt den Zeigefinger auf die Lippen. Mit der anderen Hand streicht er über die Nase und verdreht dabei die Augen. Einen Moment lang rührt er sich nicht, als sei er aus Stein, als sei er ein Stück Marmor, in dem kein Leben pulst. Bela findet Gefallen an der Stille, die so von Caspar ausgeht, an der Ruhe, die Caspar zu sein scheint. All das, was ansonsten abwesend ist, fühlt Bela nun in dem erstarrten Kinderkörper in seiner Nähe. Er sieht Bilder vor sich – von einer aufgeräumten Wohnung, von einem Telefon, das nicht alle paar Augenblicke schrillt. Er sieht sich in einem Bild, alleine, lächelnd, nicht glücklich, aber doch glücklicher. Plötzlich gibt Caspar Bela einen Klaps auf den Bauch und läuft den Gang entlang. Bei der Küchentür bleibt er stehen und wendet sich um. Bela starrt ihm erschrocken hinterher. Er schämt sich. Die Bilder in seinem Kopf beschämen ihn. Er sieht auf die Uhr. Er weiß, was er nun zu tun hat – das weiß er schon seit Langem. Das schmerzt ihn, die Tatsache, dass ihm sein Leben von Plänen und Prognosen, von Terminen und Aufgaben verstellt worden ist. Ja, verstellt, denkt Bela und geht langsam auf Caspar zu. Deutet einen Schritt ins Esszimmer an, aus dem er Caspar von hinten überraschen könnte. Er lacht. Er weiß nicht, warum er lacht, und geht weiter geradeaus, langsam, tastend, ein wenig unsicher. Caspar gluckst. Er steigt von einem Fuß auf den anderen. »Komm«, sagt er. »Komm.« Und dann rast Bela los, und Caspar stürzt in die Küche, von der Küche ins Esszimmer und wieder auf den Gang, vom Gang in sein Zimmer, dann weiter in Belas Zimmer, dann ins Bad und wieder auf den Gang.

Bela keucht. Lacht. Gleich werde ich ihn haben, denkt er und geht wieder los, der Parkettboden knarrt, der Teppich liegt wie ein achtlos hingeworfenes Wäscheknäuel in einer Ecke. Caspar läuft in die Küche und Bela hechtet hinterher. Gleich hab ich ihn, denkt er wieder und greift nach seiner Schulter, erwischt sie nicht. Caspar quiekt. Er ist schnell. Bela muss sich anstrengen, um den Anschluss nicht zu verlieren. Aber sein Sohn ist immer ein Stück voraus, immer läuft ihm Bela hinterher, immer fährt er die Hände aus und erreicht ihn nicht. Er denkt an das Ballen einer Faust. Das treibt ihn an. Das macht ihn schneller und schneller. Caspar dreht sich um. Kichert. Mit einem Mal verändert sich sein Gesichtsausdruck. Er scheint etwas zu sehen, vor dem er sich fürchtet. Was sieht Caspar, denkt Bela und reißt das Paket mit den Plakaten vom Tisch, als er sich daran festhält, um nicht auszurutschen. Er greift nach Caspars Schulter, verfehlt sie. Am Gang draußen erwischt er ihn am Hemdsärmel. Er packt seinen Sohn an den Händen und drückt ihn gegen die Wand. »Der Lehrer hat angerufen. Warum schwänzt du die Schule schon wieder?« Caspar tritt gegen Belas Schienbeine, schlägt mit der Stirn an seinen Brustkorb. Er windet sich, doch Bela hat den Kinderkörper fest im Griff. Er hält sich dabei noch zurück. Er lehnt seinen Körper gegen den Kinderkörper. Das reicht, um ihn zu fixieren. Dabei will er Caspar nicht wehtun. Aber sein Blick, das Kirschrot der Wangen, die Hektik.

Endlich gibt Caspar auf und starrt auf den Parkettboden. Bela sucht Augenkontakt. Er bückt sich und sieht ihm ins Gesicht. »Antworte«, ruft er. Doch Caspar wendet sich ab. Jedes Mal, wenn sich ihre Blicke treffen, wehrt er sich und tritt gegen Belas Schienbeine oder schließt die Augenlider. Es ist sinnlos. So wird Bela keine Antwort bekommen. Er löst den Haltegriff. Caspar bleibt starr stehen und blickt weiterhin zu Boden. Bela macht einen Schritt zurück. »Na, geht's?«, fragt er. Und Caspars Schweigen erscheint ihm atemlos.

Mit dem Zeigefinger versucht Bela das Kinn seines Sohnes zu heben, damit er ihn ansehen muss. Caspar aber schlägt die Hand weg. Bela seufzt. Um sieben sperrt das Wettcafé auf. Er muss sich beeilen, die Schilder aufzustellen. »Hilfst du mir jetzt, die Plakate in der Stadt zu verteilen?« Caspar schüttelt den Kopf, reibt sich die Augen. Und blickt den Gang entlang. Wendet sich um und geht zur Wohnungstür, öffnet sie. »Halt«, meint Bela, doch er selbst hört, wie sehr seine Stimme zittert, wie sinnlos dieses Wort klingt.

Im Esszimmer sammelt Bela die Plakate vom Boden auf, den Tacker und die Klammern. Als er fertig ist, horcht er. Im Stockwerk unter ihm läuft Musik. Sie ist leise. Er setzt sich an den Tisch. Horcht und horcht. Ein wenig wippt er mit den Beinen im Takt. Allmählich meint er, das Lied zu erkennen. So summt er im Takt und ist froh, alleine zu sein. Als die Musik verstummt, stemmt sich Bela vom Esszimmertisch in die Höhe und geht in Caspars Zimmer. Sonst respektiert er den Willen seines Sohnes, das Zimmer nicht zu betreten. Doch heute ist das egal, meint er und drückt die Tür auf, tritt auf den Teppichboden. Es ist das einzige Zimmer in der Wohnung, das mit Teppich ausgelegt ist. Bela mag es, auf dem warmen, weichen Untergrund zu gehen, lautlos, ja, lautlos, so als sei er nicht hier.

Bisher hatten sie eine Abmachung. Er betritt das Zimmer nicht. Und Caspar saugt dafür einmal in der Woche den Teppichboden und bringt den Müll nach unten. Das hat sich Bela als Trick überlegt. Er glaubte, Caspar würde nachlässig werden, und er könnte so mit dem Argument, dass er sauber machen müsse, das Zimmer betreten. Caspar aber hält sich an die Abmachung. Er saugt, er bringt den Müll hinunter, er wechselt sogar die Bettwäsche und wischt Staub. Das kränkt Bela.

Jetzt, als er im Zimmer steht und sich umblickt, sich aufs Bett fallen lässt, scheint es ihm gar nicht so schützenswert zu sein. Er kann nichts Besonderes darin erkennen. Poster von Sportlern hängen an den Wänden, CDs und Computerspiele liegen am Boden verstreut. Ein riesiges Mondgesicht ziert die Bettdecke auf der Oberseite, auf der Rückseite ist eine Sonne abgedruckt. Das Einzige, was ihm auffällt, ist ein Igluzelt, das zwischen Schreibtisch und Kleiderschrank steht. Aber da hinein wird Bela nicht blicken. Das verspricht er sich. Das verspricht er Caspar.

Er steht auf. Die Bettdecke ist zerknittert. Er wird es so lassen, beschließt er. Sein Sohn soll ruhig merken, dass er hier gewesen ist. Am Schreibtisch liegt eine schwarze Mappe. Sie ist voll mit bemalten Blättern. Rundherum liegen Filzstifte und Ölkreiden. Über eine geöffnete Wasserfarbenbox krabbelt eine Motte. Bela blättert die Zeichnungen durch. Er sieht Unterwasser- oder Mondlandschaften, genau lässt es sich nicht erkennen. Auf anderen Blättern erkennt er Menschen und Mischwesen in den verschiedensten Situationen, beim Einkaufen, beim Aussteigen aus einem Flugzeug, beim Fußballspielen. Auffallend findet er, dass bei nahezu allen Bildern Feuerwerkskörper im Hintergrund platziert sind oder am Himmel explodieren. Es ist, als feierte Caspar ein Fest, ein Fest in Gedanken, zu dem er niemanden eingeladen hat.

Behutsam schließt Bela die Tür, als er das Zimmer verlässt. Er fragt sich, warum er so darauf achtet, die Tür behutsam zu schließen. Er könnte sie auch zuwerfen, sie wieder aufreißen und zuwerfen. Er schmunzelt. Dennoch macht er es nicht, lässt vielmehr still die Türklinke einrasten. In der Küche leert Bela Milch in eine Tasse und blickt aus dem Fenster. Der Schnee hat schon Blasen auf dem Fensterbrett gebildet und den Straßenlaternen dicke weiße Mützen übergezogen. Auf einmal springt die Wohnungstür auf und wenig später kommt Caspar in die Küche, holt eine Milchpackung aus dem Kühlschrank. Als er davon trinkt, tropft ein wenig Milch auf seinen Pullover. Caspar reibt so lange über die Flecken, bis sie beinahe verschwunden sind. Bela schweigt dazu. Er holt ein Glas, stellt es ihm hin. Caspar leert ein wenig Milch hinein und setzt sich auf den Schemel. Erneut blickt Bela aus dem Fenster. An der Ampel staut sich der Abendverkehr. Der Auspuffdampf ist in der Kälte besonders gut zu erkennen. Er züngelt zwischen den Hinterrädern der Autos hervor. Wie Sprechblasen erscheint er Bela, leere Sprechblasen, die sich zwischen ihn und die Welt schieben. »Also«, meint Caspar plötzlich, »bringen wir die Schilder in die Stadt.«

Bela wendet sich ab. Er räumt die Milch in den Kühlschrank. In der Garderobe greift er nach dem schwarzen Parker mit der braunen Fellkapuze. Von der Stellage holt Caspar die Winterstiefel und wickelt einen Schal um den Hals. Bela zieht ihm eine dunkelblaue Haube mit weißen Krähenfüßen über den Kopf. Er findet all das merkwürdig, ja, seltsam scheinen ihm die Berührungen und die plötzliche Vertrautheit zwischen ihm und seinem Sohn. In seinem Kopf jedoch pulsen Worte, Sätze, die diese scheinbare Vertrautheit als ein Stück Trug entlarven. Erkläre mir, denkt Bela, weshalb du nicht zur Schule gehst? Und: Was versteckst Du in deinem Zimmer? Und immer wieder und immer lauter: Halt, halt, halt! Er ignoriert diese Gedanken, zieht Caspar die Mütze über das Gesicht, lächelt und findet die Situation schon ein Stück weit weniger seltsam.

Mit den Plakaten gehen sie das Stiegenhaus hinunter und hinaus auf den Mietparkplatz. Bela gibt Caspar den Schlüssel des Wagens und holt aus der Abstellkammer des Wettcafés einige Plakatständer, einen Kübel mit Wasser und das Pulver für den Kleister. Bevor er in den Wagen steigt, blickt er auf das zweistöckige Miethaus, auf den vom Stadtlicht gesprenkelten Abend. Da klopft Caspar gegen die Scheibe. Bela beeilt sich, nur flüchtig tauchen Bilder in ihm auf, Bilder von seinem Vater Ernst, vom Kaffeehaus Denkmayer und dem Umbau zum Wettcafé Arabella. Dann sagt er: »Auf geht's!«, und lässt den Dieselmotor vorglühen. Kurz darauf scheppert der Wagen und brummt, und die Scheibenwischer schieben den Schneeteppich von der Windschutzscheibe. Langsam rollen sie vom

Mietparkplatz zur Schnellstraße. Der Stau hat sich aufgelöst. Zügig rollt der Abendverkehr samt den leeren Sprechblasen in Richtung der Dörfer, die an der Peripherie der Stadt liegen. Nach einer kurzen Fahrt parkt Bela am Straßenrand. Er findet, der Ort sei ideal, um Schilder aufzustellen. Radaranlagen drosseln die Geschwindigkeit, die zwei Fahrstreifen der Schnellstraße verengen sich zu einer Stadtfahrbahn. Die Autolenker würden so Zeit haben, die Schilder zu lesen, vermutet er und weist Caspar an, das Kleisterpulver im Kübel mit dem Wasser zu vermengen und gut umzurühren. Er holt das Werkzeug aus dem Laderaum. Als der Kleister die richtige Konsistenz hat, kleben sie Plakat um Plakat auf die Schilder. Sie machen das schweigend, und Bela blickt manchmal zu Caspar, der ihm die Plakate reicht. Doch dieser reagiert nicht. Er sieht immer weg, denkt Bela. Wo sieht er hin?

Dann teilen sie die Schilder auf. Caspar bekommt sechs und macht die Strecke bis zur Brücke zurück. Etwa alle fünfzig Meter soll er Schilder aufstellen. Mit dem Rest geht Bela stadteinwärts. Er wendet sich immer wieder um, sieht Caspar, wie er mit dem Hammer ein Schild in den gefrorenen Boden treibt. Sein Anorak hat Leuchtstreifen, die einmal mehr, einmal weniger stark das Scheinwerferlicht der passierenden Fahrzeuge reflektieren. Glühen, denkt Bela, als er weitergeht mit zwei Schildern und dem Hammer auf der Schulter. Nachdem er einige Schilder in den Boden getrieben und mit Schnee den Rost von den Fingern gewischt hat, dreht er sich nach Caspar um. Das Einzige, was er von ihm entdeckt, ist ein glühendes, glimmendes Skelett. Dabei fragt er sich, was noch alles kommen wird und ob eine Marionette die Fäden, an denen sie hängt, tatsächlich zerreißen kann.

Nachdem er das nächste Schild aufgestellt hat, kehrt er zum Auto zurück, bei dem Caspar bereits auf ihn wartet. Bela mustert ihn, das kindliche Gesicht, und denkt, dass er keine Zeit hat, mit ihm zu streiten oder ihm Antworten wegen des Schwänzens aus der Nase zu ziehen. Caspar ist zwölf Jahre alt, ein wenig muss er schon auf sich selbst achten können, findet Bela und hievt seinem Sohn drei Schilder auf die Schulter. Caspar ächzt. Er werde ein Stück nach vorne fahren, meint Bela, die Straße sei lang, er solle einfach nachkommen, wenn er mit der Strecke bis zur Brücke fertig sei. Caspar nickt. Und Bela sieht im Rückspiegel, wie das glühende Skelett immer kleiner und kleiner wird.

Einige hundert Meter weiter vorne parkt Bela, holt ein Schild aus dem Laderaum und rammt es in den Erdboden. Dann sieht er auf. Die Stadtfahrbahn ist von Bordellen und billigen 24-Stunden-Kinos gesäumt. Weiter vorne am Straßenrand stehen Mädchen in Netzstrümpfen und kurzen Pelzjacken und rauchen. Bela kennt sie alle.

Bei einem Schild hat sich das Plakat gelöst. Er holt den Kübel mit dem Kleister und bessert die Stelle aus. Von Caspar ist nichts zu sehen. Er scheint ganz vorne bei der Brücke zu sein. Bela versperrt den Wagen und legt den Schlüssel auf den linken Vorderreifen. Hier wird Caspar suchen, das weiß er. Als er an den Mädchen vorübergeht, zieht er die Kapuze mit dem Pelzkragen tief ins Gesicht. Sie würden ihn ohnehin nicht ansprechen. Aber allein als Bela, als der Wettcafébesitzer, erkannt zu werden, wäre ihm unangenehm.

Er klopft den Schnee von den Schultern, als er in das nächstliegende Kino tritt. An der Kassa legt er eine Banknote auf den Tresen und bekommt eine Quittung durch einen Schlitz in der Glasscheibe geschoben. Vom Automaten holt er einen Becher Cremekakao. Alle Kabinen sind besetzt. Er muss im Vorraum warten, der mit Deckenspiegeln und mit roten Plüschherzen, die an den Wänden hängen, geschmückt ist. Weiter hinten hängen Bilder von Weihnachtsfeiern der Zuhälter und der Mädchen, auch Kunden, die Bela kennt, sind abgelichtet worden. Hier ist es anders als auf der Straße, findet er, hier ist er Teil eines Kreises.

Eine Putzfrau tritt mit Kübel und Besen aus einer Abstellkammer. Sie nickt ihm zu. Hier schämt er sich nicht. Hier sieht er sich als Kunde einer virtuellen Dienstleistung. Er konsumiert einen Film und durch den Film erst die Körper. Eine

Kammertür wird geöffnet. Er wirft den Kakaobecher in einen Mistkübel. Und nachdem er links über die Schulter geblickt hat, dann rechts, zieht er hinter sich die Türe zu. Die Kammer ist nicht größer als drei Quadratmeter. Eine Holzbank steht darin, ein Mistkübel voll mit Papiertaschentüchern. Über dem Kleiderhaken ist mit einem Messer das Wort »Lichtbrocken« in die Mauer eingeritzt. Bela setzt sich auf die Holzbank und schaltet den Fernseher ein. Zwischen drei Kanälen kann er wählen. Er entscheidet sich für Kanal zwei – eine Frau und drei Männer. Er öffnet seine Hose und sieht zu, hat gar keine Lust, irgendetwas zu tun, was ihm Befriedigung verschaffen könnte. In der Nachbarkabine telefoniert jemand in einer fremdländischen Sprache. Die Frau im Fernseher beugt sich über einen Barhocker und zieht die Männer an sich, zieht und stößt, und Bela sieht zu, denkt, dass es einfach so ist, wie es ist, und dass in ein Wettcafé einfach keine Frauen kommen, solche nicht, wie er sie hier sieht, und andere erst recht nicht. Die Stimme in der Nachbarkabine wird lauter und lauter. Es scheint Streit zu geben. Auf einmal wird die Türe zugeschlagen und Bela hört nichts anderes mehr als das Keuchen im Fernseher. Das entspannt.

Kurz darauf verlässt er die Kabine. An der Kassa ist Schichtwechsel. Den neuen Kassier kennt er. Er winkt, drückt sich durch die Glastür und zieht die Kapuze übers Gesicht, als er bei den Mädchen am Straßenrand vorbeistapft.

Caspar ist eben fertig geworden. Er hat alle Schilder aufgestellt und sitzt nun auf der Motorhaube. Als er seinen Vater sieht, meint er: »Was ist? Wo warst du?«

»Tut mir leid. Ich musste auf die Toilette«, antwortet Bela und blickt auf die Uhr. Es ist viertel nach sechs. Um die übrigen Plakate auf Litfaßsäulen zu kleben, bleibt keine Zeit mehr. Bela verschließt den Kübel mit dem Kleister und räumt ihn in den Laderaum. Dann kehren sie um, fahren zum Miethaus zurück. An der Kreuzung erinnert nichts mehr an den Stau. Der Verkehr fließt und fließt und Bela ist ein Teil davon. Es dauert, bis er eine Lücke findet, um auf den Parkplatz zu biegen. Als er auf das Miethaus blickt, erinnert er sich, wie sein Vater Ernst meinte: »Das Haus wird einmal dir gehören.« Bela war damals nicht älter als Caspar. Er dachte darüber nach, was es heißt, ein Haus zu besitzen. Der Gedanke gefiel ihm. Und er fragte sich, was »einmal« bedeutete. Darauf fand er keine Antwort.

Bela fährt bis zum Eingang des Miethauses, wo die Parkplätze für das Wettcafé liegen. Er beeilt sich. Die Wettautomaten hochzufahren, den Computer, die Kaffeemaschine vorlaufen zu lassen, braucht Zeit, die er heute nicht hat. So fährt er zu schnell in eine Kurve und der Wagen gerät ein wenig ins Rutschen. Aber die Spikes krallen sich in eine Eisplatte und so geschieht nichts.

Drei der zehn Mietparkplätze, die Bela für das Wettcafé reserviert hat, sind besetzt. »Konrad«, murmelt er, während er einparkt und zu Caspar blickt, der mit den Schultern zuckt. Bela kramt aus dem Handschuhfach einen Notizblock und einen Bleistift, um die Nummerntafeln der unzulässig geparkten Autos zu notieren. Als er sich dabei umblickt, sieht er, wie Caspar vom Mietparkplatz zur Schnellstraße zurückgeht. »Wohin gehst du?«, ruft er. Caspar dreht sich um, dabei glimmen die Leuchtstreifen nur schwach vom Schein der Straßenlaternen. »In das Wäldchen. Ich bin gleich zurück.«

Aber Bela hört nicht mehr zu. Er weiß, dass Caspar oft im Wäldchen ist. Dort habe er eine Hütte gebaut, erzählte ihm einmal Helga. Was er darin tut, weiß sie nicht, und Bela will seinen Sohn nicht fragen. Er würde ohnehin keine Antwort von ihm bekommen, glaubt er.

Mit den notierten Nummern läuft er die Stiege hinauf. Als er im ersten Stock ankommt, sieht er Helga, die aus ihrer Wohnung tritt. Musik läuft. Das Ganglicht surrt. »Er ist so laut«, sagt sie. »Adalbert braucht Ruhe.«

Bela klopft gegen die Tür. Zunächst mit der flachen Hand, dann, als niemand öffnet, mit der Faust. Stimmen ertönen in der Wohnung. Die Musik wird abgedreht. Schritte. Das Knacken des Schlosses. Und Konrad steht vor ihnen. »Erstens«, sagt Bela, »eure Autos stehen wieder auf meinen Parkplätzen.« Konrad blickt über seine Schulter und nickt. »Ich habe die Nummern notiert. Wenn die Autos in fünfzehn Minuten nicht verschwunden sind, rufe ich den Abschleppdienst.« Konrad will etwas einwenden. Er hebt den Arm, als wäre er ein Schüler und Bela der Lehrer. Doch Bela sieht über ihn hinweg in die Wohnung und spricht weiter: »Zweitens: Die Musik ist zu laut. Ich höre sie bis nach oben. Und Adalbert«, er zeigt auf Helga, die zaghaft hinter seiner Schulter hervorlugt, »ist krank. Er braucht Schlaf. So kann er nicht schlafen, verstehst du?«

»Ja, ja... ja... verstehe.« Konrad klingt beklommen und unentschlossen. Dabei versteckt er sich hinter der Tür und streckt nur den Kopf aus der Wohnung. »Beim nächsten Mal klopfe ich nicht. Beim nächsten Mal rufe ich gleich den Abschleppdienst.« Bela stemmt sich gegen den Türstock, und nun tritt auch Helga hinter ihm hervor. Niemand spricht. Und Bela blickt wieder über Konrad hinweg in die Wohnung, aus der ihn einige Leute anstarren. »Auf Wiedersehen«, sagt er und deutet seinem Nachbarn, die Türe zu schließen. Einen Moment lang starrt Bela auf das schwarze Holz, auf den Türspion, in dem sein Körper als seltsam verzerrte Gestalt zu erkennen ist. Das bin ich, denkt er und streicht über die kalte Messingfassung des Spions. Helga klopft ihm auf die Schulter, teils dankend, dass er das Gespräch geführt hat, teils, um ihn zu beruhigen. »Wie geht's Adalbert?«, fragt Bela und ist überrascht, wie unwirsch seine Stimme klingt.

»Er muss wieder ins Krankenhaus. Vermutlich wird ihm noch ein Stück des Beines abgenommen.« Helga nickt dabei, so als wäre sie es, die entscheide, was mit ihrem Mann zu geschehen habe. Bela hustet, blickt auf die Uhr. Es ist kurz vor sieben. »Vielleicht werde ich ihn nächste Woche besuchen. Wenn ich Zeit finde... Du weißt schon, das Wettcafé.« »Das wird ihn sicher freuen«, antwortet Helga.

Bela vermutet, dass vor allem sie sich freuen wird, wenn sie nicht alleine an Adalberts Krankenbett sitzen muss. Dann verabschiedet er sich und läuft die Treppe hinunter. Das Schneetreiben ist dichter geworden. Flocken brennen in seinen Augen. Als er in das Wettcafé tritt, riecht er ein Gemisch aus Reinigungsmitteln und den Duftkerzen, die die Putzfrau tagtäglich anzündet. Was Caspar da draußen nur tut, denkt er und drückt den Hauptschalter. Jäh wird es hell.

II

Im Bad lässt Konrad Wasser über das Gesicht laufen. Tropfen fallen auf das Jackett, glitzern im Licht der nackten Glühbirne und versickern. Konrad vermeidet es, in den Spiegel zu blicken. Aber egal, was er tut, stets drängt sich ihm ein Teil seines Spiegelbildes auf. Einmal ist es eine Strähne, die über die Wange hängt, ein anderes Mal die schwarzen Ringe unter den Augen, die Augenschatten.

Konrad ist wütend, über alle Maßen. Im Wohnzimmer sinkt er auf die Ledercouch. Die Kunden starren ihn an. Manu und Mathilde starren ihn an. Sie haben die Musik abgedreht und auf den Schemeln Platz genommen. Der Junge mit der Lederjacke dreht schweigend einen Joint. Die anderen tuscheln kaum hörbar. Eine Linie Speed liegt auf dem Glastisch. Konrad sucht ein Metallröhrchen und zieht das Gift in die Nase. Er schnieft. Er trinkt einen Schluck Wasser. Er denkt, Balazs, wo ist Balazs. Und die Kunden starren ihn an. »Wir hätten hier nicht parken sollen?«, meint Manu und stopft ein Hütchen. Konrad nickt. »Wir haben es vergessen. Du hättest etwas sagen sollen«, meint der Junge in der Lederjacke. Konrad streut ein wenig Pulver auf den Glastisch und zerreibt es mit der Kreditkarte. Sein linkes Bein zittert. Es zittert immer, wenn er zu viel Gift genommen hat. So als wäre es ein Alarmzeichen, das Stopp zu sagen versucht, es reicht. »Das hätte ich tun sollen … Aber wie oft habe ich es euch schon gesagt?«

Schweigen. Selbst das Tuscheln verebbt nun. Konrad blickt sich um, sieht von Gesicht zu Gesicht. Dabei fühlt er, wie in ihm etwas zerfällt, etwas auseinanderbricht, das er für fest verbunden gehalten hat.

Auf einmal steht einer auf, der Konrad bisher nicht aufgefallen ist. Er greift nach einem Sack mit Skunk und einem mit zehn Gramm Speed. »Ich gehe«, sagt er und wirft ein Bündel Scheine auf den Glastisch. »Ja, geht jetzt«, murmelt Konrad. »Ihr kommt und dann geht ihr wieder. Ihr holt, was ihr braucht, dann geht ihr wieder. Ein Kommen und ein Gehen, das ist es.« Manu nickt.

»Ist alles gut«, sagt Konrad lauter, »dann bleibt ihr länger und zerstört meine Ordnung. Gibt es Probleme, so geht ihr gleich und zerstört meine Ordnung erst recht. So oder so braucht ihr mich und ich brauche euch. Das ist das Problem.« Er holt aus der Küche ein kleines Bier, öffnet den Verschluss und blickt aus dem Fenster. »Ja, geht«, sagt er. »Verschwindet. Für heute habe ich genug. Außerdem hat Bela euch nicht viel Zeit gegeben, die Autos wegzustellen.«

Die Kunden sehen einander an. Rasch zählt jeder das Geld in seiner Brieftasche. Konrad setzt sich. Als er das Zeug abwiegt und Geldschein für Geldschein in der Hutschachtel verschwindet, vibriert sein Handy. Er hat eine SMS bekommen. Doch er macht weiter. Wiegt und kassiert. Öffnet Plastiksäckchen und zieht an Joints und Zigaretten. Als alle zufrieden sind, lehnt er sich zurück und blickt auf den Gummibaum und zwischen den Ästen des Gummibaums auf die Zimmerdecke. »Nun«, sagt er merkwürdig freundlich, »verschwindet.«

Mathilde erhebt sich kopfschüttelnd. Die übrigen Kunden verstauen ihr Zeug, ihr Gift in den Rucksäcken, manche stecken es in die Socken, um bei allfälligen Polizeikontrollen nicht erwischt zu werden. Dann schlüpfen sie in die Winterjacken. Konrad aber bleibt auf der Couch sitzen, raucht einen Joint und sein Bein zittert. Es scheint noch stärker zu zittern, als Manu noch einmal zurückblickt und die Türe schließt.

Konrad nippt an der Bierflasche. Er denkt an Belas braune Augen, die ihm schwarz erschienen sind, und an seine Hand, mit der er sich am Türstock abgestützt hat. Um sich abzulenken, greift er nach der Hutschachtel und sortiert das frisch eingenommene Geld. Das wirkt. Ordnung beruhigt ihn, Ordnung führt zu Wissen, glaubt er. Das hat er von seiner Mutter. Als er alles durchgezählt hat, kommt er auf sechshundertachtzig Euro. Normalerweise würde Konrad sich jetzt freuen, würde glauben, dass die Kunden wiederkämen, immer kämen sie wieder, würde er glauben. Doch nun ist es anders. Er zieht an einer Zigarette. Er schlichtet die Geldstöße in die Hutschachtel und greift nach dem Handy. Er liest: »Sie haben mich erwischt, Balazs.«

Konrad legt das Handy auf die Ledercouch. Das Display leuchtet auf und der Bildschirmschoner schaltet sich ein. Luftblasen schweben über den Bildschirm und zerplatzen am oberen Ende, eine nach der anderen. Konrad geht zum Fenster. Die Parkplätze des Wettcafés sind leer. Auf der Schnellstraße tobt der Abendverkehr. Er wendet sich ab, schließt für einen Moment die Augen.

Bisher hat Konrad keinen Kontakt mit der Polizei gehabt. Nie hat man ihn frühmorgens auf den Toiletten der städtischen Clubs kontrolliert. Nie hat er einem verdeckt Ermittelnden Chemisches verkauft. Selbst zu Auskunftszwecken über andere Verdächtige hat man ihn noch nicht vorgeladen. Kurz: Für die Polizei existiert Konrad nicht. Doch jetzt... Er läuft ins Schlafzimmer und schlüpft aus dem Jackett, wirft es in eine Ecke. Konrad atmet auf, sinkt auf die Bettkante. Mit einem Mal springt er wieder hoch, greift nach dem Jackett und vergräbt es in der Sporttasche, in der er seine Schmutzwäsche sammelt, so als wäre es ein Beweisstück, so als würden die Beamten als Erstes nach ihm suchen. In der Küche macht Konrad Kaffee, eine Kanne voll. Schniefend geht er ins Wohnzimmer und setzt sich auf die Ledercouch. Er gießt Kaffee in eine Tasse und trinkt, beruhigt sich. Er denkt, noch ist nichts geschehen, noch ist mir nichts geschehen. Dabei sieht er auf den Gummibaum, auf die Äste des Gummibaums – und wendet sich ab.

Konrad umschließt die Kaffeetasse mit beiden Händen. Seine Nasenflügel brennen und jucken. Er schnieft erneut. Am Glastisch herrscht Unordnung, bemerkt er, das ganze Wohnzimmer ist eine Müllhalde. CDs stapeln sich am Parkettboden.

Die Stereoanlage ist eingeschaltet und das CD-Fach steht offen. Drei zerknüllte Zigarettenpackungen liegen neben dem Mistkübel. Halbleere Gläser und Bierdosen, in denen Zigarettenstummel schwimmen, stehen auf dem Tisch. Überall dazwischen liegt Tabak und geöffnete Plastiksäckchen mit dem Gift. Ich muss Ordnung schaffen, denkt Konrad und läuft in die Küche. Dabei fallen ihm die Worte seiner Mutter ein: »Ordnung ist Wissen.« Und einmal fügte sie hinzu: »Ordnung ist auch Geborgenheit.« Aus einem Kasten zieht er Schaufel und Besen und kehrt damit den Parkettboden im Wohnzimmer. Die Gläser stellt er in die Abwasch. Das Bier-Zigaretten-Gemisch leert er in die Toilette. Mit einem feuchten Tuch wischt er über die Glasplatte. In der Küche lässt er heißes Wasser in die Abwasch laufen und gibt Spülmittel dazu, das Schaumblasen schlägt, in denen sich sein Gesicht verzerrt. Als Erstes greift er nach den Gläsern. Er rubbelt mit einem Schwamm so stark über das Glas, als würde die Geborgenheit mit dem Grad der Sauberkeit zunehmen.

Am Mietparkplatz hört er das Knirschen von Autoreifen auf hart gefrorenem Schnee. Das hört er tagtäglich, und tagtäglich ist es ihm egal. Jetzt aber steht er auf und blickt aus dem Fenster. Ein Krankenwagen. Männer springen aus dem Fond. Mit einer Trage laufen sie ins Miethaus. Im Stiegenhaus hört er Schritte. In der Nachbarwohnung herrscht Bewegung. Ein Klopfen. Stimmen. Und wenig später sieht er, wie Adalbert in den Krankenwagen verladen wird und Helga mit einer Reisetasche daneben steht und Anweisungen gibt, so als wäre sie es, die über sein Schicksal entscheidet.

Als Adalbert samt der Trage im Fond verschwunden ist, wirft Helga die Tür zu und nimmt neben dem Fahrer Platz. Die Scheinwerfer springen an und ein Lichtkegel spiegelt sich in der Windschutzscheibe von Belas Wagen. Als das Rettungsauto auf die Schnellstraße biegt, schaltet jemand das Blaulicht ein. Konrad wendet sich ab. Das kreiselnde Licht stört ihn, da es die Unordnung in ihm noch verstärkt. Er greift nach der Hutschachtel und geht in die Küche. Vom Lüftungsschacht schraubt er die Verschlusskappe. Bevor er die Hutschachtel versteckt, zieht er noch einmal den Deckel herunter. Die Geldstöße fallen beinahe heraus, so übervoll ist sie. Zeug und Gift hat er beinahe keines mehr, obwohl das Wochenende bevorsteht. Ich werde zu Tibor gehen müssen, denkt er, ja, zu Tibor gehe ich, jetzt, sofort. Er fühlt sich seltsam erleichtert. Nun wird er nicht mehr auf der Couch sitzen müssen. Er wird mit dem Bus fahren und mit der U-Bahn. Er wird nichts rauchen und keinen Kaffee trinken. Er wird durch die Vorstadt gehen. Er wird die kalte Luft einatmen, wird an die Eichentür klopfen und zwischen den Pflanzen in Tibors Wintergarten eine andere Geborgenheit finden.

Aus der Küche holt Konrad zwei halbvolle Dosen Kaffee und verstaut sie in seinem Rucksack. Einen ganzen Sack gemahlenen Kaffee leert er in das Hauptfach des Rucksacks. Dass soll die Polizeihunde ablenken, falls er durchsucht wird, was dann und wann in den U-Bahn-Stationen vorkommt. Ihm ist es bisher noch nicht passiert. Doch Kunden haben ihm von solchen Kontrollen erzählt, in denen die Fahrscheine und bei auffälligen Personen auch die Personalien überprüft werden. Daneben warten Beamte mit Hunden, die beim geringsten Verdacht auf Zeug anschlagen. Der Kaffee soll helfen, die Nase der Hunde zu irritieren, hat einmal ein Kunde gemeint, und seither transportiert Konrad größere Portionen Zeug immer mit einigen Kilos gemahlenem Kaffee. Auch wenn es vielleicht nicht stimmt, was der Kunde erzählt hat, fühlt er sich sicherer mit dem herben Geruch im Rücken.

Konrad meldet sich nicht bei Tibor. Er kann einfach kommen, das weiß er. Tibor wird zu Hause sein. Er schlüpft in den braunen Wintermantel und wickelt einen grauen Schal um den Hals. Tibor ist sein Kontakt. Und nur sein Kontakt. Sie sind übereingekommen, dass Tibor das Zeug in die Stadt bringt und Konrad es an die Kunden verteilt. Konrad ist mit dieser Aufteilung seit jeher unzufrieden gewesen. Er macht den weitaus größeren und riskanteren Teil der Arbeit, findet er, und bekommt dafür den geringeren Anteil am Erlös. Aber Tibor weiß, was Konrad zu wissen begehrt. Tibor kennt die Quellen, organisiert das Zeug, und so ist Konrad auf ihn angewiesen.

Er tritt auf den Mietparkplatz. Schnee fällt. Das Wettcafé hat sich inzwischen gefüllt. Konrad sieht durch die beiden Fenster, die so groß wie Geschäftsauslagen sind, dass über die Bildschirme Fußballer huschen und zwei Boxer im Ring einander belauern. Bela steht hinter der Theke und zapft Bier. Er stellt die vollen Gläser auf ein Tablett und geht zum Stammtisch. Dabei sieht er auf einen der Bildschirme und lacht auf. Seltsam, findet Konrad, wie sich stumm vor ihm die Szene im Wettcafé vollzieht, als sei sie ein Teil eines Puppenstücks, die Wettcafébesucher herzlose Marionetten an Fäden aus hauchdünnem Stahl. Wo ist der Puppenspieler, fragt er sich, wo ist die Ordnung, die die Rechtmäßigkeit dieses Stücks verbürgt? Allein dass er fragen muss, ist Konrad Antwort genug. Er blickt auf, sieht Bela, der eben an einem Tisch eine Rechnung schreibt. Bela hält die Fäden der Wettcafébesucher in der Hand, denkt Konrad, die Wettcafébesucher halten Belas Fäden in der Hand. Lauter Stahlschnüre tauchen so in seiner Fantasie auf, Schnüre, die sich ineinander verschlingen, verknoten – grotesk das Bild der zappelnden Puppen, denen eine freie Bewegung nicht und nicht möglich ist.

Gebückt geht Konrad über den Mietparkplatz zur Bushaltestelle. Der nächste Bus wird in acht Minuten kommen. Konrad setzt sich auf die kalte Stahlbank und schlägt die Beine übereinander, zupft an der Bügelfalte seiner Cordhose. Mit einem Mal ertönt ein Zischen, dann ein Pfeifen. Konrad blickt zum Wäldchen, das zwischen den beiden Fahrstreifen der Schnellstraße liegt. Ein Feuerwerkskörper rast in die Höhe und zieht dabei einen rauchenden Schweif über den Himmel. Oben explodiert er in mehreren, kurz aufeinander folgenden Eruptionen. Konrad macht einige Schritte aus der Bushaltestelle. Für einen Moment glaubt er, dass sich das Knäuel von Stahlfäden auflöst, dass Raum entsteht, in dem es sich ausbreiten lässt.

Als der Lichtschein erloschen ist, versucht Konrad irgendjemanden im Wäldchen zu erkennen, der die Rakete abgeschossen haben könnte. Und tatsächlich, zwischen den Baumstämmen entdeckt er den schwachen Schein eines Lagerfeuers, eine hüpfende Flamme, die für ihn Ordnung wie Unordnung gleichermaßen repräsentiert. Plötzlich fällt ihm seine Mutter ein, immer fällt ihm seine Mutter ein, und dass sie vor Tagen eine SMS geschickt hat, in der sie knapp erklärte, ein Bausparvertrag auf seinen Namen, in den sie eingezahlt habe, sei ausgelaufen. Er könne sich das Geld holen. »Melde dich«, hat sie geschrieben, »deine Mutter«. Ihn fröstelte dabei. »Deine Mutter«, murmelt er, »deine Mutter«. Er verabscheut dieses Wort, aber nicht die Bedeutung, auch nicht die Person, auf die es verweist. Er hasst den Klang – der dichte, undurchlässige Klang verleidet ihm alles, was mit dem Wort Mutter einhergeht. Der Klang des Wortes Mutter erscheint ihm als Gestrüpp, durch das er nicht und nicht durchkommt, und alles, was dahinter liegt, muss ihm deshalb fern und unverstanden bleiben. Er fixiert die Flamme. Er versucht ein Knistern, ein Knacken des Holzes auszumachen, doch sie flackert still vor sich hin und nur manchmal stört ein vorbeifahrendes Fahrzeug die merkwürdige Idylle. Konrad hat auf die SMS seiner Mutter nicht geantwortet. Er braucht ihr Geld nicht. Ein halbes Jahr, ein Jahr hat er sich schon nicht bei ihr gemeldet. So gut wie nie reagiert er auf ihre Annäherungsversuche. Und wenn er aus Unachtsamkeit einen ihrer Anrufe annimmt, ist er einsilbig, drückt sich vor Antworten und Fragen gleichermaßen.

Der Bus fährt ein. Er setzt sich hinter den Fahrer. Drei Stationen später steigt er aus und nimmt die U-Bahn ans andere Ende der Stadt. Tibor lebt ebenfalls in der Vorstadt, aber ganz im Westen, Konrad dagegen lebt im Osten. Nach zwanzig Stationen steigt er aus. Die Szenerie ist eine ganz andere, als Konrad sie von seinem Viertel kennt. Reiht sich bei ihm Arbeiterwohnkomplex an Arbeiterwohnkomplex, so stehen hier große Villen mit herrschaftlichen Gärten und Garagen für zwei, manche sogar für drei Autos. Dazwischen liegen einige Wiesen, die zum Verkauf angeboten werden. Solche Wiesen mag er im Winter ganz besonders. Sie sind mit einer makellosen Schneedecke überzogen. Kein Fußabdruck ist darauf zu erkennen, keine Reifenspuren. Völlig unberührt liegen sie da, und das macht ihren Wert für Konrad aus. Er hakt seine Finger in die Schlaufen des Rucksacks, geht schneller. Am Ende der Villensiedlung läuft er an einem Parkplatz vorbei, auf dem Tibors Lieferwagen mit der Aufschrift »Gemüseanbau u. -handel Grete Feichtinger KG« steht. Vermutlich hat er es den Hügel zur Lichtung, auf der die Villa seiner Tante steht, nicht hochgeschafft, denkt Konrad. Und tatsächlich, die Feldstraße, die durch ein Waldstück den Hügel hinaufläuft, liegt unter einer Schneedecke, über die der Wind wirbelt und so zusehends die Grenze zwischen Wald und Straße verwischt. Es gibt keine Laternen hier. Der Mond ist nirgends zu sehen. So ist es nicht nur finster, sondern absolut lichtlos. Konrad fällt auf, dass er hier keinen Schatten wirft. Er dreht sich um, sieht links, sieht rechts, wirbelt herum – kein Schatten. Er lächelt. Er lacht. Er greift zu Boden und knetet eine Handvoll Schnee, bis das Wasser von seinen Fingern tropft. Er wirft den Klumpen ins Dickicht und lauscht. Äste knacken, Tannenreisig knistert, Schneefahnen rieseln von den Wipfeln, die in der Dunkelheit wie Schiffssegel wirken.

Konrad beeilt sich, aus dem Wald zu kommen. Von fern sieht er schon die Lichtung und die Villa, die am äußersten Ende der Vorstadt liegt. Dahinter kommt lange nichts, nur Wiesen und Felder, auf denen Tibors Tante, Grete, Gemüse anbaut und Weinreben züchtet. Auf der Lichtung zündet Konrad eine Zigarette an und setzt sich auf einen Baumstumpf. Er inhaliert, sieht auf, bläst den Rauch aus, kann die Scheune nur als Umriss erkennen. Der Obstgarten erscheint ihm als dunkle Leerstelle. Er wirft die Zigarette in den Schnee, der sie lautlos schluckt, und keucht. Seine Pupillen pulsieren vom Speed. »Elektrisch«, nennt er dieses Gefühl, elektrisch peitschen sinnlose Gedanken durch sein Gehirn. Er öffnet das Gartentor, das mit Stahlorchideen gespickt ist. Im ersten Stock liegt ein Wintergarten. Durch die Glasfassade strömt Licht in die Hauseinfahrt, und Konrad dreht sich um, sieht links über die Schulter, sieht rechts über die Schulter, sieht seinen Schatten, der ihn nun wieder begleitet, verfolgt wie ein Jäger, einige Augenblicke hinter ihm.

Konrad pocht an die schwere Eichentür, an der ein welker Mistelkranz baumelt. Grete öffnet. Sie trägt ein rot-schwarz gemustertes Kopftuch und eine weiße Schürze, starrend vor Schmutz. Im Vorzimmer setzt sie sich an einen Haufen Erdäpfel und schneidet sie in kleine Stücke. Vier Waschzuber hat sie bereits damit gefüllt. »Konrad«, sagt sie, so als wäre sie eben aus einem tiefen Schlaf emporgeschreckt. »Du willst zu Tibor, nicht wahr?« Konrad nickt und schnieft. Nickt zu heftig, findet er und stiehlt sich über die Treppe davon. Im ersten Stock klopft er an eine Tür. Er wartet, nimmt den Rucksack vom Rücken und riecht den Kaffee. Als ihm niemand Einlass gewährt, drückt er die Klinke. In der ganzen Wohnung brennt Licht, gleißende Halogenlampen am Gang und im Bad, rote und gelbe Glühbirnen in der Küche und im Wohnzimmer, das sich in den gläsernen Wintergarten öffnet. Als Konrad eintritt, entdeckt er Tibor vor einem offenen Fenster stehen. Er grüßt. Tibor reagiert nicht, schnippt eine Zigarette durch das geöffnete Fenster. Konrad grüßt lauter. Er mag es nicht, überhört zu werden. Das Gefühl zu haben, nicht da zu sein, nicht zu sein, denkt Konrad. Da aber dreht sich Tibor um, nickt ihm zu. Ein Windstoß kommt durch das geöffnete Fenster. Die Vorhänge bauschen sich und tanzen um Tibors Schultern, um Tibors Kopf. Es scheint, als spielte der Wind mit Tibor ein merkwürdiges Schattenspiel.

Konrad wirft Mantel und Rucksack in eine Ecke des Zimmers, sinkt auf die Couch. »Ich brauche Zeug«, flüstert er, so als würden sie beobachtet werden. Tibor schließt das Fenster und schaltet den Fernseher ein, trinkt vom Bierglas. Als er den Schaum von den Lippen wischt, mustert er Konrad. »Ich brauche Zeug«, äfft er ihn nach und verzieht dabei das Gesicht zu einer karnevalesken Fratze. Dann lacht er und meint: »Schau, was ich bekommen habe.« Aus der Küche holt Tibor einen schwarzen Müllsack. Er drapiert ihn auf dem Wohnzimmertisch und legt daneben einen weißen Umschlag. »Ich habe Jack Harrer bekommen, zweihundert Gramm. Fünftausend Pillen und … Schau selbst!«

Konrad öffnet den Müllsack und holt einige in Plastik verschweißte Pakete hervor. Er riecht an den Paketen. Sie sind so gut wie geruchsneutral, was ihn beruhigt. Er legt die Pakete auf den Wohnzimmertisch und beobachtet Tibor, wie er ihn beobachtet. Auch er scheint angespannt zu sein, denkt Konrad und lehnt sich zurück, blickt auf den Nachrichtensprecher im Fernseher, dann auf Tibor, der nach dem Umschlag greift und ihn Konrad in den Schoß wirft. »Lies ….«

Als Erstes fällt Konrad eine fettgedruckte Aktenzahl auf und ein Wort: »Vorladung«. Dann überfliegt er den Verlaufstext, liest ihn noch einmal, ein drittes Mal, er liest ihn immer wieder. Konrad steht auf, geht in den Wintergarten und lehnt sich gegen die kalte Glasscheibe. In einem Zimmerbrunnen, der zwischen zwei Gummibäumen steht, gluckst das Wasser. Den Brief hält er noch in den Händen, er denkt an seine Mutter, an ihre Umschläge, die sie schreibt, um Ordnung zu schaffen, wie sie einmal erklärt hat. Aber sie hat damit immer das Gegenteil erreicht, denkt Konrad, die Texte in den Umschlägen haben immer Unordnung geschaffen.

»Morgen rede ich mit ihnen«, sagt Tibor, als Konrad aus dem Wintergarten kommt und zur Tür läuft, von der Tür zum Wintergarten läuft und wieder umkehrt. »Weißt du, was heute geschehen ist?« Ohne eine Antwort abzuwarten, spricht Konrad weiter: »Balazs hat eine SMS geschickt. ›Sie haben mich erwischt‹, hat er geschrieben.«

Tibor richtet sich auf, trinkt den letzten Schluck seines Bieres. Er sagt nichts. Und indem er nichts sagt, macht er Raum für eine Ahnung, die Konrads Schritte noch schneller macht, noch unordentlicher. Während er so durch die Wohnung läuft, starrt er Tibor an, der ihm zunickt. Und Konrad läuft weiter durch das Zimmer, läuft in den Wintergarten. Er läuft und läuft. Irgendwann bleibt er stehen, meint: »Ihr seid verraten worden?« Einen Moment ist es still. Nur Gretes

Schritte im Stiegenhaus sind schwach zu hören. Dann meint Tibor: »Meinen Leuten ist zu vertrauen. Ich bin heute bei ihnen gewesen. Hätten sie mir sonst diesen Sack gegeben? Oder hätte es die Polizei zugelassen, dass ich mit ihm durch die Gegend laufe? Es kann sich nur um eine Kleinigkeit handeln, bestimmt.«

Konrad sinkt auf den Holzschemel beim Computertisch und starrt auf den flimmernden Bildschirm. »Und wenn ich der Nächste bin?« Tibor lacht. »Ich gehe morgen zum Verhör, höre mir an, was sie mir vorwerfen. Vorher werde ich mit Balazs sprechen, um vorbereitet zu sein. Sei nicht paranoid.«

Konrad springt auf, geht zum Wintergarten, sieht sich im Fensterspiegel in den Wintergarten gehen, kehrt um und läuft zur Tür. »Versetz dich in meine Lage. Ich lebe vom Zeug. Du bist Gemüsehändler.« Konrad lehnt sich an den Türrahmen, seine Hände baumeln dabei schlaff herab. »Aber du hast recht«, sagt er. »Ich bin paranoid. Bin ich das?« Er sinkt neben Tibor auf die Couch. An der Wand entdeckt er einige Quader, einen Kubus – Elementarformen. Er schließt die Augen. Auf der Innenseite seiner Lider dreht sich ein Dreieck. Er fürchtet sich. Vor dem Dreieck? Nein. Er fürchtet das Unhintergehbare dieser Formen, die ihn auf das Unhintergehbare seiner Situation verweisen. »Ja«, murmelt Konrad, »ich darf nicht paranoid werden«, und springt von der Couch, läuft in den Wintergarten, sieht sich im Fensterspiegel, durch die Ritzen strömt kalte Luft. Dann kehrt er um und läuft ans andere Ende von Tibors Zimmer. Die Bilder in seinem Kopf spielen durch, was möglicherweise geschehen könnte, ja, müsste, denkt er und kehrt wieder um, läuft in den Wintergarten und vom Wintergarten zurück am Fernseher vorbei. Konrad glaubt, dass er nur lange genug laufen muss, damit die Bilder in seinem Kopf verschwinden, damit es still wird – in ihm und um ihn gleichermaßen.

»Weißt du, was vor einigen Tagen geschehen ist?«, fragt Tibor, als er mit zwei vollen Biergläsern aus der Küche kommt. »Manu ist hier gewesen, er hat gemeint, er könne Metaamphetamin bekommen. Ich war neugierig und gab ihm ein wenig Geld. Er notierte meinen Namen auf einer Liste, vielleicht ist auch Balazs auf ihr gestanden. Wenn Manu erwischt worden ist, dann ... Nun, das wäre eine Erklärung.«

Konrad setzt sich auf die Couch. Für einen Moment wird ihm schwarz vor den Augen. Die Bilder versinken in diesem Schwarz, in dieser Finsternis in Konrad. »Hörst du mich«, sagt Tibor ein wenig lauter. »Ich habe von Manu gesprochen, von Metaamphetamin, von einer Liste.« Konrad blickt zum Fernseher. Die Melodie einer Spielshow erklingt. »Wie viel kannst du mir heute geben?«, fragt er.

Tibor schüttelt den Kopf. Aus dem Müllsack zieht er einige Pakete Gras, zwei Euro-Dope-Platten und feuchtes Speed. Konrad klopft mit den Platten gegen die Tischkante. Beidseitig ist ein Eurozeichen eingeprägt. Sie sind steinhart, was ein Zeichen schlechter Qualität ist. Aber um frühmorgens vom Speed herunterzukommen, reicht es aus. Konrad vermutet, dass der Müllsack insgesamt außerordentlich viel Zeug und Gift verbirgt. Sicher würden sie davon einige Monate, wenn nicht ein ganzes Jahr leben können.

Aus dem Rucksack zieht Konrad die Kaffeedosen und stopft das Zeug hinein. Den Sack mit dem Speed wickelt er in Zeitungspapier und schiebt ihn unter den gemahlenen Kaffee im Rucksack. Zu Hause wird er ihn mit Mehl auf die fünffache Menge strecken. Tibor beobachtet ihn dabei, lacht. »Was soll der ganze Kaffee? Wegen der Hunde?« Schweigend macht Konrad weiter. Als er fertig ist, bröselt er ein wenig Zeug von der Euro-Dope-Platte und dreht einen Joint. »Bald habe ich das Geld beisammen«, sagt Tibor geheimnisvoll und wippt mit dem Holzschemel. Konrad sieht auf. Immer wieder hat er sich gefragt, wie es weitergehen wird, wenn Tibor das Geld beisammen hat. Immer wieder hat er den Gedanken vor sich her geschoben, bis er ihn als ständige unausgesprochene Bedrohung begleitete. »Was für Geld?« »Na, für die Reise und ein wenig werde ich Tante Grete geben, damit sie in Ruhe ihr Gemüse pflanzen kann«, sagt Tibor. »Die Reise«, murmelt

Konrad und umklammert einen Zierpolster, so als könnte er sich hinter ihm verstecken. Als er in die Hauptstadt gekommen war, die Wohnung im Miethaus bezogen hatte, besuchte er als Erstes Tibor, den er von früher aus der Provinzhauptstadt kannte. Tibor lebte aber schon mehr als zwei Jahre bei seiner Tante und half ihr bei der Obst- und Gemüsezucht. Dabei verdiente er wenig Geld. Aber Tibor wollte reisen. Immerzu sprach er vom Reisen, aber nie von einem Ziel. Und als ihn Konrad danach fragte, zuckte Tibor mit den Achseln und meinte: »Ich will hierin, zugleich will ich dorthin. Bin ich da, dann will ich weg. Ziel habe ich keines.«

Konrad fragt sich, ob Tibor ihm seinen Kontakt verraten wird. Das wird er ganz bestimmt tun, denkt er und hasst sich zugleich für diesen Gedanken, diese kleine Hoffnung. Sie macht ihm seine Abhängigkeit gegenwärtig, zeigt ihm, dass ein Namenloser sein Leben bestimmt, dass die Unabhängigkeit, die er mit dem Zeug verbindet, eine eingebildete ist – eine Chimäre die Wirklichkeit, die sein Leben bestimmt.

»Wann wird die Reise losgehen«, fragt er, zündet den Joint an und blickt zu Tibor, dem das Zittern in seiner Stimme nicht entgangen ist. Tibor zuckt mit den Achseln. »Keine Ahnung ... Nun habe ich das Geld, der Rest wird sich fügen – bestimmt.«

»Gut«, murmelt Konrad und gibt den Joint weiter. Tibor lehnt am Schreibtisch und spielt Solitär. Konrad starrt an die Decke. Rauchfahnen ziehen zum Wintergarten. Er steht auf. Das Klicken der Maus nervt ihn. Er schlüpft in den Mantel, greift nach dem Schal. Tibor ist in das Spiel vertieft, zieht am Joint. »Du sprichst mit Balazs, gut ... Und was machen wir mit Manu?«

Tibor reicht Konrad den Joint. Konrad lehnt ab. »Nichts machen wir. Weil alles nur Vermutungen sind. Ich versuche, Balazs zu erreichen, und morgen gehe ich zur Polizei – dann sehen wir weiter«, sagt Tibor. Konrad nickt. Ohne sich zu verabschieden, verlässt er die Wohnung. Durch das Geländer blickt er das Stiegenhaus hinab. Im Vorraum sitzt Grete vor dem Erdäpfelhaufen. Als er das Erdgeschoß erreicht, fragt sie, ob er nicht einen Ribiselkuchen wolle. Sie habe ein ganzes

Blech gebacken, sie könne ihm gerne etwas mitgeben. Noch bevor Konrad ablehnen kann, verschwindet sie hinter einer Tür und kommt kurz darauf mit dem in Alufolie eingewickelten Kuchen zurück. Konrad bedankt sich und schiebt das Päckchen in den Rucksack. Als er endlich gehen will, hält Grete ihn an der Schulter fest, meint: »Wie geht es deiner Mutter? Ich habe sie schon sehr lange nicht mehr gesehen. Geht's ihr gut?« Deine Mutter, dieser Klang, denkt er, dieses Gestrüpp, diese weißen Blätter hinter dem Gestrüpp, die sie dauernd beschrieb. »Ich habe sie selbst schon lange nicht mehr gesehen«, antwortet er dann. »Sicher geht's ihr gut.«

Eilig zieht er den Schlüssel vom Schlüsselbrett, entsperrt die Haustür. Als ihm Grete nachruft, er solle ihr schöne Grüße ausrichten, schreit er nur, ja, ja, das werde er tun, und stapft mit hochgezogenem Mantelkragen auf das Gartentor zu.

III

Helga starrt in den Spiegel. Nicht ihr Spiegelbild ist es, das sie interessiert. Vielmehr zieht sie der Raum in seinen Bann, der zwischen ihr und dem Spiegelbild klafft. Helga streckt die Hand aus, taucht ein in das Nichts dieses Raumes. Kurz bevor sie den Spiegel berührt, wendet sie sich ab, als hätte sie Angst davor, das kalte Glas zu berühren. Hektisch füllt sie Leitungswasser in einen Becher. Aus einer Lade holt sie zwei Päckchen Schlafpulver, reißt sie auf und schüttet sie dazu. Allmählich lösen sich die Kristalle auf. Helga sieht zu, kratzt sich am Kinn. Mit dem Becher geht sie ins Wohnzimmer und setzt sich auf die Couch. Sie schüttelt Adalberts Kopfpolster auf und schlägt die Decke zurück. Auf dem Leintuch klebt ein wenig Blut von seinem Bein. Sie streicht darüber, steht auf und öffnet das Fenster. Der Wind treibt Schneeflocken in die Wohnung. Sie landen auf Helgas Nachthemd. Augenblicke vergehen wie Jahrhunderte, dann schmelzen die Flocken.

Mit zwei Schlucken leert sie den Becher. Reste vom Schlafpulver kleben am Boden. In der Küche gießt sie Wasser nach und trinkt. Ein wenig tropft von ihren Lippen auf das Nachthemd. Mit einem Tuch wischt sie darüber, bis die Flecken verschwunden sind. Im Wohnzimmer schließt sie das Fenster. Dabei sieht sie, wie Caspar zwischen den Sträuchern am Rande des Wäldchens hervortritt und über die Schnellstraße geht. Er hat die Hände im Anorak vergraben und die Mütze tief ins Gesicht gezogen. Er ist ziemlich groß für sein Alter. Sein Gang wirkt ein wenig tollpatschig, lethargisch, ziellos. Zugleich aber machen ihn die vorgebeugte Körperhaltung, die Fäuste, die sich in der Anoraktasche abzeichnen, und das eilige Stapfen, ja, Stampfen zu jemandem, der auf irgendetwas zusteuert. Als er nahe genug ist, um Helga im Fenster zu entdecken, lässt sie die Jalousien herunter und dreht das Licht ab. Sie sinkt auf die Couch, auf der Adalbert zuvor gelegen ist, zieht die Decke über den Brustkorb. Ihre Zehen sind kalt. Sie greift nach den Wollsocken, die am Nachtkästchen liegen, streift sie über. Eine Weile bleibt sie regungslos liegen. Dabei nimmt sie Adalberts Geruch wahr. Sie riecht an der Decke, am Kopfpolster. Überall ist Adalbert. Sie zieht die Decke über den Kopf. Schließt die Augen. Die Wärme unter der Decke, der Geruch – sie fühlt sich geborgen. Wie sich Adalbert nun fühlt? Sie sieht ihn vor sich, wie er zuvor, als die Ärzte im Krankenhaus meinten, er würde länger hier bleiben müssen – und das Bein, na ja, das Bein, sagten die Ärzte –, wie er da ihre Hand nahm und schweigend wartete, wie sie nun reagieren würde, und sie erinnert sich, wie sie die Ärzte fragte, ob es gut werden würde, und diese antworteten, man werde sehen. Jetzt schläft er sicher, denkt sie, er schnarcht und seine Zimmergenossen müssen nach einer Nachtschwester läuten, damit sie Ohrenstöpsel bekommen. Sie sieht ihn vor sich, wie er mit geöffnetem Mund daliegt, mit den trockenen Lippen, den Schläuchen, die in seinem Stumpf stecken, den Händen, die auch im Schlaf pausenlos zittern.

Es klopft an der Tür. Helga fährt in die Höhe. Caspar, denkt sie, aber dann legt sie sich auf die Couch und zieht die Decke über den Kopf. Schnell füllt sich die Luft mit Adalberts Geruch. Das Klopfen klingt nun wie aus der Ferne und so, als ginge es sie nichts mehr an. Auf einmal ist es still. Helga schlägt die Decke zurück. Steht auf. Dreht das Licht an. Sie geht ins Vorzimmer. Und öffnet die Tür. Sie hört, wie im Stiegenhaus Schritte hallen, wie einen Stock über ihr ein Schlüsselbund rasselt. »Caspar«, ruft sie. Niemand antwortet.

Im Wohnzimmer sinkt sie wieder auf die Couch. Bevor sie das Licht abdreht, blickt sie auf ihre Kleider, die am Fauteuil hängen, auf die Bluse, den Pullover, den Rock, in dem das Foto von Adalbert und der Fremden steckt. Dann dreht sie das Licht ab. Während der Fahrt ins Krankenhaus wollte sie nichts lieber tun, als Adalbert zu fragen, wer die Frau auf dem Foto ist, warum seine Hand auf ihrer Schulter liegt? Was es bedeutet, dieses Foto hinter einem unverfänglichen zu verstecken. Aber sie schwieg. Sie schwieg auch, als sie kurz alleine mit ihm im Krankenzimmer war, als sie seine Kleider im Schrank verstaute, den Kopfpolster aufschüttelte und er ihr dabei zusah. »Geht's gut?«, fragte er plötzlich, und sie wandte sich um, sagte: »Ja«, und lächelte.

Aus Konrads Wohnung hört Helga das Schlagen von Türen. Sie zieht die Decke über den Kopf. Die Ohrenstöpsel liegen im Schlafzimmer. Sie hat keine Lust aufzustehen. Sie möchte schlafen, möchte, dass das Pulver endlich wirkt. Sie schließt die Augen, presst die Lider aufeinander. Das Gemurmel einer Fernsehsendung dringt aus der Nachbarwohnung. Wenn es nachts nur still ist, denkt sie und hebt die Decke, um frische Luft hereinzulassen. Allmählich schläft sie ein.

Es ist viertel eins, als Helga die Kanne Schwarztee in den Ausguss schüttet. Lange ist sie nicht mehr so alleine gewesen wie in diesem Augenblick. Als sie mit Leitungswasser nachspült, wird ihr schwindlig. Benommen sinkt sie auf einen Stuhl. Üblicherweise steht sie morgens früh auf, doch wegen der zwei Packungen Schlafpulver hat sie den Wecker überhört und den halben Vormittag verschlafen. Als sie wieder zu sich kommt, schmunzelt sie wegen des Tees. Ein Versehen, denkt sie und zurrt die Schleife ihres Bademantels fest.

Helga verabscheut den bitteren, holzigen Geschmack von Schwarztee. Dennoch kocht sie seit jeher morgens eine Kanne für Adalbert. So auch heute, und als ihr beim Pfeifen des dampfenden Teewassers klar wurde, dass er fehlte und es keinen Sinn machte, Schwarztee zu kochen, ging sie ins Wohnzimmer und holte aus der Rocktasche die Fotografie ihres Mannes und der Fremden.

Helga zieht die Jalousien in der Küche hoch, kippt das Fenster. Über Nacht hat es aufgehört zu schneien und die Schneewolken haben sich verflüchtigt. Die Wintersonne fällt in schrägen Bahnen durchs Fenster und wärmt ihr Gesicht. Im Wohnzimmer klappt sie die Couch zusammen, legt das Bettzeug auf einen Haufen und nimmt vor dem Tischchen Platz. Gefrühstückt hat sie nichts. Ihr Magen ist flau. Mit rissigen Fingern streicht sie über die Oberfläche der Fotografie. Sie muss in den Achtzigern entstanden sein, vermutet Helga, denn die Schulbibliothek sieht auf dem Bild noch ziemlich klein und unscheinbar aus. Einige Regale, die im Hintergrund zu erkennen sind, stehen leer, und den anthrazitfarbenen Anzug, den Adalbert trägt, schaffte er sich zu Beginn der Bibliothekarstätigkeit an. Die Fremde lehnt an einem der Regale. Sie trägt ein olivgrünes Kleid mit einem weißen Rollkragen. Um ihren Hals hängt eine Bernsteinkette. Ihre grauen Haare hat sie zu einem Dutt hochgesteckt. Das angedeutete Lächeln … Helga glaubt zu erkennen, dass der Fremden die Pose auf unangenehme Weise angenehm zu sein scheint. Vielleicht wusste sie, dass es mich gibt, schon damals gab, und vielleicht war es ihr unangenehm, was Adalbert und sie hier machten.

So könnte es gewesen sein, denkt Helga, so oder auch ganz anders. Die Grundlage ihrer Vermutungen ist bloß eine Fotografie. Sie trinkt einen Schluck Kaffee, beißt in die Nusskrone. Sie möchte weinen. Sie schafft es nicht.

Übrig bleiben, sagte ihre Mutter, Anna, so wie sie ist, würde sie übrig bleiben. Sie blickt auf Adalberts Hand auf der Fotografie. Sie beginnt ganz außen, an seinen Fingerspitzen, an den Nägeln, die zwar immer gepflegt, aber ein wenig zu lang sind, findet sie. Sein Arm liegt auf der Schulter der Fremden, liegt ganz nah an ihrer Wange. Er hätte nur seine Finger ausstrecken müssen und schon hätte er sie im Gesicht berührt, ja, gestreichelt und durch ihr angedeutetes Lächeln wäre so möglicherweise das tatsächliche Lächeln durchgebrochen.

Helga isst den letzten Bissen Nusskrone und bringt den Teller und die Tasse in die Küche, wäscht ab. Dabei sieht sie ein Bild vor sich, wie Anna sich zu ihr herunterbeugt, wie sie sagt, mit so einem Bauch sei sie nichts wert. Aber das ist über fünfzig Jahre her. Helga ist ihr nicht mehr böse. Sie kennt den Grund für Annas Wutausbrüche, und manchmal denkt sie, dass sie genauso gehandelt hätte.

Der Grund war Helgas Vater, Harald, an den sie sich kaum noch erinnert. Es scheint, als hätte die Zeit die Kette, auf der ihr Leben aufgefädelt ist, an einer bestimmten Stelle zerrissen. Nur mehr einige Glieder dieser Kette liegen vor ihr, einige Erinnerungsbruchstücke. In so einem sieht sie ihren Vater, wie er aus seiner abgewetzten Lodenjacke schlüpft, den Hut auf den runden Holztisch in der Küche legt, wie er sagt, Helga solle kommen, er habe etwas für sie. Und Helga läuft aus ihrem Zimmer und tritt vor ihn. Anna steht unter dem Türbogen. Sie wischt mit der Schürze über ihre Stirn, sie hat Kohlen aus dem Keller geholt. Harald reicht Helga einen Apfel, sie sieht, wie er sich herunterbeugt und sie den Apfel nimmt. Er ist damals wohl vom Hamstern zurückgekommen, denkt Helga und setzt sich im Wohnzimmer auf die Couch, blickt aus dem Fenster. Äpfel hat es damals selten gegeben, nur wenn einer der Bauern, bei denen ihr Vater gewesen war, einige entbehren konnte. Ein Apfel – das war ein Fest, erinnert sie sich und geht ins Schlafzimmer, öffnet den Kleiderschrank. Sie greift nach einer beigen Hose mit einer Bügelfalte, überlegt es sich dann aber anders. Auf einer Stange hängen ihre Kleider, vorwiegend Sommerkleider, aber auch welche aus Wollstoff und Filz, die auch in den Wintermonaten getragen werden können. Helga tritt einen Schritt zurück. Der Kasten reicht bis an die Decke. Er ist voll mit Kleidern. Sie hat stets darauf geachtet, sich ausgesucht weibliches Gewand anzuschaffen. Mit einer Eisenstange hebt sie ein tintenblaues Kostüm aus dem obersten Fach. Sie hält es vor dem Spiegel an ihren Körper. So recht weiß sie nicht, was sie heute anziehen soll. Der heutige Tag bietet keinen speziellen Anlass. Sie könnte auch den Bademantel tragen. Aber Helga lässt sich nicht gerne gehen. Sie denkt seit jeher, dass sie, wenn schon ihr Körper missgestaltet ist, eben besonders auf ihr Äußeres achten muss, sich zur Frau machen muss, so gut es eben geht. Mit der Eisenstange hängt sie das Kostüm wieder ins oberste Fach. Dabei entdeckt sie ein bodenlanges Kleid aus olivgrünem Brokat. Als sie es vor dem Spiegel vor den Körper hält, fällt ihr auf, wie dieses Kleid dem Kleid der Fremden auf der Fotografie gleicht. Beide sind aus schwerem Stoff, reichen bis zum Boden und haben einen weißen Kragen, der knapp unter dem Kinn endet. Beim Kleid der Fremden ist der Kragen enganliegend, der Kragen von Helgas Kleid ist weiter, und wenn man ihn aufknöpft, lässt er sich umschlagen. Sie schlüpft hinein, ohne Hilfe fällt es ihr schwer, den Reißverschluss am Rücken hochzuziehen. Endlich schafft sie es und sucht in einer Schmuckschatulle nach einer Bernsteinkette.

Jene, die sie findet, sieht ein wenig anders aus als die der Fremden, doch das macht nichts. Sie legt sie an, tritt vor den Spiegel. Schön, findet sie, schön, findet sie auch die Fremde, das irritiert sie. Jahraus, jahrein redete sie sich ein, Adalbert lege keinen Wert auf die äußere Erscheinung. Warum hätte er sonst sie geheiratet? Außer einer Unzahl schöner Kleider hat sie ja nicht viel zu bieten, findet Helga und schlüpft aus dem Kleid, geht ins Badezimmer und zupft vorm Spiegel an den Haaren. Wenn sie schon das Brokatkleid trägt, dann sollte auch die Frisur sitzen.

Sie dreht den Duschhahn auf, wartet, bis das Wasser warm wird. Nachdem sie die Haare gewaschen, geföhnt und mit einem Glätteisen in die richtige Form gebracht hat, geht sie ins Schlafzimmer und schlüpft in das Kleid, legt die Kette an. Nun sitzt alles. Das hätte Adalbert gefallen, denkt sie und streicht über den Saum des Kleides, lächelt. Sie tritt näher an den Spiegel heran, kontrolliert ihr Kinn. Kein Barthaar, nur ein weißer Flaum ist zu erkennen. Früher einmal musste sie sich eine Zeit lang rasieren. Der Überschuss an männlichen Hormonen trieb den Bartwuchs voran. Im Supermarkt, als sie eine Packung Einwegrasierer kaufte, sagte sie an der Kassa, die seien für ihren Mann, ohne dass die Kassierin gefragt hatte, Helga musste es einfach sagen, sagte es noch einmal und sah, dass die Kassierin auf die schwarzen Härchen an ihrem Kinn starrte.

Im Wohnzimmer greift sie nach der Fotografie. Nun fällt ihr Adalberts Lächeln auf. Lächelt die Fremde ganz unverfänglich verfänglich, so ist Adalberts Lächeln nicht eindeutig zu erkennen. Helga erkennt es, weil sie Adalbert kennt. Jeder andere hätte gedacht, er blicke gleichgültig, ja, gelangweilt in die Kamera. Sein Lächeln ist für andere immer nur als Möglichkeit auf seinem Gesicht aufgetreten, denkt sie und springt erschrocken vom Stuhl, wirft die Fotografie zu Boden. Sie hat von Adalbert in der Vergangenheitsform gedacht, so als sei er schon gestorben, so als bliebe nichts mehr von ihm als sein Geruch unter der Bettdecke.

Vom Parkplatz hört sie das kratzende Geräusch einer Schneeschaufel. Sie tritt ans Fenster. Bela schaufelt gerade den Eingangsbereich des Wettcafés frei. Sie kennt ihn seit seiner Kindheit. Da sein Vater tagsüber im Kaffeehaus gearbeitet hat, kümmerte sie sich um ihn, wie sie sich jetzt um Caspar kümmert. Wie es Caspar gestern wohl gegangen ist? Ob ihm langweilig war in der großen Wohnung, in der sie selbst als Kind gelebt hat?

Noch bevor Bela sie entdeckt, zieht sie den Vorhang zu. Sie hat Hunger bekommen. Sie geht in die Küche und macht eine Eierspeis. Mit der Pfanne setzt sie sich an den Esszimmertisch und blickt durch die Küche, von der Küche ins Wohnzimmer. Die Wohnung ist viel kleiner, viel schmuckloser als die Wohnung einen Stock über ihr, in der jetzt Bela und Caspar leben und zuvor Helga und ihre Eltern gelebt haben. Die Möbel hier kauften sie und Adalbert in den Siebzigern des letzten Jahrhunderts. Sie waren billig, das sieht man ihnen an. Mit der herrschaftlichen Einrichtung der alten Wohnung haben sie nichts gemein.

Dass sie hierher ziehen mussten, ist Haralds Schuld gewesen – so wurde es Anna nicht müde zu erklären. Und bald wurde aus: »Harald ist schuld gewesen«, der Satz »Die Männer sind schuld gewesen«. Helga erinnert sich, wie Anna nach Adalberts erstem Besuch halb zu sich selbst, halb zu ihr meinte, vor dem müssten sie sich in Acht nehmen. Dabei fixierte Anna ihre Hände, die lethargisch auf ihrem Schoß ruhten. Helga war wütend auf ihre Mutter. Sie hatte endlich jemanden kennengelernt und das Einzige, was Anna dazu einfiel, war, ihn ihr zu vergällen. Ihre Mutter quälte eine Erinnerung: Eines Tages war sie aufgewacht und hatte, als sie ins Bad ging, feststellen müssen, dass sich alles geändert hatte. Haralds Rasierspiegel fehlte wie auch der Rest seines Waschzeugs. Besonders der fehlende Spiegel entsetzte Anna. Sie sank auf den Berg Schmutzwäsche, der neben der Badewanne lag. Die Mauer, an der der Spiegel gehangen war, wirkte ohne ihn ganz kahl und verwaist.

Es war oft vorgekommen, erzählte Anna einmal, dass Harald tagelang ausblieb und aufs Land fuhr. Er arbeitete auf den Bauernhöfen rings um die Stadt und verkaufte einige Wertsachen gegen Kartoffeln und Speck. So versuchte er, Geld zu verdienen. Das Essen brachte er nach Hause, doch die übrige Zeit trieb er sich im berüchtigten Spittelbergviertel herum. Anna ließ ihn gewähren, er war ja stets zurückgekehrt. Nun aber sah sie nach seinen Kleidern – nichts. Sie suchte seinen Pass und fand ihn nicht. Sie ging in die Küche und hob mit dem Stemmeisen die spröden, zerfaserten Bodenplatten, um nach den Goldmünzen, dem Silber und den anderen Wertsachen zu sehen. Sie machte dies ruhig und besonnen, bereits ahnend, was sie finden würde: eine klaffende Lücke. Dennoch hatte sie an bessere Zeiten geglaubt, erinnert sich Helga. Sie weiß noch genau, wie ihre Mutter einmal meinte: »Das Ende liegt hinter uns, nun kommt ein Anfang.« Was sollte sonst kommen als irgendein Anfang?

Helga stellt die Pfanne in die Abwasch und weicht sie in Wasser ein. Wie ihr Vater sie verließ, daran kann sie sich nicht erinnern. Sie kennt die Szene nur aus den Erzählungen ihrer Mutter. Sie zweifelt ein wenig an der Wahrheit, die Anna als Wahrheit auszugeben pflegte. Zu klar war die Rollenverteilung, findet Helga. Harald war schuld und nur Harald. Und Anna war das Opfer. Aber ihr bleibt nichts anderes übrig, als ihrer Mutter zu glauben. Das Erinnerungsbruchstück ist verloren gegangen, denkt sie, und durch nichts zu ersetzen.

Anna hatte recht gehabt, ein Anfang kam. Sie mussten das Miethaus verkaufen. Das Gehalt, das sie als Stenotypistin verdiente, reichte nicht, um das dreistöckige Haus in Schuss zu halten. Und bevor sie es der Stadt verkaufe, sagte sie, suche sie einen privaten Käufer, die würden besser zahlen. Nicht viele meldeten sich. Einer war Ernst Denkmayer, Belas Vater. Als er sich das Miethaus zeigen ließ, sagte er, im Erdgeschoß wolle er ein Kaffeehaus einrichten. Der Gedanke gefiel Anna, da könnten sie Skat spielen, meinte sie und gab wenige Tage später Ernst den Zuschlag. Sie mussten aus der großen Wohnung im zweiten Stock ausziehen, die stets für den Besitzer reserviert war. Anna hatte sich zunächst dagegen gewehrt. Es sei ihre Wohnung, meinte sie, aber Ernst bestand darauf, und schließlich fügte sie sich, auch weil ihr Stenotypistinnengehalt kaum ausreichte, um den Mietzins für die Wohnung im zweiten Stock zu bezahlen. Ernst hatte ihnen ein Angebot unterbreitet: Er gebe ihnen die Wohnung im ersten Stock um symbolische fünfzehn Schilling, und das auf Lebenszeit. Da hatte Anna nicht mehr ablehnen können und war mit ihrer Tochter einen Stock tiefer gezogen. Die meisten der teuren Möbel behielt Ernst. In der kleineren Wohnung wären sie ohnehin nicht zur Geltung gekommen, tröstete Helga ihre Mutter.

Anna ließ Harald und die Wertgegenstände nie ausforschen. Obwohl sie eigentlich das Recht dazu habe, wie sie stets betonte, schließlich sei sie bestohlen worden. Sie habe das

Vermögen und das Haus in die Ehe gebracht, auch Adalbert erklärte sie das, wenn er bei ihr am Balkon seinen Schwarztee trank. Dabei wandte sie sich um und meinte, früher, da habe sie einen Kleiderschrank besessen, der größer war als diese Wohnung. Anna verriet nie, weshalb sie Harald davonkommen ließ. Vielleicht, denkt Helga, weil Rache und Gerechtigkeit oft miteinander einhergehen. Und vielleicht wollte sich Anna nicht an dem Mann rächen, mit dem sie so lange zusammengelebt hatte. Oder vielleicht war es ganz anders, vielleicht wollte sie sich tatsächlich rächen, vor ihm stehen und ihm ins Gesicht schlagen, und vielleicht schämte sie sich dafür, weshalb sie es doch bleiben ließ. Und Helga den resignierten Rat gab: »Pass auf, Adalbert will sicher nur an unser Geld.«

Helga schlurft auf den Balkon. Aus einer von Adalberts Zigarettenpackungen hat sie zwei Zigaretten genommen und setzt sich auf einen Klappstuhl. Der Wind frischt auf, weht Schneefahnen von den Bäumen in den Gärten und im Wäldchen. Helgas Finger zittern vor Kälte. Sie blickt auf die freigeschaufelten Parkplätze des Wettcafés und den Eingangsbereich. Bela ist verschwunden. Die Schneeschaufel lehnt neben der Haustür. Beim zweiten Zug hat sie sich schon an den Geschmack des Nikotins gewöhnt, an das stechende Gefühl im Hals. Ich bin vierundsiebzig Jahre alt, denkt Helga, und ich will nicht sterben. Sie lacht. Der grausigste Tod ist für sie immer der grundlose Tod gewesen. Einfach einzuschlafen und nicht mehr aufzuwachen – sie fürchtet nichts mehr als das. Da habe sie schon lieber eine Krankheit, ein Leiden, das den Tod verantwortet. Man weiß, warum man stirbt, denkt Helga und dämpft die Zigarette aus. »Zu wissen, das beruhigt«, murmelt Helga und holt vom Wohnzimmertisch die Fotografie.

Sie kann keinen Bezug zu der Fremden herstellen. Für Helga ist sie eine schwammige Bedrohung ihrer so sicher geglaubten Erinnerung. Das ist das Problem: Nur die Gegenwart als der Wind im Haar, als die Stimmen in den Straßen, als der Motorenlärm draußen auf der Schnellstraße erscheint als wirkliche Bedrohung. Die Vergangenheit als das Nicht-Mehr ist immer schon erledigt, mit positivem oder negativem Vermerk in die Erinnerung verschoben. Nun aber verliert diese Erinnerung ihr festes Fundament und beginnt Helgas Gegenwart mitzureißen. Sie weiß, sie muss mehr über die Frau erfahren. Sie muss mit Adalbert sprechen.

Im Vorzimmer wählt sie die Nummer des Krankenhauses. Sie kennt sie auswendig, so oft hat sie sie schon gewählt. Der Portier verbindet Helga weiter auf die Station »Innere Medizin«. Sie verlangt Adalbert. »Moment«, antwortet die Schwester und legt den Hörer beiseite. Helga wird nicht in die Warteschleife gesetzt. Sie kann mitlauschen. Die Schwester ruft nach der Oberschwester, die den diensthabenden Assistenzarzt herbeiordert. Helga wird unruhig. Sie will ja nur mit Adalbert reden. Plötzlich ertönt ein Knacken in der Leitung und ein junger Mann erkundigt sich, ob sie Helga Safranek sei. »Freilich«, antwortet sie ganz überrascht wegen der offiziösen Haltung des Assistenzarztes. »Ihr Mann hat heute Morgen abnorme Blutzuckerwerte gehabt«, sagt der Arzt. »Der Auslöser war ein harmloser Infekt. Beides zusammen führte zum sogenannten Diabeteskoma. Er ist auf die Intensivstation verlegt worden.« Stille. Im Hintergrund lachen zwei Krankenschwestern. »Und ist er ansprechbar?«, fragt Helga und schämt sich. Sie ist so auf die Fotografie fixiert, dass ihr nichts anderes bedeutend erscheint. »Niemand, der im Koma liegt, ist ansprechbar«, antwortet der Arzt. Morgen könne sie kommen und ein Gespräch mit dem Oberarzt führen. Dann legt er auf.

Mit der Fotografie geht Helga in Adalberts Arbeitszimmer. Der geöffnete Bilderrahmen liegt noch auf dem Sekretär. Sie steckt das Foto hinein und fixiert die Glasplatte. Mit dem Ärmel wischt Helga den Staub ab und stellt das Foto neben den selbstbemalten, leeren Pflanzentopf am rechten Eck des Sekretärs. Dann macht sie zwei Schritte zurück, begutachtet den ausgewählten Platz und ist unzufrieden. Jeder Mann hat eine Fotografie mit einer Frau auf seinem Schreibtisch stehen, denkt sie und tritt ans Fenster. Die Wolkendecke ist dichter geworden. Bald wird es wieder schneien. Helga öffnet das

Fenster. Dabei brechen Eiszapfen vom Fensterrahmen. Einige fallen hinunter auf den Mietparkplatz, andere zerbrechen am Fensterbrett und bleiben liegen. Ein Windstoß vertreibt die Müdigkeit aus ihren Gliedern. Sie streckt sich, so als wäre es sechs Uhr am Morgen – ein anderer Morgen – und sie eben aufgestanden.

Helga fröstelt und setzt sich an den Sekretär. Die Durchzugsluft schlägt das Fenster zu. Mit einem Handschlag wirft sie den Bilderrahmen samt der Fotografie auf den Parkettboden. Das Glas zerspringt. Der Rahmen löst sich. Helga ist wütend – auf Adalbert, auf die Fremde und auch auf sich selbst, das Foto überhaupt gefunden zu haben.

Sie streicht über ihr Gesicht, schließt die Augen. Dann greift sie nach dem zerstörten Bilderrahmen und dem Foto. Sie zwickt es hinter den Rahmen, legt ihn auf die weinrote lederne Schreibtischunterlage und betrachtet die Fotografie. Sie ist von besserer Qualität als jene, die Adalbert alleine zeigt. Die Details verschwimmen nicht mit der Umgebung und selbst im Hintergrund lassen sie sich klar voneinander trennen. Helga erkennt das Bild des damaligen Präsidenten, das am Ende der Bibliothek an der Wand hängt. Auf den ersten Regalen lassen sich sogar die Titel der Bücher auf den Einbänden lesen. Sie kann die Titel von Schulbüchern, von Atlanten, von wissenschaftlichen Zeitschriften entziffern. Direkt hinter Adalbert erkennt sie ein Buch, das ihr bekannt vorkommt. Es ist weiß, die Schriftzeichen sind bläulich und es ist kleinformatig. Die Titelschrift ist zu klein, um sie entschlüsseln zu können. Helga zieht sich in die Höhe. In einer Lade des Sekretärs stöbert sie nach einer Lupe oder sonst etwas, um die Schrift lesbar zu machen. Sie findet Adalberts Lesebrille. Da er eine größere Sehbeeinträchtigung hat als sie, scheint die Brille genau das Richtige zu sein. Sie blinzelt. In einigem Abstand zu ihren Augen hält sie die Brille vor die Fotografie. Sie liest: »Friedrich Nietzsche ›Wie man wird, was man ist‹«. Sie lässt die Lesebrille zu Boden sinken, schließt die Augen, öffnet sie... Ein Glied der zerbrochenen Kette, ein Erinnerungsbruchstück taucht auf. Sie sieht sich, auf einem Krankenbett liegen. Sie sieht ihre Mutter, die neben ihr steht, eine Handtasche mit beiden Händen umklammert. Ein Arzt sitzt auf einem Bürosessel und studiert Helgas Krankengeschichte. Er nickt und knabbert an einem Kugelschreiber, nickt und rollt zum Krankenbett. Er sagt, dass es sich vermutlich um ein polyzystisches Ovarialsyndrom handle, dabei legt er seine Hände in den Schoß und erklärt Anna und Helga die Konsequenzen der Krankheit. Helga – damals zwölf Jahre alt – versucht den Erklärungen des Arztes zu folgen, doch die Einrichtung der Praxis, die gynäkologischen Geräte, die Beinlehnen am Krankenbett, auf denen ihre Füße ruhen, die medizinischen Bücher auf den Regalen scheinen etwas Unerhörtes an sich zu haben, dem sie sich nicht entziehen kann. Um seine Erörterungen zu untermauern, fährt der Arzt mit dem Kugelschreiber auf Helgas Unterleib entlang. Helga bekommt eine Gänsehaut. Sie blickt zu Anna, dann wieder auf den Kugelschreiber, der auf einen bestimmten Punkt unter dem Bauchnabel deutet. So als wollte er sagen, hier sitzt das Problem, hier – und es gibt nichts, was sich dagegen machen lässt. »Gebärunfähig«, sagt der Arzt. Helga starrt auf die Stelle unter ihrem Bauchnabel. Der Arzt spricht von einer Medikamentenkur. Helga kratzt an den Fingerknöcheln. Nur die tränenerstickte Stimme ihrer Mutter zeigt ihr, dass etwas Großes, Unwiderrufliches geschehen ist.

Helga holt Schaufel und Besen und reinigt den Parkettboden von den Glasscherben. Sie fragt sich, wie sie ohne Adalbert herausfinden kann, wer die Fremde ist. Wenn sie schon nicht mit ihm sprechen kann, so lässt sich vielleicht die Fremde finden und ausfragen. Es könnte sich um eine Schulangestellte handeln, denkt sie, möglicherweise um eine Lehrerin. Adalbert hat bei Antritt der Stelle in der Schulbibliothek erzählt, dass er eine Assistentin bekommen werde, die auch Klassenvorstand sei. Helga öffnet eine Lade des Sekretärs. Sie greift nach einem der Ordner mit den Maturafotos der Achtzigerjahre. Adalbert hat sich von jeder Maturaklasse einen

Abzug geben lassen. Manche luden ihn auch ein, gemeinsam für den Fotografen zu posieren. Das freute ihn ganz besonders. Neugierig schlägt Helga den Ordner auf. Die Organisation des Inhalts ist übergenau, so wie Helga es von Adalbert gewöhnt ist. Die Jahreszahlen stehen in schwarzer Tinte und korinthischen Schriftzeichen auf violette Trennblätter geschrieben. Bei genauerem Hinsehen erkennt Helga noch die hauchzarten Bleistiftstriche, die die Zeilen markieren. Plötzlich schlägt ein Windstoß das Fenster auf und wieder zu. Helga erschaudert. Sie fühlt sich beobachtet, ertappt, obwohl niemand hier ist. Doch nie hat sie in der Privatsphäre ihres Mannes gestöbert. Nicht, dass er es ihr verboten hatte, aber das Arbeitszimmer ist stets Adalberts Refugium gewesen, das Helga respektiert hat. Sie weiß, es ist lächerlich, aber sie fühlt sich wohler, wenn sie den Vorhang zuzieht. Dann dreht sie das Licht an und beginnt ganz hinten bei den Klassenvorständen des Einundachtziger-Jahrganges. Die ersten Seiten überfliegt sie. Erst ab dem Jahrgang 85/86 sieht sie sich die Lehrerportraits genauer an. Helga ist erregt. Sie ist überzeugt, zwischen den unzähligen Köpfen den grauen Dutt der Fremden auszumachen.

IV

Hinter Bela fällt die Tür ins Schloss. Er stapft auf den Mietparkplatz und gähnt. Der Schnee reicht ihm bis über die Knöchel. Er blickt auf die Uhr, fünf Uhr morgens, und drückt sich in eines der beiden Flügelzimmer, die vom Wettcafé aus nicht zugänglich sind. In ihnen stehen die Glücksspielautomaten. Bela öffnet mit einem Schlüssel die Geldboxen. Er leert den Inhalt in einen Sack und macht dasselbe im zweiten Flügelzimmer. Mit dem Sack und einem Tablett voller Aschenbecher und Biergläser kehrt er ins Wettcafé zurück.

»Um sechs ist Sperrstunde«, ruft er, als er den Geschirrspüler füllt. Die Gäste starren auf die Flachbildschirme, die im Halbkreis über der Bar hängen. Es laufen Boxkämpfe und die Wiederholungen jener Fußballspiele, auf die sie tags zuvor gewettet haben. Niemand scheint Bela zu beachten. Aber alle wissen, dass er dazu neigt, eher vor der Sperrstunde zu schließen als danach. So bestellt jemand noch ein kleines Bier. Bela bringt es ihm. Ein anderer möchte noch einen Toast. Bela seufzt und holt dann doch Schinken und Käse aus dem Kühlschrank.

Mit einem Mal geht die Tür auf. Bela sieht hoch. Die Gäste starren auf die Bildschirme. Schneeflocken wirbeln ins Wettcafé. Zunächst kann er nicht erkennen, um wen es sich handelt, da der Pelzkragen der Kapuze tief ins Gesicht gezogen ist. Er sperre gleich zu, sagt er, und als die Kapuze nach hinten geschoben wird und ein Frauengesicht erscheint, murrt Bela, naja, was sie denn wolle? Selten kommen Frauen ins Wettcafé Arabella. Und wenn eine kommt, handelt es sich zumeist um die Frau eines Gastes, die ihren Mann abholt, weil er zu betrunken ist, selbst mit dem Wagen zu fahren oder bis zur Busstation zu gehen. Manche machen Bela Vorwürfe. Er ziehe ihren Männern das Geld aus der Tasche, er mache sie betrunken, ja, er sei ein schlechter Mensch. Doch diese Frau bestellt Bier und Kaffee. Sie setzt sich auf einen Barhocker und lungert am Tresen. Ihre Augen glühen, ihre Lippen sind trocken und eingerissen von der Kälte. Bela meint, sie könne gerne ein Bier haben, aber die Kaffeemaschine sei schon gereinigt, da ließe sich leider nichts machen. Oh, murmelt sie und lächelt und sieht ihn mit rot unterlaufenen Augen an, dann bekomme sie nur ein Bier. »Ach, was soll's«, meint Bela und schmunzelt. »Wollen Sie einen Espresso oder doch Milchkaffee?«

Er schaltet die Kaffeemaschine ein, die pfauchend und gurgelnd antwortet. »Doch Kaffee? Wie nett von Ihnen«, sagt die Frau und schält sich aus dem Mantel. Die ersten Gäste lehnen sich an den Tresen und bezahlen ihre Rechnungen. Sie würden abends wiederkommen, murmeln sie schlaftrunken und schlüpfen durch die Tür auf den Mietparkplatz.

Bela leert noch einmal einen Sack Kaffeebohnen in das Mahlwerk und verteilt auf einem Tablett ein Stück Schokolade, ein Säckchen Zucker und eine Kanne Milch. Dabei beobachtet er die Frau, die mit einem Untersetzer spielt und einen ungleichen Boxkampf verfolgt. Als der eine Boxer den anderen zu Boden schlägt und das Publikum grölt, zündet Bela eine Zigarette an, lässt den Kaffee durch die Maschine laufen. Die Frau trinkt das Bier in gierigen Zügen. Bela starrt auf ihre rissigen Lippen, über die sie mit dem Hemdsärmel wischt. »Haben Sie Hunger?«, fragt er, doch die Frau hört ihn nicht, starrt auf den Bildschirm, in dem sich der siegreiche Boxer von seinen Betreuern feiern lässt. Bela stellt die Tasse Kaffee auf den Tresen vor die Frau hin. Er greift nach der Brieftasche und bittet die übrigen Gäste zu zahlen. Dann schaltet er den Videobeamer aus und dreht im hinteren Teil des Wettcafés die Spots ab. Die Gäste streifen schweigend ihre Jacken über. Manche verabschieden sich mit einem Fingerzeig oder Kopfnicken bei Bela, andere stecken die Wettzeitung in die Manteltasche und stapfen mit hochgezogenem Kragen zur Busstation. Als Bela zum Tresen blickt, schläft die Frau. Er schaltet mit der Fernbedienung die Bildschirme ab. Unter den Tischen und Bänken sieht er nach verloren gegangenen Handys und Geldbörsen. Er findet keine. Den Computer, mit dem er die Wetten annimmt und an den Wettanbieter weiterleitet, schaltet er in den Ruhemodus. Dann dreht er den Hauptschalter ab. Nur mehr hinter der Bar brennt Licht. Die halbvolle Kaffeetasse schüttet er in die Abwasch und gießt Wasser hinein.

Die Frau schläft immer noch. Bela tritt an den Tresen. Verschläft ein männlicher Gast die Sperrstunde, rüttelt er ihn an der Schulter, bis er benommen den Kopf hebt. Aber der zierliche Frauenkörper und das gleichmäßige Atmen lassen ihn zögern. Dann greift er doch nach ihrer Schulter und rüttelt ein wenig zu heftig, wie er findet. »Sperrstunde«, murmelt er und sieht im Fensterspiegel, wie die Frau benommen aufblickt.

Als er sich umdreht, ist die Frau erneut vornübergesunken. Er rüttelt sie noch einmal. Nun springt sie vom Barhocker, wankt ein wenig und sagt: »Ich schaffe es nicht mehr nach Hause. Wissen Sie, wo mein Auto steht?« Bela blickt auf die Parkplätze des Wettcafés. Alle stehen leer. Er lächelt. »Sie können bei mir schlafen«, sagt er. Die Frau greift nach dem Tresen. Sie hat die Augen geschlossen, öffnet sie kurz und blinzelt in einen der Spots. »Bei Ihnen soll ich schlafen?« »Wenn Sie nicht wollen ... müssen Sie nicht. Ich meine ... das Auto ... und Sie sind viel zu betrunken.«

Die Frau rutscht wieder auf den Barhocker. Sie gähnt. Mit den Fingernägeln trommelt sie auf die Handtasche. »Wo ist mein Kaffee?«, fragt sie und blickt hinter die Bar. »Den habe ich weggeschüttet. Sie haben geschlafen. Ich dachte ...« Doch dann schweigt Bela und sieht der Frau zu, wie sie aus ihrer Manteltasche die Geldbörse hervorholt. »Machen Sie mir noch einen?« Sie legt einen Geldschein auf den Tresen und fährt durch ihr maronifarbenes Haar.

Bela blickt auf die Uhr. Er ist müde. Er hat keine Lust. »Meinetwegen«, seufzt er und schaltet die Kaffeemaschine ein. In der Abwasch wäscht er die Tasse sauber, und als er sich umdreht, liegt die Frau erneut vornübergebeugt auf der Bar. Bela schnaubt. Er schaltet die Kaffeemaschine ab und greift nach ihrem Mantel, nach der Handtasche. Behutsam hebt er die Frau vom Barhocker. Er legt ihren Arm um seine Schulter und zieht sie aus dem Wettcafé. Er drückt die Tür des Miethauses auf und steigt mit der Frau die Stiege hoch. Auf einmal murmelt sie, ob sie sich fürchten müsse. Ihr Gesicht ist ganz nah an dem seinen. »Keine Ahnung«, sagt er. »Wovor fürchten Sie sich normalerweise?« Die Frau starrt auf das Stiegengeländer, kichert und lässt sich dann die Treppe hochziehen.

Als sie vor seiner Wohnungstür angelangt sind, lehnt Bela die Frau an die Mauer. Sie rutscht langsam zu Boden. Er entsperrt die Tür und zieht sie wieder hoch. Er will sie in sein Schlafzimmer bringen. Sie soll neben ihm liegen. Er schlüpft aus den Schuhen. Mit einem Taschentuch wischt er den Schweiß von der Stirn. Der Frauenkörper ist schwer. Er schleppt ihn die letzten Meter ins Schlafzimmer. Als er die Tür öffnet, sieht er Caspar in seinem Bett liegen. Die Frau öffnet die Augen. Sofort bemerkt sie seinen Sohn. »Kann ich bei ihm schlafen?«, fragt sie, nimmt ihren Arm von Belas Schulter und tritt ans Bett, dabei knarrt der Parkettboden und Caspar seufzt, kaum hörbar.

»Meinetwegen«, sagt Bela ein wenig zu laut. Er hofft, Caspar würde aufwachen und sich in sein Zimmer verziehen. So etwas hat er noch nie gemacht, sich einfach in Belas Bett zu legen. Ansonsten wäre es ihm egal, aber heute … Die Frau setzt sich auf die Bettkante und schlüpft aus den Schuhen. Bela zurrt an der Decke, in die sich sein Sohn eingewickelt hat. »Lass ihn«, flüstert sie und Bela tritt einen Schritt vom Bett zurück. »Wie heißt du eigentlich?«, fragt er.

Die Frau schiebt zaghaft ihren Körper unter die Decke. »Annika«, sagt sie und greift nach einem Zierpolster, der neben Caspars Kopf liegt. Bela verlässt das Schlafzimmer. Bevor er schließt, murmelt er, obwohl Annika nicht gefragt hat: »Bela, ja, Bela – das ist mein Name.«

Auf der Couch will Bela nicht schlafen. Er fühlt sich dann wie ein Fremder oder wie ein Gast. So geht er in Caspars Zimmer, schlüpft aus den Kleidern. Er schiebt die Bettdecke mit den Sonnenmotiven beiseite und rutscht in das viel zu kleine Bett. Er sucht nach einer Position, die es ihm ermöglicht einzuschlafen. Er legt sich diagonal ins Bett. Er winkelt die Beine wie ein Kind an. Aber nichts funktioniert. Schließlich döst er vor sich hin und friert. Unentwegt denkt er an Annika, und dass sie vermutlich verschwunden sein wird, wenn er in einigen Stunden aufsteht. Das schmerzt ihn stets am meisten: Beim Aufwachen zu bemerken, dass er alleine im Bett liegt. Caspar ist dann gewöhnlich schon auf. Er hört ihn durch die dicken, aber lärmdurchlässigen Wände und fragt sich, was sein Sohn jetzt schon mache. Ihm fallen die üblichen Dinge ein: Was Kinder eben so tun. Was tun eigentlich Kinder?

Lärm. Bela schreckt hoch. Der Fußboden knarrt im Zimmer nebenan, die Stimme seines Sohnes schrillt, dann wird eine Tür aufgerissen. Kurz darauf steht Caspar in seinem Zimmer. Er sagt nichts. Feindselig fixiert er Bela, der weiß, wie Caspar darunter leidet, fremden Frauen zu Hause zu begegnen. Es ist, denkt Bela, als hätte Caspar ein Bewusstsein von der Lücke, die in ihrer Wohnung klafft, als wisse er genau, dass eine beliebige Frau aus dem Wettcafé sie nicht zu schließen vermag. Aber was soll ich tun, denkt Bela, die Lücke als Lücke bestehen lassen, sie hinnehmen als Teil unseres gemeinsamen Lebens? Oder doch immer wieder den Versuch starten, diese Lücke zu füllen, auszukleiden mit einer fremden Person? Ihm scheint, dass die Lücke so nicht zu schließen ist, dass sie so erst tatsächlich erfahrbar wird als der Knoten von seinem und Caspars Leben, der ihre beiden Lebensstränge miteinander verknüpft und sie so als Verbundene unendlich voneinander trennt.

»Warum liegt eine Frau in meinem Bett?«, fragt Caspar. Bela starrt auf die Bettdecke. Er spürt einen Druck am Kehlkopf. Er möchte schreien, doch er schweigt und blickt von der Bettdecke auf die Finger, dann auf den Türbogen unter dem Caspar steht. Der Schrei in ihm fühlt sich bodenlos an, er möchte ihm einen Namen geben, um ihn greifbar zu machen, kontrollierbar. Er gibt ihm den Namen Tanja. Bela murmelt: »Tanja« – und für einen Moment schließt sich die Lücke, die Belas Leben bestimmt.

»Sag schon, sag irgendetwas«, schreit Caspar. Vom Gang hört Bela Schritte und das Klimpern der Kleiderbügel in der Garderobe. »Annika«, ruft Bela. Doch keine Antwort, nur die Wohnungstür, die ins Schloss fällt. Bela springt auf. Er will sich an seinem Sohn vorbeidrücken, Annika hinterher. Doch dieser stemmt die Arme gegen den Türrahmen. Bela bleibt stehen. Einen Moment lang will er ihn schlagen. Aber dann beginnt er zu lachen und sinkt lachend zu Boden.

Der Schnee ist feucht und schwer. Bela stemmt sich gegen die Schaufel. Der Schweiß läuft unter der blauen Wollmütze hervor. Bei den kahlen Rosenbüschen türmt er Schnee auf und klopft ihn fest. Vor Jahren ist ein Kunde auf dem verschneiten Asphalt ausgerutscht. Er hat sich den Knöchel gebrochen und Bela als Hauseigentümer und Wettcafébesitzer vor Gericht gebracht. Seither räumt Bela im Winter beinahe täglich den Eingangsbereich des Miethauses vom Schnee frei. Er gähnt.

Seitdem Annika heute Morgen gegangen ist, hat er nicht geschlafen. Er lag in Caspars Bett und starrte auf die Raufasertapete an der Decke. Er dachte an Caspar, wie er sich in der Tür aufbaute, wie er Bela als Gleichberechtigter gegenübertrat. Immer wieder hört er das Klimpern der Kleiderhaken, den knarrenden Parkettboden, das Zuschlagen der Tür. Er hofft, Annika heute beim Pokerturnier wiederzusehen.

Bela setzt sich auf die Motorhaube des Wagens und zieht die Mütze vom Kopf. Mit einem Taschentuch wischt er den Schweiß von der Stirn. Er hat Caspar gebeten, den Schnee von den Parkplätzen zu räumen. Doch dieser hat sich in seinem Zimmer verbarrikadiert und nicht auf sein Klopfen geantwortet. Es ist still hinter der Türe gewesen, erinnert sich Bela, so als würde sich Caspar gar nicht im Zimmer befinden.

Kurz darauf rutscht er von der Motorhaube, um weiterzuarbeiten. In einer Rille im Asphalt bleibt er mit der Schaufel hängen und rammt sich den Stiel in den Bauch. Er keucht. Er wirft die Schaufel über die Rosenbüsche und denkt daran, wie er in Caspars Alter schon im Denkmayer aushelfen musste. Zu seinen Aufgaben zählte die Bedienung einer Runde von vornehmen älteren Damen, die jeden Tag von siebzehn bis zweiundzwanzig Uhr Skat spielten. Auch Helgas Mutter Anna gehörte zu dieser Runde. Den pausbäckigen Jungen mit dem kastanienbraunen Haar, dem weißen Hemd, der schwarzen Krawatte und der kurzen Hose mochten die Damen besonders gern. Bela gefielen die Komplimente und die Zuwendungen der Gräfinnen, wie sein Vater sie nannte.

Er kümmerte sich vornehmlich um diese kartenspielende Damenrunde. Immer hatte er ein Feuerzeug in der Hosentasche, und wenn eine der Gräfinnen sich eine ihrer langen, dürren Zigarillos zwischen die Lippen steckte, war er es, der ihr scheu lächelnd eine Flamme anbot. Bela machte es gern, wusste aber, dass ihn der Blick seines Vaters ständig verfolgte und dass er es daher auch machen musste.

Ernst hatte das Kaffeehaus ein Jahr nach der Unterzeichnung des Staatsvertrages eröffnet. Seither vergrößerte er ständig den Lokalbereich sowie das Angebot an Mehlspeisen. Das schaffte er nur mit eiserner Disziplin, wie er fortwährend betonte. »Disziplin«, sagte er, »das ist es, was den Menschen von den Tieren unterscheidet.«

Während der NS-Zeit war Ernst Polizist und Mitglied der Waffen-SS gewesen. Aber nur im Verwaltungsdienst, wie er stets hinzugefügt hatte. Er hatte den Frankreich-Feldzug zu organisieren geholfen und wurde nach der Eroberung von Paris selbst dorthin versetzt. »Ich war dabei, wie die Franzosen vor uns in die Knie gingen. Aber Paris ... Ich mochte diese Stadt«, meinte er einmal. Dass er sich niemals etwas zuschulden kommen hatte lassen, betonte Ernst stets, dennoch wurde er nach Kriegsende drei Jahre in einem Auffanglager der Alliierten festgehalten. Die Siegermächte überprüften jeden gefangenen NS-Handlanger nach Verbrechen jeglicher Art. Ernst wurde nichts nachgewiesen und ohne angehängtes Verfahren auf freien Fuß gesetzt. In dem neustrukturierten Staat war jedoch für einen SS-Mann ohne Beziehungen in den Reihen der Polizei, bei der er vor Kriegsausbruch gearbeitet hatte, kein Platz mehr.

Bela und Ernst verabschiedeten gewöhnlich gegen zehn Uhr abends die letzten Gäste, die zumeist die Gräfinnen waren. Manchmal blieben die beiden noch im Kaffeehaus. Ernst holte dann Relikte seiner Nazi-Karriere aus der Abstellkammer und führte sie seinem Sohn vor. Mit Stielaugen verfolgte Bela seinen Vater beim Flanieren durch die engen Tischreihen des Kaffeehauses, den schwarzen Ledermantel der SS übergestreift.

Bela durfte dann Befehle erteilen. »Rechts um!«, schrie er oder: »Habt Acht!«, und Ernst folgte. Besonders der Dolch, den jeder SS-Mann besessen hatte, faszinierte Bela. Er durfte den glatten Stahl berühren und auf die Leiber imaginierter Gegner einstechen. Dazu meinte Ernst: »Na, mein Junge, auch du wirst einmal Polizist.« Bela nickte und starrte auf die heruntergezogenen Mundwinkel des Vaters. Dabei wollte er gar kein Polizist werden. Er wollte aber auch nichts anderes werden. Er nickte einfach und nickte, nicht wissend, was »etwas werden« überhaupt bedeutete.

Als Bela den Eingangsbereich des Miethauses freigeräumt hat, verstaut er die Schneeschaufel in der Abstellkammer des Wettcafés. Hinter dem Tresen holt er den Jutesack mit der Tageslosung des Vortags und geht nach oben. Im Stiegenhaus trifft er einen Fremden, der an Konrads Tür klopft. Bela brummt eine Begrüßung. Die Tür öffnet sich. Der Fremde drückt sich in die Wohnung und Bela bleibt einen Moment am Treppenabsatz stehen. Vor einigen Jahren hat er selbst in dieser Wohnung gelebt – nach der Rückkehr aus der Provinzhauptstadt. Da hat er Caspar mitgebracht. Und musste sich zunächst bei seinem Vater einquartieren, denn die Wohnung im ersten Stock wurde gerade nach seinen Vorstellungen umgebaut. Von Ernsts Wunsch, Bela solle Polizist werden, war keine Rede mehr. Das Kaffeehaus war zwar auf Bela überschrieben worden, aber er musste warten, bis sein Vater ihm die Geschicke darüber endlich anvertraute. Als die Adaptierungsarbeiten zu Ende waren, zog er mit Caspar einen Stock tiefer. Er war froh, sich von Ernst distanziert zu haben. Der Grund dafür war kein Streit – sie hatten nie gestritten –, der Grund war der fehlende Streit. Bela hätte gerne von jemandem gehört, dass er in der Provinzhauptstadt gescheitert war. Er wollte verhöhnt werden. Doch Ernst schwieg. So verhöhnte sich Bela selbst, indem er als eingetragener Besitzer des Kaffeehauses Denkmayer den Kellner mimte. Der eigentliche Chef blieb Ernst.

Die Distanz zu seinem Vater erwies sich als eine bloß scheinbare. Ernsts Wohnung lag genau über der von Bela. Jeder Schritt in der Wohnung über ihm wurde von den hohlen Schuttwänden unendlich verstärkt. Lag Bela im Bett und konnte nicht einschlafen, hörte er seinen Vater, wie er einen Stock höher durch die Zimmer schlich. Einmal – die ganze Nacht lang tönten Schritte – schnellte er hoch und lief durch die Wohnung, lief ins Bad, weil er dort Ernst vermutete. Bela griff nach einem Besenstil und hämmerte gegen die Decke. Die

Kalkfarbe rieselte herab, legte sich auf Belas Schultern und fiel ihm in die Augen. Er blinzelte, Tränen bildeten sich. Als er inne hielt, war es still.

Schreie. Zerbrochene Stimmen hinter Konrads Tür. Jäh springt sie auf und der Fremde stürzt auf den Gang, stolpert über die Abstreifmatte und fällt vor Belas Füße. Aus der Wohnung dringt Gelächter. Bela bietet dem Fremden seine Hand, doch dieser zieht sich am Geländer hoch und verschwindet durch das Stiegenhaus. Dann tritt Konrad auf den Gang. Er trägt Jeans, der Oberkörper ist nackt. Auf seinem Rücken und seitlich über dem Becken hat er Abschürfungen, die rot und blau schimmern. Als er Bela sieht, bleibt er stehen. Er keucht. Er drückt sich gegen den Türrahmen. Im Erdgeschoß fällt die Haustür ins Schloss. Er starrt zwischen den Treppen nach unten. Die Augen hat er weit aufgerissen. Die Finger spreizt er nach außen. »Was ist?«, fragt Bela.

Konrad antwortet nicht, starrt ihn einen Augenblick lang an und verschwindet in der Wohnung. Bela horcht. Er hört, wie am Mietparkplatz ein Wagen anspringt, wie die Reifen auf dem harten Schnee knirschen. Er tritt an die Tür, legt ein Ohr auf das kalte Holz. Schritte sind zu hören. Es scheint, als würde Konrad von einem Ende zum anderen der Wohnung laufen, als finde er keine Ruhe, als verlange er nach Ruhe und würde so lange durch die Wohnung hetzen, bis er erschöpft zusammenbricht.

Die Schritte nähern sich der Tür. Bela atmet ein, hält die Luft einen Moment in der Lunge. Türen schlagen zu. Kästen werden geöffnet, sie ächzen. Bela stolpert nach hinten. Er beeilt sich, die Treppe hochzusteigen, zieht den Schlüssel aus der Jackentasche. In der Wohnung erhitzt er Wasser und gibt Instantkaffee in eine Tasse. Er setzt sich an den Küchentisch und umschließt die Tasse mit beiden Händen. Die Hitze brennt an den Fingern und strömt allmählich durch den ganzen Körper. Immer wieder sieht er Konrads Blick vor sich, die aufgerissenen Augen. So groß, denkt er, so weit, so, als hätte er keine Lider und sei ständig zum Sehen verurteilt. Caspar schleicht durchs Vorzimmer, kommt in die Küche. Aus dem Kühlschrank holt er Butter und Schinken. Er drückt sich an Bela vorbei und zieht eine Semmel aus der Brotlade. »Hast du den Mietparkplatz freigeschaufelt?«, fragt er, als er Essiggurken in Scheiben schneidet.

Bela kratzt sich an der Wange. Schweigt. Mit dem Löffel rührt er in der Tasse. Er rutscht nach vor, als Caspar zum Kühlschrank geht. Sie berühren sich. Rücken streift an Rücken. »Ja, der Parkplatz ist freigeschaufelt. Das hättest du machen können.« Caspar räumt das Buttermesser in den Geschirrspüler, Schinken und Essiggurken gibt er in den Kühlschrank. »Ja, das hätte ich«, meint er und verlässt die Küche.

Abends sitzt Bela vor dem Computer im Wettcafé. Das Wettsystem ist zusammengebrochen. Bela kann keine Wetten entgegennehmen, obwohl die Spiele der heimischen Liga schon kurz vor dem Anpfiff stehen. Die Gäste murren. Bela kontaktiert die Hotline des Wettanbieters. Er fürchtet, dieses Malheur könne seine Tageslosung ruinieren. Es knackt in der Leitung, er wird verbunden. Mit einem Kugelschreiber malt er Kreise auf ein Blatt Papier. Endlich hebt jemand ab. Er wird zu einem Computerspezialisten weitervermittelt, als die Tür des Wettcafés aufgeht und Caspar eintritt.

Caspar nimmt an der Theke Platz und tut so, als würde er seinen Vater nicht bemerken. Er schlüpft aus dem Schianorak, Haube und Fäustlinge legt er auf die Theke. Er greift nach einer Bierstange und knabbert daran. Den Gästen fällt der Fremdkörper Caspar nicht mehr auf. Sie ignorieren ihn oder tätscheln seinen Kopf. Er stößt dann die Hand zur Seite, schreit: »Lass mich!« Einmal hat er in eine Arbeiterhand gebissen.

So selten wie möglich besucht Caspar das Wettcafé. Aber heute ... Helga reagiert nicht auf sein Klopfen, am Telefon hebt sie nicht ab. Er spielt mit dem Barhocker, dreht sich ein paar Mal im Kreis. Ein wenig wird ihm schwindlig. Er klammert sich an den Tresen, sieht seinen Vater, der an den Knöpfen des Hauptschalters dreht und dann die ersten Wetteinsätze entgegennimmt. Über die großen Leinwände dribbeln die Fußballer. Die Bildschirme an den Flanken informieren über die fortwährend angepassten Quoten für den Sieger der ersten Halbzeit, für den nächsten Torschützen, sogar für den nächsten eingewechselten Spieler und für noch absurdere Wettoptionen. Bela schlurft hinter den Tresen und mixt ein Himbeer-Soda. Caspar leert es auf einen Zug. Bela gibt ihm noch ein Glas. Dann wirft er ein Paar Frankfurter in kochendes Wasser.

Die ersten Pokerspieler treffen ein. Knapp vierzig haben sich angemeldet, einige werden unangekündigt erscheinen, wobei jeder hundertzwanzig Euro als Startgeld zu bezahlen hat. Für hundert Euro bekommt der Spieler Jetons, die übrigen zwanzig wandern in Belas Kassa. Er begrüßt jeden per Handschlag und begleitet sie zu den Spieltischen. Dort nimmt er die Bestellungen entgegen und erklärt den Ablauf des Abends. Auf einmal ertönt eine Hupe und die rote Lampe, die auf der Kaffeemaschine steht, blinkt. Bela wendet sich um und huscht hinaus zu den Flügelzimmern, um kurz darauf mit einem Tablett leerer Gläser in das Wettcafé zurückzukehren.

Was will er denn, denkt er, als ihm Caspar zu den Pokerspielern hinterherläuft. Er stellt drei Bierkrüge auf den ersten, vier auf den zweiten Tisch, beim dritten nimmt er die nächste Bestellung entgegen. Caspar folgt ihm. »Meine Würstel«, fleht er. Doch Bela reagiert nicht. Er schnappt seinen Sohn an der Schulter und schiebt ihn zur Seite. Dann hetzt er hinter die Theke, entkorkt eine Flasche Muskateller und mixt den Apfelsaft mit Mineralwasser. Caspar trottet hinterher und geht selbst hinter die Theke. Mit einem Messer fischt er die Würstel aus dem sprudelnden Wasser. Beide sind aufgeplatzt. Er sucht in der Brotdose nach einem Kornspitz, findet aber keinen. Aus einer Lade zieht er zwei Plastikpackungen Ketchup und spritzt den Inhalt auf einen Teller. Als er den zweiten Bissen der Frankfurter runterschluckt, packt ihn Bela an der Schulter. »Hol mir aus dem Schlafzimmer die Digitalkamera. Die Pokerspieler wollen Fotos machen«, befiehlt er und verschwindet zwischen den Arbeitern. Caspar blickt ihm hinterher. Dabei schlüpft er in den Anorak und greift nach den Fäustlingen und der Haube. Die Würstel lässt er stehen. An der Tür des Wettcafés trifft er Konrad. Caspar drückt ihn mit beiden Händen beiseite und läuft über den Mietparkplatz und die Schnellstraße in das angrenzende Wäldchen.

V

Konrad wartet. Das Handy liegt auf der Ledercouch. Er schaltet den Fernseher ein und zappt durch das Nachmittagsprogramm. Vom Bildschirm blickt er aufs Handy und wieder zurück. Wie es Tibor geht, denkt er, oder Balazs, vor allem denkt er an Balazs. Er springt auf, läuft in die Küche und trinkt ein Glas Wasser. Mit dem Rucksack voller Zeug kehrt er ins Wohnzimmer zurück. Er greift nach dem Handy – kein Anruf in Abwesenheit. Er wählt Balazs' Nummer, drückt aber, noch bevor das Freizeichen ertönt, die rote Taste. Er hat gehört, dass in manchen Fällen die Polizei das Telefon der Verdächtigen abhört. Allein der Gedanke, dass seine Stimme auf einem Tonband aufgezeichnet wird, macht ihn zornig. Konrad stellt sich vor, wie Menschen vor einem Tonbandgerät sitzen und das Gesagte beurteilen, Schlüsse ziehen, gegen die er sich nicht wehren kann.

Aus dem Rucksack holt er das feuchte Speed. Er mischt fünfzig Gramm davon mit Mehl und verdoppelt so die Menge und seinen möglichen Gewinn. Aus Papierblättern schneidet er Quadrate und faltet sie zu Briefchen, um sie jeweils mit einem Gramm des Pulvers zu füllen. Zum Abwiegen verwendet er eine Feinwaage. Er belässt es pro Briefchen bei 0,9 oder 0,8 Gramm, manchmal gar nur bei 0,7. Auch so kann er den Gewinn noch steigern. Die Arbeit beruhigt ihn. Er faltet mechanisch, er wiegt mechanisch, er befüllt mechanisch. Nur manchmal blickt er nach dem Handy, auf dessen Display die Blasen des Bildschirmschoners in die Höhe steigen. Als er fertig ist, holt er aus dem Lüftungsschacht die Hutschachtel. Dabei fällt eine schwarze Dokumententasche auf den Tisch. Er öffnet den Klettverschluss und zieht Zettel hervor, auf denen er die Schulden mancher Kunden notiert hat. Von Manu bekommt er noch hundertsiebenundzwanzig Euro, bemerkt er. Tibors Vermutungen fallen ihm ein, dass Manu der Auslöser der Verhöre sein könnte. Auch ihn würde er am liebsten anrufen, lässt es aber dann doch bleiben. Abends wird er ihn ohnehin im Club treffen, da kann er ihn mit den Vorwürfen konfrontieren. Ein Kuvert seiner Mutter fällt ihm auf. Keine Briefmarke klebt auf der Rückseite, kein Poststempel ist zu sehen. Konrad wiegt den Umschlag in der rechten Hand, dann schiebt er ihn in die Dokumententasche zurück und verschließt den Lüftungsschacht. Im Wohnzimmer füllt er das portionierte Speed in einen Plastiksack und drückt ihn in die Hutschachtel. Er lehnt sich zurück, verschränkt die Beine am Glastisch und sieht fern. Der Sack mit den Pillen ragt aus dem Rucksack. Die Pillen sind bunt und beidseitig ist die Zahl 69 eingeprägt.

Konrad greift nach der Fernbedienung und schaltet auf den Sportkanal. Es läuft Fußball. Er zappt auf den Musiksender – Werbung. Er dreht den Fernseher ab und starrt auf den schwarzen Bildschirm. Aus dem Schlafzimmer holt er das Notebook. Im Internet sucht er nach Informationen über den Umgang mit der Polizei, einiges druckt er aus. Er beschließt, montags in den städtischen Headshops Abführtees und Entschlackungsgetränke zu besorgen, um so einen allfälligen Drogentest zu manipulieren. Egal, was Balazs und Tibor von den Verhören berichten, so etwas, findet er, müsse jemand mit seiner Profession ohnehin besitzen.

Den Ratschlägen aus dem Internet zufolge darf er ohne Konsequenzen die Aussage verweigern. Er muss bei erstmaliger Einvernahme keinen Urintest abgeben, und solange die Beamten keinen Durchsuchungsbefehl haben, kann er ihnen den Einlass in die Wohnung verweigern. Mit den Zetteln in der Hand starrt Konrad auf den schwarzen Bildschirm des Fernsehers. Er fühlt sich allein in dem leeren Raum. Die Leere um ihn wird zur Leere in ihm. Diese Leere will er füllen. So zieht er den Sack mit den 69ern aus dem Rucksack. Mit einem Glas Wasser spült er eine Tablette hinunter. Er dreht den Fernseher an. Es dauert etwa eine Stunde, bis die ersten Hitzewellen durch seinen Körper strömen. Er nimmt es gelassen hin, mit steigender Intensität verliert er jedoch den Fernseher aus den Augen. Er öffnet das Fenster. Zum ersten Mal in diesem Winter genießt er die beißende Kälte. Er genießt es, wie sie in seinen Lungen brennt, wie die Härchen auf den Armen emporragen.

Am Parkplatz entdeckt er Bela, der von der Motorhaube seines Wagens hinunterrutscht und den Schnee in die kahlen Rosenbüsche schaufelt. Dabei rammt er sich den Stiel in den Magen. Er flucht und wirft die Schaufel in den Garten des Miethauses. Konrad versteckt sich hinter dem Vorhang, lacht. Sein Kiefer verkrampft. Die Zähne knirschen. Er hat Angst, sie könnten abbrechen. Einmal schon hat er eine Pille genommen und ist dann tanzen gegangen, die ganze Nacht lang. Er bekam Durst. Da er kein Geld mehr hatte, ging er auf die Toilette, um vom Wasserhahn zu trinken. Im Spiegel bemerkte er, dass seine Lippen blutverschmiert waren, sein ganzer Mundraum war voller Blut. Er spuckte ins Waschbecken. Während er getanzt hatte, hatte er sich in die Wange gebissen und es nicht gespürt. Nun, als sein Kiefer noch einmal verkrampfte, brach ein Stück eines Zahnes ab. Er hörte das Knacken, er erschrak und spuckte erneut aus. Der Zahn klimperte in der Emailwanne. Er wusch ihn ab und steckte ihn in die Hosentasche. Draußen auf der Tanzfläche hatte er die Verletzung bereits vergessen. Das mag er am Zeug – es unterstützt das Vergessen. Nur als Vergessender fühlt sich Konrad lebendig. Er ist dann reine Gegenwart, war nun reine Gegenwart – unter dem Stroboskoplicht, zwischen verschwitzten Körpern, reines Hier und Jetzt. Er nennt das: frei sein. In solchen Momenten spricht er stets vom Frei-Sein. Diese Denkschablone benennt die Unmittelbarkeit, das Vergessen, das in solchen Momenten in ihm herrscht. Das sogenannte Frei-Sein enthebt ihn seiner Herkunft. Heimatlos bewegte er sich so auf der Tanzfläche, ein Freier unter Freien, ein Körper unter Körpern.

Plötzlich klopft es an der Tür. Konrad erschrickt, läuft ins Vorzimmer und blickt durch den Spion. »Balazs«, murmelt er. Die beiden Freunde umarmen einander. Konrad merkt, dass Balazs die Umarmung unangenehm ist. Er macht einen Schritt zurück. Er bietet ihm Kaffee an. Balazs lehnt ab.

»Wie ist das Verhör gelaufen?«, fragt Konrad im Wohnzimmer und sinkt auf die Ledercouch. Balazs zuckt mit den Achseln. Aus der Hutschachtel zieht Konrad ein Briefchen und formt mit einer Kreditkarte zwei Linien. »Sie haben angerufen, ich bin gekommen, sie haben Fragen gestellt, ich habe nichts verraten – das war's«, meint Balazs. Konrad leckt das Pulver von der Kreditkarte, dann blickt er auf. »Und was ist mit Manu? Und Tibor? Ist mein Name gefallen?« Balazs lehnt das Speed ab. So zieht Konrad beide Linien mit einem Metallröhrchen in die Nase. Er mustert seinen Freund – die käsige Haut, die müden blauen Augen, die abgekauten Fingernägel und das unruhige Auf und Ab des Brustkorbs. »Nach Tibor haben sie gefragt. Aber von Manu haben sie nicht gesprochen und von dir erst recht nicht. Warum sollten sie von dir sprechen?«

Balazs rutscht ein wenig von Konrad weg. Die Ledercouch knirscht. Konrad deutet das als Indiz für Tibors Mutmaßungen, Manu habe ihn und Balazs verpfiffen. »Von mir haben sie tatsächlich nicht gesprochen?«, fragt er noch einmal. »Nein, das habe ich ja schon gesagt«, meint Balazs und streicht mit einer Handfläche über den Glastisch. Es ist immer dasselbe, denkt Konrad, alle behaupten, geschwiegen zu haben, doch es dauert nie lange, bis der Nächste abgeholt wird, der dann wieder schwört, niemanden verpfiffen zu haben.

Ein Kunde hat Konrad einmal erzählt, dass jedes Verhör von einem Beamten protokolliert wird. Eine Kopie bekommt der Verdächtige, die andere geht an das Gericht. Alles, was Balazs gesagt hat, ist also genauestens vermerkt und für jedermann einsehbar. »Zeig mir dein Verhörprotokoll«, sagt er und hievt sich schwankend in die Höhe. Er streicht über sein Kinn und stolpert über den Glastisch. Einige Briefchen und der Sack mit den Pillen fallen zu Boden. »Das habe ich zu Hause gelassen«, antwortet Balazs. Konrad lacht auf, dabei schiebt er seinen Unterkiefer vor. Die Pille ist stark. Er hat ein wenig Angst, ja, Furcht vor dem, was kommen könnte. Dann hört er ein Knacken, ein Schmerz zuckt durch seinen Körper. Mit einem Tritt gegen den blauen Schemel versucht er sich abzulenken. Als er merkt, dass das Kiefergelenk nicht aus der Pfanne gerutscht ist, meint er: »Du hast mich verraten, nicht wahr?«

Balazs schweigt. Konrad schüttelt langsam den Kopf, starrt auf den Gummibaum. Mit einem Mal springt er über den Glastisch und landet auf Balazs. Er schnappt seinen Freund an der Kapuze des Pullovers und wirft ihn auf den Parkettboden. Die Furcht ist verflogen. Auf seltsame Weise gefällt er sich in seiner Aggressivität. Er findet, dass er alles Recht dazu hat, ja, dass es gewissermaßen seine Pflicht ist, Balazs zu maßregeln. In dieser Pflicht sieht er eine Form, sich selbst zu schützen. »Mich schützen«, murmelt Konrad.

Balazs braucht einen Augenblick, um sich zu besinnen. Dann springt er auf und packt Konrad am Hemdkragen. Nähte reißen, Knöpfe fallen zu Boden. Er schleudert ihn auf die Ledercouch, dabei fällt der Gummibaum um und Erde spritzt über den Parkettboden. Konrad reißt das Hemd vom Oberkörper und stürzt auf Balazs, der geschickt ausweicht. Konrad fällt gegen die Wand und schürft sich den Rücken und Teile des Beckens auf. Er keucht, sein Körper zittert. Er starrt Balazs mit weit aufgerissenen Augen an. Er braucht Luft. Er sehnt sich nach frischer, klarer Winterluft.

Balazs eilt zur Tür, greift nach seinem Mantel. »Du bist verrückt«, stammelt er. »Du kannst das Tatsächliche nicht mehr von deinen Hirngespinsten unterscheiden.« Konrad gibt keine Antwort. Er stürzt auf seinen Freund zu, als dieser nach dem Wohnungsschlüssel sucht, und gibt ihm einen Tritt durch die geöffnete Tür. Als er Balazs die Stiege hinunterlaufen hört, tritt er auf den Gang und blickt durch das Stiegengeländer ins Erdgeschoß. Als er aufsieht, bemerkt er Bela auf einer Stufe sitzen. Er erschrickt. Er will ihn fragen, was er hier macht, was ihn die Sache angeht. Doch er sagt nichts, sieht vielmehr Stahlschnüre vor sich in seiner Fantasie, ein ganzes Knäuel davon. Belas Schnüre, seine, jene von Balazs und Tibor? Er kann es nicht sagen, so sagt er nichts und schließt schweigend hinter sich die Wohnungstür.

Die Unordnung im Wohnzimmer stört ihn. Die Erde ist am Parkettboden verstreut. Die Krone des Gummibaums liegt auf dem Glastisch. Überall im Wohnzimmer findet er Pillen. Als er den Gummibaum aufrichtet, entdeckt er einen Sprung in der Glasplatte des Wohnzimmertisches, der sie diagonal durchzieht und am rechten Ende in tausend feine Risse zersplittert. Konrad fährt über einen der Risse. Er spürt, wie sich die scharfen Glasfasern in seine Fingerkuppe schneiden. Doch das ist ihm egal. Als er das Blut sieht, wartet er, bis der Tropfen groß genug geworden ist, dann leckt er ihn ab. Konrad blickt durch das Zimmer. Die Unordnung stört das, was für ihn seine Wohnung ausmacht. Es ist etwas, das er nicht zu benennen vermag. Die Störung breitet sich allmählich aus. Vom Wohnzimmer geht sie auf ihn über. Konrad meint, in ihm selbst den zersplitterten Glastisch vorzufinden, die klebrige, schwarze Erde, die verstreuten Pillen.

Aus der Küche holt er einen Kübel warmes Wasser und einen Besen. Zuerst sucht er die Pillen zusammen. Danach wischt er den Schmutz und die Splitter vom Glastisch. Mit dem Besen kehrt er die Erde zu kleinen Haufen. Die 69er wirkt weiterhin in seinem Körper, in seinem Kopf. Er spürt die Verkrampfungen der Gliedmaßen, die Augen, die aus dem Gesicht zu springen scheinen. Aber das Putzen beruhigt ihn. Er denkt nicht mehr nur an Balazs, sondern auch an die Dosis des Reinigungsmittels, das er mit dem Wasser zu vermengen hat. Er denkt nicht mehr nur an die Polizei, sondern freut sich über die Ordnung, die sich allmählich in der Wohnung ausbreitet.

Selbst den Parkettboden reinigt er von den inzwischen eingetrockneten Bier- und Saftflecken. Er kniet nieder und rubbelt wie wild mit dem Tuch. Die Flecken gehen schwer ab. Er schnieft. Eine Kiefersperre schüttelt ihn. Beim Rubbeln verletzt er sich die Finger. Er blickt auf die offenen Stellen, aus denen das Blut sickert. Am Abend, als er fertig ist, schmerzen seine Fingerknöchel. Blutkrusten haben sich auf manchen gebildet. Aus dem Bad holt Konrad die Heilsalbe und cremt damit die Wunden an den Händen und am Oberkörper ein. Im Schlafzimmer zieht er ein frisches Hemd an. Er blickt auf die Uhr. Es ist kurz nach sieben. Um in den Club zu gehen, ist es noch zu früh. Dennoch schlüpft er in das Jackett und verlässt die Wohnung. Er will in Belas Wettcafé, um sich ein Fußballspiel anzusehen, vielleicht wird er einen kleinen Betrag auf eine Mannschaft setzen. Draußen hat der Wind aufgefrischt. Schneekristalle brennen Konrad im Gesicht. Als er die Tür des Wettcafés öffnet, stößt er mit Caspar zusammen. Er lacht. Er möchte Caspar begrüßen, doch der Nachbarsjunge schiebt ihn mit beiden Händen zur Seite und läuft über den Mietparkplatz zum Wäldchen. Konrad sieht ihm hinterher, bis er im Unterholz verschwunden ist.

Im Wettcafé drängen sich die Gäste um die Tische vor den Bildschirmen. Konrad drückt sich zur Theke und rutscht auf einen Hocker. Von Bela ist nichts zu sehen. Er studiert die Wettquoten. Doch es fällt ihm schwer, die kleine Schrift zu entziffern. Die Buchstaben verschwimmen, die Zeilen rutschen ineinander. Konrad legt die Broschüre beiseite. Er hat Durst. Er sieht sich nach Bela um und findet ihn nirgends. Sein Gaumen ist trocken und klebrig. Er hustet und greift nach einem Bierglas, das auf der Theke steht, und trinkt. Ein wenig rutscht er mit dem Barhocker nach hinten, um besser auf die Bildschirme zu sehen. Später trinkt er noch einmal von dem fremden Bier und verfolgt das Fußballspiel.

Jemand klopft ihm auf die Schulter. Konrad starrt in das flache Gesicht eines Mannes in Arbeitskleidung. »Du hast von meinem Glas getrunken.« »Nein«, lügt Konrad. »Doch, ich habe es gesehen«, sagt der Mann, und als sich Bela mit einem Tablett voller Gläser durch die Menge drückt, zieht er ihn zu sich und erklärt ihm wütend den Vorfall. Konrad sieht zu. Die Menge springt auf – Tor. Manche zerreißen Wettscheine, andere liegen sich in den Armen. Konrad versteht kein Wort von dem, was der Mann zu Bela sagt. Er wartet einfach, was passieren wird. Bela kommt zu ihm und brüllt ihm ins Ohr, ob das stimme, was der Gast behaupte. Konrad schüttelt den Kopf. Bela zuckt mit den Achseln, erklärt dem Mann, dass er nichts machen könne und schlüpft hinter die Theke. Er zapft Bier und holt zwei neue Doppelliterflaschen Wein aus der Abstellkammer. Der Mann fixiert Konrad noch eine Weile, dann wendet er sich dem Fußballspiel zu und lässt sich gratulieren, da mit dem Tor seine Wettoption aufgegangen ist.

Konrad trinkt noch einmal vom Bier des Mannes. Er denkt nichts dabei. Das mag er, leer zu sein, bloß zu handeln, nichts anderes zu sein als eine Handlung. Zufrieden blickt er auf den Bildschirm. Die Härchen auf dem Handrücken ragen empor. Er lächelt. Jederzeit könnte ihn jemand an der Schulter packen, könnte ihn herumreißen und zur Rede stellen. Jetzt, denkt Konrad – er starrt weiterhin auf den Bildschirm – oder jetzt – er trinkt noch einmal von dem Bierglas – oder jetzt … Da packt ihn jemand am Genick und drückt ihn gegen die Theke. Es ist Bela. »Du belügst mich. Zweimal hast du jetzt getrunken. Ich habe dich beobachtet.« Bela packt Konrad am Kragen des Jacketts und wirft ihn aus dem Wettcafé. Der Mann in der Arbeitskleidung feuert ihn an. »Verschwinde«, schreit Bela, als er Konrad in einen Schneehaufen bei den Rosensträuchern stößt. Dann dreht er sich um und ruft nach seinem Sohn. »Caspar, Caspar, wo ist die Digitalkamera.« Er blickt dabei zur Wohnung im zweiten Stock, die im Dunkeln liegt.

Konrad zieht sich langsam in die Höhe. Er lacht. Plötzlich öffnet sich ein Fenster im ersten Stock. Helga blickt heraus. »Was ist passiert«, fragt sie. Bela ruft, ob sein Sohn bei ihr sei, doch sie schüttelt den Kopf.

Konrad zieht den Kragen hoch. Eine Windböe gibt ihm einen Stoß. Er wäre beinahe umgefallen, so unsicher ist er auf den Beinen. Plötzlich schreit Helga: »Da … Seht!« Sie zeigt auf das Wäldchen, in dem zwischen den Stämmen ein Lagerfeuer flackert.

Bela macht einige Schritte in Richtung des Wäldchens und blickt dabei auf das Wettcafé. Plötzlich wendet er sich um und läuft in das Miethaus. Konrad sieht, wie er die Stiegen hochrennt. In der Wohnung im zweiten Stock springt Licht an. Einige Minuten später läuft Bela wieder die Treppe herunter und tritt auf den Parkplatz. Er trägt eine Digitalkamera. Ohne aufzublicken, verschwindet er im Wettcafé.

Konrad stapft über den Mietparkplatz. Er will in die Stadt, er will mit Manu reden, will ihn ausquetschen, er will die Wahrheit hören, die ihm passt. Doch er hat noch Zeit. Er läuft über die Schnellstraße und tritt in das Wäldchen. Er meint, die flüchtige Wärme des Feuers auf seiner Haut zu spüren. Den Duft von verbranntem Holz und Blättern kann er riechen. Er sinkt tief in den gefrorenen Schnee ein. Je näher er dem Lagerfeuer kommt, desto ruhiger wird er. Die Angst verschwindet dennoch nicht. Alle chemischen Veränderungen des Sehens, des Hörens, des Schmeckens und Fühlens wirken wie Nadelstiche auf sein Selbstbewusstsein. Draußen auf der Schnellstraße fahren Autos am Wäldchen vorüber. Als Konrad sich umdreht, die Scheinwerfer eines Lastwagens ihn blenden, beginnt er zu keuchen. Vor der Hütte stolpert er über einen am Boden angefrorenen Ast und stürzt. Er schämt sich, als er im Schnee liegend Caspars Blick bemerkt. »Beruhig dich«, sagt Caspar leise und bietet ihm einen Baumstumpf zum Hinsetzen an. Im Wald ist es windstill. Konrad zündet eine Zigarette an und sieht sich um. Eine abgeholzte kreisrunde Lichtung, eine mit Ziegelbrocken gesicherte Feuerstelle, eine Holzhütte mit einer rot lackierten Tür. Er ist beeindruckt. »Das habe ich selbst gemacht«, erklärt Caspar stolz.

Konrad schnippt die Zigarette in einen Schneehaufen. Caspar rückt näher ans Feuer heran und schließt die Augen. Aus der Hütte holt er einige frische Scheite und wirft sie in die Flammen. Es zischt, Funken fliegen. Konrad hält die Arme vors Gesicht. Vor Stunden hat er die 69er geschluckt, ein Ende des Rausches scheint dennoch nicht in Sicht zu sein. Die Krämpfe werden wieder stärker. Seine Hand- und Fußgelenke zu bewegen fällt ihm immer schwerer. Er ballt seine Hände zu Fäusten. Die Kiefersperre setzt ein, was zu grotesken Fratzen führt. Er schmeckt Blut.

Eine Weile starrt er ins Feuer. Was ihn zuvor angezogen hat, hat nun seinen Zauber verloren. Er denkt an Balazs, an Tibor, er sieht die Leere um sich, die trotz der Pille die Leere in ihm geblieben ist. Ob er sich wegen Balazs getäuscht hat? Er steht auf. Er zögert zu gehen. Er will sprechen, aber nichts scheint ihm sagbar zu sein, so wendet er sich ab.

»Kann ich zu dir?«, fragt Caspar plötzlich.

Konrad hält sich an der Holztür der Hütte fest, um das Gleichgewicht nicht zu verlieren. Er schnaubt, greift er nach einer Handvoll Schnee und verreibt sie im Gesicht. Er will nicht über Caspars Vorschlag diskutieren. Um ein weiteres Bitten des kleinen Nachbarn zu verhindern, greift er in die Jacketttasche und wirft ihm den Schlüsselbund zu. »Ich komme spät«, meint er.

Caspar ist enttäuscht. Er kann genauso hierbleiben, wenn er in Konrads Wohnung ebenfalls alleine sein wird. Doch der Sturm wird immer stärker. Allmählich bläst er auch durch den Wald. Bela fehlt er offenbar nicht. Sein Fluchen wäre ansonsten schon längst zu hören. Also hat es keinen Sinn, hier auszuharren. Soll er zu Helga gehen? Sie hat ihn kürzlich zweimal vor verschlossener Türe stehen lassen – das reicht ihm vorerst. Die Aussicht auf Konrads Rückkehr scheint ihm die beste Option zu sein. Er steckt die Schlüssel in die Tasche seines Anoraks. Während Konrad durch das fahle Gerippe der Baumstämme zurück auf die Schnellstraße stapft, ruft er Caspar noch zu: »Wehe, du öffnest nicht, wenn ich zurückkomme. Und ich komme bestimmt. Ich bin einer, der trotz allem stets zurückkehrt.«

Im Club ärgert sich Konrad, den Wohnungsschlüssel dem Nachbarsjungen überlassen zu haben. Auch weil auf dem Glastisch noch das Zeug liegt. An der Theke bestellt er bei einer Bardame eine Flasche Bier. Der künstliche Nebel und die dumpfe digitale Musik betäuben ihn. Um Konrad herrscht Gedränge. Viele der Gäste kennt er. Und noch viel mehr kennen ihn. Doch er hat keine Lust, mit ihnen Blicke oder Worte zu wechseln. Aus Vorsicht ist er ohne Pillen und Speed gekommen. Nun ärgert er sich. Der Gewinn wäre außerordentlich gewesen. Und was noch viel schlimmer ist – er langweilt sich. Ansonsten hätte er jetzt alle Hände voll zu tun. Er würde neben dem Eingang zur Toilette stehen und darauf warten, angesprochen zu werden. Mit Kunden würde er feilschen. Er würde sein Zeug anpreisen. Er würde wissen, was er zu tun hat. Nun aber lehnt er sinnlos an der Theke. Das Einzige, was er machen kann, ist, zu warten und manchmal in die von der Tanzfläche wegführenden Gänge zu schlurfen, um dort nach Manu oder Mathilde oder Tibor Ausschau zu halten. Konrad trinkt von der Bierflasche. Allmählich füllt sich der Tanzbereich. Neben dem DJ-Pult stehen links drei Mädchen und rechts drei Mädchen. Sie tanzen. Konrad denkt an die Zeit, in der er neu in der Stadt gewesen ist. Damals stand er ebenfalls an der Theke, trank Bier und sah den Mädchen beim Tanzen zu. Dabei beließ er es. Es fällt ihm auch heute noch schwer, Menschen anzusprechen, solange ein konkreter Grund fehlt. Einfach zu jemandem hinzugehen und ein Gespräch zu beginnen, bloß weil man diesen Menschen kennenlernen will, erscheint ihm als Übertreten einer Grenze, die ihm heilig ist. Er selbst hasst es, bloß um seinetwillen angesprochen zu werden. Zu nah scheint ihm dann der Fremde, das Fremde in den Menschen. Es macht ihn unsicher, stumm – und so fühlt er sich lächerlich im Angesicht eines anderen. Erst seit er Zeug verkauft, lernt er Leute kennen. Nun hat er einen Grund, um mit den Menschen zu sprechen, einen Grund, der ihm bedeutsam genug erscheint, auf einen anderen zuzugehen, einen Grund, hinter dem er sich verstecken kann.

Mit dem Verkauf verdient er so viel Geld, dass er sich keines mehr von seiner Mutter borgen muss. Vor drei Jahren zog er in die Hauptstadt, obwohl es ihm zu Hause an nichts fehlte. Er lebte im Keller des Hauses seiner Mutter, der zu einer beinahe fünfzig Quadratmeter großen Wohnung ausgebaut worden war. Nebenan gab es eine Sauna, ein Dampfbad und im von Buchen eingekreisten Garten lag ein Swimmingpool. Er besaß einen roten Kleinwagen. Sie wären nicht reich, behauptete seine Mutter stets, sie hätten lediglich gut geerbt. Außerdem bekam Konrad Alimente von seinem Vater, der sich Jahre zuvor von Konrads Mutter hatte scheiden lassen und den er seither nicht mehr gesehen hatte.

Konrad denkt daran, wie er in seinem Keller lag, Spielkonsole spielte und Gras rauchte. Damit war er zufrieden. Die zaghaften Versuche seiner Mutter, ihn zum Arbeiten zu bewegen oder zum Studieren, prallten an ihm ab. Es ginge ihr nicht ums Geld, meinte sie, ihr Sohn solle einfach etwas aus sich machen. Die Kollegen im Museum, in dem sie arbeitete, erzählten immer nette Geschichten von ihren Söhnen, die in der Hauptstadt Rechtswissenschaften studierten, und von ihren Töchtern, die in Kanzleien befreundeter Notare untergekommen waren. Aber Konrad gab nichts auf die Träume seiner Mutter. Er sah in ihnen die Wiederholung einer Wiederholung einer Wiederholung. Er selbst nahm die Dinge anders wahr als seine Mutter. Die Matura war geschafft, der Wehrdienst wegen Untauglichkeit nicht zu absolvieren. Er glaubte, eine Pause verdient zu haben, und richtete es sich gemütlich mit Spielkonsole und Wasserpfeife auf der Couch ein. Dass auch er eine Wiederholung einer Wiederholung einer Wiederholung war, gestand er sich nur manchmal ein, etwa wenn er nachts auf der Toilette saß, seine Mutter schlief und nichts zu hören war als das gelegentliche Knacken des Dachstuhls.

Dann … Schritte im Stiegenhaus – an einem jener Tage, die er in seiner Kellerwohnung verbrachte. Jemand scharrte an der Tür. Er wartete einen Moment, bis es still war, und sprang auf, entsperrte das Schloss und nahm das gelbe Post-it von der Tür. Er las: »Hol bitte zwei Liter Milch, Nudeln, Schlagobers und Schinken. Deine Mutter.«

Er versperrte die Tür, setzte sich und stopfte das Hütchen mit der Tabak-Gras-Mischung. Das Post-it steckte er in die Hosentasche. Er lachte. Es war schon merkwürdig, fand er, dass seine Mutter einen Gutteil ihrer Kommunikation über die gelben Zettel vollzog. Aber es gefiel ihm, nach Hause zu kommen und die kleinen Nachrichten an der Kellertür zu entdecken. Sie erschienen ihm wie feine Fäden, die ihn und seine Mutter verbanden.

Er schlüpfte in das weinrote Sommerblouson und griff nach dem Autoschlüssel. Bevor er die Tür öffnete, lauschte er. Draußen zerfetzte das rostige Messer des Rasenmähers die Wiese, so wie jeden Montag im Sommer von sechs Uhr abends bis dreiviertel sieben. Seine Mutter liebte die Routine. Nach dem Rasenmähen würde sie sieben bis zehn Längen im solarbeheizten Pool schwimmen. Bei einem Glas Rotwein unter dem roten Ahorn würde sie dann sagen: »Ach Konrad, zu Hause ist es doch am schönsten, nicht wahr?«

Konrad verließ den Keller und ging in die Küche seiner Mutter. Er sah sich um. Überall lagen handgeknüpfte Teppiche, in jadegrün und karminrot, und an einer Pinnwand hingen Fotos, die seine Mutter bei Ausgrabungsstätten in Mittelamerika und im Nahen Osten zeigten. Früher hatte sie Archäologie studiert, Exkursionen führten sie an ferne Orte. Aber sie hatte das Studium abgebrochen. Konrad wusste nicht, warum. Jetzt verdiente sie ihren Lebensunterhalt als Führerin im archäologischen Museum der Provinzhauptstadt. Konrad hatte die Mischung von heimischer Provinz und den Reliquien ferner Kulturen, die beinahe in jedem Zimmer zu finden waren, schon immer merkwürdig gefunden. Er wollte nicht dort enden, wo seine Mutter es sich häuslich eingerichtet hatte. Dorthin aber würden die Errungenschaften und Erfolge führen, die sie von ihm sehen wollte. Dass er mit dieser Entwertung der Träume seiner Mutter nur seinen bequemen Status quo rechtfertigte, gestand er sich nur manchmal ein. Er wollte darin den Anfang für etwas Eigenes sehen. Etwas … Eigenes … Der Gedanke gefiel ihm, so leer und nutzlos er auch war, nur eine harte Hülse, deren Frucht Konrad noch nicht kannte.

Er ging los, um einzukaufen. Als er zurückkehrte, war seine Mutter mit dem Rasenmähen fertig. Der Ahorn leuchtete rot in der Abendsonne. Der Pool war mit einer Plane abgedeckt. In einem Zimmer am Dachboden ging das Licht an. Das war der Kreissaal. Seine Mutter nannte das Zimmer seit jeher so, einerseits weil es rund und außerordentlich groß war, andererseits weil sie darin Texte schrieb, die sie niemandem zeigte. Allen war der Eintritt in den Kreissaal verboten. Konrad nahm das als Schrulle seiner Mutter hin, auch weil sie sich täglich da hinauf zurückzog, um zu schreiben. Bisher hatte er noch keinen ihrer Texte gelesen. Jedes Mal, wenn er sie danach fragte, wich sie aus, sprach von einer ungeheuren Aufgabe, von einer Art totalem Tagebuch, dessen Sinn ihr noch nicht klar sei. Dann wechselte sie das Thema.

In der Küche erhitzte Konrad Wasser in einem Topf und gab einen Sack Spiralen dazu. In einer Pfanne machte er eine Soße und rief seine Mutter. Erst zehn Minuten später kam sie. Er war gerade mit dem Essen fertig geworden und zündete eine Zigarette an. Hektisch schlang sie die Nudeln hinunter. Sie müssen schon kalt sein, dachte er und schwieg. Als sie den Teller und das Besteck in den Geschirrspüler gab, meinte sie: »Hast du dir schon überlegt, was du machen wirst. Ich kann dich nicht ewig aushalten.«

Konrad wusste nicht, was er sagen sollte. Er zog an der Zigarette und blickte auf die Pinnwand mit den Fotografien von archäologischen Ausgrabungsstätten. Er sah einen übergewichtigen Mann mit Hut und Spitzbart, der in einer Grube auf einem Stein saß. An einer Schaufel lehnte seine Mutter. Konrad nahm das Foto von der Pinnwand. Er drehte es um. Mit Bleistift stand geschrieben: »August 1971, La Danta«. Als er das Foto zurückhängte, sagte er: »Ich werde mich für Fotografiekurse an der Universität einschreiben. Das Semester beginnt bald.«

Ein wenig überraschte ihn, was er da sagte. Noch nie hatte er bisher über Fotografie als Betätigungsfeld nachgedacht. Aber mit diesem Satz hatte sich in ihm etwas geändert. Die Wiederholung der Wiederholung der Wiederholung war unterbrochen worden. Er empfand in sich eine Form von Leere, jedoch keine, die ihn erdrückte, die ihn vor sich selbst bloßstellte. Diese Leere erregte ihn, sie spornte ihn an, ja, er war neugierig geworden auf das Kommende.

Seine Mutter blickte vom Teller auf. »Du willst Fotografie studieren?«, fragte sie erstaunt. Konrad zauderte kurz, dann nickte er. Er dämpfte die Zigarette aus und füllte den Aschenbecher mit Wasser. Als seine Mutter mit dem Essen fertig war, gab er den Teller in den Geschirrspüler und schaltete ihn ein. »Wie kommst du gerade auf Fotografie? Ich meine, du hast bisher kein Interesse daran gezeigt«, fragte seine Mutter.

Konrad blickte auf die Pinnwand. Ein anderes Foto zeigte seine Mutter auf einem Tempel. Er nahm es ab und las auf der Rückseite: »Juli 1971, El Tigre«. Mit der Fotografie in der Hand antwortete er, dass er es nicht genau sagen könne. Aber etwas schien in der Fotografie verborgen zu liegen, dass ihn – allein bei dem Gedanken daran – formte, ja, er fühlte eine Form, die das Fragmentarische seiner Wünsche und Hoffnungen, seiner Ängste und Verzweiflungen zu einem homogenen Ganzen verband. »Ein Ganzes – ein seltsamer Gedanke«, erklärte Konrad, »aber ein Gedanke, der ich sein möchte. In dem ich verschwinden will.« Konrads Mutter räusperte sich. Sie schien zu wissen, was er meinte, und schien es auf ihr Schreiben im Kreissaal zu beziehen. Konrad erwartete nun Lob von ihr oder Zuspruch oder irgendetwas, das ihn in seiner Entscheidung bestärken würde. Doch sie sagte bloß, dass sie weiterarbeiten müsse. Dabei zeigte sie mit einem Finger nach oben und verließ die Küche, lief das Stiegenhaus hoch.

Konrad ging in den Keller und startete das Internet. Auf der Seite der Kunstuniversität informierte er sich über das Studium der Fotografie. Die Bewerbungsfrist für dieses Jahr hatte er versäumt. Wobei eine Bewerbung für Konrad ohnehin nicht möglich gewesen wäre, da er Arbeitsproben beilegen hätte müssen, die er nicht hatte. Er entdeckte jedoch einen Vorbereitungskurs für die Aufnahmeprüfung, in dem die theoretischen und praktischen Grundlagen der Fotografie vermittelt werden sollten. Der Kurs würde nächste Woche beginnen, las Konrad und meldete sich sofort an. Später sank er auf die Couch und drehte einen Joint. Er fühlte sich seltsam betäubt von der Vorstellung, zu studieren. Den Vorbereitungskurs sah er als den wesentlichen Schritt in die richtige Richtung. Die folgende Aufnahmeprüfung für das tatsächliche Studium betrachtete er als reine Formsache. Er sah Bilder vor sich und zog an dem Joint. Er träumte davon, in der Hauptstadt zu leben. Er träumte von Ausstellungen in Galerien, von Stipendien und Auszeichnungen, von zuerst unscheinbaren Kurzmeldungen in den Kulturseiten der Tageszeitungen, die sich im Lauf der Jahre zu Aufmachern entwickeln sollten. Ganz klar und offensichtlich schien nun der Weg vor Konrad zu liegen. Er brauchte ihn bloß zu gehen.

Am nächsten Morgen fuhr er in die Provinzhauptstadt und kaufte eine digitale Spiegelreflexkamera samt Stativ und einer Ledertasche, die alleine dreitausendfünfhundert Schilling kostete. Das Geld hatte er von seiner Mutter bekommen. »Entweder du ziehst das Studium durch oder du zahlst Miete für den Keller«, hatte sie dabei gesagt. Den ganzen Tag beschäftigte er sich mit der Bedienungsanleitung der Kamera. Er probierte sämtliche Funktionen aus und machte ausschließlich Fotos von sich selbst in verschiedenen Posen. Zusehends wuchs seine Begeisterung für den Stoff, und als er abends hörte, wie sich das elektrische Garagentor öffnete, verließ er eilig den Keller, um seiner Mutter die neu erworbenen Fähigkeiten zu präsentieren. Sie zeigte jedoch kein Interesse. Stattdessen ging sie ins Bad und ließ Wasser über ihr Gesicht laufen. Aus der Küche holte sie eine Kanne Fruchtsaft und ging sofort auf den Dachboden. Konrad folgte ihr und versuchte ihr die verschiedenen Funktionen der Kamera zu zeigen. Als seine Mutter die Tür des Kreissaales entsperrte, meinte sie, sie könnten später darüber sprechen, doch jetzt müsse sie weiterarbeiten. Dann ließ sie Konrad alleine zurück. Er blieb eine Weile vor dem Kreissaal stehen, drückte sein Ohr gegen die Tür und lauschte. Er hörte das Rascheln von Papier und immer wieder Schritte. Auch die Stimme seiner Mutter vernahm er. Sie murmelte vor sich hin.

Es wirkte, als würde sie mit jemandem ein Gespräch führen, mit jemandem, der allein in ihrer Vorstellung anwesend war.

In der Küche schnitt Konrad roten Paprika für ein Reisgericht. Er war beleidigt. Stets hatte seine Mutter ihn dazu gedrängt, sich für eine Sache zu interessieren. Nun, da er das tat, schien es ihr vollkommen egal zu sein, ja, es schien sie regelrecht zu stören, wenn er sie daran teilhaben lassen wollte. Er briet die Paprikastücke mit Putenbruststreifen in einer Pfanne und kochte Risotto. Nachdem er es mit Weißwein abgelöscht hatte, rief er seine Mutter, doch sie kam nicht. Er setzte sich an den Esszimmertisch und aß. Er wartete, er blickte auf die Pinnwand mit den Fotografien. Später griff er nach der Kamera und verschwand im Keller.

In der folgenden Woche begann der Fotografiekurs. Konrad stand um sechs Uhr morgens auf und fuhr in die Provinzhauptstadt. Unterrichtsbeginn war erst um halb neun, so bestellte er bei einem Würstelstand, der beim Eingang der Kunstuniversität lag, zwei Leberkäsesemmeln und einen Kaffee. Er setzte sich an einen Biertisch und blickte auf den nahen Fluss, in dem die Morgensonne glitzerte. Immer mehr Leute kamen zum Würstelstand und frühstückten. Ihrem Äußeren nach waren die meisten Studenten. Konrad beneidete die Selbstverständlichkeit, mit der sie sich hier bewegten. Sie kannten den Besitzer des Würstelstandes. Sie sprachen über Prüfungen und Hausarbeiten. Unter ihnen war auch ein Mädchen, das aus einer Mineralwasserflasche trank. Sie hatte blonde Dreadlocks, die mit hellblauen und pinken Kunsthaarsträhnen durchsetzt waren. Sie stand an der Theke des Würstelstandes und blätterte in einer Gratiszeitung. Als der Andrang der Studenten immer größer wurde, suchte sie einen Platz an den Biertischen und setzte sich neben Konrad. Sie sei Tanja, stellte sich das Mädchen vor und zog einen Folder aus ihrer Ledertasche. Ob er wisse, in welchem Hörsaal der Vorbereitungskurs für das Studium der Fotografie stattfinde? Konrad schüttelte den Kopf. Er besuche aber auch diesen Kurs, meinte er, sie könnten den Hörsaal ja gemeinsam suchen.

Um acht verließen sie den Würstelstand und betraten die Kunstuniversität. Schnell fanden sie den Hörsaal, in dem nur mehr wenige freie Plätze waren. Um halb neun kam der Vortragende. Er sprach vom Stundenplan, während zwei Tutoren Informationsblätter austeilten. Die Aspiranten hatten den Kurs positiv zu bestehen, um an dem tatsächlichen Studium teilnehmen zu dürfen, stand auf dem Folder. Dass er das schaffen würde, stand für Konrad außer Frage, deshalb legte er den Bleistift beiseite und blickte durch den Hörsaal. Es überraschte ihn, wie verschieden die Menschen waren, die im Hörsaal saßen. Es handelte sich nicht bloß um Studenten in seinem Alter. Zwei Reihen vor ihm entdeckte er einen Mann mit Aktenkoffer, der eher in eine Kanzlei gepasst hätte als in einen Hörsaal. Ganz vorne saßen Pensionisten, die den Dampf von ihren Kaffeebechern bliesen. Hinten im Hörsaal drängten sich die Zuhörer auf den Stehplätzen, bis auf den Gang hinaus erstreckte sich die Traube. Er sah Frauen mit Kleinkindern am Arm, er sah Zwanzigjährige mit Palästinensertüchern, er sah einen Mann mit Schnauzbart und Goldkettchen, den er sich gut als Bademeister vorstellen hätte können. Mit einem Mal kam Konrad der Gedanke, dass er auch hier nur eine Wiederholung war, eine Wiederholung einer Wiederholung – nichts Besseres.

Konrad verließ der Ehrgeiz. Er packte seine Unterlagen und wollte gehen. Doch da dachte er an die Worte, die er vor Tagen an seine Mutter gerichtet hatte. Er dachte an die Form, die von dem Gedanken an die Fotografie auf ihn übergegangen war. Ganz will ich sein, dachte er, ich will, dass meine Gedanken zu meinen Handlungen werden und meine Handlungen meine Gedanken sind. Damit nun wurde ihm gleichgültig, wie viele Leute in dem Hörsaal saßen. Er hatte einen Auftrag, den er sich selbst gegeben hatte. Er wollte sich nicht enttäuschen.

Eine Weile lauschte er dem Vortragenden. Mit der Zeit fielen ihm die Ornamente und kindischen Motive auf, die Tanja neben ihm an den Rand ihres Blockes kritzelte. Ihm gefielen ihre Hände. Sie waren lang. Er hatte noch nie so lange Hände bei einer Frau gesehen. Gleichzeitig waren sie schmal und die Knochen und blauen Äderchen zeichneten sich unter der gläsern wirkenden Haut ab. Die Fingernägel hatte sie mit orangefarbenem Nagellack bestrichen. In Konrad wuchs das Verlangen, nach diesen Händen zu greifen, sie in seinen zu verbergen oder sie mit den Lippen zu berühren. Er schreckte auf und musterte Tanjas Profil, die Nase, die Augenbrauen, die hohen Wangenknochen. Für diese Körperpartien empfand er nichts, nur für die Hände, für die feingliedrigen Finger fühlte er etwas in sich, das warm war und weich und zart. Plötzlich wendete Tanja den Kopf, sah ihn an. Konrad erschrak, blickte zu Boden und lächelte, heimlich, nur für sich selbst.

Auf der Heimfahrt war er glücklich über den Entschluss, den Hörsaal nicht verlassen zu haben. Er ahnte auch, dass die Fotografie die Möglichkeit barg, aus dem Kreislauf der Wiederholungen auszubrechen, die Spur zu verändern und so die Kreisbahn zu sprengen. Zunächst musste er wiederholen und wiederholen. Er musste durch die ganze Wiederholung hindurchgehen, um am Ende vielleicht ein Schlupfloch zu finden, das ihm den Ausbruch ermöglichen würde. Als er zu Hause in den Keller lief, um die Kamera abzustellen, entdeckte er ein Post-it an der Tür. »Lieber Konrad! Fahr bitte zur Post und hol einen Brief für mich ab. Von der Apotheke brauche ich ein Nasenspray gegen meine Allergie. Rezept und Abholschein liegen in der Küche. Deine Mutter.«

Ein wenig war Konrad enttäuscht. Er hätte gerne mit seiner Mutter über den ersten Tag an der Universität gesprochen. Als er in die Küche ging, hörte er von oben Schritte, und als er stehenblieb, um zu lauschen, das hektische Klimpern der Schreibmaschinentastatur. Müde fuhr er in den Ort und holte den Brief und das Nasenspray. Seine Mutter bekam er an diesem Tag nicht mehr zu Gesicht.

Die ersten Wochen des Vorbereitungskurses waren den Theoriefächern »Grundlagen der Ästhetik« und »Theorie der Fotografie« gewidmet. Konrad gehörte zu den Besten seines Jahrganges. Es fiel ihm leicht, das Durcheinander ästhetischer Konzeptionen des zwanzigsten Jahrhunderts zu ordnen, zu prüfen und gegeneinander auszuspielen. Mit seinen Interpretationen zeitgenössischer bildender Kunst waren die Lehrenden höchst zufrieden. Auch der Vorlesungsblock »Definition der Fotografie als Bildmedium« stellte für Konrad kein Problem dar. Mit jeder Prüfung wuchs sein Lerneifer. Im Keller saß er stundenlang über den Lehrbüchern und tippte sorgfältig die Antworten für die Hausübungen in seinen Computer. Er genoss seine ersten Erfolge. Wenn er seiner Mutter vom Ablauf der Lehrveranstaltungen erzählte, wurde er ein wenig kindisch. Er übertrieb, rückte sich in glänzendes Licht und stellte seine Kommilitonen als Dilettanten hin. In seiner Euphorie war er sicher, etwas zu besitzen, das allein auf seinen Fähigkeiten beruhte und ihm die Möglichkeit bot, sich irgendwann von den Übrigen zu unterscheiden. Dabei ignorierte er den Hinweis der Professoren, die theoretischen Fächer seien zwar eine unumgängliche Aufwärmübung, jedoch das Talent der Studierenden zeige sich durch sie nur bedingt. Außerdem würde der praktische Teil im zweiten Semester den Großteil der Gesamtnote ausmachen.

Mit Tanja hatte Konrad immer weniger Kontakt. Grund dafür waren auch ihre Reden über die Fotografie, die Konrad als merkwürdig erachtete. Einmal meinte sie, dass sie die Fotografie für ein intuitives Handwerk halte. Zu sehen, sagte sie, könne man nicht lernen. Konrad verstand sie nicht. Er räusperte sich. Jedes Handwerk ist zu lernen, murmelte er und griff nach ihrer Hand, nach den Fingern mit den orange lackierten Nägeln und tippte sie gegen seine Zungenspitze. Tanja lachte. Dann meinte sie, sie habe einen Sohn. Und Konrad starrte aus dem Fenster. Im Laufe des ersten Semesters verlor er sie aus den Augen.

Im zweiten Semester belegte Konrad die ersten Seminare. Die Theorie trat in den Hintergrund und er bediente nun erstmals die Spiegelreflexkamera nach professionellen Mustern. Jede Lehrveranstaltung wurde mit der Diskussion der praktischen Hausarbeiten beschlossen. Die Studenten hatten bis zum nächsten Termin die entwickelten Auszüge mitzubringen. Je nach Aufgabenstellung war die Bewegungsunschärfe, der tonale Kontrast, das zerstreute Licht, die lineare und tonale Komposition eines Bildes darzustellen. Konrad war voller Euphorie. Er kannte die Begriffe, er wusste, wie die Kamera zu bedienen war. Nun machte er sich auf in die freie Wildbahn, wie ein Professor das Arbeitsfeld des Fotografen bezeichnete.

Die Ergebnisse waren bescheiden. Nicht nur, dass seine Arbeiten mit mäßigen Noten beurteilt wurden, Konrad verlor auch die herausragende Position innerhalb des Jahrganges. Er stellte fest, dass seine Fotografien in kompositorischen wie metaphorischen Belangen den Bildern der meisten Kollegen weit hinterherhinkten – vor allem jenen von Tanja. Das machte ihn anfangs noch ehrgeiziger, als er es ohnehin war. Er machte private Streifzüge, suchte Motive, von denen er glaubte, etwas Neues, etwas noch nie Dagewesenes liege in ihnen verborgen. Als er die Mappe mit diesen Bildern einem seiner Lehrenden zeigte, musterte dieser das erste Bild, dann sprach er von einer falschen Perspektive und warf es auf den Katheder. Das zweite fand er unterbelichtet, das dritte überbelichtet, das vierte unterbelichtet, unterbelichtet, unterbelichtet – so arbeitete er sich durch den ganzen Stoß. Konrad war entsetzt. Er griff nach den Fotos und verließ grußlos den Seminarraum. Draußen warf er die Bilder in den Mistkübel und trat dagegen. Der Mistkübel fiel um und rollte durch die Aula. Konrad trat noch einmal dagegen und noch einmal, dachte, unterbelichtet, unterbelichtet, unterbelichtet.

Einige Wochen später fuhr er vom Unterricht nach Hause. Zuvor hatte er ein Seminar mit dem Thema »Der Schatten als Bedeutung« besucht. Als Aufgabe galt es, das Gelernte in acht Bildern umzusetzen. Die Studenten hatten eine Woche Zeit dafür. Konrad kaute während des Fahrens an den Fingernägeln. Eine Kolonne hatte sich gebildet. Er wollte überholen. Er fuhr in Schlangenlinien, um den Gegenverkehr im Blick zu haben. Er dachte an die Motive für die Aufgabe. Alles Mögliche fiel ihm ein, aber nichts, das ihn fesselte, nichts, das ihm wert erschien, abgelichtet zu werden. Ein wenig beruhigte ihn, dass er wieder Kontakt zu Tanja geknüpft hatte. Ihr bescheinigten die Assistenten und Lektoren am Institut außerordentliches Talent. Sie schien nicht böse zu sein, dass er sich im Laufe des ersten Semesters von ihr distanziert hatte. Sie hatte zugesagt, als er sie nachmittags gefragt hatte, ob sie morgen gemeinsam Motive für die Aufgabe suchen würden.

Zu Hause fand er erneut ein Post-it an der Kellertür. Seine Mutter bat ihn, den Rasen zu mähen und zu kochen. Sie habe Zutaten für einen Gemüseauflauf gekauft, er brauche ihn nur zuzubereiten. Konrad zerknüllte das Post-it und versperrte die Kellertür hinter sich. Er sank auf die Couch und zerrieb Gras in einer Mühle, mischte es mit Tabak und stopfte ein Hütchen. Eine Zeit lang spielte er mit der Spielkonsole, aber es machte ihm keinen Spaß. Nach einigen absolvierten Missionen eines Ego-Shooters legte er den Controller beiseite und starrte auf das Couchtischchen, auf dem sich ein Durcheinander an Lehrbüchern, Zigarettenschachteln und Grassäckchen stapelte. Er dachte an den Rasenmäher und an den Gemüseauflauf, aber dafür fehlte ihm der Antrieb. Als er nach dem Zigarettenpäckchen griff, fand er auf dem Couchtischchen eine Lernzielkontrolle aus dem ersten Semester. Er hatte ein »Sehr gut« gehabt. Wütend stand er auf und verließ den Keller. Er ging auf den Dachboden und klopfte gegen die Tür. Er wusste, dass er das nicht tun sollte. Seine Mutter hatte ihm eingetrichtert, sie nur ja nicht beim Schreiben zu stören, außer das Essen sei fertig. Er klopfte noch einmal. Das Schreibgeräusch auf der Tastatur verstummte augenblicklich. Was los sei, fragte seine Mutter, das Essen könne nicht schon fertig sein. Das sei es auch nicht, meinte Konrad, aber er müsse mit ihr reden, es gehe um den Vorbereitungskurs.

Seine Mutter schwieg. Ob sie öffnen könne, wiederholte Konrad. Nein, antwortete sie endlich, sie könnten auch beim Essen reden, nicht wahr? Ja, beim Essen könne man reden, meinte Konrad und verließ den Dachboden. In der Küche kochte er das Gemüse und vermengte es in einer Auflaufform mit einer Soße und Käse. Als er die Auflaufform ins Backrohr gegeben hatte, zündete er eine Zigarette an. Er fragte sich, was seine Mutter da oben machte. In den letzten Wochen war sie noch weniger aus dem Kreissaal gekommen, als sie es ohnehin schon getan hatte. Im Normalfall war es ihm egal, was sie tat. Er war sogar froh, sie nicht dauernd zu sehen. Doch nun, da er sie brauchte, da er seinen Misserfolg mit ihr teilen wollte, begann er sich für ihr Handwerk zu interessieren. Er sah nach dem Auflauf und ging in ihr Schlafzimmer, da es ihm als der privateste Raum seiner Mutter erschien, der ihm zugänglich war. Das Erste, was ihm auffiel, war eine Holzmaske, die über dem Bett hing. Sie zeigte das Gesicht eines Menschen, das sich mit dem eines Vogels mischte. Die Nase wirkte wie ein nach unten gebogener Schnabel und war weiß und rot bemalt. Federn dienten als Kopfschmuck. Konrad nahm die Maske ab und hielt sie vor sein Gesicht. Im Spiegel begutachtete er sich. Die Maske hatte etwas Furchteinflößendes – die schmalen Augenschlitze, die hohen Backenknochen, die spitzen Zähne und das grimassenhafte Lachen schienen zu einer mythischen Figur zu gehören, die für nichts Gutes stand. Als er die Maske wieder an die Wand hing, entdeckte er am unteren Ende das Wort »Vucub Caquix« eingeritzt und daneben »Guatemala 1971«.

Konrad setzte sich auf das Bett. Erst jetzt merkte er, dass auch der zweite Teil des Bettes bezogen war. Er stand auf. Die Seite, auf der sein Vater gelegen war, war ebenso feinsäuberlich mit Leintuch und Polster bestückt wie die Seite seiner Mutter. Konrad wunderte sich. Für ihn existierte sein Vater nicht. Er war noch sehr jung gewesen, als dieser die Familie verlassen hatte. Er hatte nicht einmal ein Bild von ihm im Kopf und er vermied es, Fotos von ihm zu Gesicht zu bekommen. Der einzige Bezug, den er zu ihm herstellen konnte, war die Zeile auf dem Kontoauszug, die mit »Alimente« betitelt war. Konrad wurde den Gedanken nicht los, dass dieses Haus eine Chiffre war, um das Verhalten seiner Mutter zu entschlüsseln. Er blickte sich um, strich über das Bett. Dann sah er die Maske erneut an. Er dachte an die Fotos in der Küche. Überall sah er Fragmente, Bruchstücke einer Existenz, die sich in unmittelbarer Nähe zu seiner eigenen vollzog. Aber er konnte das Ganze dieser Existenz nicht entdecken, nirgends fand er ein Muster, nach dem sich die Bruchstücke verbinden ließen. Als Konrad den Gemüseauflauf roch, lief er in die Küche. Er zog die Form aus dem Backrohr und rief seine Mutter. Sie kam vom Dachboden, so als hätte sie darauf gewartet, dass das Essen endlich fertig sei. Nach einigen Bissen vom Auflauf fragte sie Konrad, was er denn für ein Problem habe. Dabei stocherte sie nach den Karotten, die sie am Rand des Tellers zu einem Haufen schichtete. »Ich werde mich nicht fügen«, sagte Konrad. »Das ist los.« Er holte eine Weißweinflasche aus dem Kühlschrank und füllte zwei Gläser.

»Fügen? Was meinst du damit?«, fragte seine Mutter. Konrad zuckte mit den Achseln. »Ich schaffe es nicht einmal, als Wiederholung erfolgreich zu sein. Wie soll ich es schaffen, meine Gedanken zu meinen Handlungen, meine Handlungen zu meinen Gedanken zu machen. Wie soll ich schaffen, meine Teile in mir ineinander zu fügen?«

»Ich kenne das«, sagte seine Mutter, »aber hattest du erwartet, dass es einfach wird. Willst du etwa aufgeben, bevor das Eigentliche begonnen hat?« »Weißt du«, setzte seine Mutter fort, ohne eine Antwort abzuwarten, »damit ich schreiben kann, muss alles so sein wie am ersten Tag, an dem ich gut schrieb.« Konrad verstand nicht. Er stellte seinen Teller in den Geschirrspüler und wischte mit einem Putzschwamm über die Tischdecke. »Hast du einen Schreibtisch, an dem du arbeitest?«, fragte seine Mutter. »Soweit ich weiß, hast du keinen im Keller stehen. Du lässt mich ja nicht hinein.«

Konrad gab Alufolie über die Auflaufform und stellte sie in den Kühlschrank. »Du lässt mich ja auch nicht in den Kreissaal«, murmelte er, doch seine Mutter hörte ihn nicht. »Der Schreibtisch muss absolut leer sein«, sagte sie. »Keine Ablenkungen, keine Sentimentalitäten, außer wenn sie deine Arbeit vorantreiben, dürfen auf ihm stehen. Jede Ablenkung kann zu einer Ablenkung im Kopf werden. Das ist fatal. Man glaubt, alles funktioniere, die Arbeit gehe voran, doch erst später merkt man, dass ein Bruch da ist, der nicht da sein sollte. Der Grund dafür ist die Ablenkung gewesen. Dann muss man von vorne beginnen.«

Konrad hatte das Gefühl, dass seine Mutter mehr mit sich selbst sprach als mit ihm. Er starrte aus dem Fenster, dabei spürte er ihren Blick. Er sollte sie ansehen, sollte nicken, doch er starrte nun auf das Plastiktischtuch und zählte im Kopf die Sekunden. »Ich meine, schaff dir Raum und arbeite. Mach Fotografien, such Motive und frag dich, warum du fotografierst, was du fotografierst. Am Schreibtisch bearbeitest du sie, denkst. Stellt sich heraus, dass das Ergebnis zu verwerfen ist – verwirf es. Und beginne von vorne.«

Als seine Mutter mit ihrer Rede geendet hatte, stand sie auf und öffnete das Küchenfenster. Sie schnippte die Zigarette in den Garten. »Du hast noch nicht den Rasen gemäht?« Konrad sah auf, er hatte es vergessen. »Ich werde es morgen tun.«

»Ich habe dich aber heute darum gebeten«, sagte seine Mutter unwirsch und schloss das Fenster. »Es hat geheißen, dass es nachts regnet. Da kannst du morgen nicht mähen und musst es übermorgen tun. Deswegen musst du es heute machen«, schrie seine Mutter plötzlich. Ihr Stimmungswandel erschreckte Konrad. Er sprang auf. »Mach es selbst. Du sperrst dich den ganzen Tag am Dachboden ein und arbeitest an diesem totalen Tagebuch, was auch immer das ist. Dann und wann klebt ein Post-it an meiner Tür. Ich koche, ich hole Medikamente aus der Apotheke und ich mähe den Rasen, aber erst morgen oder übermorgen.«

Seine Mutter wandte sich ab und lief aus der Küche auf den Dachboden. Oben warf sie die Tür ins Schloss. Konrad trat ins Stiegenhaus, horchte. Es war still. Wenig später ging er nach draußen und holte den Rasenmäher aus der Gartenhütte. Es dauerte zwei Stunden, bis er das Grundstück gemäht hatte.

Am nächsten Tag nach dem Unterricht traf er Tanja bei dem Würstelstand. Sie spazierten durch die Stadt, auf der Suche nach Motiven für die Hausarbeit. Währenddessen musterte Konrad sie verstohlen. Er versuchte, irgendetwas an ihr zu erkennen, was ihm erklärte, weshalb sie so gut zu fotografieren wusste. Er fand nichts. Vielmehr zeigte sich, dass mit Tanja etwas nicht stimmte. Sie sprach wenig, was ungewöhnlich war. Sie rieb sich die Augen, obwohl sie nicht müde zu sein schien. Sie ging neben ihm und zugleich war sie nicht hier, fand er und suchte ihre langen Finger, die orange lackierten Nägel, aber Tanja vergrub sie in den Hosentaschen. »Geht's dir gut?«, fragte er. »Ja«, murmelte sie und lächelte. Eine Weile gingen sie nebeneinander her und Tanja deutete auf einen jungen Mann in einem dunkelgrauen Dreiteiler, der in einer Bushaltestelle saß. »Siehst du ... drück ab ... drück einfach ab.«

Ohne auf die Lichtbedingungen oder die technischen Einstellungen der Kamera zu achten, machte Konrad eine Bild-Serie von dem Mann. Hinter einer Hausecke sahen sie sich die Bilder an. Konrad hatte elf gemacht, zehn davon waren platte Portraits und zu verwerfen, das letzte jedoch war eigentümlich. Die Sonne spiegelte sich in der Plexiglaswand der Bushütte. Ein Farbstrudel entstand, ein Loch, das dreidimensional wirkte. Es schien, als würde es den Mann aufsaugen. Vollends verwirrte Konrad sein ruhiger, gebrochener Gesichtsausdruck, die verkrampften Backenknochen und die blutleeren Lippen. Die Hände des Mannes lagen auf den Knien, und er blickte in die Richtung, aus der der Bus kommen würde. »Er ist tot«, sagte Tanja, »und bald wird er sterben.«

Konrad war begeistert. Er hielt ein Bild in den Händen, das er gemacht hatte und das ihm gefiel. Auch Tanja war beeindruckt. Bei seinen übrigen Arbeiten war immer ein Rest Skepsis geblieben, der sich bei den Besprechungen in den Seminaren bestätigte. Von diesem Bild aber war er überzeugt, es sei ihm gänzlich gelungen. Schade, fand er, dass es nicht zur Aufgabenstellung der Hausübung passte und er es nicht verwenden konnte.

Tanja zog ihn weiter. Konrad griff nach der Ledertasche und schob den Riemen der Kamera über den Hals. Er glaubte, jetzt den Dreh herauszuhaben, und schoss Bilder von allem, was ihm in den Weg kam. Selten war ein gutes dabei. »Dass ich einen Sohn habe, weißt du«, sagte Tanja mit einem Mal. Konrad nickte. Er drehte am Kontrastregler der Kamera, dabei fiel Asche von seiner Zigarette auf das Display. Hektisch wischte er sie weg. »Ich sollte jetzt bei ihm sein. Ich sollte ihn von der Kinderkrippe abholen«, meinte Tanja und setzte sich auf eine Parkbank. Ein Verkäufer einer Obdachlosenzeitung hielt ihnen die neueste Ausgabe entgegen. Sie lehnten ab. »Geh doch nach Hause«, sagte Konrad. »Ich schaffe das schon alleine.« Er war euphorisch, das Bild vom Mann in der Bushütte hatte ihm Antrieb gegeben. Tanja schüttelte den Kopf. »Ich will nicht.«

Konrad verschränkte die Beine und blickte in die Sonne. »Ruf den Vater an. Er soll sich um den Jungen kümmern.«

»Das macht er ohnehin.«

Konrad beobachtete den Obdachlosen, der reihum den Leuten seine Zeitung anbot und von den meisten abgewiesen wurde. Er hatte das Gefühl, Tanja einen Rat geben zu müssen. Doch ihm fiel nichts ein. So saß er schweigend neben ihr und machte Fotos vom Obdachlosen, die er sogleich löschte.

Plötzlich hielt er inne. Er blickte an seinem Körper herab. Ein Kribbeln durchflutete die Beine, die Zehen, den Bauch. Ihm war, als hätte er eine Idee, einen Gedanken, der in seinem Körper wirklich wurde. »Komm, wir müssen zur Universität«, rief er, ihm sei eine Bildkomposition eingefallen. Er griff nach Tanjas Hand und zog sie von der Parkbank. Sie kicherte.

Am Weg zurück sprach sie von ihrem Freund, er sei zwölf Jahre älter, er arbeite in einer Bar. Tagsüber sei er zu Hause und wolle Zeit mit ihr verbringen. Konrad aber hörte nicht zu. Er umklammerte ihre Hand und zog sie hinter sich her. Vor der Kunstuni sprach er einen Studenten an. Er brauche ein Modell für eine Fotografie, es dauere nicht lange. Der Junge willigte ein und sie liefen in den dritten Stock, wo den Studenten ein Raum zur Verfügung stand, um Arrangements für Bilder zusammenzustellen.

Konrad verriegelte die Türe und zog die Kamera aus der Ledertasche. Als er sie auf ein Stativ montierte, meinte er: »Ausziehen. Alle beide.« Der Junge zierte sich. Aber als Tanja achselzuckend aus ihrem Top schlüpfte, fügte sich auch er. Konrad zog währenddessen eine schwarze Leinwand von der Decke und breitete einen Teppich am Boden aus. »Legt euch auf den Rücken und formt euren Körper zu einer Brücke«, sagte er. »So, dass ihr, wenn ihr ein Bein ausstreckt, euch nicht und nicht berührt.«

Er stellte sich hinter das Stativ und blickte durch die Kamera. »Näher«, sagte er, »näher.« Einen Augenblick lang starrte er auf Tanjas Körper, die Zehen, die sich streckten, den Bauch, der ein wenig eingefallen war, die kleinen Brüste. Tatsächlich aber sah er nicht Tanja vor sich, er sah eine Idee, ein Stück Wirklichkeit, in dem ein Gedanke und ein von ihm arrangierter Gegenstand sich ineinanderfügten. Dann drückte er ab. Er machte eine Serie, zwanzig Fotos im Abstand von drei Zehntelsekunden. Als er fertig war, begutachtete er die Bilder. Er war zufrieden. Die Fotos waren schwarz-weiß, die Körper wirkten bleich und die Beine dürr und kränklich.

Als er die Tür entsperrte, verabschiedete sich der Junge. Tanja und er gingen zum Würstelstand, um eine Kleinigkeit zu essen. Sie setzten sich auf eine Bierbank und warteten. Konrad griff nach Tanjas Hand und tippte ihren Zeigefinger gegen seine Zungenspitze. Sie zog aber ihre Hand aus jener von Konrad und fragte, ob er noch Zeit habe. Sie habe heute nicht in dem Café zu arbeiten und einige Freunde von ihr würden sich treffen. Sie könnten sie besuchen. Konrad nickte. Und als der Besitzer der Würstelbude die Bratwürstel brachte, meinte Tanja: »Ich will nicht nach Hause.«

Die Wohnung, in der die Feier stattfand, lag nicht weit von der Kunstuni. Der Gastgeber öffnete die Tür mit nacktem Oberkörper und verschwand nach einem kurzen Gruß in einem der Zimmer. Konrad fand die Wohnung seltsam. Von einem runden Vorraum führten fünf Zimmer weg, in vier davon saßen Menschen und redeten. Es lief Musik, die sich im Vorraum zu einem seltsamen Klangbrei vermischte. Beim fünften Zimmer war die Türe geschlossen, und als Konrad aus Neugier die Klinke drückte, ließ sie sich nicht öffnen. Tanja ging ins erste Zimmer und warf sich auf eine Couch. Mehrere Jungs saßen im Kreis und eine Wasserpfeife machte die Runde. Mit einem Beamer wurde ein Computerspiel an die Wand projiziert. Durch die Jalousien fiel in Streifen etwas Licht. Konrad grüßte. Niemand beachtete ihn. Er rutschte auf die Couch. An der Wand explodierte eine Handgranate und Körperteile flogen durch die Gegend. Die Jungs kreischten vor Lachen. Tanja sah zu, sie sprach nichts und sog an der Wasserpfeife. Jemand meinte, in der Küche gebe es ein Buffet. Konrad holte einen Teller mit Salat und Brot und aß schweigend. Ihm ging es, wie es ihm bisher jedes Mal ergangen war, wenn er bei Partys gewesen war, wo er niemanden kannte. Er fand, dass er hier nichts zu suchen hatte. Er gehörte hier nicht her. Der einzige Grund, warum er blieb, war Tanja.

Später wechselte er das Zimmer. Hier wurde getanzt. Die Tische und Stühle waren beiseite geschoben und ein brombeerfarbener Teppich lag in der Mitte des Zimmers. An seinen Enden standen Boxen, die die Tanzenden zu umzingeln schienen. Tanja stieß einen Freudenschrei aus und klatschte in die Hände. Sie drängte sich zwischen die Tanzenden und deutete Konrad, ihr zu folgen. Doch er zögerte. Tanzen war ihm vor Fremden schon immer schwer gefallen. So schlich er aus dem Zimmer und schlüpfte ins nächste, in dem es ruhiger war. Überall lagen Polster und orientalische Tücher hingen an den Wänden. Konrad setzte sich zu einer Gruppe, in der ein Chillum die Runde machte. Er stellte sich vor. Als Begrüßung wurde ihm die rauchende Holzpfeife hingehalten. Man fragte ihn, mit wem er gekommen sei. Und nach einem Zug sprach er von Tanja. Man fragte ihn, was er mache. Und Konrad erklärte, er würde bald Fotografie studieren. Er sprach von zerstreutem Licht und der Bedeutung des Schattens. Später berührte ihn eine Hand an der Schulter, und er war aufgeregt, als Tanja neben ihm zu Boden glitt.

Abends wollte Konrad nach Hause fahren. Doch Tanja meinte, er könne sie nicht alleine lassen. Als er an die Post-its an der Kellertür dachte, an das Schreibgeräusch im Kreissaal, beschloss er zu bleiben. Tanja gab so lange keine Ruhe, bis Konrad zu tanzen begann. Er schämte sich dabei. Die unkontrollierten Bewegungen, fand er, zeigten eine Seite von ihm, die er Fremden nicht zugänglich machen wollte. Doch als er sah, dass niemand ihn beachtete, entspannte er sich. Dabei griff er erneut nach Tanjas Hand und legte einen ihrer Finger auf seine Zungenspitze. Nun kicherte sie nicht. Sie blickte ihn an, so lange, bis er wegsah und zur Stereoanlage lief, um ein wenig lauter zu drehen.

Nachts saß er in einer Ecke und dämmerte vor sich hin. Er hörte alles um sich herum – das Gekreische eines Jungen, das Gelächter und die Musik. Aber er hatte den Eindruck, zu schlafen. Er hörte sich seufzen, und als ihn eine Hand an der Schulter berührte, blieb er ruhig, seufzte noch einmal, erst als Lippen seine Lippen berührten, schreckte er auf. Tanja zog ihn hoch und ging mit ihm zum fünften Zimmer. Aus der Hosentasche holte sie einen Schlüssel. »Ich muss nach Hause«, meinte Konrad, doch Tanja griff nach seiner Hand und legte einen Finger an ihre Zungenspitze. »Ich muss auch nach Hause«, sagte sie und schloss hinter sich die Tür. Konrad rieb seine Augen. Das Licht der Neonlampe blendete ihn. Tanja zog ihn aufs Bett. Er schloss die Augen. Blind strich er mit der Hand über ihren Oberarm. Er zog an ihren Dreadlocks. Sie kicherte und rutschte von ihm weg. Konrad hörte, wie ein Kleidungsstück auf den Parkettboden fiel. Er stellte sich vor, wie Tanja nun aussah, ihre Brüste, ihr Bauchnabel. Hatte sie Muttermale? Narben? Grübchen? Konrad atmete ein, er roch sie, er drückte sich an sie, berührte ihr Knie. Sie spannte die Muskeln an. Er drückte gegen das Knie und sie gab nicht nach. Ihre Füße? Er suchte nach ihnen, bekam sie zu fassen und steckte einen großen Zeh in den Mund, saugte daran. Da wurde Tanja ruhig und atmete gleichmäßig – einen Augenblick bewegte sie sich nicht. Konrad zog den Zeh aus dem Mund und griff nach einem Schenkel. Er lachte. Er drückte das weiche Fleisch. Tanja kicherte, wand das Bein aus seiner Umklammerung und zog ihm das Hemd über den Kopf. Sie wickelte es um sein Gesicht, sodass er nun endgültig nichts mehr sah. Plötzlich fühlte er einen Stoß. Er fiel vom Bett, sprang auf und wollte sich das Hemd vom Kopf reißen, doch da biss Tanja in seine Brust. Und draußen wurde die Musik lauter gedreht, immer lauter. Kurz darauf läutete es an der Haustür und die Musik verstummte. Konrad und Tanja hielten inne, lauschten – beinahe war es still.

Am Nachmittag erwachte er. Er blickte auf den Lichtspalt, der durch den Vorhang auf den Parkettboden fiel. Hinter ihm regte sich Tanja. Sie rückte näher an ihn heran und vergrub ihr Gesicht zwischen dem Kopfpolster und seinem Rücken. Konrad blickte auf die Uhr. Der Vorbereitungskurs war beinahe zu Ende. Er hatte einen trockenen Mund und Kopfschmerzen. Vorsichtig stand er auf, um Tanja nicht zu wecken. Draußen blickte er in die übrigen Zimmer. Überall lagen schlafende Körper auf Couchen, am Teppich oder Parkettboden. Im Computerzimmer hatten sich einige versammelt und sahen fern. Im Zimmer, in dem nachts getanzt worden war, lief noch eine CD. Sie war hängengeblieben. Ein Sänger stotterte: »learn to forget… learn to forget…«. Konrad drehte die Stereoanlage ab. In der Küche war noch ein wenig vom Büffet übrig. Er schmierte ein Topfenbrot und füllte ein Glas mit kaltem Leitungswasser. Im fünften Zimmer schlüpfte er wieder zu Tanja ins Bett. Er zündete eine Zigarette an und strich die Asche in eine halbvolle Bierdose, die am Nachtkästchen stand. Konrad blickte auf die Ledertasche mit der Kamera. Es störte ihn, dass er heute nicht am Vorbereitungskurs teilgenommen hatte. Die Aufgabe für die nächste Woche war heute nochmals besprochen worden und die Studenten hatten dem Professor erste Proben zur Begutachtung vorlegen können. Da wäre Konrad gerne dabei gewesen.

Er dämpfte die Zigarette in der Bierdose aus und ging ins Bad, das gleich neben dem fünften Zimmer lag. Er drehte den

Duschhahn auf und wartete, bis das Wasser heiß wurde. Die Fotografie fiel ihm ein, die er gestern von Tanja und dem fremden Jungen gemacht hatte. Er war sicher, dass sie ihm gelungen war und dass sie von seinem Talent zeugte. Und wenn er den Aufnahmetest für das ordentliche Studium dennoch nicht schaffte? Konrad stieg in die Duschwanne und prustete, so heiß war das Wasser. Erstmals, seit er den Vorbereitungskurs besuchte, stellte er sich diesen Gedanken klar vor Augen. Er wurde nervös. Er suchte nach einer Antwort. Dann könnte er eben gleich in die Hauptstadt ziehen und es an der dortigen Kunstakademie versuchen, dachte er und griff nach dem Shampoo.

Draußen knackte die Tür. Konrad horchte. Zunächst hörte er Schritte, die unablässig im Zimmer auf und ab gingen. Eine Stimme erklang. Er verstand nicht, was gesprochen wurde. Die Stimme war leise. Jemand flüsterte. Es war ein Mann, der da im fünften Zimmer bei Tanja war. Ab und zu steigerte sich die Stimme zu einem Zischen, um sodann wieder zu einem Flüstern abzuebben. Konrad dachte an Tanjas Freund. Niemanden sonst konnte er sich vorstellen, der Grund hatte, so zu flüstern und so zu zischen. Er stieg aus der Dusche. Das Wasser ließ er laufen. Er trat an die Tür heran und lauschte. Von Tanja hörte er nichts. Er stellte sich vor, wie sie aufgewacht war und verdutzt in das Gesicht ihres Freundes geblickt hatte. Überall liegen meine Kleider, dachte Konrad. Vom zerknautschten Bettzeug war darauf zu schließen, dass Tanja nicht alleine in dem Bett geschlafen hatte. Plötzlich schlug eine Tür zu. Erst jetzt hörte er Tanjas Stimme. Was sie sagte, verstand er nicht.

Konrad trat wieder unter den Wasserstrahl. Er duschte ausgiebig. Es ärgerte ihn, dass das Bad keine Tür hatte, die direkt auf den Gang führte. Er hatte keine Lust, Tanja jetzt gegenüberzutreten. Sie würde ihn mit dem Sachverhalt konfrontieren, ob sie wollte oder nicht, und Konrad würde sich schuldig fühlen, ob er wollte oder nicht. Er trat aus der Duschkabine und griff nach einem Handtuch. Im fünften Zimmer war es ganz still. Er hoffte, Tanja wäre verschwunden, wäre ihrem

Freund hinterhergelaufen. Doch als er die Tür einen Spaltbreit öffnete, entdeckte er sie rauchend im Bett. Er trat ins Schlafzimmer und sammelte seine Kleider ein. Als er fertig war, griff er nach der Ledertasche mit der Kamera. Er wollte gehen, doch er wandte sich noch einmal um und rutschte aufs Bett. Tanjas Zehen lugten unter der Bettdecke hervor. Er wollte sie küssen, doch als er sie beinahe schon berührte, zog Tanja sie unter die Decke. Konrad lachte. Dann drehte er sich um und schlüpfte aus dem fünften Zimmer. Im Vorraum suchte er nach seinen Schuhen. Aus dem Computerzimmer tönte die Melodie einer Fernsehsendung. Körper regten sich. Er hörte Stimmen. Leise, ohne dass jemand von ihm Notiz nahm, verließ er die Wohnung. Zu Hause an der Kellertür entdeckte er drei Post-its, mit denen seine Mutter um Besorgungen bat. Er riss sie von der Tür und warf sie hinter eine Eckbank.

In der nächsten Woche arbeitete er an der Aufgabe. Er machte Aufnahmen, verwarf sie und suchte neue Motive. Er war wenig zu Hause, jedes Mal, wenn er zurückkehrte, fand er Post-its an der Tür, die er alle zerknüllte und auf den Boden warf. Ein regelrechter Haufen hatte sich schon gebildet. Es empörte ihn, dass seine Mutter ihn als eine Art Haushaltsgehilfen betrachtete. Zu Gesicht hatte er sie in letzter Zeit nur selten bekommen, nur manchmal beim Abendessen, das sie schweigend zu sich nahmen. Auch mit Tanja lief es nicht gut. Sie ging ihm die ganze Woche aus dem Weg. Wenn er sie fragte, ob sie Zeit habe, über die Aufgabe zu reden, suchte sie nach Vorwänden, um ihn loszuwerden. Von der Nacht im fünften Zimmer sprachen sie nicht mehr.

Als Konrad am Mittwoch zum Vorbereitungskurs fuhr, lag die Mappe mit den acht Fotografien am Beifahrersitz. Er war nervös, er rauchte unablässig. An dem Würstelstand trank er ein kleines Bier, was er um diese Tageszeit ansonsten nie machte. Um halb neun setzte er sich in den Seminarraum. Einige Kollegen waren schon anwesend. Sie standen am Gang und tranken Kaffee oder sprachen über ihre Fotografien. Zu Stundenbeginn besprach der Professor einige organisatorische Details. Danach bat er den ersten Freiwilligen seine Fotos reihum durchzugeben. Konrad meldete sich, er wolle beginnen. Er zog die oberste Fotografie aus der Mappe, die ein Karussell mit kreischenden Kindern zeigte. An der Hausmauer dahinter war der Schatten ihrer ausgestreckten Hände zu sehen. Konrad teilte Abzüge der Fotografie aus. Jeder warf einen Blick darauf und gab sie weiter, bis sie beim Professor ankam. Dieser schob seine Brille auf die Stirn und betrachtete die Fotografie. Zunächst hielt er sie weit von sich weg und kniff die Augen zusammen. Dann legte er sie auf das Pult und begutachtete sie aus nächster Nähe. »Hat jemand etwas dazu zu sagen«, meinte er, als er sich wieder aufrichtete und dabei die Brille abnahm. Ein Junge meinte, das Foto berühre ihn nicht, der Sinn sei verstellt, er finde es theatralisch. Konrad notierte mit, damit er danach antworten konnte. Dabei zitterten seine Hände. Jede Kritik an der Fotografie fasste er als Kritik an sich selbst auf. Ansonsten meldete sich niemand. Der Professor stimmte dem Jungen zu, auch er finde, dass die Komposition ihre Absicht zu sehr erkennen lasse. »Sie hemmt den Effekt, den sie eigentlich zu verstärken versucht«, meinte er.

Jetzt konnte sich Konrad wehren. Er hatte zu jedem Bild einen Zettel mit Argumenten verfasst. Nun trug er sie vor. Zur ersten Fotografie gab ihm der Lehrende in einigen Punkten recht, in anderen widerlegte er ihn. Konrad aber nahm nur die Kritik wahr. Es war, als reichte eine gegenteilige Meinung, um das Bild zu beflecken und es so seines Wertes zu berauben. Aber noch kapitulierte er nicht. Er ging in der Verteidigung richtiggehend auf. Ab und zu meinte der Lehrende, Konrad solle sich mäßigen, im Hörsaal werde nicht geschrien.

Die Besprechung seiner Fotografien dauerte zwei Stunden. Die Urteile über die übrigen fielen genauso aus. Überall gab es etwas zu bemäkeln, überall sahen die anderen Dinge, die Konrad nicht gesehen hatte und die seine Bilder in handwerklichen Belangen als unzureichend entlarvten. Nach der Besprechung schlug der Professor eine Rauchpause vor. Konrad stapfte in den Hof. Er war enttäuscht und verzweifelt. Er wusste nicht, was er anders hätte machen sollen. Ihm waren seine Bilder makellos erschienen. Alleine dass sie nur in Details kritisiert worden waren, ärgerte ihn maßlos. Die übrigen Studenten standen in der Aula und tranken Kaffee aus dem Automaten. Nur der Lehrende trat aus der Kunstuni und zündete sich eine Zigarette an. »Was halten Sie von der Besprechung«, fragte er. Konrad zuckte mit den Achseln. Er dämpfte die Zigarette aus und wollte gehen, da es ihm unangenehm war, mit dem Professor alleine zu sein. »Sie sind einfach ein besserer Theoretiker«, meinte dieser auf einmal. »Auch solche Leute werden gebraucht.« Konrad sah auf. Der Professor blickte auf den Würstelstand und den vorbeifließenden Strom. Dann steckte er die Zigarette in eine Tonne mit Sand und verließ den Raucherhof.

Konrad sah ihm hinterher. Ich soll Theoretiker werden? Bilder in seinem Kopf zerfielen in diesem Augenblick, Bilder, die ihm ein Kompass gewesen waren am Weg durch irgendein Labyrinth, irgendeinen Urwald. Er ging zum Würstelstand und setzte sich auf eine Bank. Er dachte, unterbelichtet, unterbelichtet. Dabei fühlte er sich wie gelähmt. Zurückgehen und den Studenten mimen, erschien ihm nun lächerlich, aber was sollte er sonst tun? Er blieb sitzen, lauschte den Geschichten der Würstelstandbesucher. Als es nach einer Stunde wieder eine Rauchpause gab, ging er in den Seminarraum, holte die Mappe und seinen Rucksack und schlich aus der Universität. Er verabschiedete sich bei niemandem. Ein wenig tat ihm leid, dass er Tanja nicht noch einmal gesprochen hatte. Aber auch auf sie war er wütend. Sie hätte ihn verteidigen können, wenigstens irgendetwas sagen. Als er mit dem Wagen nach Hause fuhr, warf er die Mappe mit den Bildern aus dem Fenster. Im Rückspiegel sah er, wie die Fotografien durch die Luft wirbelten, für einen Moment einen Kreis bildeten und dann in alle Richtungen davonflogen. Er lächelte. Ich werde in die Hauptstadt ziehen, dachte er.

Zu Hause war er alleine. Seine Mutter war im Museum, und als er in den Keller kam, fand er wieder ein Post-it an der

Tür. Sie bat ihn, das Essen zu machen und dem Installateur zu öffnen, der nachmittags kommen würde. Doch dieses Mal hatte sie nicht mit »Deine Mutter« unterschrieben, sondern mit ihrem Vornamen »Verena«. Konrad wusste zunächst nicht, was er davon halten sollte. Das hatte sie sonst nie gemacht. War es eine Form von Entschuldigung? Konrad ging in seine Wohnung und setzte sich auf die Couch. Er starrte auf das Post-it. Zum Glück hat sie mit »Verena« unterschrieben und nicht mit »Deine Verena«, dachte er. Je länger er das Stück Papier in den Händen hielt, umso wütender wurde er. Der geschriebene Vorname schien ihm immer lächerlicher zu werden. Der geschriebene Vorname entsprach nicht ihrer eigentlichen Verbindung, fand er. Sie schrieb »Verena«, so als wäre sie nicht seine Mutter, so als versuchte sie, nun, da die Mutter-Sohn-Verbindung in den letzten Wochen auf ein Minimum reduziert worden, ja, beinahe gerissen war, sich über eine andere Form der Verbindung wieder in sein Leben einzuschleichen. Ja, dachte Konrad, sie will sich einschleichen wie ein Dieb, will womöglich, wenn sie sich eingeschlichen hat, wieder die Mutterrolle übernehmen, will womöglich als eingeschlichene Mutter jene Form von Verbindung neu begründen, die sie mit dem geschriebenen Vornamen »Verena« insgeheim nicht gemeint zu haben schien.

Auf einmal sprang Konrad auf und lief auf den Dachboden. Auch ich habe das Recht, mich einzuschleichen, dachte er. Er trat gegen die Tür des Kreissaals. Er dachte, unterbelichtet, unterbelichtet. Er trat noch einmal dagegen. Der Türrahmen krachte. Beim vierten Tritt fiel die Tür aus dem Rahmen und Konrad trat in den Kreissaal.

Als Erstes sah er die großen Aktenschränke an den Wänden, die den Raum um ein Vielfaches verkleinerten. Konrad trat näher heran. An manchen Schranktüren standen Jahreszahlen, an anderen war ein Stichwort notiert. So entdeckte er an der einen das Wort »Astwerk«, an der anderen das Wort »Flusslauf«, auf einer dritten stand »Dschungellied«. Konrad wollte diesen Schrank öffnen, doch die Tür war verschlossen.

Er rüttelte daran, wenn er brutaler vorgegangen wäre, hätte er das Schloss aufreißen können, doch davor schreckte er zurück.

An einer Wand stand ein klappriger Schreibtisch. Er war von Holzwürmern zerfressen. Unter seinen Füßen steckten Bierdeckel. Auf der Tischfläche lagen leere Blätter, die zu Stößen geschichtet waren, und eine Schreibmaschine. Konrad öffnete eine der Schubladen. Sie war voll mit Bleistiften. Konrad schätzte sie auf über hundert Stück. In der zweiten Lade fand er eine Reihe von Schlüsseln, die zu den Schränken zu gehören schienen.

Er ging zum Dschungel-Schrank und probierte einen nach dem anderen. Nach einer Weile ließ sich einer drehen und die Schiebetür sprang auf. Konrad fand unzählige Kuverts, die mit Klips auf einer Art Kleiderbügel befestigt waren. Er lachte. Er fuhr über die Kuverts. Die Klips klickten. Klick-Klack. Klick-Klick-Klack. Er drehte sich um, da er glaubte, jemand stehe hinter ihm. Doch er war alleine. Konrad griff nach dem ersten Kuvert in der obersten Reihe und zog es vom Bügel. Links unten war das Datum »Juli/August 1971« notiert. Daneben stand »El Mirador«. Konrad setzte sich an den Schreibtisch und öffnete das Kuvert. Er zog eine Unzahl von Blättern hervor, die vorne und hinten dicht mit Bleistift beschrieben waren. Es musste schon lange her sein, dass seine Mutter diesen Tagebucheintrag verfasst hatte, da die Bleistiftstriche bereits ein wenig verblasst waren. Konrad blickte auf. Nun sah er keine Fragmente mehr. Er sah Mosaiksteine und erkannte eine Ordnung. Ein Ganzes zeigte sich, das seine Mutter vor der Welt verbarg.

Er öffnete die übrigen Schränke. Auch sie waren randvoll mit Kuverts, die mit Klips an Bügeln befestigt waren. Ein wenig zitterte er. Das Ungeheure, das Absurde, das vor ihm lag, machte ihm Angst und zugleich beeindruckte es ihn. Seine Mutter schien das verwirklicht zu haben, von dem er bloß träumte. Er verstand jedoch nicht, warum seine Mutter ihr totales Tagebuch versteckte, warum sie nicht in die Welt hinausging und davon sprach. Weshalb hatte sich seine Mutter in die Schrift zurückgezogen, in der Schrift verborgen? Wollte sie später einmal ausgelegt werden? Von ihm?

Konrad setzte sich an den Schreibtisch und griff nach dem bereits geöffneten Kuvert. Er las: »Am 23.8.1971 bin ich im Nationalpark Peten in Guatemala angekommen.« Auf einmal hörte er Schritte im Stiegenhaus. Er sprang auf. Er schob die Blätter ins Kuvert und schob es am Rücken in den Hosenbund. Die Schritte im Stiegenhaus wurden schneller, hektischer. Seine Mutter musste die aufgebrochene Tür entdeckt haben. Gleich darauf erschien sie im Kreissaal. Zunächst sagte sie nichts. Sie stieg über die Tür und blickte auf die geöffneten Schränke. Es schien, als würde sie kontrollieren, ob ein Kuvert fehlte, ob Konrad Unordnung gemacht habe. Aber sie entdeckte nichts Auffälliges. So schloss sie die Schränke und versperrte sie mit den Schlüsseln, die am Schreibtisch lagen. Konrad rechnete mit einem Wutausbruch, mit Vorwürfen, doch nichts dergleichen geschah. Seine Mutter schwieg die ganze Zeit über. Bald hielt er es nicht mehr aus. Fast hätte er das Kuvert von alleine herausgerückt. Doch dann sagte er: »Was soll das hier?«

Seine Mutter griff nach der Tür des Kreissaals und lehnte sie gegen die Wand. »Wir müssen den Tischler holen«, meinte sie und strich über den Rahmen, der unter Konrads Tritten zersplittert war. Konrad sah ihr dabei zu, und als sie näher an ihn herantrat, verbarg er den Rücken vor ihr. »Das ist mein Tagebuch«, sagte sie auf einmal. Sie öffnete die Dachluke. Sonnenlicht fiel schräg ins Zimmer.

»Was ist das … ein totales Tagebuch?«

Sie lachte. »Ein Versuch, ein Leben aufzuschreiben.«

»Alles?«

»Ein Leben hat auch Lücken«, antwortete sie und musterte Konrad abschätzig.

»Aber eine Ordnung hat keine Lücken.«

Konrads Mutter sah auf. Er glaubte, sie ertappt zu haben. Sie hielt sich am Türrahmen fest und strich über die Nase. »Eine Ordnung ist aus sich heraus ein Ganzes. Eine Ordnung hat einen Anfang und ein Ende. Eine Ordnung hat Teile, aber was zwischen den Teilen ist, bleibt mir überlassen.«

»Und was ist zwischen den Teilen?«

»Zwischen den Teilen ist die Lücke, das bin ich, die aufschreibt. Die Lücke ist die Ordnung der Ordnung.«

Plötzlich läutete es an der Tür. »Der Installateur.« Seine Mutter verließ den Kreissaal. Konrad blieb noch eine Weile sitzen. Aus der Küche hörte er Werkzeugkrach. Er blickte aus der Dachluke. Einige Wolken hatten sich vor die Sonne geschoben.

Drei Wochen später hievte er gegen Mittag den letzen Umzugskarton auf die Ladefläche des geliehenen Kastenwagens. Er blickte auf den Pool. Das dreißig Grad warme Wasser lag reglos in der Mittagshitze. Keine sich kräuselnden Wellen, kein belangloses Glucksen der Umwälzpumpe – es schien, als wäre die Wasseroberfläche von einer unsichtbaren Haut überzogen wie bei gekochter Milch.

Konrads Mutter war bei der Arbeit im Museum. Sie hatte es nach außen hin gelassen aufgenommen, als Konrad sie, nachdem der Installateur die Reparatur am Wasserhahn beendet hatte, von seinen Plänen, in die Hauptstadt zu ziehen, unterrichtet hatte. Sie rief bloß den Tischler, der die Tür instand setzte. Danach nahm sie wieder am Schreibtisch Platz und arbeitete weiter. Von Konrads Eindringen in den Kreissaal sprach sie nicht mehr wieder.

Noch einmal warf er einen Blick in den Briefkasten, nur um den Abschied ein wenig hinauszuzögern. Keiner der eingegangenen Briefe war an ihn adressiert. Als Empfänger war immer Verena Kantner angegeben. Er empfand den Klang des Namens als eigenartig. Für ihn hatte sie keinen Namen. Für ihn war sie bloß seine Mutter.

Konrad rutschte auf den Fahrersitz. Neben ihm stand die Ledertasche mit der Kamera, das Kuvert ragte zwischen den technischen Utensilien hervor. In den letzten Tagen hatte er Schuldgefühle gehabt, die Ordnung seiner Mutter zerstört zu haben. Er hatte den Anfang der Ordnung gestohlen. Eine Ordnung ohne Anfang war keine Ordnung. Er hatte sich damit beruhigt, dass seine Mutter nichts davon wusste. Aber er wusste davon, das ärgerte ihn maßlos. Er wusste, dass seine Mutter Tag für Tag im Kreissaal an ihrer Ordnung arbeiten würde, an einer Ordnung, der nun von vornherein jede Möglichkeit, zu gelingen, genommen worden war. Einmal aber kam ihm der Gedanken, dass seine Mutter nicht an einer Ordnung arbeitete, sondern an der Lücke, dass sie wünschte, eines Tages von der Lücke verschluckt zu werden. So oder so würde sie scheitern. Eine Lücke ohne Anfang würde scheitern, eine Ordnung ohne Anfang erst recht. Konrad startete den Lieferwagen. Er schob das Kuvert tief in die Ledertasche und zog den Reißverschluss zu. Dann bog er in die Hauptstraße.

Immer mehr Menschen drängen an die Theke. Konrad hat gar nicht bemerkt, wie sich der Club allmählich gefüllt hat. Er greift nach dem Glas und drückt sich zwischen den fremden Körpern hindurch auf die Tanzfläche. Er steigt auf ein Podest, sodass er beinahe den ganzen Club überschauen kann. Tibor und die anderen sollten schon hier sein, denkt er und blickt von der Bühne zum Eingang. Nach einer Weile bekommt er Kopfschmerzen. Er schiebt es auf das Stroboskoplicht und die allmählich schwächer wirkende 69er. Er geht auf die Toilette, um das leere Glas mit Leitungswasser zu füllen. Als er vor dem mit Permanentmarker vollgeschmierten Spiegel steht und das Glas auswäscht, klopft ihm jemand auf die Schulter. Er erschrickt. Er dreht sich um. Tibor steht vor ihm. »Wie ist es beim Verhör gewesen«, fragt Konrad sofort. Anstatt zu antworten packt ihn Tibor an der Schulter und zieht ihn aus der Toilette. Als Konrad versucht, sich loszureißen, gibt ihm Tibor einen Stoß, sodass er gegen die Wand fällt. »Warum greifst du Balazs an?«

Konrad richtet sein Jackett. Der Angriff auf Balazs ist ihm bereits entfallen. »Balazs …«, keucht er. »Er hat mich belogen.« Tibor lacht. Er legt den Arm auf Konrads Schulter und zieht ihn näher an sich heran. »Beim Verhör ist nichts geschehen. Es hat keine Liste gegeben. Und es ging nur um eine geringfügige Menge. Ich werde nicht einmal angezeigt. Dasselbe gilt für Balazs.«

Konrad windet sich aus der Umklammerung. Allmählich wird er wütend. So ist Tibor noch nie mit ihm umgegangen. »Freut mich. Aber Manu hat euch dennoch verpfiffen. Gibt dir das nicht zu denken?« Tibor mustert ihn lange mit Blicken, die Konrad beschämen – zu Unrecht, wie er meint. »Irgendjemand hat irgendwen wegen ein wenig Zeug der Polizei verraten, der hat dann wieder irgendeinen Namen genannt und so weiter. Die Polizisten stellten Fragen über den Konsum. Es ging nie um den Verkauf, verstehst du?« Und nach einer längeren Pause setzt er hinzu: »Manu ist in Ordnung.«

Konrad wirft den Kopf in den Nacken und lacht seltsam. Bilder und Empfindungen steigen in ihm hoch und die Überzeugung, dass er im Recht ist. Das Gleiche hat ihm Balazs schon erzählt. Plötzlich schüttelt ihn ein Krampf, und er beißt die Zähne aufeinander, sodass sie knirschen. »Wie oft haben wir solche Geschichten schon gehört«, schreit er, »und alle sind dann erwischt worden.« Ich bin kein Opfer, denkt Konrad und trinkt von dem Glas, in dem ein wenig vom Bier-Wasser-Gemisch übrig ist. Tibor ist größer als er. Hinter seinen spitzen Schultern blitzen die Stroboskoplichter. Er wirkt wie eine Vogelscheuche, findet Konrad und lacht. Da drückt ihn Tibor mit beiden Händen gegen die Wand. »Reiß dich zusammen. Es ist nie um dich gegangen. Immer nur um mich und Balazs. Du verwechselst Grundsätzliches.«

Tibor lässt Konrad wieder los, der an ihm vorbei auf die tanzende Menge blickt. »Ich habe das Geld für die Reise. Ich werde mit dem Zeug aufhören.« Tibor fährt mit der Zunge über die Lippen. Er mustert Konrad, der nicht weiß, wohin er blicken soll. »Und du wirst auch aufhören, ob du willst oder nicht. Du bist mir ausgeliefert.«

Konrad sieht ihm nach. Als Tibor zwischen den fremden Körpern verschwunden ist, wirft er ihm das Glas hinterher.

Es zerschellt an einer Zwischenwand. Augenblicke später folgt Konrad Tibor. Er will ihm sagen, dass er seine Entscheidungen selbst trifft und dass er ihm Zugang zum Zeug verschaffen soll. Zugleich widert es ihn an, so von Tibor abhängig zu sein. Selbst der Versuch, sich von Tibor zu befreien, geht mit einer Unterwerfung, einer Bettelei einher. Und wenn er irgendwann selbständig das Zeug bekommen sollte, wird er sich wieder jemanden unterwerfen müssen. Immer ist jemand größer als er, mächtiger. Und immer fügt er sich dieser Macht. Bei den Couchen vor dem Ausgang entdeckt er Tibor. Er sitzt mit Balazs, Manu und Mathilde in einer Runde. Konrad hat Angst, zu ihnen zu treten. Er fühlt sich als Komödienclown, als eine Marionette an unsichtbaren Stahlfäden, die zur Unterhaltung des Publikums über die Bühne stolpert. Er sieht lachende Gesichter vor sich, ausgestreckte Finger, die auf ihn zeigen. Er zerrt an den Fäden, doch sie reißen nicht. Er schreit. Die Gesichter lachen, aufgerissene Münder, aus denen falsche Zähne hervorblitzen. Da zieht jemand an einem Faden, der mit Konrads linkem Bein verbunden ist, und schon liegt er auf den Brettern. Das Publikum brüllt. Konrad blickt auf. Für einen Moment wird es still in ihm. Er sieht die Gesichter, die erbarmungslosen Fratzen. Da begreift er, dass er ein unfreiwilliger Komödienclown ist, dass er das Publikum zum Lachen bringt und sie so ihrer Vergangenheit enthebt. Er macht sie vergessen – das ist ihr Glück.

Plötzlich packt ihn jemand am Genick und schreit: »Wirfst du mit Gläsern durch die Gegend?« Es ist der Türsteher. Offenbar hat sich jemand beschwert. Ohne lange auf Konrads Ausflüchte einzugehen, schiebt er ihn zum Ausgang. Seine Freunde blicken auf, Manu lacht, Tibor schmunzelt und Balazs schüttelt den Kopf. Draußen schleudert ihn der Türsteher in die gefrorenen Reifenspuren im Schnee. Konrad putzt das schmutzige Eis und den Rollsplitt vom Jackett. Er sieht zum Türsteher hoch. Doch der wendet sich ab und zieht die schwere Aluminiumtür ins Schloss. Konrad blickt zum Himmel. Über ihm ist es schwarze Nacht. Zwischen den dichten Häuserreihen am Horizont jedoch wird es schon heller, grauer. Konrad folgt dem Bankett der Schnellstraße, die nach einigen Kilometern am Miethaus und an dem kleinen Wäldchen vorbeiführt. An einer Kreuzung will er die Straßenseite wechseln. Er wartet, bis die Ampel für den Verkehr auf Rot schaltet. Der Wind kriecht in jede Öffnung seines Jacketts. Die 69er wirkt immer noch. Von der Kälte spürt er nichts. Kein Auto auf der Straße, kein Motorenlärm. Aus einem Bordell in der Nähe springen drei Männer. Einer feuert eine leere Weinflasche in die heranrückende Morgendämmerung. Konrad verfolgt die fliegende Flasche mit den Augen und zuckt zusammen, als sie weit von ihm entfernt am Asphalt zerschellt.

Es ist halb acht, als er das Miethaus erreicht. Seine Beine schmerzen. Die Augenlider sind schwer. Er läutet, doch Caspar öffnet nicht. Konrad steht vor der verschlossenen Eingangstür des Miethauses. Er läutet Sturm. Der Verkehr auf der Schnellstraße wird lauter und dichter. In Belas Wettcafé brennt kein Licht mehr. Konrad blickt durch die riesige Fensterscheibe. Die verkehrt auf die Tische gestellten Sessel ergeben ein trostloses Bild. Konrad nimmt Eisklumpen und wirft sie in Richtung seines Wohnzimmerfensters im ersten Stock. Der Vorhang ist schlampig zugezogen. Caspar reagiert nicht. Konrad ist verzweifelt. Er verkraftete es nie, bei Tageslicht die Pillen noch in den Knochen zu spüren. In diesen Fällen vergräbt er sich in seinem Wohnzimmer bei heruntergelassenen Jalousien und vorgezogenem Filzvorhang. Konrad fühlt sich beobachtet. Er dreht sich um. Er weiß, jemand sieht ihn. Beinahe hysterisch schreit er: »Caspar, Caspar, lass mich hinein!«

Als er sich umdreht, steht Helga vor ihm. Sie trägt einen schwarzen Mantel, einen weißen Schal und darunter ein langes olivgrünes Kleid. Auf ihrem Kopf hat sie einen schwarzen Hut mit einem fein gewobenen schwarzen Schleier. »Kann ich hinein«, stammelt Konrad. Helga öffnet ihm. Sie bewegt sich mechanisch, teilnahmslos. Sie wirkt traurig. Es scheint, als wäre es ihr vollkommen gleichgültig, Konrad zu sehen. »Eine harte Nacht gehabt...«, meint sie und stakst über den eisigen Mietparkplatz zur Bushaltestelle – bedächtig, ein wenig zittrig, aber dennoch so, als könnte sie niemand aufhalten.

Im ersten Stock hämmert Konrad gegen die Wohnungstür. Endlich öffnet Caspar. Ohne ein Wort zu sagen, schleicht er schlaftrunken zurück ins Wohnzimmer und wirft sich auf die ausgezogene Ledercouch. Konrad schlüpft aus dem Jackett und lässt die Jalousien herunter. Finsternis. Er keucht: »Caspar …« Keine Antwort. Auf dem Glastisch liegen die Pillen, das Speed und das Zeug. »Caspar, schläfst du?« Keine Antwort.

Konrad läuft in die Küche und holt aus dem Lüftungsschacht das Kuvert. Er öffnet es und zieht den Text heraus. Die Bleistiftschrift ist noch weiter verblasst. Konrad liest den ersten Satz. Für den Rest hat er keine Kraft. Er schiebt die Blätter wieder in das Kuvert und geht ins Wohnzimmer. Nachdem er einen Joint geraucht hat, sinkt er neben Caspar auf die Matratze und stiehlt ihm ein Stückchen von der Daunendecke. Das Gras macht ihn ein wenig schummrig. Er starrt an die Decke. Verschobene Prismen und verschwommene Kegel gleiten sich um die eigene Achse drehend über das kahle Weiß. Konrad schließt die Augen, öffnet sie. Die Einbildungen geben sich hartnäckig, huschen immer noch über die Zimmerdecke. Der Schlaf wird nicht kommen, ahnt er. Caspars Atemgeräusche beruhigen ihn. Er denkt, zu zweit alleine sein, ist sicherer.

VI

Herzinsuffizienz. Helga weiß nicht, was das Wort bedeutet. Zischend öffnen sich die Türen des Linienbusses. Sie weiß nur, dass es die Krankenschwester dreimal wiederholte, als sie vor einer Dreiviertelstunde angerufen hat. Der Fahrer lächelt. Er kennt Helga von vielen Fahrten ins Krankenhaus. Die Schwester meinte, die Herzinsuffizienz sei eine übliche Reaktion des Körpers auf die Diabeteserkrankung. Helga könne kommen, um Adalbert noch einmal zu sehen. Sie löst eine Karte und nimmt neben dem Entwerter Platz. Raureif macht die Fensterscheiben blickdicht. Helga ist froh, nicht gesehen zu werden.

Ihr Mann sei vor drei Stunden gestorben, während er geschlafen habe, erklärte die Schwester, ein Pfleger habe es bemerkt, als er zur Morgentoilette in seinem Zimmer erschienen sei. Helga tapst über den vereisten Gehsteig zum Eingang des Krankenhauses. Sie grüßt den Portier, der gleichgültig nickt. Vor dem Spiegel im Aufzug richtet sie die weiße Borte des olivgrünen Kleides. Im dritten Stock betritt sie die Station »Innere Medizin«. Hände werden ihr gereicht. Ein Mann in schwarzem Dreiteiler mit silbernen Manschettenknöpfen und einer blassroten Krawatte drückt sein Beileid aus. Er senkt dabei den Kopf und schließt für einen Moment die Augen. Er sei der Bestatter, meint er sodann, und wenn Helga sich von ihrem Gatten verabschiedet habe, könne man bei einem Kaffee die organisatorischen Details des Begräbnisses besprechen. Dann schweigt er, nestelt am linken Ärmel des Sakkos und beißt sich auf die Lippen.

Helga deutet sein Schweigen als Entschuldigung und nickt anerkennend. Alles erscheint ihr mehr oder weniger wichtig, mehr oder weniger belanglos. Plötzlich zieht eine Schwester sie am Ärmel, und der Bestatter meint, er würde bei der Stationsaufsicht warten. Helga könne sich Zeit lassen. Die Schwester führt sie den Gang entlang. Das Flurlicht flackert. Eben wird das Frühstück in den Zimmern ausgeteilt. Zivildiener, beladen mit Kannen und Tabletts, huschen links und rechts an Helga vorbei. Manche grüßen. Herr Safranek liege noch in seinem Bett im Zimmer 308. Helga könne so lange bleiben, wie sie wolle, meint die Schwester. Helga nickt. Am liebsten würde sie nichts anderes mehr tun, als zu nicken und zu schweigen. Die Schwester öffnet die Tür. Helga tritt ein. Adalbert liegt im letzten Bett. Jemand hat das Fenster gekippt. Die Vorhänge plustern sich auf. Ein Krankenwagen fährt mit Sirenengeheul zum Eingang der Notaufnahme. Helga friert. Sie dreht das Licht an und blinzelt. Zuerst ist alles verschwommen. Allmählich lassen sich Gestalten und Formen erkennen. Helga glaubt, die momentan herrschende Stille zu fühlen. Sie versucht, das Gefühl zu fassen. Sie schafft es nicht. Dann schaltet sie das

Licht ab, schließt das Fenster und setzt sich an das Fußende des Krankenbettes.

Die Euphorie des Vorabends ist verflogen. Als sie die Fremde in der Maturazeitung des Jahrgangs 1986/87 entdeckte und sie als Klara Prohaska (Alter: 44, Klassenvorstand der 8b, Unterrichtsfächer: Mathematik und Musik, Hobbys: Lesen und Musik) identifizierte, war sie außer sich vor Freude. Sie empfand die Entdeckung als Triumph. Ein Name ist wie ein Netz, an dem man sie sich festhalten kann, ein Name und die Welt wird handhabbar, findet Helga. Sie wird die Fremde ausfindig machen und mit dem Foto konfrontieren. Als sie gestern wegen Belas Rufen nach Caspar das Fenster aufgerissen hat, genoss sie den eisigen Hieb des Wintersturms. Ein Energieschub jagte durch ihren Körper. So etwas hat sie das letzte Mal am Ende ihrer Hochzeitsreise gespürt. Kurz bevor sie erfuhr, dass es im Kaffeehaus Denkmayer gebrannt hat. Damals jedoch war der Auslöser Wut gewesen.

Helga steht auf und zieht das Ende des weißen Leintuchs, das Adalberts bleich-blauen Körper umspannt, zwischen dem eisernen Lattenrost und der Matratze hervor. Sie greift nach seinem rechten Arm, der mit dem linken unter dem Beckengürtel verschränkt ist. Der bis zum Knie abgeschnittene Stumpf riecht faulig, so als würde er gären. Helga bemüht sich, die Eindrücke zu ignorieren. Es gelingt ihr beinahe. Als sie jedoch die grauen Härchen auf Adalberts Armrücken streifen, erschaudert sie unwillkürlich. Nach einer Weile hat sie sich an die leblose Hand gewöhnt. Sie ist steif. Sie ist ledern. Sie ist zu einer Faust geformt. Unmenschliches durchzieht Adalberts übriggebliebene menschliche Form. Sie spreizt Finger für Finger und legt ihr warmes, von zerplatzten Äderchen purpurnes Gesicht in die geöffnete Handfläche. Sie streichelt die Hand mit der Wange. Dabei spürt sie die Narbe auf der rissigen Innenseite. Helga blickt auf. Die Narbe verläuft quer über die Handfläche. Sie ist klobig, schlecht verheilt und die Stiche der Naht an den Seiten des Schnittes sind deutlich zu erkennen. Helga blickt zur Tür. Am Gang poltern die Zivildiener mit dem Geschirr. Niemand macht jedoch Anstalten, einzutreten. Mit der Zunge leckt Helga über die Narbe, die sie Adalbert vor zwanzig Jahren zugefügt hat.

Helga und Adalbert heirateten spät. Für Helgas Mutter Anna zu spät. Sie saß zwar bei der standesamtlichen Trauung in der ersten Reihe. Ihre Alzheimer-Erkrankung war jedoch schon weit fortgeschritten. Bewusste Wahrnehmungen schienen ihr nur mehr sporadisch möglich zu sein. Dennoch war sie hübsch gekleidet, fand Helga. Ihre Mutter trug ein pfirsichfarbenes Kostüm, elegante beige Halbschuhe und einen Sommerhut mit einer Margarite im Umschlag. Trotz der Medikamente, die eigentlich ihre außer Kontrolle geratene Motorik unterstützen sollten, kippte Anna beinahe seitlich aus dem Rollstuhl. Helga hatte Angst, sie würde zu Boden fallen. Einer der Gehilfen des Standesbeamten war dazu bestimmt worden, sich um sie zu kümmern. Er war umsichtig genug, die prekäre Sitzhaltung zu bemerken und die alte Frau sanft in eine aufrechte Position zu hieven. Anna sah sich kurz um, verlor die Balance erneut und kippte vornüber.

Helga quälte ihr schlechtes Gewissen. Sie hatte sich immer gegen eine baldige Hochzeit mit Adalbert gewehrt. Erst seinen dritten Antrag hatte sie angenommen. »Er ist letztlich doch eine gute Partie, jemand wie du sollte nicht lange überlegen«, hatte Anna nach dem ersten Antrag gemeint. Ihr Zuspruch für den zukünftigen Schwiegersohn war das Ergebnis eines stetigen Aufweichens ihrer Antipathie gegen Männer insgesamt. Ihre Angst, Adalbert könne Schaden in die Familie bringen, war von den Neuroleptika unterbunden worden. Zusätzlich war Adalbert überaus hartnäckig. Er war es gewesen, der sich stets für Annas Geschichten von den besseren Zeiten interessierte. Er glaubte ihr sogar in gewissen Maßen. Das honorierte Anna. Helga dagegen wurde wütend, wenn ihre Mutter sich anmaßte, von früher zu erzählen. Das, was sie unter besseren Zeiten versteht, nennen andere Leute Krieg, dachte Helga. Sie stellte sich gegen Anna, auch weil die dauernden Seitenhiebe auf ihre Gebärunfähigkeit sie verletzten. Es dauerte aber nicht lange, bis ihre Mutter und Adalbert sich gut verstanden. Wenn Adalbert zu Besuch war und sie zu dritt am Balkon saßen, fühlte sich Helga oft als Fremdkörper. Ihre Mutter und Adalbert schienen eine Allianz gegen sie gebildet zu haben. Anna übernahm die aktive Rolle, Adalberts Kollaboration zeigte sich in zustimmendem Nicken, was Helga noch rasender machte.

Helga sprach Annas unsensible Haltung nie an. Sie wusste, wie wichtig es für ihre Mutter war, zu heiraten und Kinder in die Welt zu setzen und wie lange sie selbst warten hatte müssen, bis sie ein Kind bekommen hatte. Ihr Schweigen verurteilte Helga jedoch nicht zur Tatenlosigkeit. Mehr um ihre Mutter zu ärgern als um Adalbert vor den Kopf zu stoßen, lehnte sie die ersten beiden Anträge ab. Ganz versessen darauf, sich mit Anna zu duellieren, merkte sie nicht, wie sie mit Adalberts Zuneigung spielte. Er nahm die Absagen nach außen hin gelassen auf. Seine Beständigkeit und Ausgeglichenheit hatte Helga oftmals als Lethargie empfunden. Einen Zustand, den sie glaubte, beherrschen zu können. Da er nach der ersten Absage blieb, warum sollte er nicht auch nach der zweiten bleiben?

Helga war töricht gewesen. Das merkte sie, als Anna immer tiefer in die geistige Umnachtung absank, keine nennenswerte Gegnerin mehr abgab und sich so dem Zorn ihres Kindes entzog. Wenn Helga Abalbert im Cordfauteuil sitzen und die Abendnachrichten verfolgen sah, in den Hosen mit der strengen Bügelfalte, mit dem offenen Hemdkragen, und er wegen dem roten Muskateller selbst zum Kühlschrank trottete und die nette Geste nicht selbstverständlich von ihr verlangte, wenn er sie küsste und danach nicht gleich dem Alltag anheimfiel, sondern noch kurz über ihre Wange strich, da wusste Helga, was sie Adalbert letztendlich schuldete.

Das Hochzeitszeremoniell war schmucklos. Abgesehen von Anna waren nur Bela, sein Vater Ernst, Adalberts Eltern und zwei Lehrerinnen der Handelsakademie anwesend. Man hielt den kleinen Rahmen für angemessen. Vor allem Adalberts Eltern waren darauf bedacht, nur wenige Gäste zur Hochzeit einzuladen, da sie es waren, die das Festtagsessen zu bezahlen hatten. Helga war grundsätzlich damit einverstanden. Auch sie fand, dass man sich wegen der Hochzeit eines Paares, das ohnehin schon mehr als zwanzig Jahre zusammenlebte, finanziell nicht übernehmen sollte. Doch als Helga auf den Stufen des Standesamtes stand und den Brautstrauß über ihre Schulter warf, dieser ein wenig zu weit nach rechts flog und auf dem Boden landete, war sie für einen Moment ein wenig enttäuscht über die kleine Hochzeitsgesellschaft und den lieblos gestalteten Tag.

Als der Fototermin absolviert war, fand man sich in einem nahen Gasthaus ein. Alle waren ausgelassener Stimmung und selbst Anna schien zu lächeln. Helga übernahm das Kommando. Sie wies den Gästen die Plätze zu, sie erklärte den Kellnern, was die Hochzeitsgesellschaft zum Aperitif wünschte. Dabei war sie ein klein wenig stolz auf ihre Geschichte und das, was sie aus ihr gemacht hatte. Dass sie trotz allem eine Frau war und es geschafft hatte, nun auch als solche zu gelten, betrachtete sie als ihren Sieg. Sie war die Braut.

Nur gegen eine Person hatte Helga verloren. In Annas Augen würde sie immer eine Missgestalt bleiben. Jetzt, da alle an der Tafel saßen und sich unterhielten, waren es nur Anna und Helga, die für sich blieben. Anna starrte konzentriert auf das Blumengesteck mit den lila Duftkerzen. Ob noch Bilder der Vergangenheit in ihr lebten, fragte sich Helga, während der Kellner das gekochte Rindfleisch mit Semmelkren servierte. Sie hoffte nicht. Helga selbst war es, die ihrer Mutter die Möglichkeit genommen hatte, diese Bilder zu verwerfen und durch neue zu ersetzen. Unsichtbare im Verborgenen glimmende Erinnerungsstücke jener Zeit, jener Person, die Helga nun nicht mehr war und nie hatte sein wollen, lebten vermutlich noch in ihrer Mutter. Ich hätte einen der früheren Anträge Adalberts annehmen sollen, dachte Helga, als Anna noch aufnahmefähiger war.

Nach dem Hauptgang liefen Kellnerinnen in schwarzen Kleidern mit weißen Kopftüchern und wuchtigen Tabletts um die Festtagstische. Sie servierten den Nachtisch. Selbst der Küchenchef gesellte sich mit einer mobilen Kochplatte zu der Hochzeitsgesellschaft. Er karamellisierte Früchte und Nüsse in einer Stahlpfanne und übergoss sie mit weißer, brauner oder schwarzer Schokolade. Die Kellnerinnen sorgten für stets gefüllte Wein- und Sektgläser. Anna nippte an einem Prosecco Orange. Sie unterhielt sich mit Ernst, der überfordert von deren wirren Satzkonstruktionen, beim Gespräch der beiden Lehrerinnen Anschluss zu finden versuchte. Adalbert langte ordentlich zu. Er liebte Desserts seit jeher. Sein Heißhunger auf Süßes schien täglich zu steigen. Mit gierigem Blick winkte er den Koch mit dem Topf flüssiger kakaobrauner Schokolade und den weißen Mandeln zu sich. Die Freude von Helgas Schwiegereltern entlud sich in einem Schwall von Glückwünschen, Kindheitserinnerungen und Unterstützungserklärungen für die noch junge Ehe.

Inzwischen hatte sich Helga mit der Mittelmäßigkeit dieses Tages abgefunden. Sie achtete nun selbst auf die Preise der Bestellungen. Als sie sich überschlagsmäßig die Rechnung des bereits Konsumierten vor Augen hielt, schwindelte ihr beinahe. Anna und sie lebten früher monatelang von solchen Beträgen. Mit einer belanglosen Unterhaltung versuchte sie sich abzulenken. Adalbert jedoch schenkte ihr keine Aufmerksamkeit. Er war von den karamellisierten Früchten und dem Berg Schlagobers auf einer Malakofftorte vollends in Anspruch genommen. So wandte sie sich Bela zu. Sie kannte ihn seit seiner Geburt und hatte früher stets auf ihn aufgepasst, wenn sein Vater sich um das Kaffeehaus kümmern musste. »Weißt du schon, ob du das Denkmayer übernehmen wirst?«, fragte Helga und griff nach einem Proseccoglas. »In den nächsten Jahren voraussichtlich nicht«, antwortete Bela, der sich bisher aus den Tischgesprächen herausgehalten hatte, »aber schließlich bin ich der eingetragene Chef, also so etwas wie der Co-Chef.« In dem schwarzen Anzug mit der blitzblauen Krawatte wirkte sein massiger Körper unbeweglich und hineingepresst. »Oh«, antwortete Helga. Sie wusste, dass er heuchelte. Dass er litt. Er würde, solange sein Vater zur Arbeit fähig war, nur der Form halber als Chef oder Co-Chef des Kaffeehauses gelten. Tatsächlich würde er bloß ein Kellner sein, der von seinem Vater abends angehalten wurde, den Schmutz hinter der Kaffeemaschine wegzuschaben. Die angespannte Atmosphäre zwischen den beiden entging ihr nicht. Sie verfolgte die Sticheleien allwöchentlich, da sie an der Skatrunde der Gräfinnen teilnahm. Seitdem Anna nicht mehr fähig war, Karten zu spielen, war nun sie Teil dieser Damenrunde. Nach außen hin funktionierte das Vater-Sohn-Unternehmen blendend. Das »Denkmayer« genoss weit über die Bezirksgrenzen hinaus einen hervorragenden Ruf. Doch achtete man auf den Tonfall der beiden, wenn sie miteinander sprachen, spürte man, dass die Übergabe der Entscheidungsgewalt nicht ohne Reibungen ablief. Fragte Helga nach der Rechnung, kamen Vater und Sohn, um den fälligen Betrag zu kassieren. Mit einem Fingerzeig oder Augenzwinkern schickte dann Ernst seinen Sohn hinter den Tresen. Dass er sich öffentlich nicht aufzubegehren traute, schien den jungen Mann noch mehr zu kränken als die Bevormundung durch seinen Vater.

»Ernst macht die Arbeit noch sehr gerne«, meinte Bela und füllte Helgas Proseccoglas. »Ich möchte ihm dabei nur zur Hand gehen. Ich kann viel von ihm lernen.«

Dann ertönte Musik und Helga klatschte im Rhythmus. Ein Walzer. Das Brautpaar tanzte zwischen den Tischen über den schwarz-weiß gefliesten Boden. Helga wurde ein wenig schwindelig. Aber sie genoss es. Sie schwor sich, dieses Gefühl für schlechtere Tage zu konservieren. Sie war die Braut!

Auch die übrigen Gäste am Stammtisch wurden von der Melodie mitgerissen und begannen zu tanzen. Helga warf ihren Kopf in den Nacken und kicherte. Als sie im Hintergrund das Klirren von Glas hörte, glaubte sie, ein altmodischer Hochzeitsbrauch würde eben vollzogen. Sie gluckste. Kindlich. Vollkommen sicher. Selbst als sie merkte, dass Anna vom Sessel gefallen war und eine Sektflasche mit zu Boden gerissen hatte, hörte sie nicht zu tanzen auf und genoss das Schwindelgefühl.

Am nächsten Tag begannen die Flitterwochen. Helga und Adalbert fuhren sechs Tage in die heimische Provinz. Bevor sie abreisten, besuchten sie Anna, die sich beim Sturz den Arm gebrochen hatte. Sie lag auf der Unfallstation des Krankenhauses, in das Ernst und Bela sie gebracht hatten. Anna schlief noch, als Helga und Adalbert zu ihr ins Zimmer traten. Sie hatte einen dicken Gipsverband, aus dem Drainagen ragten. Sie blieben eine Weile vor dem Bett stehen. Als sich Anna nicht rührte, schrieb Helga einen Genesungswunsch auf einen Zettel und legte ihn auf das Nachtkästchen. Dann gingen sie aus dem Zimmer und konsultierten den behandelnden Arzt, der von einer unkomplizierten Operation sprach. Beruhigt verließen sie das Krankenhaus. Von einer Telefonzelle aus rief Helga bei Bela an. Sie hatte ihm die Wohnungsschlüssel gegeben, damit er sich um die Zimmerpflanzen kümmern konnte. Sie sagte, er könne sich jederzeit melden, wenn es Probleme gebe. Eine Liste mit den wichtigsten Aufgaben liege am Esszimmertisch und die Nummer ihrer Pension sei ebenfalls darauf vermerkt.

Mit einem Leihwagen fuhren sie in das Provinznest, in dem sie ihre Hochzeitsreise verbringen wollten. Die Fahrt dauerte mehr als sechs Stunden. Helga blickte minütlich auf die Uhr, ihren Mann forderte sie auf, sich an den Tankstellen zu beeilen. Die Zeit vertrieb sie sich mit Fantasien. Sie stellte sich vor, wie Adalbert sie berührte, wie sie gemeinsam im Bett lagen, sie dachte an seinen Geruch. Diese Gedanken kannte sie schon. Doch durch die Hochzeit bekamen sie eine neue Intensität, allein die Vorstellung erregte Helga. Ich bin die Braut, dachte sie, und als Braut durfte sie Lust empfinden, eine Lust, die ihr die Jahre über von Annas Beschimpfungen vergällt worden und nur als klammheimlicher Wunsch in ihr wirklich gewesen war.

Knapp vor der Ankunft hielten sie noch einmal an einer Raststätte. Adalbert ging auf die Toilette. Und Helga dachte daran, ihm zu folgen, ihn hinter das Strauchwerk zu ziehen und im Dreck seine Leinenhose zu öffnen. Bei dem Gedanken kicherte sie. Adalbert würde dabei nicht mitmachen, war sie sicher und gleichzeitig froh darüber, da es auch ihr zu gewagt erschien. Sie beschloss zu warten, bis sie ihre Unterkunft erreicht hatten. Doch je näher sie kamen, desto weniger gab sie auf ihre Fantasien, desto mehr ließ sie sich von den Bergkuppen und Almen ablenken, die die Autobahn säumten. Helga hatte aber zu lange gewartet, um zur Tagesordnung überzugehen, die Koffer auszupacken und die Gegend bei einem Spaziergang zu erkunden. Helga hatte nicht bloß eine Autofahrt lang gewartet. Sie wartete schon seit Jahren. Einmal hatte sie einen Traum gehabt, in dem sie in einem Käfig eingesperrt gewesen war. Atteste von Gynäkologen und Rezepte von dubiosen Heilpraktikern lagen zu ihren Füßen. Es stank nach Formalin. Auf der anderen Seite des Gitters standen Anna und Adalbert. Und von irgendwo drang eine Stimme, die rief: »Missgestalt… Missgestalt!« Helga drehte sich in alle Richtungen, sie suchte den Ursprung der Stimme. Sie fand ihn nicht. Dann dachte sie, ist die Stimme etwa in meinem Kopf, bin ich das? Sie blickte zu Adalbert. Er schwieg. Wenn er peinlich berührt war, sprach er nie. Er musterte bloß sein Opfer, spitzte die Lippen und zog die linke Augenbraue hoch, höher. Dann fuhr er sich durchs graumelierte Haar. Und kam herein, wenn er Lust dazu hatte.

Ihre Unterkunft lag im Dachgeschoß eines massiven Vierkanters. Eichenkästen mit Heiligenbildern an den Flügeltüren verströmten eine düstere Aura. Es gefiel ihnen dennoch. Helga warf sich auf die bauschigen, glatt gestrichenen Bettdecken und zog Adalbert an sich. Sie biss in sein Ohrläppchen. Es schmeckte eigenartig bitter. Sie leckte über sein Gesicht und seufzte. Dann nestelte sie am Reißverschluss seiner Leinenhose. Er klemmte. Sie drückte ihren Mann in die Kopfpolster und bestieg seinen schlaffen Körper. Sie fand das alles kindisch, unecht. Aber einfach aufzuhören, erschien ihr weitaus unangenehmer. Adalbert nahm ihr das ab. Er schob sie beiseite und trat ans Fenster. Er seufzte. Er fuhr sich durchs Haar. Die staubigen Berggipfel glitzerten im Sonnenschein. Ein

Traktor samt Mistwagen tuckerte einen von Holunder überwucherten Feldweg entlang. Enttäuscht zündete Helga eine Zigarette an. Dennoch war mit Adalberts Reaktion zu rechnen gewesen. Er hatte seit jeher ein wenig Zeit gebraucht, um von sich selbst Abstand zu gewinnen, was für ihn eine Voraussetzung war, um auf sie einzugehen. Helga kämpfte sich aus der weichen Matratze und umarmte ihn. »Gehen wir eine Runde spazieren?« Adalbert nickte und griff nach dem marineblauen Freizeitsakko.

Die folgenden Tage verliefen wie die letzten zwanzig Jahre. Alles war vorhersehbar, geplant, sicher und zuverlässig. Adalbert genoss die Ferien. Helga verabscheute sie, im Geheimen. Vor dem Rest der Welt mimte sie die glückliche Braut. Und als die Bäuerin mit der Polaroidkamera ein Foto von ihnen schoss, so wie sie es bei allen ihren Gästen tat, und es auf die Korkwand neben den Schlüsselkasten bei der Eingangstür pinnte, das Paar zu einem weiteren Teil der Heerschar grinsender, glücklicher Unbekannter machte, blieb Helga nichts anderes übrig, als die Erfreute zu mimen und mit der Bäuerin ein wenig zu plaudern.

Am dritten Tag stand eine Wanderung zu einer Alm auf dem Tagesplan. Der Weg führte durch eine Klamm. Klapprige Holzleitern mit morschen Sprossen, von nassem Moos glitschige Felsen und spröde Seile, die an besonders gefährlichen Stellen angebracht waren, machten es für Helga schwierig, die Klamm zu durchqueren. Pfauchende Wasserfälle machten eine Unterhaltung beinahe unmöglich. Wie zwei Fremde gingen sie hintereinander her. Knapp unter der Leiter, die Helga eben erklomm, stürzte ein Wasserfall in ein enges, ausgewaschenes Steinbecken. Sie blickte hinab. Das Becken wirkte von oben wie ein Kelch, der die Gischt nicht bändigen konnte und an einer niederen Stelle überfloss. Helga streckte die Hand nach dem Wasserstrahl aus, doch als sie sah, dass Adalbert schon aus der Schlucht getreten war, eilte sie ihm hinterher. Die Schlucht wurde vom Hochgebirge abgelöst. Schmale Trampelpfade schlängelten sich durch grellgrüne Wiesen, die von Veilchen und Sumpfdotterblumen übersät waren. Verstreut herumliegende Felsen, einige Fichten und Föhren und einsame Latschen bildeten die Vegetation der Almen. Helga und Adalbert gingen im Gänsemarsch. Zwischen ihnen lag belanglose Stille.

Als sie das Ziel ihres Ausflugs erreichten, war es später Nachmittag. Die Sonne kratzte an den Gipfeln und warf gähnende Schatten über die nackten Bergrücken. Die Almhütte war in einem abenteuerlichen Zustand. Tiefe Risse, die von der Sonne und den Herbststürmen herrührten, durchzogen die nachlässig verputzten Mauern. Die spröden Holzschindeln schienen nur lose auf den Dachpfosten zu liegen. Etwas abseits stand eine windschiefe Toilette. Nur wenige Wanderer waren vor dem Brautpaar angekommen. Sie tranken Schnaps und aßen im Gras ihre Brote. Auch Helga und Adalbert packten eine Jause aus und bestellten Schiwasser. Helga beobachtete dabei ihren Mann, die graue Locke, die ihm ins Gesicht hing und die er mit einem Kopfnicken nach hinten schlug. Das gefiel ihr seit jeher. Obwohl sie wusste, dass sie den gleichen Fehler beging wie bei der Ankunft, meinte sie: »Gehen wir später durch die Latschenfelder?« Unter dem Tisch griff sie nach Adalbert, der eben ein Stück Bauchspeck pfefferte. Er wehrte die Berührung ab und lächelte gequält. Dabei schnitt er eine Scheibe Brot in Streifen »Helga«, antwortete er und schob den Speck zwischen seine Backen. »Sei doch nicht kindisch.« »Warum nicht«, antwortete sie. Adalbert seufzte und schloss für einen Augenblick die Augen. »Seit der Hochzeit bist du wie ausgewechselt.« »Ja, das bin ich«, meinte sie und schnitzte mit dem Messer an der Tischkante. Aber es stimmte, was er sagte, seit zwanzig Jahren funktionierte ihre Beziehung, so wie sie war. Was gab ihr das Recht, sie zu verändern? Sie fand keine Antwort. So blickte sie auf und lächelte dem Hüttenwirt zu, der am Nachbartisch kassierte.

Den vierten Tag beschlossen Helga und Adalbert zu Hause zu verbringen. Adalbert argumentierte mit der kargen Urlaubskassa und dem Dauerregen, der sich seit den Abendstunden des Vortags über dem Tal hielt. Helga nahm es gleichgültig hin. Untertags las sie und beobachtete den Vorhang, der sich vor dem gekippten Fenster bauschte. Gemeinsam tranken sie einige Gläser roten Muskateller. Am Abend stand Adalbert im Bad. Helga lag im Bett. Die Decke hatte sie zurückgeschlagen. Das schlohweiße Nachthemd hatte sie über die Hüften geschoben. Langsam und gleichmäßig massierte sie die Innenseiten ihrer Schenkel. Dabei starrte sie auf die Holzverkleidung an der Decke. Sie legte jenes Gefühl, jene Wünsche in die mechanischen Berührungen, die sie für Adalbert vorgesehen hatte. Mit der Beendigung des Spiels würde sie so lange warten, bis er aus dem Bad käme. Dann würde sie besonders tief seufzen. Dann würde sie ihre Beine besonders weit spreizen. Sie würde sich ihm darbieten, dachte sie, er sollte sie genau betrachten, sollte sehen, sollte wissen, dass sie ihn hierfür nicht benötigte. Sie seufzte. Gerade diese Vorstellungen waren es, die ihr einen besonderen Genuss bereiteten. Adalbert öffnete die Badezimmertür. Helga achtete nicht auf ihn. Sie hörte nur, wie er Wasser in ein Glas goss und ins Wohnzimmer trat. Helgas Atmen wurde heftiger. Sie blickte angestrengt auf die Zimmerdecke. Adalbert setzte sich auf die Bettkante. Er legte das Handtuch beiseite. Helga glaubte, seine Blicke zu spüren, die über ihren Körper glitten. Erst das verschaffte ihr jenen flüchtigen Nervenreiz, der ihr weniger lustvoll erschien als merkwürdig, ja, nicht zu beschreiben fand sie ihn seit jeher, nur zu erleben – stumm, in einem atemlosen Augenblick.

Dann drehte sie die Nachttischlampe ab. Adalbert tappte im Dunkeln auf seine Seite des Bettes. Helga wollte jeden Blickkontakt mit ihm vermeiden. Sie fühlte sich gut. Sie war überzeugt, das Richtige getan zu haben. Aber ein Blick und alles könnte sich ändern. Ein Blick und das Gefühl des Triumphs könnte sich in sein Gegenteil verkehren.

Auf die Liste für die Hochzeitsgeschenke hatte Helga ein achtteiliges Set japanischer Messer gesetzt. Die Messer waren in einem handgenähten rotbraunen Lederköfferchen verpackt und mit Antirostfolie umwickelt. Die Griffe bestanden aus eingelassenem Bambus- oder Mahagoniholz, was den Küchenwerkzeugen eine urtümliche Wirkung verlieh. Die Klingen waren aus Damaszener Stahl geschmiedet, in den japanische Schriftzeichen eingraviert waren. Mit einem geflochtenen Lederriemen konnte man das Köfferchen verschließen. Das alles verlieh dem Küchenwerkzeug eine seltsame Aura, die Helga auf eigenartige Weise beeindruckte. Wegen dieser seltenen Reize hatte Helga die Messer mit auf die Hochzeitsreise genommen. Sie zog eine einundzwanzig Zentimeter lange Klinge aus der Antirostfolie. Dabei musste sie lachen. Nichts schien ihr von geringerem Nutzen für sie und Adalbert zu sein als Haushaltsgegenstände. Was war ihnen durch den Kopf gegangen, als sie das Set auf die Hochzeitsliste setzten? Helga und Adalbert lebten nun seit mehr als zwanzig Jahren zusammen. Sie hatten genügend Messer. Sie brauchten keine neuen. So wie sie keinen neuen Rahmen für ihre Beziehung brauchten, wie Adalbert kurz zuvor gemeint hatte. Er schien den ganzen Tag gebraucht zu haben, um die Szene vom Vorabend zu verdauen, da er nichts anderes tat, als zu schweigen und Helga die Gestaltung des Tages zu überlassen. Sie hatte sich für einen Themenwanderweg entschieden, zwei Millionen Jahre in zwei Stunden, die Entwicklung der regionalen Almen. Sie schlenderten auf einem Hochplateau an Baumstümpfen, kunstvoll zur Schau gestellten Pflanzen und den allwissenden Lehrtafeln vorbei. Helga fand den Rundweg belanglos, vermied es jedoch, Adalbert ihre Langeweile zu zeigen. Sie nahm ihren Gatten an der Hand und zog ihn den Kieselweg entlang. Hinter ihnen wölbte sich die steil abfallende Rote Wand. Vor ihnen lagen die Gipfel einiger Zweitausender, die Helga aus Werbeprospekten kannte. Den Vorfall vom Vorabend sprach sie nicht an. Sie hatte keinen Grund dazu. Sie hatte gestern Abend ihren Standpunkt dargestellt, und Adalbert musste nun selber merken, wie die Dinge standen. Den ganzen Tag über lag ein schelmisches Lächeln auf ihren Lippen. Sie hatte gespannt gewartet, wie Adalberts Konter aussehen würde. Seine jetzige

Reaktion enttäuschte sie. Besonders die Beiläufigkeit, mit der er sie geäußert hatte.

Adalbert saß neben ihr in der Küche und verrührte Zucker in seinem Schwarztee mit Kirschrum. Helgas gute Laune war dahin. Sie viertelte schweigend den Sellerie. »Warum haben wir eigentlich geheiratet?«, fragte sie. Adalbert überlegte. Es schien, als hätte er sich diese Frage noch nicht gestellt, so quälend lang nahm er sich für die Antwort Zeit. Mit jedem Moment, den er länger brauchte, hackte Helga wilder auf den Sellerie. »Aus Zuneigung«, antwortete er schließlich, »und....«

Helga warf das Messer in das Waschbecken. Seine Begründung war meilenweit von ihrer Vorstellung einer gelungenen Antwort entfernt. Aber nun begriff sie: In ihrem blinden Willen, vor sich selbst und dem Rest der Welt die funktionsfähige Frau zu mimen, war ihr Mann das bloße Mittel gewesen, die Brücke, die sie zu ihrem Ziel bringen sollte. Sie hatte sich niemals Gedanken darüber gemacht, ob Adalbert irgendetwas an der Art und Weise ihrer Beziehung verändern wollte. Helgas dauernde Angst, dem feingekleideten, schweigsamen Bibliothekar nicht zu genügen, war zum Gestaltungsprinzip ihrer Beziehung geworden. Doch einen Rest von Eigenständigkeit hatte sich Adalbert bewahrt. Die Sexualität hatte er zu seinem Mittel gemacht, auf ihr Zusammenleben einzuwirken. Das machte Helga wütend, vor allem, da sie das gemeinsame Bett zum Thron ihres neu erkämpften Selbst auserkoren hatte.

Nachdem der Sellerie in der Pfanne angebraten war, holte sie das Putenfleisch aus dem Kühlschrank. Sie wollte in Selleriebouillon gedünstete Putenschnitzel mit Ingwer-Sauerkraut servieren. Um die zu großen Schnitzel an die Größe der Pfanne anzupassen, zog sie eine andere Klinge aus dem Köfferchen. Sie säuberte das Fleisch mit kaltem Leitungswasser und filetierte es. Dann erhitzte sie Trüffelöl in der Pfanne. Sie hörte, wie Adalbert aufstand und die leere Tasse in der Spüle abwusch. Er blieb hinter ihr stehen. Sie schnitt das Putenfleisch. Das Öl knisterte und zischte. Er legte eine Hand auf ihre Schulter. Und ließ sie ruhen. Wie ein Stück Eisen, fand

Helga. Er küsste ihren Hals. Sie bekam eine Gänsehaut. »Es ist ja gut«, murmelte er.

Doch damit war sie nicht zu beruhigen. Nach fünf Tagen, in denen sie darum stritt, ihre Wünsche, Anliegen und Bedürfnisse durchzusetzen, musste sie sich rundheraus eingestehen, dass sie gescheitert war. Dass Adalbert sich nun dazu bequemte, ihr Avancen zu machen, sah sie als den Gipfel der Niederlage. Allein der Versuch empörte sie.

Helga bemerkte Adalberts Unsicherheit. Seine Hand auf ihrer Schulter schien zu zittern. Seine Küsse auf ihrem Hals hatten etwas künstlich Hingehauchtes. Er packte sie mehr rüde als leidenschaftlich und drehte sie um. Helga wehrte sich. Wie wild biss sie ihre Zähne aufeinander, sodass sie knirschten. »Lass mich«, meinte sie und ließ das Messer über das gallertartige Putenfleisch schnellen. Adalbert jedoch brachte nur ein unsicheres »Was?« über die Lippen und fuhr mit der Liebkosung von Helgas Nacken fort. »Was?« Er griff ihr von hinten zwischen die Beine. Helga fuhr in die Höhe. Mit dem Messer in der Hand drehte sie sich um und wirbelte damit durch die Luft. »Was? Was? Was?«, äffte sie Adalbert nach und riss die Arme in die Höhe. Dabei schnitt sie in seine weiße weiche Handfläche.

Für einen Moment blickte Helga auf die Klinge. Sie hatte einen Widerstand gespürt, dort, wo sie keinesfalls beabsichtigt hatte, einen zu spüren. Zuerst war keine Verletzung zu erkennen. Schmerz und Blut schienen keine Eile zu haben. Auch Adalbert war unsicher, was passiert war. Er strich verwundert über die weichen Konturen seines Kinns. Die Bewegung dauerte nicht länger als ein Wimpernschlag. Dann griff er mit der linken Hand nach der verletzten rechten. Blut schoss auf einmal über beide Handflächen und gerann am ausgewaschenen Flickenteppich zu einer scharlachroten Lache.

Nachts lag Helga wach im Bett. Sie hatte sich unter die Schafswolldecke verkrochen und atmete nur durch eine kleine Öffnung kühle Zimmerluft. Adalbert lag neben ihr. Wegen der Schmerz- und Beruhigungsmittel, die ihm bei der Versorgung der Schnittwunde im nächstgelegenen Krankenhaus verabreicht worden waren, schlief er außerordentlich tief. Der Radiowecker zeigte vierundzwanzig Minuten nach ein Uhr morgens. Adalberts verbundene Hand lag direkt vor Helgas Atemöffnung. Nur der Mullverband zeichnete sich in der Finsternis ab, sodass ihr nichts anderes übrig blieb, als ihn anzustarren.

Helga war nicht von Adalberts Seite gewichen, als er in der Unfallambulanz genäht worden war. Sie sah wie der behandelnde Turnusarzt eine Betäubungsspritze direkt in die Wunde setzte, wie er Stich für Stich den Faden durch das weiße Fleisch zog und so den klaffenden Schnitt allmählich schloss. Sie sah Adalberts erschöpftes Gesicht, die fiebrigen Augen und die Flecken des braunen Desinfektionsmittels, das sein weißes Hemd schwammartig aufgesogen hatte.

Nun wollte sie nichts lieber als fliehen. Adalberts tiefer Schlummer, jeder seiner schnaubenden Atemzüge fachte ihren Zorn gegen sich selbst weiter an. Sie hatte keine Lust, über ihre Fehler nachzudenken. Sie wollte keinesfalls jene Frage stellen, die sie Adalbert am Nachmittag gestellt hatte. Sie tat es dennoch: Warum haben wir geheiratet?

Begriffe wie Mittel und Zweck, wie Ideal und Wirklichkeit sausten durch ihren Kopf und zerstörten jenen Traum, den Helga in den Flitterwochen verwirklichen hätte wollen. Sie vermied es, Sätze zu formen. Worte schienen dem Entsetzen, dem Bruchstückhaften ihres Erinnern-Wollens gemäßer zu sein. Oder vielleicht waren es gerade die Worte, das Hingeworfene, Ausgespuckte, Isolierte, das Helga zur Ruhelosigkeit verurteilte. Sie liebäugelte nun mit Sätzen. Ihr Wankelmut machte sie erst recht wütend. Wie gerne hätte sie Sätze geformt. Das Ganze, das Klare, das scheinbar Vollendete, dachte sie, hätte ihr geholfen zu verstehen, was geschehen war, was vielleicht noch geschehen würde. Doch alles lag vor ihr in Trümmern, in Scherben. Aus dem Wirrwarr dieses Kehrichthaufens würde sie es niemals schaffen, etwas Sinnvolles, etwas Beruhigendes zu stiften.

Plötzlich läutete das Telefon. Helga erschrak keineswegs. Es erschien ihr dermaßen absurd, in diesem Augenblick vom Telefon aufgeschreckt zu werden, dass sie eine Weile dem monotonen Klingeln lauschte. Adalbert würde wegen der Schmerzmittel ohnehin nicht aufwachen. Schließlich stand sie auf und tastete sich ums Bett herum. Kurz bevor sie das Telefon erreichte, verstummte das Klingeln. Helga wartete. Vielleicht würde es von Neuem beginnen. Doch die Stille blieb. Helga griff nach dem Apparat und ging damit in die Küche. Das Erste, was sie sah, war der Blutfleck am Teppichboden, der beinahe lila schimmerte. Sie zwang sich, nicht hinzusehen, und kochte Kaffee. Sie konnte ohnehin nicht schlafen. Sollte es noch einmal läuten, würde sie sofort abheben.

Während sie Wasser aufsetzte und Instantkaffee in eine Tasse gab, fragte sie sich, wer angerufen haben konnte. Bis auf Bela kannte niemand die Nummer. Sie konnte sich nicht vorstellen, was so dringend war, dass man mitten in der Nacht anrief. Das kochende Wasser goss sie in die Tasse und setzte sich an den Tisch. Aus der Handtasche holte sie eine Dose mit Süßstoff und gab zwei Stück in den Kaffee. Dann läutete das Telefon erneut. Als sie abhob, hörte sie zunächst nichts. Dann rauschte es. Dann schluchzte jemand. »Bela, bist du es?«, fragte Helga. Stille. Im nächsten Augenblick: eine Stimme. »Im Kaffeehaus brennt es und ich habe nichts dagegen unternommen.«

Helga legte den Hörer beiseite. Sie dachte an ihre Wohnung, an das Züngeln von Flammen, das Knistern von glühendem Holz und Stahl und den beißenden Geruch von brennendem Kunststoff. Hinter Helga öffnete sich die Tür. Adalbert stakste benommen aus dem Schlafzimmer und setzte sich an den Küchentisch. Den Arm mit der verbundenen Hand stützte er auf den Ellbogen. Helga erklärte ihm, was geschehen war. Obwohl Adalbert die Augen vor Müdigkeit kaum offen halten konnte, verlangte er, mit Bela zu sprechen. Sie zögerte. Wieso sollte Adalbert mit Bela reden? Sie hätte dem Nachbarsjungen genauso helfen können. Doch Adalbert riss ihr den Hörer aus der Hand. Eine Weile hörte er Bela zu. Dann meinte er: »So schlimm ist das nicht … Wo bist du? Geh zurück. Glaubst du, dass man dich gesehen hat? Das ist gut.«

Helga lauschte. Wie von fern drang aus dem Hörer Belas Stimme. Er sprach nun gelassener, gefasster als zuvor. Als er fertig war, meinte Adalbert: »Tu so, als hättest du mit dem Geschehenen nichts zu tun. Am Sonntag kommen wir zurück, dann besprechen wir alles Weitere.«

Adalbert ging wieder ins Bett. »So ein Dummkopf«, murmelte er dabei und reckte den verletzten Arm in die Höhe. Ihre eigene Wohnung war scheinbar heil geblieben, dachte Helga, aber Bilder hatten sich in ihrem Kopf festgesetzt, die hartnäckig waren. Wie würde bei der Rückkehr das Miethaus aussehen? Vor langer Zeit hatte es ihrer Familie gehört. Sie malte sich die ausgebrannten Fenster im Erdgeschoß aus, das verkohlte Mobiliar des Kaffeehauses, die geschmolzenen Gläser, die verschmorten Kabel und die Rußspuren an der Hausmauer. Adalbert wälzte sich im knarrenden Doppelbett von einer Seite auf die andere. Auf Helgas Frage, was es mit dem Feuer auf sich habe, antwortete er: »Ein Kabelbrand, nichts weiter. Bring mir bitte ein Glas Wasser … und die Schmerzmittel.« Sie lächelte und holte aus der Küche die Tablettenschachtel. Sie dachte daran, wie es sein würde, am Sonntag zurückzukehren und zu sehen, dass sich etwas verändert hatte. Niemals mehr würde jenes Miethaus, jenes Bild, jene Wirklichkeit da sein, die Helga bei der Abreise zurückgelassen hatte. Übrig gebliebenwäre eine Erinnerung. Helga ließ lauwarmes Leitungswasser in das Glas laufen. Die Tablette sank bis auf den Grund und stieg sprudelnd in die Höhe. Als sie an der Oberfläche ankam, war sie zur Gänze aufgelöst. Die Erinnerung wird verpuffen, dachte Helga.

Sie verpufft. Und aus dem Ächzen des Flitterwochen-Doppelbettes wird das Klopfen an der Tür des Krankenzimmers. Helga hält Adalberts Hand umschlossen. Sie spürt die Narbe. Das fahle Winterlicht. Sie fühlt den Frost, der durch die Fugen kriecht. Sie blinzelt. Sie hört die Worte des Bestattungsunternehmers, der eben eingetreten ist. »Ich muss gehen«, meint er und räuspert sich. »Wir werden uns um alles kümmern.« Er legt zaghaft eine Visitenkarte auf das glatt gestrichene Laken des Nachbarbettes und verschwindet sodann.

VII

Der Wind kommt von Westen. Er biegt das Astwerk der Laubbäume und streut Asche über das Schneeweiß des Februars. Bela starrt auf die Feuerstelle, die schwach glimmenden Scheite. Jeder Windstoß facht das Rot von Neuem an, aber mit jedem Mal wird es schwächer, aus dem Rot wird Orange, das Orange wird zu Gelb, übrig bleiben Rauchfahnen, die sich im Morgenfrost verlieren. Bela blickt auf. Ein Räumfahrzeug rattert am Wäldchen vorbei. Das Signallicht wirft Wellen über den Schnee, die an seinen Beinen verebben.

Bela sitzt vor Caspars Hütte – alleine. In seinem Schlafzimmer rollt sich Annika in die Daunendecke. Wo ist Caspar? Bei Helga, denkt er, wo sonst? Die Scharniere der Hüttentür quietschen. Eine Krähe landet auf der verbeulten Dachrinne. Woher kommst du, denkt Bela, du hässliches Ding. Und dann: Wo ist Caspar? Bei Helga, wo sonst! Er schreit. Niemand hört ihn. Er glaubt sich selbst nicht.

Und Annika. Und was weiter. Und was wird Caspar sagen? Und warum hat er die ganze Nacht nicht geschlafen? Nur gedacht und nichts gedacht, an seinen Sohn gedacht und Annika gespürt, sich an ihr festgehalten, nicht mehr losgelassen. Caspar. Der kantige Granitstein schmerzt. Bela steht auf. Er wirft einen Blick in die Hütte. Er findet Malstifte, ein Taschenmesser, eine Steinschleuder aus rotem Kunststoff, einige grimmig dreinblickende Miniatur-Soldaten, eine Spielzeugpistole. Und eine Unzahl Pornohefte, die in einer Ecke der Hütte zu einem Turm gestapelt sind. Bela greift nach dem obersten und blättert es durch. Einige Seiten sind miteinander verklebt. Das verblüfft ihn. Der Holzboden ist von Vogeldreck fleckig. Eine Mischung aus feuchter Kälte und Fäulnis hängt in der Luft. Bela klopft gegen die Holzwand. Die Krähe flattert in die Höhe und landet auf einem Ast.

Er musste einfach kommen. So schlüpfte er in die Kleider, küsste die schlafende Annika und verließ die Wohnung, das Miethaus. Zumindest nachsehen wollte er. Sich davon überzeugen, dass sein Sohn die Nacht nicht in einer Bruchbude im Freien verbracht hat. Er hätte schon zur Sperrstunde des Wettcafés kommen können, doch da schlang Annika ihre Arme um seinen Hals und fragte, ob sie dieses Mal wieder mit seinem Sohn vorliebnehmen müsse. Bela lachte. Caspar schlafe auswärts, meinte er und klemmte die Stahlkassette mit der Tageslosung unter die Achseln.

Da hört Bela eine Stimme. »Caspar, Caspar.« Er streckt den Kopf aus der Hütte. Er hört es ganz klar, ganz deutlich. »Caspar, Caspar.« Bela folgt der Stimme. Er springt über die am Boden festgefrorenen Äste, über Löcher und Gräben im Waldboden, über zerrissene Müllsäcke. »Caspar, Caspar.« Er sieht das Miethaus, er sieht eine Gestalt, er erreicht den Gehsteig. Am Mietparkplatz entdeckt er Konrad, der Schneebälle auf die Fenster im ersten Stock wirft.

Bei dem schläft Caspar also. Bela ist erleichtert, seinen Sohn innerhalb des Miethauses zu wissen. Aber bei Konrad? Bela beobachtet ihn, wie er hysterisch den Mietparkplatz auf und ab läuft und den gefrorenen Schnee von den Motorhauben der parkenden Autos schabt. »Caspar. Caspar.«

Konrad wirkt nicht menschlich, findet Bela, seine unkontrollierten, geistlosen Bewegungen, sein Geschrei. Er erscheint wie ein groteskes Abziehbild eines Menschen. Bela sucht nach Ausdrücken, er überlegt. Aber kein Name fällt ihm ein. Er sucht nach Vergleichen. Er findet sie in den Gestalten klassischer Horrorfilme, in ihren Bewegungen, in ihrer Mimik, Gestik, Haltung, in ihren Blicken – das Bild entsetzlicher Verirrungen. Er könnte hingehen, könnte aufsperren, aber will er das, will er, dass dieser abgedrehte Typ Caspar nahe ist?

Helga tritt aus dem Miethaus. Bela blickt auf die Uhr, halb acht. Jeden Tag und immer wieder zu Adalbert, denkt er. Helga hält Konrad die Tür auf, der eine kurze Handbewegung macht und in das Stiegenhaus hetzt. Jetzt erst fällt Bela der schwarze Hut mit dem Schleier auf, den Helga trägt.

Vor einem halben Jahr besuchte Bela Adalbert das letzte Mal im Krankenhaus. Adalbert hatte einen Schwächeanfall nach einer Dialysebehandlung gehabt. »Der Doktor hat gemeint, durch die Blutwäsche kann ich noch knappe fünf Jahre leben«, sagte Adalbert. »Das Herz muss aber mitspielen.«

»Ja«, murmelte Helga, »das Herz.« Sie stand am Balkon und rauchte. Adalbert klopfte an seine Brust. Er lächelte. »Fünf Jahre«, antwortete Bela und wurde verlegen. Er hasste den Tod. Er hasste die Menschen, die ihm die Gegenwart des Todes vor Augen führten. Er hatte seinen Vater dafür gehasst, dass er gestorben war, und er würde Adalbert hassen, wenn er in fünf Jahren sterben würde. Bela stand am Bettrand und blickte auf Adalbert hinab. Er hatte nichts zu sagen. Er wollte alles sagen. Er schwieg. Adalbert starrte auf die Wasserflecken an der Wand. Helga beobachtete die beiden, während sie nach der nächsten Zigarette griff. Adalbert sah auf, blickte zu Helga. Bela strich über das weiße Laken. Als er sich unwillkürlich Adalberts Hand näherte, zog er sie zurück und ließ sie in der Hosentasche verschwinden. Dabei blickte er Adalbert kurz in die Augen. In ihnen entdeckte er eine Frage, die nicht ausgesprochen werden musste, die gegenwärtig war in der Stille des Zimmers, im Verkehrslärm draußen auf der Straße, in dem Schweigen in Adalberts Augen.

»Ich weiß nicht, wann ich wiederkomme – morgen? Auf alle Fälle bald«, sagte Bela unwillkürlich und beeilte sich, das Zimmer zu verlassen.

Bela mag den Geruch seiner Wohnung. Ihm fällt kein Name ein oder Vergleich, der diesen Geruch fassbar machen würde. Es ist nicht sein oder Caspars Körpergeruch oder der Gestank vom Wettcafé. Es scheint ein Konglomerat aus verschiedenen ihm bekannten Gerüchen zu sein. Bela schafft es jedoch nicht, sie auseinanderzudividieren und jeden für sich mit einem Etikett zu versehen. Die Wohnung ist kein Teil von mir, denkt er, sondern etwas anderes, das meinem Leben beiwohnt, seit Langem zusieht bei allem, was ich tue und nicht tue, wenn ich schlafe und telefoniere, wenn ich schreie und weine, wenn ich lache und nachdenke.

Jedes Mal, wenn Bela eintritt und seine Schuhe rechts neben der Tür auf dem wackligen Holzgestell abstellt, atmet er besonders tief ein, stets ein einsamer, stets ein andächtiger Augenblick. Heute jedoch ist es anders. In der Küche läuft der Kaffee durch den Filter und Annikas Schuhe liegen in der Garderobe. Er hebt sie auf und stellt sie auf das Holzgestell. Seltsam findet er es, hier Spuren eines Erwachsenen zu entdecken, die nicht die seinen sind.

In der Küche ist niemand. Bela gießt Kaffee in eine Tasse und geht ins Schlafzimmer. Annika schläft. Nur eine ihrer Hände ragt unter der Bettdecke hervor. Er sinkt in den Fauteuil neben dem Fenster und bläst den Dampf von der Tasse.

Eine Tür fällt ins Schloss, ein Stockwerk unter ihm. Bela blickt auf, zittert ein wenig. Kaffee tropft auf seine Hose. Er hört Schritte, die immer lauter werden, die Stiege hochkommen. Eine Glocke ertönt. Damit Annika nicht geweckt wird, geht er zur Tür. Vor ihm steht Caspar. Er scheint durch ihn hindurchzusehen. Bela tritt zur Seite und umschließt mit beiden Händen die Tasse. Caspar trottet an ihm vorbei. Sie berühren sich. Bela nimmt einen Schluck und sieht seinem Sohn hinterher. Caspar geht in die Küche. Bela verschließt vorsichtig die Tür zum Schlafzimmer, gerade noch rechtzeitig, bevor das Radio die Melodie der Morgennachrichten in die Stille schmettert. Bela stürmt in die Küche. Dabei schüttet er heißen Kaffee über seine Hand. Er schreit auf und dreht das Radio wieder ab, zieht den Stecker aus der Dose. Ein roter Fleck zeichnet sich auf seinem Handrücken ab. Er hält ihn unter kaltes Leitungswasser, während Caspar ein Müsli löffelt. »Wo warst du die ganze Nacht?«

»Bei Konrad«, antwortet Caspar.

»Warum? Warum nicht bei Helga?«

»Sie öffnet nicht, wenn ich klopfe«, sagt er und schiebt eine Ladung Müsli in den Mund.

Bela nimmt einen Lappen und wischt die tellergroßen Kaffeeflecken vom Boden. Er rubbelt über das Parkett, bis die Flecken verschwunden sind, dabei blickt er auf die Haut über seinen Knöcheln, die sich weiß verfärbt. Caspar steckt das Radiokabel in die Steckdose und dreht den Lautstärkeregler erneut bis zum Anschlag. Bela springt auf und schlägt auf das Radio, das sofort verstummt. Stille, Blicke, die diese Stille erfahrbar machen. Plötzlich hört Bela das klebrige Geräusch nackter Fußsohlen – näherkommend.

Annika hat eines von Belas blauen Hemden übergestreift, eine Hose hat sie nicht angezogen, nur den Slip. Sie schenkt Kaffee ein und setzt sich an den Tisch. »Na«, sagt sie, »ich hoffe, du flüchtest heute nicht vor mir.«

Caspar starrt in die Milchschüssel. Blickt auf. Und Bela weiß, was kommen wird, kommen muss. Er stellt sich vor, wie Caspar aufspringt, wie er den Mund aufreißt und schreit. Und Caspar springt tatsächlich auf, reißt den Mund auf und schreit. Bela sieht das Radio und weiß, Caspar wird nach dem Radio greifen, wird die Hände in die Höhe reißen und es gegen die Wand donnern. Und Caspar sieht das Radio, greift nach dem Gerät und schmettert es an die Wand. Bela trinkt den inzwischen nur mehr lauwarmen Kaffee, lässt ihn eine Weile im Mund, schluckt ihn. Er sieht Caspar vor sich stehen, sieht ihn gestikulieren, sieht seine Lippen, seine Zähne, die angespannten Halsmuskeln, die Augen, die Äderchen in den Augen. Aber Bela ist nicht mehr da, weil er nicht mehr denkt, nichts mehr spürt, nicht spürt, wie sein Sohn mit den Fäusten gegen seinen Bauch trommelt.

Annika umschlingt Caspar von hinten, dieser reißt sich aber los und läuft in sein Zimmer. Bela nimmt noch einen Schluck von dem ekelhaften Getränk und leert den Rest in den Abfluss. Annika folgt Caspar und meint, er solle die Tür öffnen, sie tue ihm nichts, was er denn gegen sie habe?

Bela klopft mit der haarigen Faust gegen die Zimmertür. Schreit. Er solle öffnen, nicht so kindisch sein. Er sinkt an die Tür gelehnt zu Boden. »Was ist?«, fragt Annika. Bela befeuchtet den Zeigefinger und wischt ein Staubkorn vom Parkettboden. Bilder steigen in ihm hoch, kreisen durch seinen Kopf, manche stoßen an die Schädeldecke. Er hält sich die Stirn. Aus der Küche holt er ein Aspirin und setzt sich vor Caspars Tür.

Als er sich beruhigt hat, kommen die Bilder erneut. Er sieht Gesichter, eine Spiegelreflexkamera und den Lichtstrahl, der durch eine geöffnete Tür fällt. Er hört Pianomusik, das Knacken des Lautsprechers am Bahnhof und Gelächter und Gekreisch vertrauter Stimmen – vor ihm stehen lauter Bruchstücke seiner Erinnerung. Er sieht auf, sieht Annika hinterher, die in der Küche verschwindet. Dann fügt er die Bruchstücke zu einem Ganzen.

»Einmal...«, meint er und drückt sein rechtes Ohr an die Tür, lauscht. Kein Ton ist zu hören. »Hörst du mich?« Er schluckt. »Einmal da habe ich in einer Provinzhauptstadt gelebt.« Er lauscht. Hinter der Tür bewegt sich nichts. Annika sinkt neben ihm auf den Boden und beißt in ein Nutellabrot. »Es war eine kleine Wohnung, perfekt für einen, für zwei ein Käfig. Wir lebten zu dritt darin. Ich und deine Mutter. Und du.« Bela blickt auf die Tür. Sie bleibt verschlossen. »Der Umzug in die Provinzhauptstadt war schon einige Jahre her. In der Zwischenzeit hatte ich Tanja kennengelernt, deine Mutter. Wir haben uns die Wohnung geteilt. Ab einem gewissen Zeitpunkt zumindest manchmal. Sie schlief oft auswärts, obwohl du schon geboren warst.« Bela blickt auf. Er erwartet eine Reaktion seines Sohnes, eine Antwort, ein Knacken des Türschlosses, ein leises »Sprich weiter« oder irgendetwas anderes, das ihm das Gefühl gibt, seine Erzählung hätte einen Sinn und würde nicht ungehört verpuffen. Bela wartet. Er blickt zu Annika, die den letzen Bissen des Nutellabrotes verspeist. Sie lächelt.

»Wir haben tolle Nachbarn gehabt. Einen zumindest. Er spielte Klavier. Er spielte nicht auf einem Flügel, sondern am elektrischen Piano. Er übte immer mittags. Du hast da noch geschlafen. Ich bin immer spät aufgewacht, weil ich erst am Abend im Club arbeiten musste. Mich weckte beinahe jeden Tag der Pianist. Wir hatten einen Lichthof. Das Fenster darin war meistens offen und der Pianist hatte sein Fenster auch geöffnet. Die Töne erinnerten mich an Chrom. Ihr Klang war blitzblank. Wenn ich die Augen öffnete, hörte ich als Erstes die Melodien, die er spielte. Im Stiegenhaus war es still, nur in dem japanischen Restaurant, das im Erdgeschoß lag, rumorten fremde Stimmen. Die Lieder, die der Pianist spielte, waren nicht originell. Es waren melancholische Gassenhauer, die ich aus dem Radio kannte. Ernst hatte sie dauernd im Kaffeehaus gespielt und mir waren sie auf die Nerven gegangen, als Kind genauso wie als junger Erwachsener. Der Pianist verspielte sich manchmal. Aber das war mir egal.

Öffnete ich die Augen, sah ich als Erstes das Bettchen, in dem du schliefst, und zugleich hörte ich das elektrische Piano. Gehörtes und Gesehenes passten perfekt zusammen. Ich konnte mir keinen besseren Ton zu dem Bild und kein besseres Bild zu dem Ton vorstellen. Ich blieb meistens noch etwa eine Stunde liegen.

Tanja lag nicht neben mir. Sie hätte auch gestört. Ihr zugedeckter oder nackter Rücken oder ihr Gesicht mit den geschlossenen Augen hätte zu einem Missverhältnis zwischen dem Klang und dem Bild geführt. Tanja war raumfüllend. Ich meine, wenn Tanja ein Zimmer betreten hat, führte kein Weg an ihr vorbei. Sie war laut. Aber nicht distanzlos. Sie war schön. Aber nicht himmlisch schön. Sie war klug, aber nicht so, dass sie einem die eigene Dummheit vor Augen führte. Sie war vierundzwanzig, als wir uns kennenlernten. Sie verhielt sich aber, als wäre sie jünger. Sie war nicht kindisch. Sie hatte Energie, Kraft. So wie sie wollte ich sein, in jeder Hinsicht. Vor allem war sie glücklich. Ich wollte an ihrem Glück teilhaben und so selbst glücklich werden, zumindest glücklicher werden. So habe ich Tanja lange Zeit gesehen. Doch damals, drei Jahre nachdem du geboren warst, in den Momenten nach dem Aufwachen, oder besser in den Momenten des Aufwachens, in denen das Gehörte und das Gesehene perfekt zueinander passten, oder besser ineinander passten, war ich nicht nur unglücklich über Tanjas Abwesenheit.

An diesem Montag machte der Pianist lange Pausen zwischen den Liedern. So auch jetzt. Für einen Moment war es still. Und ich sah ein Bild von deiner Mutter vor mir, nur flüchtig. Kurz schloss ich die Augen, und als ich sie öffnete, sank eine neue Melodie den Lichthof herab. Wo Tanja die Nacht über gewesen war, wusste ich. Doch wo war sie jetzt?

Sie hat so etwas öfters gemacht – nach der Arbeit noch auszugehen, um zu tanzen, zu lachen, um Fremde kennenzulernen, vielleicht sogar um jemanden nach Hause zu begleiten. Lange Zeit hatte die Stelle als Kellnerin, die ich ihr in dem Nachtcafé verschafft hatte, sie gequält. Sie war einen anderen Tagesrhythmus gewohnt. Sie erzählte, dass sie manchmal auf der Toilette um drei oder vier Uhr morgens einschlief. Erst die Schläge an die verschlossene Tür von sturzbetrunkenen Gästen weckten sie.

Wir trafen uns immer um sechs Uhr morgens am Hauptplatz. Ich kam aus dem Club am Fluss, in dem ich hinter der Bar stand, und Tanja aus dem Nachtcafé in der Altstadt. Zumeist war ich als Erster dort. Die Tandler des wöchentlichen Flohmarkts luden Kartons mit Ramsch aus den Lieferwägen. Beim Bäcker kauften wir zwei Semmeln, eine mit Marmelade, die andere mit Wurst. Am Nachhauseweg biss ich in die Wurstsemmel, tauschte mit Tanja, um dann ein Stück der Marmeladesemmel zu verspeisen. Dabei ging es mir gut. Und Tanja schien es auch gut zu gehen. Ich erzählte von den Schlägereien, die ich in dieser Nacht zu schlichten hatte. Tanja erzählte von den Betrunkenen, die sie, je näher der Morgen kam, immer verzweifelter und verbissener bedrängten. Wir lachten. So nah wie am Nachhauseweg waren wir uns sonst nie. Stehend oder gar sitzend zu frühstücken, ist unmöglich gewesen. Die Nacht hat uns zu sehr erschöpft. Doch Tanja gewöhnte sich an diese Nächte.

Wenn du anfingst, dich zu bewegen, stand ich auf. Kurz darauf beendete der Pianist meistens sein letztes Übungsstück. So auch an diesem Montag. Es war der erste im September. Ich hatte noch zehn Stunden, bis meine Schicht im Club begann.

Um elf sollte ich dich bei der Tagesbetreuung im Kindergarten abliefern. Wir mussten uns beeilen. Du hast dich wie immer im Kasten versteckt. Du mochtest den Kindergarten nicht. Ich zog dich zwischen den Kleidern hervor. Du hast immer dasselbe Versteck gewählt. Ich verstand nicht weshalb. Hast du geglaubt, dass ich es vergessen hatte und woanders suchen würde? Für so dumm habe ich dich nicht gehalten. Allmählich sah ich es als stummen Protest. Du wähltest den Kasten nur, um mir zu zeigen, wie sehr du den Kindergarten verabscheutest. Dass ich dich dennoch dort abliefern würde, schien dir klar zu sein.

Als ich dich bei der jungen Betreuerin abgab, hast du mich gefragt, ob Tanja abends zu Hause sein würde. ›Natürlich‹, habe ich gesagt. Die Betreuerin lächelte.«

Bela öffnet die Augen, blickt sich um, als sehe er seine Wohnung zum ersten Mal. Während er gesprochen hat, vergaß er, was um ihn herum geschah. Er achtete nicht mehr auf Annika, die neben ihm das Nutellabrot kaute, er gab keinen Pfifferling auf Caspar, der hinter der Tür schmollte. Irgendwann merkte er, dass er seine Augen geschlossen hatte und über die Bilder staunte, die vor ihm auftauchten.

Bela erzählte nur für sich, und so schien alles gut zu sein. Seine Worte erschienen ihm wie Bilder, Sätze als Bildketten, als Landschaften, die ihm seine Vergangenheit als wirklich vor Augen stellten. Was war diese Vergangenheit? Ein Exempel eines Lebens als Marionette, dachte Bela. Aber seltsam fand er, dass in der erzählenden Vergegenwärtigung dieses Marionettendaseins, sich für ihn als Erzählenden etwas veränderte. Es schien, als könnte er die Bühne seines Stücks verlassen, die Stahlfäden, an denen er hing bis aufs Äußerste anspannen. So entstand ein Raum für Bela, ein Raum als Erzählung, ein Raum, in dem sich atmen ließ. Und so hebt er von Neuem an, drückt die Lider ganz fest aneinander, erzählt den tatsächlichen Traum, der sein Leben ist.

»Den Nachmittag verbrachte ich alleine«, hebt er an. »Ich ging spazieren. Mein Weg führte mich zum Bahnhof. Dort saß ich vor der Anzeigetafel, auf der die digitalen Abfahrtszeiten der Züge leuchteten. Für die Züge, die in die Nachbarländer fuhren, habe ich mich nicht interessiert. Ich sah nur auf die Abfahrtszeit des Zuges, der in die Hauptstadt ging. Daneben hing eine in die Marmorwand eingelassene Uhr. Dem Uhrzeiger zuzusehen, wie er sich dem Zeitpunkt der Abfahrt meines Zuges näherte, war meine liebste Beschäftigung. Die Möglichkeit gefiel mir, jederzeit aufstehen zu können, eine Fahrkarte zu lösen und nach Hause in die Hauptstadt zu fahren. Ich habe es nie getan.

Neben dem Zug, der als Nächstes abfahren würde, blinkte ein rotes Lämpchen. Jetzt war mein Zug an der Reihe. Ich sah mich um. Jedes Mal fand sich ein Geschäftsmann mit einem Trolley, der auf den Bahnsteig hetzte, oder ein Student, der zu lange getrödelt hatte und nun durch die Bahnhofshalle sauste, um den Zug zu erwischen. Heute war es ein Mädchen mit einem Rucksack und einem Schuhkarton unter dem Arm. Ich beobachtete sie, wie sich ihre kraftvollen Schritte von den übrigen Geräuschen der Bahnhofshalle abhoben, wie sie hinaus auf den Bahnsteig lief, nach dem richtigen Zug suchte, einen gelangweilten Schaffner um Hilfe bat, seinem Fingerzeig folgte und schließlich in einem Waggon verschwand.

Ich konnte nicht nach Hause. Dennoch kam ich beinahe täglich zum Bahnhof und starrte auf die Anzeigetafel. Ich liebte sie dafür, dass sie nie aufhörte, die Abfahrtszeiten von Zügen anzuzeigen, also auch die von denen, die in die Hauptstadt fuhren. Fuhr einer ab, so leuchtete am Ende der Tafel ein neuer auf, und ich blickte auf die in Stein eingelassene Uhr und verglich seine Abfahrtszeit mit meiner Armbanduhr. Ja, dachte ich dann, noch eine halbe Stunde. Oder ich dachte: Fünfundvierzig Minuten hätte ich noch Zeit, die Fahrkarte zu lösen, eine Zeitung oder ein Salamisandwich zu kaufen, wenn ich tatsächlich nach Hause fahren würde. Die Anzeigetafel ermöglichte mir eine Endlosschleife eines Wunsches, der sich nie erfüllen würde, aber den ich so nie ganz aufgeben musste.

An dem Würstelstand kaufte ich mir ein Frühstück. Der nächste Zug in die Hauptstadt ging in fünfunddreißig Minuten. Ich ließ mir Zeit, aß in Ruhe und ging fünf Minuten vor Abfahrt des Zuges zum Bahnsteig. Dort beobachtete ich die Reisenden, die sich von ihren Bekannten verabschiedeten. Ich sah, wie man Umarmungen austauschte, letzte Versprechen gab und sich die Wirklichkeit für einen Moment in dem Wissen auflöste, dass die Gleise aus Stahl sind und sich manchmal kreuzen, dann aber einen Weg finden, einen eigenen Weg, der sich zwischen den Häusern, den Wiesen und Wäldern verliert.

Bald darauf verließ ich den Bahnhof. Der Gedanke, Tanja könnte schon heimgekehrt sein, trieb mich nach Hause. Die Stille, die mich in unserer Wohnung empfing, warf mich beinahe um. Das Öffnen der Tür nahm ich in Zeitlupe wahr. Zuerst das Knacken des Schlosses, dann den Lichtstrahl auf den Parkettfliesen, der immer größer wurde. Ich musterte die Kleiderhaken der Garderobe. Noch immer fehlten die brombeerfarbene Lederjacke, die Converse, die Handtasche. Ich lief durch die Wohnung und suchte nach einem Teller mit Essensresten oder achtlos herumliegenden Kleidungsstücken oder irgendeinem anderen Beweis, dass sie hier gewesen war. Ich fand keinen. Als ich alle Zimmer durchsucht hatte und nun vor der Schlafzimmertür stand, stiegen Bilder in mir hoch, Bilder von Körpern, von der Aufdringlichkeit nackter Haut und von Schweiß. Die Bilder waren nur in meinem Kopf. Beim vorgestellten Anblick fühlte ich nichts. Das Einzige, was mir naheging, war, dass ich glaubte, nicht mehr mithalten zu können. Einige Jahre zuvor hatte ich dieselben Bilder in mir gesehen. Damals waren mein Körper und Tanjas Körper der Stoff der Bilder gewesen. Nun waren es Tanjas Körper und einer, der keinen Namen hatte.

Im Schlafzimmer war niemand. Was mich keinesfalls beruhigte. Ich suchte ja nach einer Antwort, nach Tanja, das

Schlafzimmer gab mir keine Antwort. Es war leer. Es war still. Auch der Pianist ließ nichts von sich hören. Das Schlafzimmer bot mir Raum für mich selbst, für die Bilder in meinem Kopf, die zu diesem Raum wurden. Es war eine Leere, die sich mir aufdrängte. Diese Leere schien sich ungehindert auszubreiten – wie ein Pilz, wie ein Schmarotzergewächs, das einen Baum überwuchert.

Ich musste den Raum begrenzen. Also machte ich mich auf die Suche nach dem Namen jenes Körpers. Die Bilder in meinem Kopf hinderten mich daran. Sie lähmten mich. Sie schienen von meinem Geist auf meinen Körper überzugehen. So infizierten sie auch mein Empfinden. Mit jeder Minute des Getrennt-Seins von Tanja arbeiteten sie sich weiter vor, von meinem Kopf über meine Blutgefäße bis zur Lunge und zum Herz.

Mobiltelefone sind damals nicht weit verbreitet gewesen. Also setzte ich mich zum Festnetztelefon und durchforstete Tanjas Notizbuch, das sie zu ihrem privaten Telefonbuch umfunktioniert hatte. So viele Namen. Einen nach dem anderen probierte ich aus. Die meisten hoben nicht ab und die, die abhoben, halfen mir nicht weiter. Sie wirkten alle zugeknöpft. Ich glaubte, sie würden mir Tanjas Aufenthaltsort verheimlichen. Mit jedem, der mich abwimmelte, stieg meine Bitternis und mit ihr auch meine Wut.

Schließlich war ich bei der achtundzwanzigsten Nummer in Tanjas Telefonbuch angelangt. Das Freizeichen ertönte. Ich strich mit der Zunge über die Zähne. ›Ja, hallo.‹ Die Stimme tönte kalt und hart. Kein Wort kam über meine Lippen, obwohl ich so viel sagen wollte. Alles wollte ich auf einmal sagen, und so schien sich ein Wortknäuel in meinem Hals zu bilden, ein Wortklotz, der nicht auszusprechen war, der mich zum Schweigen verurteilte. Ich muss diesen Klotz ausschweigen, dachte ich, die Bilder, die mein Herz erreicht hatten, aus mir herausschweigen.

Als ich nun doch ein zaghaftes ›Hallo‹ zu sagen wagte, hatte der Mann bereits aufgelegt. Das Freizeichen ertönte. Es verhöhnte mich, wie ich glaubte. Es schien mir jede Möglichkeit offenzulassen. Ich brauchte nur zu wählen, doch dazu hatte ich keine Kraft.

Zwei Stunden blieben mir noch, bis ich dich vom Kindergarten abholen musste. Also beschloss ich, einige ihrer Freunde zu besuchen, bei denen sie oft ihre Zeit verbrachte. Als ich so durch die Stadt fuhr, schämte ich mich für mein Verhalten. Ich klopfte an die Türen fremder Menschen. Ich stellte ihnen Fragen, auf die die meisten nichts zu antworten hatten. Diese Scham, glaube ich, war der Grund, dass ich nun erstmals erwog, zu verschwinden, Tanja hinter mir zu lassen, bevor sie mich hinter sich ließ. Ein schrecklicher Gedanke, fand ich, der zu sein, der zurückblieb. Alleine aufzuwachen, das Bettchen zu sehen und die Melodien des Pianisten zu hören. Lieber schon wollte ich jemanden zurücklassen, vielleicht sogar vergessen. Dich würde ich mitnehmen. Ich fand den Gedanken nicht schlimm, dass du ohne Mutter aufwachsen solltest. Meine Mutter war an Unterleibskrebs gestorben, als ich noch ein Kind gewesen war. Ich war an ihre Abwesenheit gewöhnt gewesen. Nur in kurzen Phasen litt ich darunter. Mit etwa achtzehn Jahren machte ich es mir zur Aufgabe, alle Gegenstände, die mit ihr zu tun hatten, in einem Ordner zu sammeln. Die Fotos klebte ich auf weiße Blätter und heftete sie ebenfalls bei. Ich nannte ihn meinen Erinnerungskatalog. Doch ich verlor schnell die Lust daran und betrachtete meine Mutter schließlich als das, was sie war – als tot und für mich nicht zu erreichen. Den Ordner jedoch besitze ich heute noch.

Einer von Tanjas Freunden, den ich unter dem Türbogen seiner Wohnung mit Fragen durchlöcherte, erklärte mir, dass heute bei einem gewissen Arian eine Feier stattfinde, er könne sich vorstellen, dass Tanja dort zu finden sei. Am Weg dorthin bekamen Kleinigkeiten, die sich in meiner Erinnerung festgehakt hatten, eine riesenhafte Bedeutung. Etwa, dass Tanja Anfang Februar einen Fotografiekurs an der Kunstuniversität begonnen hatte und sich um eine beträchtliche Summe des Geldes, das wir für dich vorgesehen hatten, eine Spiegelreflexkamera samt Zubehör gekauft hatte. Ich war überrascht gewesen, dass sie die teuerste Ausrüstung gewählt hatte. Ich hatte nichts gesagt. Ich sah ihr zu, wie sie nun nachmittags Theorie lernte, an Wochentagen Seminare besuchte und sich für die Aufgaben in die freie Wildbahn stürzte, wie sie sagte. In dem Maße, wie Tanjas Abwesenheit stieg, stiegen auch deine Fragen, wo sie sei, wann sie zurückkäme, warum sie dauernd mit einer Kamera herumlaufe. Ich meinte, dass Tanja mehr Zeit für sich brauche, jeder brauche das, und zugleich wunderte ich mich, warum ich selbst diese Zeit nicht in Anspruch nahm.

Doch etwas anderes beschäftigte mich noch viel mehr. Tanja hatte vor einiger Zeit begonnen, sich von mir mit ›Bis später‹ zu verabschieden. Ich dagegen gebrauchte seit jeher die Formel ›Bis bald‹. Ich hatte dem Wechsel der Grußworte zunächst keine Beachtung geschenkt. Doch nun, am Weg zu Arians Wohnung, verunsicherte mich dieses ›Später‹. Es hinterließ eine Lücke, die das ›Bald‹ niemals hätte aufkommen lassen. ›Bald‹ beinhaltete die ehest mögliche Rückkehr. Am ›Bald‹ konnte man sich festhalten. ›Später‹ jedoch verlor sich in einer Zukunft, in der das ›Nie mehr‹ eine relevante Größe war. Lächerlichkeit und Bitternis meiner Gedanken schienen sich immer schneller abzuwechseln. Als ich vor dem Miethaus stand, in dem Arians Wohnung lag, war ich so weit, zu glauben, dass Tanja Arm in Arm mit Arian auftreten würde.

Ich drückte den Knopf neben Arians Namensschild. Eine Stimme meldete sich. Ich stellte mich vor. Dann folgten Augenblicke von mäanderndem Stimmengewirr, in dem, so vermutete ich, über mein Eintreten entschieden wurde. Schließlich meinte eine Männerstimme: ›Meinetwegen‹. Und das Haustor schnappte auf.

Niemand erwartete mich an der Wohnungstür. Sie war bloß angelehnt. Ich stieß sie auf und trat in ein kreisrundes Vorzimmer. Zuerst sah ich niemanden. Ich vermutete jedoch einige Personen in der Wohnung, da in drei oder vier Zimmern, die an den Vorraum grenzten, Gespräche zu hören waren.

Das Vorzimmer selbst war dunkel, nur durch die geöffneten Zimmertüren drang schwach das Tageslicht. Musik war zu hören. Plötzlich tauchte aus der Helligkeit eines Zimmers eine Gestalt auf, verschwand im Zwielicht des Vorraums, um in ein anderes Zimmer einzutreten. Kurz darauf ertönte Gelächter. ›Tanja, ich bin's‹, rief ich, dabei schlüpfte ich aus den Schuhen und hängte die Jacke an die Garderobe. Ich wartete. Keine Antwort. ›Tanja, ich bin's, Bela.‹ Ich fand es bezeichnend, dass ich nun unwillkürlich meinen Namen nannte. Hätte ein ›Tanja, ich bin's‹ nicht schon gereicht, hätte Tanja nicht schon bei diesen Worten wissen müssen, wer ich war, um sodann aus einem der Zimmer heraus und in das Zwielicht hinein, zu mir, zu treten. Und vielleicht hatte sie mich ja doch gehört und vielleicht war genau das der Grund, warum sie nicht kam und mir nichts anderes blieb, als meinen Namen zu nennen, so zu tun, als hätte er eine außerordentliche Anziehungskraft.

Niemand reagierte auf mein Rufen und ich blieb unbehelligt in der Garderobe. Bei all der Verbissenheit, die ich seit den Anrufen an den Tag gelegt hatte, war ich alleine und nicht unmittelbar mit anderen Leuten konfrontiert gewesen. Nun aber, als ich die Stimmen hörte, fragte ich mich zum ersten Mal, mit welchem Recht ich Tanja hinterherjagte. Zuvor hatte es nur mich gegeben und Tanja nicht. Nun wirkten ihre Freunde und das Gelächter, das sich mitunter in die Gespräche mischte, beruhigend auf mich. Aber ich hatte schon zu viel investiert, um die Sache auf sich beruhen zu lassen. Ich wollte zumindest wissen, ob Tanja hier war oder hier gewesen war.

Ich trat ins erste Zimmer. Fünf oder sechs Personen starrten auf einen Fernseher. Der Tisch war mit zerknüllten Pizzaschachteln zugemüllt. Dazwischen standen drei randvolle Aschenbecher, in denen jeweils eine Zigarette glimmte. Die Jalousien waren heruntergelassen, jedoch horizontal gestellt, sodass das Tageslicht in Streifen ins Zimmer fiel. Hinter der Couch hing ein riesiges Tuch, auf dem eine Sonne in fluoreszierenden Farben gedruckt war. Die Jalousien warfen Schatten, auch auf das Sonnensegel, das mit einem schwachen

Glühen reagierte. Ich kann nicht sicher sagen, weshalb ich die Zimmereinrichtung so gewissenhaft studierte. Ich glaube, um Zeit zu gewinnen und um mich der Harmlosigkeit des Ortes zu versichern, der mir Unbehagen bereitete. Von den Leuten bekam ich zunächst nur wenig mit. Sie saßen alle mit dem Rücken zu mir und verfolgten eine Zeichentricksendung Auf einmal wandte jemand den Kopf und meinte: ›Du bist Bela, nicht wahr?‹ Ich nickte. Meine schüchterne Reaktion fand ich lächerlich. ›Ja, das bin ich‹, antwortete ich.

Auf der Couch wurde mir ein Platz angeboten. Ich war nicht gekommen, um Zeichentrickserien anzusehen. Aber wegen der netten Geste setzte ich mich dennoch. ›Trinkst du ein Bier?‹, fragte einer, der schwarze Augenränder, eine Tätowierung im Nacken und einen kahl geschorenen Schädel hatte. Er schien die Nacht über wenig geschlafen zu haben. Dass er mir das Bier angeboten hatte, erschien mir als die größtmögliche Interessensbekundung, die von ihm heute zu erwarten war. Ich nahm an, obwohl ich nicht annehmen wollte. Er griff in einen Kübel mit kaltem Wasser, in dem einige Dosen schwammen und warf mir eine zu. Dann versank er wieder in den Plüschpolstern und widmete sich der Zeichentricksendung. Ich knackte die Dose und trank widerwillig.

Ich fühlte mich in der Runde als Fremdkörper, und ich glaube, auch sie fühlten, dass ich als Fremder gekommen war und als Fremder gehen würde. So starrten wir in den Fernseher und fühlten uns miteinander unwohl. Ich musterte die Jungs um mich. Ihre Gesichtszüge wirkten knabenhaft unverbraucht, obwohl ihre lethargischen Blicke eine durchwachte Nacht verrieten. Ich war achtunddreißig und schätzte sie alle um zehn Jahre jünger, also in etwa so alt wie Tanja. Und Tanja zog es offenbar zu ihnen, zu ihrer Lebensart, also fort von mir und Caspar.«

Bela unterbricht die Erzählung. Er sprach von Caspar in der dritten Person. Das wundert ihn, die Lücke, die sich so zwischen Caspar und ihm auftut, macht ihm Angst. Bela blickt zu Annika. Sie sitzt im Schneidersitz vor der Tür und lächelt.

Bela horcht an der verschlossenen Tür. Nichts ist zu hören, auch kein Geräusch, das auf eine andere Tätigkeit Caspars schließen ließe. Es ist still. Diese Stille ist ihm ein Auftrag, sie zu füllen. Ein Raum ist diese Stille, in den er hineinsprechen möchte, um die Lücke zwischen ihm und Caspar als Erzählung zu überbrücken.

»Die Jungs«, hebt er an, »diese Jungs musterten mich als einen Fremden. Sie vermieden es, sich auf meine Blicke einzulassen. Es war eine seltsame Situation, eine, in der alle spürten, dass etwas Merkwürdiges in der Luft lag. Sie wussten schon, was es war. Ich wusste es noch nicht. Nach einigen Minuten stellte ich die leere Bierdose auf den Tisch und stand auf. ›Ist Tanja bei euch in der Wohnung.‹ Die Runde reagierte mit Schweigen. ›Meine Freundin ... Sie ist diese Nacht nicht zu Hause gewesen und ich habe mir Sorgen ... Gedanken gemacht.‹ Sie tauschten Blicke aus. Das reichte mir als Antwort. Ich lief ins kreisrunde Vorzimmer. Niemand folgte mir. Ich unterließ es, die Wohnung zu durchsuchen. Nur bei einem Zimmer war die Tür geschlossen. Dort vermutete ich sie. Ich trat ein. Als Erstes sah ich einen Rücken, der unter der Bettdecke hervorragte. Ich erkannte ihn.

Tanja schlief. Sie muss nackt sein, dachte ich. Ihre Kleidung lag im Zimmer verstreut. Ihr Slip, ihr Unterhemd hingen achtlos hingeworfen auf einem Sessel. Ich hörte Duschgeräusche aus dem Nebenzimmer. Ein Mann, dachte ich, ein Körper. Jeans und blaue Sportschuhe lagen am Boden neben einer Fotografietasche aus schwarzem Leder.

Ich setzte mich auf den Sessel mit Tanjas Unterwäsche. Mir fiel der Fotografie-Lehrgang ein, das ›Bis später‹ und all die anderen Kleinigkeiten, bei denen ich bloß zugesehen und nichts gesagt hatte. Aus dem Nebenzimmer hörte ich Geräusche. Jemand seifte sich ein, jemand, der heute neben ihr geschlafen hatte und der eine schwarze Tasche für einen Fotoapparat besaß.

Tanja wachte auf. Als sie sich aufrichtete und mich über die Sessellehne gebeugt sah, sank sie noch einmal in den Kopfpolster. ›Bela, was machst du hier?‹, fragte sie. Sie schien sich nicht zu schämen. Sie schien vielmehr genervt zu sein, mich zu sehen. ›Falsche Frage‹, antwortete ich. Das Duschwasser ging wieder an. Das beruhigte mich. Ich wollte keinesfalls den Körper sehen, der bei Tanja gelegen war. Auch mein Verlangen nach einem Namen war verschwunden. Tanja stützte sich auf die Ellbogen. Sie strich die Dreadlocks nach hinten. ›Du hast mich gesucht?‹

Wäre ich in dieses Stück nicht involviert gewesen, hätte ich es als abgeschmackt bezeichnet. Zu oft schon hatte ich davon gelesen, Theaterstücke und Spielfilme darüber gesehen oder von jemandem gehört, dem Derartiges widerfahren war. Immer litt ich auf unverbindliche Art und Weise mit, wunderte mich jedoch über die Banalität dieses Schmerzes. Aber jetzt ... ›Falsche Frage‹, zischte ich. Ich meinte, Tanja würde zornig werden. Sie konnte sehr impulsiv sein. Besonders, wenn ich sie ignorierte. Nichts dergleichen geschah. Sie zündete eine Zigarette an und schien zu warten. ›Die richtige Frage lautet: Was machst du hier?‹ Ich wollte Caspar anfangs nicht erwähnen, da es die Abgeschmacktheit noch weiter gesteigert hätte. Doch ich war zu sehr involviert. ›Was machst du hier, während mich Caspar fragt, ob er dich heute noch sehen wird?‹

Tanja rauchte. Ich wartete. Und als ich schon glaubte, sie würde den Moment schweigend aussitzen, meinte sie: ›Ich schaffe es einfach nicht.‹ Ich war verblüfft. Erleichterung überkam mich. Ich sah zu Boden. Die vergangenen Stunden verloren so ihre Dramatik und verkamen zur Farce. Das Wasser im Bad wurde abgedreht und ich hörte, wie der Namenlose aus der Duschkabine stieg. Die ganze Zeit über hatte ich geglaubt, ich sei der Grund unserer Misere. Dass auch Tanjas Motor die Angst war, erstaunte mich.

Caspars Nachmittagsbetreuung würde in einer halben Stunde zu Ende sein. Ich wollte ihn nicht warten lassen. Hier gab es für mich nichts mehr zu sagen, keinesfalls etwas zu tun. Mit Tanjas Satz war alles gesagt und auch das, was er nicht sagte, schien mir dadurch klarer geworden zu sein. Als ich das Zimmer verließ, vermied ich es, ihre Blicke zu erwidern. ›Bela‹, rief sie, ›was tust du?‹

Tanja schien keine Antwort zu erwarten. Sie schien es jedoch seltsam zu finden, die Situation so zu beenden, oder vielmehr, sie nicht zu beenden, sondern einfach alles im Raum stehen zu lassen. Dann steckte sie den Kopf unter den Polster. Ich war schon bei der Tür, als sie murmelte: ›Bis später.‹ ›Bis bald‹, antwortete ich und wartete, ob Tanja unter dem Kopfpolster hervorkäme. Sie rührte sich nicht. Nur unter der Bettdecke hob sich gleichmäßig ihr Körper. Der Atem. Ich verschwand. Das Vorzimmer war leer. Ich schlüpfte in meine Schuhe. Im Fernsehzimmer wurde gelacht. Doch das war mir egal.«

Bela lehnt an der Mauer. Er hört, wie Annika die Brotkrümel vom Teller wischt. Er sieht nicht nach ihr. Er hat sie während der gesamten Erzählung so wenig wie möglich angesehen. Ihre Anwesenheit verleitete ihn dennoch zum Perspektivenwechsel. Ein Umstand, dem Bela große Bedeutung beimisst. Annika trägt den Teller in die Küche. »Kaffee?«, ruft sie. Ja, Bela möchte jetzt einen Kaffee. Er möchte sich mit Annika an den Küchentisch setzen, mit beiden Händen die heiße Schale umschließen, Kaffee trinken und Annika zusehen, wie sie den Kaffee trinkt.

Bela geht in die Küche und lehnt sich an das Regal neben dem Kühlschrank. Annika steht am Fenster und füllt zwei Tassen mit löslichem Kaffee. Den Süßstoff findet sie im Korb am Fensterbrett. Sie blickt aus dem Fenster. Ihr Gesicht spiegelt sich blass in der Fensterscheibe. Bela sieht es von hinten, die hohen Backenknochen, die flache, etwas breite Nase, die großen Augen. Sie hat ein Leopardengesicht, denkt er. Sie ist ein Fremdkörper, aber keiner, der aufregt. Sie gehört nicht hierher. Schon im Arabella, vorgestern am Abend und gestern, war sie dieser Fremdkörper. In diesen Momenten war Bela glücklich über ihre Anwesenheit. Sie stört die Atmosphäre nicht, denkt er, als im Wasserkocher das Wasser blubbert. Sie hat etwas Amorphes. Annika schmiegt sich an ihr

Umfeld an. Ganz gleich, ob es das verrauchte Wettcafé ist oder die Stille einer Wohnung, in der sie nicht zu Hause ist, Annika scheint sich einzufügen. Noch mehr, denkt er, sie nimmt die Atmosphäre auf und reinigt sie. Wie es ihm ginge, wenn er nun alleine wäre mit Caspar, der sich noch immer in seinem Zimmer verbarrikadiert? Bela seufzt. Er will nicht, dass Annika geht. Sie ist das Glied, das fehlt, denkt er, sie ist das Gran, das die Waage in Balance hält.

Er findet es nicht gut, dass er so von Annika denkt. Bereits jetzt. Das Podest, auf das er sie stellt, ist zu hoch. Er will nicht, dass sie abstürzt, sich verletzt. Und als sie sagt, sie werde gehen, in zehn Minuten, und als sie fragt, ob sie wiederkommen könne, antwortet er: »So bald wie möglich.« Sie gibt ihm die Tasse mit dem Kaffee. Bela umschließt sie mit beiden Händen und vertieft sich in die Wärme. Annika legt die Dose Kandisin in den Korb. Sie blickt aus dem Fenster. Im Fensterspiegel erkennt Bela ihren veränderten Gesichtsausdruck. »Was ist?«, fragt er. Annika dreht sich um, sie lächelt. »Schau, Caspar steht unten am Parkplatz.«

Bela lacht. Er weiß, dass Caspars Zimmer ein Durchgangszimmer ist. Caspar hat schon mehrmals den Kasten beiseite geschoben und sich durch Belas Schlafzimmer davongestohlen. Bela geht zum Fenster. Caspar und Konrad stehen am Mietparkplatz. Bela hört sie nicht. Er sieht nur, wie sie reden, wie sie einander gegenüberstehen, wie sie sich bewegen, als wäre bei einem Fernseher der Ton abgestellt. Bela glaubt, aus den Bewegungen Wörter herauslesen zu können. Ahnungen von Wörtern bieten sich ihm dar. Wortmöglichkeiten, denkt er, aber keine Worttatsachen. Er ist abgeschnitten hinter der Scheibe, er ist ausgetrickst worden. Was will Caspar von Konrad, andauernd Konrad, denkt Bela.

»Du hast dich bemüht«, sagt Annika.

Belas Wut steigt.

»Du hast dich bemüht. Und er hat es nicht angenommen.«

Belas Griff um die Tasse mit heißem Kaffee wird fester.

»Erzähl es ihm noch einmal. Er wird es verstehen.«

Bela antwortet nicht. Er blickt aus dem Fenster und verfolgt Caspar und Konrad. Auch als ihn Annika berührt, reagiert er nicht. Er ist zu sehr auf sich konzentriert, um Annikas Zärtlichkeit zu erwidern. Er denkt daran, was er Caspar erzählt und was er nicht erzählt hat und was Caspar alles gehört und was nur mehr er selbst und Annika gehört haben. Es wäre vielleicht richtiger gewesen, Caspar das zu erzählen, was er verschwiegen hat, denkt Bela. Das Nichtgesprochene auszusprechen, wäre vielleicht klüger gewesen, um Caspar zu halten – im Kreis der Erzählung, in dem sich nur er selbst und Annika befanden.

Caspar und Konrad verschwinden in Richtung Bushaltestelle. Caspar geht dicht neben Konrad, was Bela nicht versteht, da er Konrad nicht versteht. Konrad hat ein Geheimnis und dieses Geheimnis trägt er offen vor sich her. Jeder soll wissen, dass er ein Geheimnis hat. Konrad verbirgt sich hinter dem Geheimnis. So macht er sich zu einem Fremdkörper im Haus, nicht bloß wegen des Ärgers mit den besetzten Mietparkplätzen. Auch Caspar wird neben ihm zum Fremdkörper. Warum ist er nicht mehr bei Helga, warum verbringt er mit Konrad seine Zeit? Bela beobachtet die beiden, bis sie hinter einer Plakatwand verschwunden sind.

Mit einem Mal sieht er, wie ähnlich Caspar und er sich sind. Es ist das erste Mal, dass er so klar Anklänge von sich in seinem Sohn erkennt. Abgesehen von Äußerlichkeiten empfand er Caspar in den letzten Jahren als den anderen in seiner Wohnung, in seinem Wettcafé, in seinem Leben. Bela denkt an Ernst und daran, was ihn und Ernst trennte. Caspar ist zwar jünger als er damals war, aber es beginnt, denkt Bela, irgendetwas beginnt. Bela ist froh, das Nichterzählte nicht erzählt zu haben, sich selbst also hinter dem Erzählten verborgen zu haben. Das unterscheidet ihn von Konrad.

Annika verabschiedet sich. Sie werde abends wiederkommen, meint sie. Bela nickt. Sie küsst ihn auf die Wange. Bela will zunächst keine Regung zeigen, doch die Beiläufigkeit und Selbstverständlichkeit der Berührung irritiert ihn. Für einen

Moment will er, dass sie bleibt. Er übergeht dieses Gefühl, ignoriert die Bilder, die es in ihm auslöst. Er freue sich auf ihre Rückkehr, sagt er, sie solle sich beeilen.

Bela steht am Fenster. Draußen wirft Annika die Wohnungstür ins Schloss, dabei ruft sie: »Bis später.« »Bis bald«, antwortet Bela. Ein Linienbus hält bei der Plakatwand. Sie fahren in die Stadt, denkt Bela. Warum fahren sie in die Stadt? Was Caspar tut, interessierte ihn bisher wenig. Zumeist hielt Caspar sich in einem Umfeld auf, dem Bela vertraute. Er vertraute Helga, somit war Caspars Handlungsrahmen klar abgesteckt. Dass Helga ähnliche Grenzen zieht wie er selbst, gilt Bela als gewiss. Bei Konrad jedoch ist es anders. Konrad ist ein Geheimnis, denkt er.

Das zuvor Nichterzählte hat Bela noch nie erzählt. Auch jetzt erzählt er es niemandem. Er stellt es sich vor. Er stellt sich vor, wie es dazu kam, dass er in die Provinzhauptstadt gezogen ist. Er stellt sich vor, wie er mit Ernst am Abend zwei Tage vor Adalberts und Helgas Hochzeit über die Notwendigkeit der Umstrukturierung des Kaffeehauses Denkmayer diskutierte. Ernst sah diese Notwendigkeit nicht. Umso entschlossener trat Bela auf. Er war nun notariell beglaubigter Besitzer des Kaffeehauses. Er hatte Pläne. Er drängte auf ihre Umsetzung. Sie saßen hinter der Theke. Ernst nahm gerade die alte Kaffeemaschine auseinander und reinigte ihre Bestandteile in heißem Essigwasser. Das machte er jeden Abend. Ernst besaß das klapprige Ding schon seit Langem. Sie schnaubte wie eine Dampflok, wenn der Kaffee durch die Schläuche rann. Aber Ernst wollte keine neue kaufen. »Wir schenken Einnahmen her«, sagte Bela. Er griff nach der Flasche roten Burgunder und füllte zwei Achtelgläser. Die letzten Gäste waren wie jeden Donnerstag die Gräfinnen. Sie spielten noch eine Runde Skat. Den übrigen Gästen war vor einer halben Stunde gesagt worden, dass Feierabend sei. Mit den Weingläsern auf einem Tablett ging Bela zu den Damen. Dort gratulierte ihm Helga zur Übernahme des Kaffeehauses und dass er nun der neue Chef war. Bela lächelte. Das neue Gefühl von Ehrbarkeit und

Verantwortung gefiel ihm. »Hoffentlich bleibt alles, wie es ist«, sagte eine der anderen Damen. »Freilich wird es Anpassungen geben«, meinte Bela, »aber für meine Damen wird immer ein Tischchen frei sein.« Die Gräfinnen kicherten wie Schulmädchen. Als er sie verließ, meinte eine: »Ernst kann tatsächlich stolz auf seinen Sohn sein. Viele Väter, die ein Gewerbe betreiben, haben nicht so ein Glück und müssen zusperren, weil ihren Söhnen der Sinn für das Beständige und Selbstaufgebaute verloren gegangen ist. Sie arbeiten lieber in Firmen und fahren lieber Firmenwagen und leben lieber in Firmenwohnungen und machen lieber Urlaub in Firmenclubs. Ich finde das schrecklich.«

An der Theke nahm Bela eine Garnitur Gläser, Tassen und Teller aus der Spülmaschine. »Wir sprechen die falsche Klientel an«, sagte er und sortierte das Geschirr in die Regale. Ernst sah von der Kaffeemaschine auf, die er eben zusammenschraubte. »Falsche Klientel?« »Ja, wir liegen in nächster Nähe zum Bahnhof.« Bela machte eine Pause und starrte seinen Vater an. »Aber siehst du hier irgendwelche Bahnhofsarbeiter oder Reisende? Wir haben nur Pensionisten. Das ist schön. Aber wir könnten mehr haben«, meinte er und schloss den Kasten. »Vor allem die Bahnhofsarbeiter sind wichtig. Stellt man sich geschickt an, kommen sie jeden Tag zur Neun-Uhr-Pause, zum Mittagessen und nach Dienstschluss, um ein Glas Bier zu trinken. Siehst du hier Bahnhofsarbeiter? Wir sind zu fein für sie, obwohl wir gar nicht fein sind. Eher altmodisch, denke ich.«

Ernst schüttelte den Kopf und schraubte die restlichen Bestandteile der Kaffeemaschine in das Gehäuse. Dann trocknete er seine Hände an einem Handtuch ab. »Weißt du«, sagte Ernst, »so hat es immer funktioniert. Ich habe gut für dich sorgen können. Hat es dir an etwas gefehlt?« Bela hatte geahnt, dass sein Vater so etwas sagen würde. Er sah in ihm den Inbegriff der Stagnation. Selber liebäugelte er mit der Rolle des Revolutionärs. Am liebsten hätte er die alten Tische und Stühle hinaus auf die Schnellstraße geworfen. Die Theke hätte er auf den Sperrmüll verfrachtet. Er dachte an ein Café, nicht an ein Kaffeehaus. Er dachte an jüngeres Publikum. Er dachte an Musik. An Fernsehgeräte, vielleicht würde er sogar ein Wettcafé daraus machen. Er dachte an das mechanische Gepiepse von Spielautomaten. An Artikel im Bezirksjournal, die wohlwollend über ihn berichteten.

Ernst würde dabei keinesfalls mitmachen. Also stellte er seine revolutionären Bestrebungen hintenan und präsentierte sich als vernünftiger Evolutionär, der durch bedächtiges Argumentieren eine Meinungsänderung seines Vaters heraufbeschwören wollte: »Aber die Leute wollen mehr als ein lauschiges Plätzchen. Sie wollen unterhalten werden.«

»Als ob du wüsstest, was die Leute wollen.« Ging es um sein Lebenswerk – so nannte Ernst das Denkmayer – wurde er rasch zornig. Er ließ die Schutzklappe der Kaffeemaschine einrasten, sodass sie wie ein metallener Würfel aussah. Die Gräfinnen blickten von ihren Karten auf. Es kam öfters vor, dass es hinter der Theke Streit gab. Helga winkte, um die Situation zu entschärfen. »Zahlen, bitte«, sagte sie und zwinkerte Bela zu. Ernst aber griff nach der schwarzen Geldtasche, öffnete sie und suchte nach dem Schmierzettel, auf dem er die bisherige Tageslosung notiert hatte. Er musste den Betrag der Gräfinnen korrekterweise dazu addieren. Er suchte. Er fand ihn nicht. Er klopfte seine Hose und seine Hemdtaschen ab. Endlich entdeckte er ihn und ging zu den Gräfinnen. Bela versuchte gar nicht, ihm diese Aufgabe streitig zu machen. Es war seit jeher die Aufgabe des Chefs, zu kassieren. Im Vertrag stand, dass er der Chef war. Und Ernst war aus dem Vertrag gelöscht worden.

Ernst kassierte von den alten Damen. Er schenkte jeder der Damen ein Getränk. Das war ein althergebrachtes Ritual. »Das schreiben wir auf die Angestelltenrechnung, gnädige Frau.« Zur Antwort bekam er stets ein »Oh« oder ein »Sehr liebenswürdig«. Jede Dame gab jedoch ebenso viel Trinkgeld, wie das Gratisgetränk gekostet hätte. Ernst kassierte also den vollen Betrag, ohne ihn verlangt zu haben. Das Ritual ermöglichte den Gräfinnen, gnädig zu sein, ohne ihre Pension weiter zu belasten. So entstand eine Situation, mit der alle zufrieden waren. Eine Situation des Scheins, den Ernst liebte. Er liebte das betuliche Gehabe im Kaffeehaus. Er war gern der Ober in der schwarzen Hose mit weißem Hemd, schwarzem Gilet und selbstgebundener Fliege. Das Kaffeehaus erschien ihm seit jeher als ein Fenster in eine vergangene, ideale Zeit, in der monarchische Manieren und Konservativismus in alltäglichen Handlungen stets von Neuem Wirklichkeit wurden. Ernst sah es schlichtweg als seine Aufgabe, den Menschen dieses Fenster zu öffnen. Wer wollte, konnte hindurchblicken. Was er nicht wollte, war ein Café. Er hatte Bela nicht deswegen das Kaffeehaus übergeben, damit er machen konnte, was er wollte. Bela sollte das von ihm Aufgebaute weiterführen und verwalten. Als er hinter den Tresen zurückkehrte, wartete Bela bereits mit einem Prospekt, in dem Spielautomaten zu günstigen Konditionen angeboten wurden. »Sieh dir das an. Genau davon spreche ich«, meinte er und breitete den Prospekt aus. »Da«, sagte er, »oder da, schau. So bekommen wir neue Kundschaft.« Ernst winkte ab und sperrte die Geldbörse in den Safe. Den Zettel mit der ausgebesserten Tageslosung steckte er in die Hemdtasche und meinte: »Warte, bis sie fertig gespielt haben. Ich gehe nach oben und mache die Abrechnung.«

Bela sah ihm hinterher, wie er sich von den Gräfinnen verabschiedete, den Mantel überstreifte und die Tür hinter sich zuwarf. Bela war alleine – mit seinem Prospekt, mit seinen Plänen. Alles, was er tun konnte, war, zu warten. Er hasste es, zu warten. Also beschloss er, etwas anderes zu tun. Er faltete den Prospekt. Er würde so lange keine Ruhe geben, bis Ernst ihm zuhörte. Er würde gleich nachher noch einmal mit ihm sprechen. Neinsagen war eine Sache, ihn zu ignorieren eine ganz andere. Mit einem Nein konnte er umgehen, gegen ein Nein konnte er eine Vielzahl von Argumenten anführen, dagegen ließe sich angehen. Sich ihm jedoch zu entziehen, wie es Ernst tat, eine Mauer nicht um sich, sondern um Bela zu bauen, ihn also mit seinen Plänen wegzusperren, fand er schäbig. Er durfte sich nicht wegsperren lassen. Er war überzeugt, erst die Verwirklichung seiner Pläne würde den Status, der ihm am Papier zukam, rechtfertigen. Die Vorstellung von den neu adaptierten Wettcaféräumlichkeiten mit den Bildschirmen, über die Fußballspieler huschten, der Musik, dem Mäandern der Stimmen wurde so für Bela zu einem absoluten Ziel, einem paradiesischen Ort, der das Ende all seiner Probleme darstellte.

Die Gräfinnen gingen. Bela verabschiedete sie an der Tür. Danach versperrte er die Vorratskammer und den Safe. Den Prospekt unter den Arm geklemmt stieg er die Treppen des Miethauses hoch. Ernst saß in seinem Arbeitszimmer. Das Zimmer bestand aus einem Tisch und einem Sessel. Ansonsten gab es nur Regale, die mit Ordnern gefüllt waren, auf denen »Einnahmen u. Ausgaben« und Jahreszahlen standen. Ernst stellte immer das Nützliche über den Zierrat, wie er die schönen Dinge nannte. Jeden Tag notierte er penibel Soll und Haben und erschuf so eine Geschichte des Kaffeehauses, die in Zahlen abgefasst war.

Bela klopfte und trat ein. Er war sechsundzwanzig Jahre alt und fühlte sich wie ein Schuljunge, der einer Vorladung des Direktors zu folgen hatte. Ernst trug eine Lesebrille auf der Nasenspitze. Er legte den Bleistift beiseite, lehnte sich über den Tisch. »Die Gräfinnen sind gegangen?« Bela nickte. Er zog den Prospekt hervor. »Sieh ihn dir nur einmal an. ›Nein‹ kannst du immer noch sagen.«

Ernst griff an die Brille. Aber Bela war schon hinter den Schreibtisch getreten. Sie sahen gemeinsam in den Prospekt. Besonders von den Geldautomaten hoffte Bela, dass sie Ernst interessieren würden. Er sprach von Hotspace, von Burning Fruits und Casino Royal. Warum sie alle englische Namen hätten, fragte Ernst. Er las tatsächlich die Produktbeschreibungen. Bela war überrascht. Er habe keine Ahnung, antwortete er, aber das sei ohnehin nebensächlich. »Wo willst du sie aufstellen?«, fragte Ernst. Bela verblüffte das Interesse seines Vaters. Zuvor noch schien eine Annäherung zwischen ihnen unmöglich zu sein. »Nicht im Hauptlokal«, sagte er, »in den beiden Vorratskammern. Dort kann spielen, wer will, und die Stammgäste werden nicht gestört.«

Bela erwartete Anerkennung für die Idee. Zu wohlüberlegt schien sie ihm, um nicht alle Bedenken zu zerstreuen. Sie stellte jedoch nicht das Ende von Belas Plänen dar. Am Ende stand das Café. Die Spielautomaten waren nur ein Meilenstein auf dem Weg dorthin. Stimmte Ernst ihr zu, würde Bela sich durchsetzen. Dann hielt ihn nichts mehr auf. Ernst würde so gewissermaßen selbst für das Ende des Denkmayers verantwortlich sein. »Ich weiß nicht«, antwortete sein Vater. »Die Mietkosten sind hoch.«

»Allerdings. Aber die Einnahmen werden höher sein.«

»Woher weißt du das?«

»Ich weiß es einfach.«

Ernst lächelte. »Seit mehr als dreißig Jahren geschieht hier alles nach meinem Willen. Ich bemühe mich ernsthaft. Und du sagst: ›Ich weiß es einfach‹.«

»Ich weiß, dass es nicht einfach wird. Aber sieh es dir an. Ich kann mit dem Vertreter morgen einen Termin vereinbaren. Du kannst immer noch ›Nein‹ sagen.«

»Meinetwegen. Aber das ist alles andere als eine Zusage, verstehst du. Tatsächlich halte ich nichts davon. Du sollst es nur selbst sehen.«

Bela hörte nicht mehr zu. Er lief aus dem Arbeitszimmer und zog die Visitenkarte des Vertreters aus der Geldbörse. Es war schon spät. Der Vertreter hob nicht mehr ab. Bela hinterließ am Anrufbeantworter die Nachricht, dass der Vertreter morgen kommen könne. Als er fertig war, stand Ernst neben ihm. »Du wirst nicht enttäuscht sein«, sagte Bela. »Ehrlich.«

Er wusste nicht einmal, ob der Vertreter ihn selbst überzeugen würde und ob sein Plan überhaupt sinnvoll umzusetzen war. Das, fand er, war das Spannende. Und Spannung war genau das, was ihm fehlte. Was noch fehlte, war eine Alternative. Blieb Ernst hartnäckig, musste Bela das Kaffeehaus wohl im Sinn seines Vaters weiterführen. Bis Ernst sterben würde. Bela wunderte sich, mit welcher Natürlichkeit er den

Tod als Lösung des Problems betrachtete. Demnach war alles eine Sache des Abwartens. Ganz der Evolutionär, der Bela nun vorgab zu sein, würde er sich in sich zurückziehen und dem Wirken der Zeit zusehen. Den Revolutionär unterdrückte Bela. Allein, weil er fürchtete, seine Zukunft rauben zu müssen. Und weil er seine Vergangenheit darüber preiszugeben hätte. Er würde zerstören müssen. Das machte ihm Angst. Ernst würde sich wehren. Immerhin handelte es sich um sein Lebenswerk. Mit Nachsicht war hier nicht zu rechnen. Ernsts Worte, alles sei in den letzten dreißig Jahren nach seinem Willen geschehen, fand Bela bezeichnend. Dieser Zeitraum war größer als seine bisherige Lebensspanne. Ernsts Handeln und seine Worte bekamen dadurch ein historisches Fundament, dem Bela nicht mehr als eine Handvoll Ideen entgegenzusetzen hatte. Ideen, denen Ernst mit Vorbehalten gegenüberstand. Warum also hat er mir das Kaffeehaus überschrieben? Warum spiele ich eine Rolle, die er mir in dem Moment, als er sie mir gab, zugleich entzog?

Ernst zog ein Stück Papier aus der Gesäßtasche. »Das ist Helgas und Adalberts Hochzeitsliste. Wir kaufen das japanische Messerset. Machst du das morgen?« Bela steckte die Liste in die Hosentasche. »Morgen«, sagte er und verschwand in seinem Zimmer.

Gegen zehn Uhr in der Früh meldete sich der Vertreter. Ernst hob ab. Bela wischte eben den Fußboden im Kaffeehaus. Als er merkte, dass sein Vater mit dem Vertreter sprach, kam er näher. Am liebsten hätte er ihm den Hörer aus der Hand gerissen. Aber er beherrschte sich. »Am Nachmittag, ja?« Ernst machte eine Pause. Der Ton seiner Stimme, der genervte Ausdruck seiner Mimik – Bela hatte ein flaues Gefühl. Er dachte an die Zukunft und fragte sich, ob Ernst Zukunft überhaupt zulassen könnte. Ernsts Missfallen ging auf Bela über und verwandelte sich in Zaudern. Ob es das wert war, fragte er sich, ob es Sinn machte, gegen Ernst zu arbeiten anstatt mit ihm, durch Ernst, Ernst zu überbieten. Damit würde es sowieso enden, dachte Bela, würde es das?

die Gäste. Ernst kam eben mit einem Tablett leerer Kaffeetassen und Mehlspeisenteller zur Theke gelaufen. »Wo warst du so lange?« Bela verstaute das Messerset hinter der Theke. »War der Vertreter schon da?« »Was?« Ernst schäumte Milch. In drei Tassen lief aus der klapprigen Kaffeemaschine dampfender Kaffee. »Ruf den Konditor an. Sag ihm, er soll fünf Malakofftorten, drei Apfelstrudel und zwei Biskuitrouladen liefern. Schafft er es in weniger als einer Stunde, werde ich etwas drauflegen... Sag ihm das!«

Bela würde gar nichts tun. Egal, wie viele Pensionisten auf ihren Kaffee oder auf ihre Biskuitrouladen warteten, er würde hier stehen bleiben, bis Ernst erzählte, wo der Vertreter war. Belas Handflächen wurden feucht. Er hatte das Gefühl, als würde sich in diesem Moment irgendetwas Endgültiges vollziehen. »Der Vertreter«, schrie er. Ernst sah auf. »Der Vertreter... war noch nicht da.«

Bela blickte auf die Uhr. Dreiviertel vier. Der Vertreter konnte noch kommen. Er wählte am Festnetzanschluss seine Nummer. Ernst hob ein Tablett mit Mehlspeisen, Kaffee und Tee auf seine linke Schulter und zwängte sich an Bela vorbei. »Nimm die Schürze«, sagte er. »Wir haben ein Kaffeehaus zu organisieren.« Er grinste und schien an die außerordentlich hohe Tageslosung zu denken. Wieder ein Tag, eine Zahl, eine Geschichte, die Ernst in einem Ordner verbergen würde. Der Vertreter hob nicht ab. Bela legte auf. Er würde es später noch einmal versuchen.

Den ganzen Abend lang versuchte Bela, den Vertreter zu erreichen. Beim achten Mal hörte er auf zu zählen. Er kannte die Nummer inzwischen auswendig. Er tippte sie mechanisch in das Tastentelefon. Er wartete. Das Freizeichen. Und sonst nichts. Alle Versuche blieben erfolglos. Ernst beobachtete Bela. Er machte keine spitzen Kommentare. Es schien, als hätte er Mitleid mit seinem Sohn.

Oder Schuldgefühle, denkt Bela, als er alleine am Fenster steht und das Nichterzählte nicht erzählt, nur vergegenwärtigt. Er blickt noch immer aus dem Fenster auf den Mietparkplatz. Eine Stunde ist vergangen. Annika wird bald kommen und vielleicht auch Caspar, denkt er, um sich wieder in seinem Zimmer einzusperren, das früher sein, Belas, Zimmer war. Und Ernsts Arbeitszimmer ist nun sein Zimmer. Die Ordner hat Bela weggeschmissen. Es waren nicht seine Zahlen, seine Geschichten, die in den Ordnern verborgen waren. Später legte er selbst solche Ordner an. Anfangs aus steuerrechtlichen Gründen. Aber das trat schnell in den Hintergrund. Bela gefiel es, jeden Abend der Liste eine weitere Zahl hinzuzufügen – dem Fragmentarischen der Tage und Tageslosungen so ein Fundament eines werdenden Ganzen zugrunde zu legen.

Damals aber hatte Bela keine Zahlen und keine Geschichten. Er hatte Ideen und einen Vertreter, der ihn versetzt hatte. Die Pensionistenschar war inzwischen kleiner geworden. Nur noch verstreut saßen sie im Denkmayer, tranken Wein und spielten Schach oder Tarot. »Sperrstunde«, rief Ernst und klatschte mit der flachen Hand auf den Tresen. Die Alten nickten. Plötzlich rauchte die Kaffeemaschine. Die Gäste blickten auf. Es roch nach Verbranntem. Bela, der den Tresen sauber wischte, wusste nicht, was er tun sollte. Er dachte daran, ein Glas Wasser über die Kaffeemaschine zu kippen, was sie aber vollkommen zerstören würde. Er zögerte, zog dann aber den Stecker aus der Dose. Nun sah er, dass nicht die Kaffeemaschine geraucht hatte, sondern die Steckdose. Das Kabel war heiß. Das Plastik des Steckers hatte sich ein wenig verformt. Der Rauch verlor sich schnell in der stickigen Atmosphäre des Denkmayer. »Überlastet«, meinte Ernst. »Ein Zeichen für einen erfolgreichen Tag.« Er grinste. Ins Kaffeehausoval rief er: »Falscher Alarm.« Die Pensionisten reagierten mit erleichtertem Gemurmel. Der Vorfall schien Ernst keineswegs zu beunruhigen. »Wir sollten eine neue Kaffeemaschine kaufen. Oder wenigstens den Elektriker verständigen. Stell dir vor, es brennt«, sagte Bela. Ernst winkte ab.

Die letzten Gäste verabschiedeten sich. Ernst und Bela trockneten die Gläser und Tassen, die noch feucht vom

Geschirrspüler waren. Bela fühlte sich überflüssig. Und er malte sich aus, wie er mit dem Vertreter morgen umgehen würde. Morgen war ihm jedoch zu spät. Bela wollte jetzt die Stimme des Vertreters hören, wie sie sich räusperte und zauderte, sich entschuldigte und wie sie verstummte. Bela wählte die Nummer des Vertreters. Es war nach zehn. Sollte er tatsächlich abheben, würde er ihm Unprofessionalität vorwerfen, Vertrauensunwürdigkeit und Dilettantismus. Alleine der Gedanke verschaffte ihm Erleichterung. Er ließ es dreißig Mal läuten. Dann legte er auf.

Ernst nahm den Karton mit den Messern. So verließen sie das Denkmayer. Bela versperrte die Eingangstür. Am Weg in den zweiten Stock meinte er, er habe Adalbert in der Stadt getroffen. Ernst achtete nicht auf ihn. Als er die Treppen hochstieg, sagte er: »Wir müssen die Wohnung wirklich renovieren lassen. So wie sie aussieht, wird niemand einziehen. Hier lassen wir uns Einnahmen entgehen.« Er deutete auf die kohlschwarze Tür neben Adalberts und Helgas Wohnung. Ernst war der Einzige, der von der Kammer als Wohnung sprach. Sie war noch nie bewohnt worden. Sie war die Jahre über als Abstellkammer verwendet worden. Erst kürzlich hatte Ernst erstmals den Vorschlag gemacht, sie zu renovieren. Man müsse etwas Geld in die Hand nehmen, meinte er, längerfristig betrachtet würde es sich auszahlen. »Wer zieht denn hier schon ein«, entgegnete Bela. »Vierzig Quadratmeter sind für eine Person beinahe zu wenig.«

Ernst schüttelte den Kopf. »Vierzig Quadratmeter sind für eine Person ideal. Wäre sie größer, etwa fünfzig Quadratmeter, hätte sie ein drittes Zimmer …« Er machte eine Pause und deutete Bela, die Tür zu ihrer Wohnung aufzusperren. »Mich beunruhigt es immer, alleine in einer Wohnung zu sein, in der ein leeres Zimmer ist.«

»Mich hat Adalbert beunruhigt. Er hat die ganze Zeit geredet«, meinte Bela. Er wollte Ernsts Überlegungen über den Umbau nicht konkret werden lassen. Es würde Arbeit für ihn bedeuten, Arbeit an einer Idee, die nicht die seine war.

»Helga hat schon zwei Anträge von ihm abgelehnt«, meinte Ernst. »Das ist Jahre her … Würde dich das nicht auch verunsichern?«

»Zwei Anträge?«

»Nicht schlecht, nicht wahr?« Ernst kicherte.

Bela schwieg. In der Küche trank er ein Glas Wasser und starrte aus dem Fenster auf das Wäldchen. Er stellte sich das Miethaus vor, das nie mehr gewesen war als ein Miethaus. Bela sah das Miethaus, sah sich und seinen Vater, sah Helga und Adalbert, die nie mehr gewesen waren als Bewohner des Miethauses. Aber dennoch waren sie auch etwas anderes, Größeres, das Bela nicht zu benennen vermochte.

In der Früh klingelte das Telefon. Es klingelte lange. Ernst schlief noch. Bela wartete. Es würde sicher bald aufhören. Doch das tat es nicht. Und aus Ernsts Zimmer war nichts zu hören. Bela rollte aus dem Bett. Er hob ab. Es war der Vertreter. Was los sei, fragte der Vertreter, er habe massenhaft Anrufe auf dem Anrufbeantworter entdeckt. Bela freute sich, das Missverständnis aufklären zu können. »Wo sind Sie gestern geblieben?«, fragte er. Er sei doch da gewesen, antwortete der Vertreter. Der Chef habe ihn fortgeschickt. Man hätte es sich überlegt, habe er gemeint.

»Das kann nicht sein«, sagte Bela. »Ich bin der Chef und ich habe auf Sie gewartet, den halben Nachmittag und den ganzen Abend lang.« Der Vertreter lachte. Dann gebe es Kommunikationsprobleme im Kaffeehaus. Zwei Chefs, naja, viel Glück. Bela verabschiedete sich. Er würde sich wieder melden. Natürlich, sagte der Vertreter, er würde darauf warten.

Das Telefonat war wie eine Filmszene an Bela vorübergezogen. Während des Gesprächs war er ruhig geblieben. Vielleicht war er noch zu müde gewesen oder vielleicht hatten ihn die Worte von seinen Gedanken und seinen Empfindungen abgelenkt. Jetzt gab es keine Worte mehr, nur mehr Gedanken und nur mehr Empfindungen. Bela ging in die Küche und machte Kaffee. Er strich ein Butterbrot, biss zweimal ab und warf es in den Mistkübel. Er trank zwei Schluck Kaffee und goss den Rest in den Ausguss. Er ging ins Bad, drehte das Duschwasser auf, damit es warm wurde. Dann ging er in sein Zimmer, legte sich ins Bett und vergrub den Kopf unter dem Polster.

Eine halbe Stunde später stand Ernst auf. Bela hörte, wie Ernst die Badezimmertür öffnete, eintrat, das Duschwasser abdrehte und einen Moment später an seiner Tür klopfte. »Warum ist das Duschwasser gelaufen?«, fragte er und ging durchs Zimmer. »Beeil dich, wir müssen zur Hochzeit.« Belas Kopf steckte unter dem Polster. Er schwieg. Der muffige Geruch des Bezugs beruhigte ihn. Er hatte die Augen geöffnet. Die Dunkelheit unter dem Polster war von seltsamen Farbreflexen durchzogen.

»Dann gehe eben ich als Erster ins Bad.« Kurz darauf hörte Bela das Summen des Rasierapparates. Eine halbe Stunde später klopfte Ernst gegen die Tür, das Bad sei frei. Bela kämpfte sich aus dem Bett. Er machte mechanisch die Morgentoilette, föhnte und scheitelte das Haar, rasierte sich. Er entschloss sich, Ernst noch nicht auf den Vertreter anzusprechen.

Ernst wartete in der Küche und knabberte hartes Brot. Als Bela fertig war, zeigte er aus dem Fenster und meinte: »Helga und Adalbert sind schon losgefahren. Wir müssen uns beeilen.« Er griff nach der Schachtel mit den Messern. Inzwischen hatte er sie in blau-weiß gestreiftes Geschenkpapier gewickelt. Ernst und Bela waren die Letzten, die im Standesamt eintrafen. Nur der Standesbeamte selbst fehlte noch. Viele waren ohnehin nicht gekommen. Dann trat der Standesbeamte in den Veranstaltungsraum und schüttelte jedem Gast die Hand. »Und wer traut sich heute?« Nur die beiden Lehrerinnen lachten. Helga und Adalbert traten vor den Altar. Sie hielten einander an den Händen. Bela blickte zu Helga, in deren Gesicht Erleichterung und Aufregung gleichermaßen zu erkennen waren. Neben ihr strich Adalbert eine Locke aus der Stirn. In der ersten Reihe entdeckte Bela Helgas Mutter, Anna, in einem Rollstuhl. Neben ihm selbst saß Ernst, der die Beine überkreuzte und andächtig schwieg. Überall sah Bela Trennlinien, Brücken, Fragmente. Überall sah er Wände.

Nach der Trauung wurden Fotos geschossen. Helga wollte ein Gruppenfoto. Der Fotograf schlug den Garten hinter dem Gemeindeamt vor. Vor einem Marillenbaum, der in voller Blüte stand, postierte er die Hochzeitsgesellschaft. In der Mitte stand das Brautpaar. Zwischen dem zweiten und dem dritten Foto wurde Bela wütend. Er hatte zwischen dem ersten und zweiten Foto zu seinem Vater geschielt. Ernst grinste. Zwischen dem zweiten und dritten Foto blickte er noch einmal zu seinem Vater. Das Grinsen war noch immer da. Bela glaubte nicht, dass Ernst seinetwegen grinste. Aber dass Ernst guter Laune war und er nicht, machte ihn wütend. Zwischen dem dritten und vierten Foto beugte er sich hinüber und sagte: »Ich habe heute mit dem Vertreter gesprochen.«

»Einen Moment noch«, meinte der Fotograf, »ein wenig Geduld noch.« Er zeigte auf Ernst, der wie ein Schuljunge, den man beim Lügen erwischt hat, seinen Sohn anstarrte. Ernst fasste sich wieder. Er richtete seinen Krawattenknoten, wischte Staub vom Revers und lächelte. Bela fühlte sich gut. Endlich schien er etwas in der Hand zu haben, mit dem er Druck auf seinen Vater ausüben konnte. »Wir müssen reden«, meinte dieser, als sie den Garten verließen. Bela hoffte, Ernst würde eingestehen, dass es einen Versuch wert sei, die Automaten zu testen. Er war beinahe sicher, dass es so kommen würde.

»Vergangene Woche war ich beim Notar.«

»Und?«, fragte Bela.

»Ich habe den Namen des Kaffeehauses in den Vertrag eintragen lassen. Ich will, dass das Denkmayer immer Denkmayer heißt.« Ernst machte eine Pause. »Ich meine, damit du den Namen nicht ändern kannst.«

Helga und Adalbert kamen Händchen haltend aus dem Garten. Der Fotograf verabschiedete sich. Die Hochzeitsgesellschaft ging in ein nahes Gasthaus. Bela wusste zunächst nicht, wie er auf Ernsts Bemerkung reagieren sollte. Er war ratlos. Über den Namen hatte er bisher nicht nachgedacht. Kellner kamen an ihre Tische und notierten die Bestellungen der Hochzeitsgäste. Bela versuchte, Verbindungen zwischen Ernsts Fortschicken des Vertreters und der Adaptierung des Übernahmevertrages herzustellen. Als der Kellner zu ihm kam, entschied er sich für einen Schweinsbraten.

Wenig später trugen Kellnerinnen auf großen braunen Tabletts die Teller mit den Menüs in den Saal. Bela bekam den bestellten Schweinsbraten. Während er aß, dachte er über den Grund von Ernsts Entscheidung nach, den Namen des Kaffeehauses zu fixieren. Als er den Schweinsbraten zerteilte, kam ihm eine Idee. Dieses gebratene Stück Fleisch würde immer ein Schweinsbraten sein. Es war mit seinem Namen eine Symbiose eingegangen, die sich nicht mehr aufheben ließ. Ohne den Namen wäre das Stück Fleisch bedeutungslos und ohne dem ihm zugrunde liegenden Stück Fleisch wäre der Name leer. Es gab für dieses Stück Fleisch nur einen Namen, nämlich Schweinsbraten. Und es gab für diesen Namen nur ein passendes Stück Fleisch, nämlich dieses. Oder hätte es einen Sinn, dachte Bela, wenn ich mich entschiede, dieses Stück Fleisch von nun an Rindsbraten zu nennen. Hätte es irgendeinen Sinn, wenn jeder nun diesem Stück Fleisch einen Namen nach Gutdünken gäbe. Das wäre vollkommen verrückt, fand Bela, wenn ich vom Schweinsbraten als von einem Rindsbraten spräche, wenn etwa Helga vom Schweinsbraten als von einem Lammkotelett, wenn Ernst vom Schweinsbraten als von einer Hähnchenbrust spräche. Das wäre vollkommen verrückt. Wenn aber ein Schweinsbraten ein Schweinsbraten war, also das Stück Fleisch, das Bela häppchenweise verspeiste, für jeden ein Schweinsbraten war, dann war alles klar, sicher und in Ordnung.

»Schmeckt's?«, fragte Ernst und wischte mit einer Serviette den Semmelkren von den Lippen. »Das ist ein Schweinsbraten«, antwortete Bela. Ernst runzelte die Stirn und zerteilte den Semmelkren.

Genauso funktioniert es beim Denkmayer, dachte Bela. Ließe mich Ernst den Namen ändern, wäre für eine Änderung des zugrunde liegenden Dinges, also des Kaffeehauses Denkmayer, schon alles vorbereitet. Es gäbe keine Beziehung mehr zwischen dem Namen und dem Ding, genauso wie es bei einem Schweinsbraten, den man als Hähnchenbrust bezeichnete, keine Beziehung zwischen Namen und Ding gäbe und man ihn genauso Rindsroulade nennen könnte. Ließe Ernst mich das Kaffeehaus umbauen, also zu einem Café machen, könnte ich auch den Namen ändern, weil das, was Denkmayer geheißen hat, nun bedeutungslos wäre. Unterband er beides, so war gesichert, dass ich sein Kaffeehaus in seinem Sinn weiterführen würde.

Ernst hat beides unterbunden. Er hat den Vertreter weggeschickt, also mir gezeigt, dass er keinen Umbau wünscht, und er hat den Namen vertraglich fixieren lassen. Mit dieser Finte hat er mich zu seinem Adepten gemacht, dachte Bela und legte das Besteck beiseite. Er lehnte sich zurück und öffnete den Krawattenknoten. Ich bin ausgetrickst worden.

Natürlich könnte er den Namen Denkmayer beibehalten und dennoch umbauen. Aber das wollte Bela nicht. Wenn er schon eine neues Café baute, wollte er ihm auch einen neuen Namen geben, den Namen, den es verdiente, statt es in eine leere Worthülse zu stopfen.

Helga setzte sich zu Bela. Sie hatte schon mit beinahe allen gesprochen. Nun war er an der Reihe. »Und weißt du schon, ob du das Kaffeehaus übernehmen wirst?«, fragte sie und griff nach dem Proseccoglas. Sie lachte. »In den nächsten Jahren vermutlich nicht«, antwortete Bela, »aber schließlich bin ich schon der eingetragene Chef – es ist also nur mehr eine Frage der Zeit, bis ich das Sagen habe.« Die Antwort oder vielmehr der Stolz, den er aus seiner Antwort herauszuhören glaubte, erschien ihm als blanker Hohn gegen sich selbst.

Nach einer Weile gesellten sich die übrigen Gäste des Gasthauses zur Hochzeitsgesellschaft. Jemand spielte Musik. Adalbert und Helga begannen zu tanzen. Alle lachten. Ernst lachte. Der Koch flambierte Nüsse und Früchte ohne Ende, übergoss sie mit Schokolade und schob sie auf die Teller der Gäste. Dann fiel Anna vom Sessel. Sie hatte im Takt der Melodie geklatscht und das Gleichgewicht verloren. Niemand hatte auf sie geachtet. Nun stürzten alle zu ihr. Ihr linkes Handgelenk schwoll an. Sie jammerte. Auch Helga kümmerte sich um ihre Mutter. Die Fürsorge schien sie zu belasten. Sie musste sich beherrschen. Anna wollte ins Krankenhaus. »Mein Bein, mein Bein«, rief sie. »Deine Hand, deine Hand«, korrigierte Helga sie. Sie bat Ernst und Bela, mit Anna ins Krankenhaus zu fahren. »Ich kann heute nicht. Nicht heute …«, sagte sie. »Ich möchte tanzen.«

Bela war überrascht. Es kam einer Ausladung gleich. Aber hätten sie »Nein« sagen sollen? Helga bat sie noch, Anna nachher im Pflegeheim abzuliefern. Sie wäre ihnen sehr dankbar, sagte sie. Auf der Fahrt ins Krankenhaus meinte Bela: »Ich finde es echt mies, dass du den Vertreter hinter meinem Rücken weggeschickt hast. Du hast mich belogen.« Ernst antwortete nicht. Er taxierte Bela und machte eine Kopfbewegung in Richtung Rückbank, auf der die wimmernde Anna saß.

Im Krankenhaus wurde Anna geröntgt. Sie fragte, wo Helga sei, bekam aber keine Antwort. Dann fragte sie, wo Adalbert sei. Die Röntgenassistenten kannten keinen Adalbert. Ernst und Bela warteten im Aufenthaltsraum. Sie schwiegen. Ernst blätterte in einer medizinischen Illustrierten. Bela zählte die Blüten eines Rosenstrauchs, der im Park des Hospitals stand. Er kam auf dreiundzwanzig.

Die Ärzte diagnostizierten einen Bruch von Elle und Speiche. Eine Schwester kam in den Aufenthaltsraum und meinte, Ernst und Bela könnten nach Hause fahren, da Anna operiert werden müsse und sie um einen längeren Krankenhausaufenthalt nicht herumkomme. Sie hätten die Nummer von Frau Helga Kowalski. »Seit heute Safranek, Helga Safranek«, korrigierte Ernst. Die Schwester verabschiedete sich.

Während der Nachhausefahrt sagte Bela mit harter Stimme: »Und wenn ich den Namen doch ändere. Wenn du schon tot bist, meine ich. Und mit dem Namen das ganze Kaffeehaus umbaue. Das Alte auslösche.« Er merkte, dass er eine Grenze überschritten hatte.

»Ich dachte, dass du so denkst. Deshalb habe ich den Namen im Vertrag fixieren lassen«, antwortete Ernst, ohne ihn anzusehen.

»Es gibt sicher Schlupflöcher.«

»Ich weiß, dass es sie gibt. Du brauchst nur mit einem Anwalt zu sprechen. Aber willst du das? Mich nach meinem Ableben hintergehen? Mir sozusagen in den Rücken fallen? Mir, der ich mich nicht mehr wehren kann?«

Bela wusste, wie lächerlich Ernsts Argumentation war. Aber sie sprach etwas in ihm an, etwas, das nun zu wachsen begann und dem er sich nicht entziehen konnte, etwas, das ihn an Schuld erinnerte. Und im gleichen Maße, wie dieses Gefühl von Schuld wuchs, wuchs die Wut.

»Willst du deinen toten Vater hintergehen?«

Bela schwieg. Zu Hause versperrte er die Zimmertür hinter sich. Er beschloss, in der nächsten Woche nicht zu arbeiten. Ernsts Kaffeehaus. Ernsts Name. Ernsts Arbeit. Bela verkroch sich im Bett. Sein Vater hatte ein Machtwort gesprochen. Und Bela entzog sich.

Am nächsten Morgen klopfte es an der Tür. Er solle sich beeilen, meinte Ernst. Bela schwieg. Der Getränkelieferant würde um neun da sein. Bela schwieg. Ob er krank sei? Er solle aufsperren. Bela schwieg. Was denn los sei? Und als er die Wohnungstür zufallen hörte, lächelte er. Das Nichtstun würde von nun an seine Waffe sein. Das Bett würde zum Ort seines Boykotts werden. An der verschlossenen Tür würden Ernsts Machtworte abprallen. Als der Lieferant vorfuhr, spähte Bela aus dem Fenster. Er sah, wie sich Ernst mit den Kisten und Fässern abmühte und zwischendurch ins Lokal hetzte, um den ersten Gästen Milchkaffee zu servieren. Am Nachmittag ging Bela aus dem Zimmer. Er hatte Helga und Adalbert versprochen, sich um die Blumen zu kümmern. Das sollte die einzige sinnvolle Verrichtung sein, die er in den nächsten Tagen ausüben würde. Der Gedanke gefiel ihm. Aus der Küche holte er Mineralwasser, Kekse, Chips, Brot und Wurst – sein Notproviant. Am Abend kam Ernst nach Hause. Er klopfte an Belas

Tür. Bela verzog sich ins Bett. Der Boykott sei wohl wegen des Vertreters, sagte Ernst, und wegen des Namens, nicht wahr? Er halte es dennoch für kindisch. Offenbar sei Bela noch nicht reif für die Chefetage. Bela ignorierte Ernsts Worte.

Die nächsten Tage liefen ähnlich ab. Bela verließ das Zimmer nur, um Helgas und Adalberts Pflanzen zu gießen. Unter die Dusche oder die Zähne putzen, ging er, bevor Ernst das Kaffeehaus abends zusperrte. Bela fand sein Verhalten nicht kindisch. Er fand es notwendig. Vielleicht ein wenig kindlich. Aber das musste sein. Wenn Ernst sich wie ein Übervater verhielt, musste auch er seine Positionen verschärfen, dachte er.

Mit der Zeit veränderte sich sein Vater. Bedachte er Belas Verhalten am Montag noch mit Spott, so wich dieser allmählich der Verwunderung über die Hartnäckigkeit seines Sohnes. Ob er hinter der Tür sein Leben verbringen wolle, fragte er tags darauf. Bela schwieg. Am Mittwoch kam Ernst in arge Schwierigkeiten, den Betrieb im Denkmayer aufrechtzuerhalten. Erstmals kamen Bahnhofsarbeiter in dreckiger neonfarbener Arbeitskluft und mit unter die Arme geklemmten Helmen. Es waren ungefähr dreißig Männer. Sie meinten, ihr Stammlokal habe Betriebsurlaub, ob es etwas zu essen gebe? Und zu trinken, rief ein anderer.

Ernst wies ihnen die freien Plätze zu. Nachdem er sie mit Bier versorgt hatte, lief er nach oben. Er brauchte unbedingt eine Hilfskraft. Vor der Zimmertür beschwor er Bela, wieder zu arbeiten. Allmählich stieg seine Wut. Er solle aufmachen, schrie Ernst und trat gegen die Tür. Auch er müsse einmal erwachsen werden. Aber Bela schwieg. Er hörte Ernsts Worte. Er nahm sie auf und begann, an seinem Handeln zu zweifeln. Geld würde Bela für seine Eskapaden keines bekommen, schrie Ernst, das nenne er unbezahlten Urlaub.

Was Bela anfangs vergessen hatte, war das Danach. Glaubte er, er brauche nur die Tür zu öffnen und Ernst würde ihm um den Hals fallen, von nun an jeden seiner Wünsche erfüllen und sich aus dem Gastgewerbe zurückziehen? Oder wollte

Bela dauernd in seinem Zimmer bleiben? Was wollte er damit bezwecken? Zuerst hatte er den Rückzug als Ausdruck seiner Verletztheit gesehen. Weiter hatte er nicht gedacht. Er hatte ihn als Verteidigung betrachtet, doch nun hatte er sich zu einer Offensivwaffe entwickelt im Kampf gegen seinen Vater. Nun griff er an. Wollte er das?

Ernst warf die Wohnungstür ins Schloss. Er musste alleine mit den Bahnhofsarbeitern fertig werden. Später verließ Bela die Wohnung. Es beruhigte ihn, dass er sich um Helgas und Adalberts Zimmerpflanzen zu kümmern hatte, während sie auf Hochzeitsreise waren. Durch den Ortswechsel öffnete sich ein Raum, auch in ihm. Er goss verschiedene Kakteen, unzählige Blumensträuße von der Hochzeit, drei Gummibäume und zwei Zimmerpalmen. Insgesamt hatte er in dreiundzwanzig Vasen Wasser zu füllen. Für manche Pflanzen musste er eine Mischung aus Wasser und Kunstdünger zubereiten. Helga nahm die Pflege der Zimmerpflanzen sehr ernst. Am Küchentisch lag ein Zettel mit einer Anleitung, was er alles tun müsse. Sie umfasste zehn Punkte. Sollte er Probleme oder Fragen haben, hatte Helga sogar die Telefonnummer, unter der sie zu erreichen waren, notiert. Aus dem Denkmayer, das einen Stock unter Helgas und Adalberts Wohnung lag, drang der Lärm der Gäste. Es war lauter als sonst. Bela bereitete eine Wasser-Kunstdünger-Mischung im Verhältnis zehn zu eins zu. Helga hatte hinter der Verhältniszahl zwei Ausrufezeichen gesetzt. Das Wasser vermischte sich mit den chemischen Wirkstoffen und zugleich vermischten sich die beiden Namen miteinander. Trennte er jedoch die beiden Stoffe, so würden sich die beiden Namen ebenfalls trennen. Andersherum funktionierte der Gedanke nicht. Trennte er die beiden Namen, blieben Wasser und Kunstdünger immer noch eine Mischung. Er dachte ans Denkmayer. Er hörte die Stimmen. Er sah Ernst. Wenn ich das Ding zerstören würde, dachte Bela, hätte der Name, der es benennt, keinen Sinn mehr. Ich würde ihn also gleichsam zerstören. Der Name wäre dann ein bloßes Erinnerungsstück, ein Relikt aus vergangenen Zeiten.

Als er die Blumen fertig gegossen hatte, verzog er sich ins Bett. Er hatte nicht vor, die Trennung von Ding und Namen durchzuführen. Zu verrückt schien ihm der Vollzug. Die Konsequenzen wären nicht absehbar. Jedenfalls würden sie meine Zukunftsbahn gehörig ins Wanken bringen, dachte er und lachte, da ihm nichts Besseres einfiel, als zu lachen.

Am Donnerstag entschied er, die Arbeit im Kaffeehaus wieder aufzunehmen. Für den Freitag hatte sich die Belegschaft einer nahegelegenen Baufirma angekündigt. Man wolle den Geburtstag eines Kollegen feiern, hatte es schon vor Wochen geheißen. Da wollte er Ernst nicht alleine lassen.

Abends öffnete er die Zimmertür. Ernst saß im Wohnzimmer, schaute fern und trank Rotwein. Natürlich hatte er das Knacken des Schlosses gehört. Natürlich sah er nun Belas Schatten unter dem Türbogen. Natürlich trieb es ihn, aufzustehen und zu fragen, was Bela eingefallen sei. Natürlich wollte er schreien. Er alleine hatte es geschafft, den Betrieb tagsüber aufrecht zu erhalten. Manche der Arbeiter waren nur wegen seiner entschuldigenden Erklärung, die Hilfskraft sei krank geworden, bereit gewesen, längere Wartezeiten hinzunehmen. Dafür schämte sich Ernst. So ein unprofessionelles Verhalten war ihm in dreißig Jahren Kaffeehausbetrieb nicht untergekommen. Bela wartete, ob Ernst ein Gespräch beginnen würde. Er zählte bis zwanzig. Es geschah nichts. Er ging ins Bad.

Am nächsten Tag half er dem Lieferanten, die Kisten und Fässer in die Lagerräume zu schaffen. Als der Lieferant zum Chef ging, um den Lieferschein unterschreiben zu lassen, machte sich Bela darüber keine Gedanken. Er saß auf der Laderampe und ließ die Beine baumeln.

Am späten Nachmittag trafen die Bauarbeiter ein. Ernst und Bela arbeiteten mechanisch. Jeder Handgriff saß, jeder wusste, welche Aufgaben ihm zufielen und welche dem anderen. So kümmerte sich Bela um die Getränke und Ernst um die Mehlspeisen, Imbisse und Jausen. Alles funktionierte. Bela blickte manchmal auf, wenn er die Kaffeebohnen wechselte oder Milch schäumte. Er suchte Ernst mit den Augen, fand ihn beim Kassieren oder bei einem Gespräch mit einem Gast.

Gegen neun Uhr verabschiedeten sich die Bauarbeiter. Sie hatten beschlossen, den Abend in einem Nachtclub ausklingen zu lassen. Ernst begleitete sie noch bis vor die Tür, wo er mit dem einen oder anderen belanglose Worte austauschte, bevor er im Miethaus verschwand. Bela war alleine. Die letzten Gäste schlüpften in ihre Jacketts und verabschiedeten sich. Er war erschöpft. Seine Fingerkuppen waren braun vom Kaffeesud. Er setzte sich auf einen Hocker hinter dem Tresen. Dann bereitete er sich selbst eine Tasse Kaffee zu. Während die Kaffeemaschine pfauchte, wischte Bela die Tische mit einem feuchten Tuch. Danach schraubte er den Schlauch ab, der die Bierfässer mit der Zapfsäule verband.

Auf einmal sah er auf. Es roch nach Verbranntem. Bela kroch hinter dem Tresen hervor. Die Kaffeemaschine rauchte – wegen der Überbelastung. Die Rauchentwicklung war noch stärker als vergangene Woche. Mit einem Mal hüpfte eine Flamme aus der Steckdose. Bela griff nach einem Glas mit Wasser. Aber er hielt inne. Er stand vor der Kaffeemaschine und starrte auf das langsam wachsende Maß der Zerstörung. Er dachte: Ein Name ohne Ding ist leer, sinnlos. Er dachte an die Spielautomaten. Er sah eine Chance. Die Flamme schien nicht größer zu werden. Sie hatte noch nicht auf den Holztresen übergegriffen. Die Steckdose war schon geschmolzen, das Holz jedoch bloß ein wenig verkohlt. Der Rauch sammelte sich unter der Decke. Bela hustete. Dann drehte er das Licht ab und versperrte das Denkmayer. In der Wohnung hörte er, wie Ernst aus dem Bad kam. Seine Schritte erschreckten ihn. Er dachte an das Feuer. Wie weit war es schon fortgeschritten? Würde er sich und Ernst gefährden? Bilder stiegen in ihm hoch, Bilder von triefenden Wasserschläuchen, von Flammen, die über die Fassade leckten, Bilder von Menschen, die aus dem zweiten Stockwerk sprangen. Er hörte, wie Ernst das Licht in der Wohnung abdrehte und in sein Zimmer ging, die Bettdecke aufschlug und auf die Matratze sank.

Bela wartete. Er blickte in die Finsternis. Nur die Lichtkegel der Autos, die über die Decke flitzten, erhellten den Raum. Die Leere vermochte ihn nicht abzulenken. Das Feuer breitet sich aus, dachte er. Zuerst die Steckdose, dann die Kaffeemaschine, dann der Tresen, dann…

Der Schlaf kam nicht. Er stand auf, vorsichtig. Ernst schlief sicher schon. Bela wollte ihn nicht wecken. Er schlüpfte in seine Kleider und verließ die Wohnung. Er hatte nicht vor, ins Denkmayer zu gehen. Er wollte das Feuer nicht sehen. Ihm genügte die Vorstellung. Er versuchte, sich zu beruhigen. Die Flamme sei klein gewesen. Das massive Holz sei nicht allzu leicht in Brand zu setzen. Auch Ernst träfe Schuld. Er hatte sich doch gegen eine Reparatur der Kaffeemaschine oder eine Neuanschaffung gewehrt. Bela stand im Stiegenhaus und fand sich lächerlich, jämmerlich. Was machte er hier? Er konnte genauso gut ins Bett zurückkehren. Ihm fielen Helga und Adalbert ein, die Liste mit den zehn Punkten und die Telefonnummer, die darauf notiert war. Er holte ihren Wohnungsschlüssel und schlich das Stiegenhaus hinab.

Helga hob ab. Bela schwieg. Sie fragte, mit wem sie denn spräche. Warum sich niemand melde? Bela gab sich zu erkennen. Dann meinte er: »Ich habe das Kaffeehaus angezündet.« Er erzählte alles, verheimlichte und schmückte aus, wo es notwendig war. Er unterbrach Helga, wenn sie einen Kommentar oder eine Frage einwerfen wollte. Er hatte sie nicht nur angerufen, um sich zu erleichtern, sondern auch, um sie zur Komplizin zu machen. »Ich habe Ideen gehabt… aber Ernst hat sie alle ignoriert. Er hätte alles gleich gemacht, gleich unwichtig gemacht.«

Auf einmal gab Helga den Hörer an Adalbert weiter. »Ja.« Adalbert wirkte genervt. Das bremste ihn. Adalbert gab ihm Anweisungen. Er solle in die Wohnung seines Vaters zurückkehren. Adalbert sprach von der Polizei. An sie hatte Bela nicht gedacht. »Die Polizei. Warum die Polizei?«, sagte er und schwieg. Er sah sich in der fremden Wohnung um und spürte, wie er sich durch die Nähe des Fremden zu entspannen begann. Die Gegenstände waren unbelastet. Sie hatten für ihn keine Geschichte. Und so strahlten sie eine Ruhe aus, die in Bela fortwirkte. »Wir kommen am Sonntag«, meinte Adalbert. »Wir werden alles regeln.«

Nachdem Bela aufgelegt hatte, ging er durch die Wohnung. Er öffnete Tür um Tür. Er drückte auf die Lichtschalter. Er sog den Geruch in die Nase. Er ließ sich im Schlafzimmer auf das Bett fallen. Er drehte im Bad die Wasserhähne auf und ab und schnitt vor dem Spiegel Grimassen. Aus dem Kühlschrank holte er eine kleine Flasche Bier, trank sie. Danach ging er ins Schlafzimmer, zog sich nackt aus und schlüpfte ins Bett. Nur diese Nacht wollte er in Helgas und Adalberts Wohnung verbringen. Nur eine Nacht wollte er sich im Fremden ausruhen.

In der Finsternis kamen jedoch die Gedanken. Er sprang auf und öffnete das Fenster. Er sah nach unten auf das Kaffeehaus. Kein Rauch. Bela überlegte, hinunterzugehen. Doch er sank wieder ins Bett. Niemand sollte ihn mit dem Feuer in Verbindung bringen können. Die Verbindung sollte ein Geheimnis bleiben, die Verbindung sollte nicht erzählt werden. Und dennoch war er froh, Helga und Adalbert zu Komplizen gemacht zu haben. Das Feuer wird verlöschen, dachte er, wird, wenn alles Brennbare verzehrt ist, einfach ausgehen. Einfach nicht mehr sein und nicht erzählt werden. Schweigen wird an seine Stelle treten. Das schwor er sich. Er gähnte. Und der Schlaf soll wie Wasser sein, so wie das Schweigen wie Wasser sein soll, um den Brand zu löschen.

Umso heftiger das Feuer wütet, dachte Bela einen Moment, bevor er einschlief, umso schneller hört es auf zu brennen. Und das Schweigen und der Schlaf werden mit dem Brand den Brand löschen.

Bela steht vor dem Fenster. Er legt die Hand auf die kalte Scheibe. Schlaf und Schweigen, denkt er, und der Brand. Er ist froh, Caspar nichts erzählt zu haben. Nicht auszudenken, was die Geschichte ausgelöst hätte – in Caspar, in Annika, denkt er, in mir.

Kurz darauf knackt die Haustür. »Ich bin es«, ruft Annika. Und als sie in die Küche kommt, sagt sie: »Du stehst immer noch da.«

Es ist Abend geworden. Auf der Schnellstraße tasten die Lichtkegel der Autos durch die nebelige Dunkelheit. »Hast du Caspar in der Stadt getroffen?«

Annika packt ihre Sporttasche im Schlafzimmer aus. Als Bela eintritt, macht sie im Kasten Platz für ihre Kleider. Sie werde ein wenig länger bleiben, und da dachte sie, die Kleider und Toiletteartikel mitzubringen, sei eine gute Idee. Bela nickt. »Ob du Caspar gesehen hast?«

»Wo hätte ich ihn sehen sollen?«

»Vielleicht im Bus oder in der Innenstadt. Ich weiß es nicht… Zu seinem Geburtstag bekommt er ein Mobiltelefon.«

Später sitzen Annika und Bela im Wohnzimmer. Sie sehen die Nachrichten. Bela blickt auf die Uhr. Er findet, im Sekundenzeiger verberge sich Caspars Macht. »Rotwein?«

»Nein, lieber Orangensaft.«

Bela schlurft in die Küche. Er muss noch die Tageslosung in der Einnahmen-Ausgaben-Rechnung vermerken. Das Pokerturnier ist ein voller Erfolg gewesen. Bald will er wieder eines veranstalten – mit mehr Spielern, mit höheren Gewinnen, mit Live-Musik. Er bringt den Orangensaft. »Ich habe noch ein wenig zu tun«, meint er.

»Jetzt? Komm lieber zu mir, sehen wir einen Film an?«

Das hat schon lange niemand zu Bela gesagt. Er lächelt und sieht auf den Parkettboden. Einen Moment lang ist er versucht nachzugeben. Er streicht Annika übers Haar. Dann geht er ins Arbeitszimmer. Dort schlägt er den Ordner dieses Jahres auf. Er kramt nach den achtlos hingekritzelten Notizen von heute Morgen. Als er sie schrieb, hatte ihn Annika bereits geküsst und Caspar war gerade bei Konrad. Hinter Bela liegt der Bürokasten, voller Ordner. Seine Ordner. »Arabella« steht in Schönschrift auf jedem. Die Ordner vom Kaffeehaus Denkmayer hat er entsorgt. Das war das Erste, das er nach seiner Übernahme des Kaffeehauses getan hat.

Draußen fährt der Linienbus vor. Bela blickt auf. Die Türen pfeifen. Der Bus bleibt lange stehen. Also steigt jemand ein, denkt er, oder aus.

Bela geht zum Fenster. Er kann nichts sehen. Immer mehr Nebel zieht durch die Schneise der Schnellstraße stadteinwärts. Allmählich erkennt er eine Gestalt. Es ist nicht Caspar, auch nicht Konrad. Es ist Helga. Sie stapft über den Mietparkplatz. Bela überlegt, das Fenster zu öffnen, um sie nach Caspar zu fragen. Was hätte er davon, zu wissen, wo Caspar ist? Sollte er ihn abholen? Lächerlich. Warum nicht?

Bela setzt sich an den Schreibtisch. Er hört Helgas Schritte im Stiegenhaus. Er hört die Pause, die sie auf der Treppe einlegt. Er sieht sie vor sich, wie sie mit dem Taschentuch über die Stirn wischt. »Der Film fängt an«, ruft Annika, »der Film …« Bela gibt keine Antwort. Vor ihm liegt der aufgeschlagene Ordner samt den Notizen. Er muss sich beeilen, wenn er den Anfang des Films sehen möchte. Welcher Film? Bela sinkt in den Sessel und verschränkt die Arme hinter dem Kopf. Er blickt auf die Zimmerdecke und wartet.

VIII

Es ist beinahe acht Uhr, als Konrad die Augen öffnet. Seine Hände zittern. Schweißtropfen hängen am Kinn. Er starrt auf ein vergilbtes Blatt des Gummibaums. Neben ihm liegt Caspar eingerollt in die Bettdecke. Nachdem er Konrad in die Wohnung gelassen hat, ist er sofort wieder eingeschlafen und rührt sich seitdem nicht mehr. Konrad hievt sich in die Höhe. Der Schlaf wird nicht mehr kommen. Kurz wird ihm schwindlig. Er bringt die Hutschachtel, die am Glastischchen steht, in die Küche und verstaut sie im Lüftungsschacht. Dabei entdeckt er die Mappe mit dem Kuvert aus Verenas totalem Tagebuch, die am Küchentisch liegt. Aus dem Wohnzimmer hört er Caspar seufzen. Konrad hält inne. Er will nicht, dass der Nachbarsjunge aufwacht. Als es wieder still ist, klettert er vom Tisch und zieht das Kuvert aus der Mappe.

Seit er im Miethaus lebt, steckt das Kuvert im Lüftungsschacht. Nie hat Konrad Interesse daran gehabt, es zu öffnen oder zu lesen. Als er damals mit dem Kastenwagen in die Hauptstadt fuhr, schwor er sich, das Gewesene hinter sich zu lassen. Doch als er heute schlaflos im Bett lag, als er wieder an den Dachboden dachte und an das Klappern der Schreibmaschinentastatur, fragte er sich, welche Geschichte sich im Kuvert verbarg.

Konrad spürt die 69er noch. Er spürt die schwächer werdenden Krämpfe im Kiefer. Er schmeckt das Blut, das noch immer aus der Bisswunde auf der Innenseite der Wange sickert. Als Caspar hustet, geht Konrad ins Wohnzimmer und legt sich ins Bett. Das Kuvert hält er in seinen Händen. Er wird es öffnen, wenn er alleine ist. Minuten später setzt sich Caspar auf. Konrad kehrt ihm den Rücken zu und stellt sich schlafend. An solchen Tagen ist es ihm lieber, wenn er alleine ist, wenn die Jalousien geschlossen bleiben und nur von ferne das Brummen des Verkehrs zu hören ist.

Caspar blickt durch die Jalousien auf den Mietparkplatz. Ein Lichtstreifen fällt in die Wohnung. Konrad schließt die Augen. Caspar geht in die Küche und lässt Wasser in ein Glas laufen. Danach greift er nach seinem Anorak und schlüpft in die Winterschuhe. Lärmend wirft er die Tür ins Schloss. Konrad richtet sich auf, horcht. Caspars Schritte entfernen sich im Stiegenhaus. Am Glastisch sieht er die Feinwaage. Er räumt sie in eine Schublade der Wandverkleidung. Dabei denkt er an Tibor und Manu. Und dass er jetzt, da Tibor mit dem Verkauf aufhört, dessen Kontakt braucht, wenn er weiterhin mit Wirklichkeiten handeln möchte. Er muss mit ihm reden. Aber niemand verrät gerne sein Wissen, das als Geheimnis erst einen Wert bekommen hat. Ein Geheimnis zu verraten heißt, eine Welt zu zerstören, denkt Konrad.

Nachdem er in der Küche zwei Gläser Wasser getrunken hat, geht er ins Bad und steigt unter die Dusche. Balazs fällt ihm ein. Er bereut nicht, dass er ihn aus der Wohnung geworfen hat. Ein wenig übertrieben erscheint ihm aber nun die

Art, wie er es getan hat. Dennoch macht ihn Tibors Reaktion wütend. So oft schon flogen Kunden und Verkäufer in ihrem Umfeld auf. Und zumeist geschah es auf ähnliche Weise. Ein harmloser Vorfall – eine Verkehrskontrolle, eine Vorladung zu Auskunftszwecken wegen geringfügiger Delikte – galt oft als der Ursprung von Ungereimtheiten, die die Polizei zu genaueren Nachforschungen anspornte.

Nachdem sich Konrad eingeseift hat, sinkt er auf den Boden der Duschkabine und schließt die Augen. Die Gasetagenheizung schaltet sich ab. Ein kalter Schauer regnet auf ihn herab. Er hält die Luft an, spannt die Muskeln. Ohne den Kontakt ist er ein Niemand. Er würde wieder zu einem Kunden werden, zu einem von jenen, die ihn auf der Straße grüßen und deren Namen er nicht kennt, zu einem, der für Wirklichkeiten bezahlen muss.

Konrad wäscht die Seife ab und steigt aus der Dusche. Er blickt in den Spiegel, der mit Wasserdampf beschlagen ist. Dann öffnet er die Tür und kühlere Luft strömt ins Bad. Der Wasserdampf kondensiert. Tropfen bilden sich, laufen über den Spiegel und fallen ins Waschbecken. Allmählich lassen sich Partien von Konrads Gesicht erkennen. Er verbindet die Nase mit dem Mund, den Mund mit dem Kinn, das Kinn mit den Ohren. Er fährt die Linien mit seinem Blick entlang – Nase, Mund, Kinn, Ohren. Von den Ohren sieht er zu den Augen. Er blickt in die Augen.

Konrad rückt näher an den Spiegel heran, bis die Nase die kalte Oberfläche berührt. Es ist, als wollte er hinunter auf den Grund des Spiegels blicken.

Plötzlich schlägt er mit der Faust gegen sein Bild. Der Spiegel zersplittert. Die Scherben fallen nicht ins Waschbecken. Sie sind so ineinander verkeilt, dass sie im Rahmen hängen bleiben. Konrads Spiegelbild ist von Bruchlinien durchzogen. Aus der Küche holt er ein Messer und einen Müllsack. Den Spiegel legt er auf den Boden. Dann hebt er die erste Scherbe aus dem Rahmen. Er legt das Messer beiseite, greift nach der nächsten Scherbe und der nächsten. Konrads Hände zittern. Ein Glassplitter schneidet in eine Fingerkuppe. Die Wunde blutet. Er leckt daran.

Konrad sieht in den Spiegel. Den blutigen Finger im Mund. Die Augen dunkel unterlaufen. Der Körper dürr. Die schwarzen Haare, frisch gewaschen, wiegen sich unter den Bewegungen wie Seeanemonen in der Meeresströmung. Etwas fehlt. Der Hals fehlt. Eine Schulter fehlt. Weil die Scherben fehlen. Konrad fährt mit einem Finger eine der Bruchlinien entlang. Schneidet sich erneut. Er nimmt die nächste Scherbe und wirft sie in den Müllsack. Nun fehlt ein Teil der Brust. Nachdem er wieder eine Scherbe weggenommen hat, ist sein Gesicht ein Fragment. Er bewegt seinen Kopf hin und her. Er sieht sich. Er sieht sich nicht. Er greift nach der nächsten Scherbe. Als der Rahmen leer ist, hängt ihn Konrad über das Waschbecken. Er geht in die Küche und bereitet eine Kanne Kaffee zu. Im Wohnzimmer dreht er das Licht an. Die Jalousien lässt er unten. Er gießt Kaffee in eine Tasse, trinkt. Mit der freien Hand greift er nach dem Kuvert, das neben der ausgezogenen Ledercouch am Boden liegt.

Eine Weile hält er es in den Händen. Er sieht vor sich die mannshohen Kästen am Dachboden, die unzähligen Kuverts und seine Mutter, die über die Schreibmaschine gebeugt am Schreibtisch sitzt. Konrad holt die Blätter hervor und nimmt einen Schluck vom Kaffee. Er greift nach der Bettdecke und zieht sie über die Brust. Oben am ersten Blatt steht »Prolegomena« mit Bleistift geschrieben. Die Erzählung, darum handelt es sich offenbar, scheint der erste Eintrag in Verenas totalem Tagebuch zu sein. Konrad überfliegt einige Blätter. Begriffe wie »Schreiben«, »El Tigre« und »Vucub Caquix« fallen ihm auf. Dann liest er: »Am 23. 8. 1971 bin ich im Nationalpark Peten in Guatemala angekommen. Ich studierte klassische Archäologie und besuchte eine Auslandslehrveranstaltung in einem Gebiet, das nicht der europäischen Antike zuzurechnen war. Die Exkursion leitete ein heimischer Universitätsprofessor, der ein Camp in San José am Lago Peten unterhielt. Er nannte es Playa Artemis. Er war kein Archäologe. Er war Ethnologe, was egal war. Das Camp wurde bloß als Basislager genutzt, um von dort zur Ausgrabungsstätte El Mirador zu gelangen. Man grub eine Mayastadt aus. Das wollte ich sehen. Da wollte ich dabei gewesen sein.«

Motorenlärm. Für einen Augenblick schließt Konrad die Augen. Als er sie öffnet, sieht er Bilder an der Wandverkleidung, an der Decke, auf den Blättern des Gummibaums. Er sieht das Gesicht seiner Mutter, so wie er es nicht kennt, dann einen See, ein Lager, eine Ausgrabungsstätte. Die Bilder sind scharf, eindeutig. Ihre Wahrheit lässt sich nicht beweisen. Sie ist wirklich.

Er liest: »Den ersten Tag hatte ich noch frei. Ich spazierte durch das Dorf, besuchte die Schule, unterhielt mich mit Dona Iglinda, die angeblich mit dem Teufel im Bunde stand und in einem Holzverschlag im Wald hauste. Sie schenkte mir eine Kette aus Früchten. Auf einmal sprangen Kinder aus dem Dickicht und warfen mit Steinen nach uns. Iglinda verschwand zeternd im Holzverschlag und ich lief zurück zur Playa Artemis. Foster, der Helfer des Professors, erwartete mich am Eingangstor. ›Qué tal‹, sagte er, und ich erzählte, was geschehen war. Foster lachte. Er meinte, auch er habe Dona Iglinda als Schuljunge nachgestellt. Das sei im Dorf eine Art Mutprobe. Ich nickte und lief zum Haupthaus, wo ich den Professor fand. Er schliff die Klinge einer Machete, dabei qualmte ein Joint zwischen seinen Lippen. Jeder rauchte hier Gras, da es überall wuchs und im Gegensatz zum Tabak nichts kostete. Ich zeigte ihm die Kette, und er meinte, so eine schenke Iglinda beinahe jedem, der sie besuche. Die meisten bildeten sich darauf etwas ein. Letztes Jahr habe ein Student sie in den Lago geworfen, da er glaubte, sie sei verwünscht. Er lachte. Dabei reckte er das runde Kinn in die Höhe und strich über den silbernen Spitzbart.

Nach dem Abendessen erklärte mir Foster die grundlegenden Verhaltensweisen im Urwald. Er zeigte mir, wie ich ein Lagerfeuer mit vortrefflicher Rauchentwicklung machen konnte, um die Moskitos zu vertreiben. Außerdem sollte ich nur hintreten, wohin ich sehen würde. Unter Ästen und Laub würden sich nur zu oft Schlangen verbergen. Vor allem sollte ich mich vor Santa Maria in Acht nehmen. Ich wusste nicht, wen er damit meinte, fragte jedoch nicht nach, da ich schon müde war. Daher zog ich mich zurück in den Bungalow, den ich tags zuvor bezogen hatte. Über eine Wand lief ein Skorpion und schlüpfte durch das geöffnete Fenster. Ich schüttelte den Schlafsack aus. Auch das war eine Vorsichtsmaßnahme, da es schon vorgekommen war, dass Schlangen oder Skorpione in die Schlafsäcke gekrochen waren und den Besitzer in die Beine bissen oder stachen.

Am nächsten Tag fuhren wir mit einem Pferdefuhrwerk nach Carmelita, von wo der Fußmarsch nach El Mirador beginnen würde. An den Weggabelungen standen Soldaten mit Maschinengewehren, da in Guatemala zurzeit Bürgerkrieg herrscht. Der Professor sah, wie mich das beunruhigte. Er meinte, hier in Peten gebe es keine Kampfhandlungen. Ich brauche mich nicht zu sorgen. Und als wir noch einmal auf den Lago blickten, fragte er, ob ich die Sage vom Einmarsch der Spanier in Peten kenne. Ich kannte die Sage nicht. Der Professor meinte, sie hätten dabei ein Massaker begangen. Dona Iglinda erzähle die Geschichte dauernd, sie sage, die Spanier hätten die toten Indios in den Lago geworfen. Einen nach dem anderen. Er deutete über den See. Die Spanier hätten so viele Indios in den See geworfen, dass sich ein Turm bildete, ein Leichenturm, der vom Grund des Lago bis weit über die Wasseroberfläche gereicht haben soll. Das Wasser soll rot vom Blut gewesen sein. Deshalb nennt Dona Iglinda den Lago Peten ›El lago rojo‹, den roten See. ›El lago rojo‹, murmelte Foster und blickte auf den See und über den See hinaus, bis er hinter einer Kurve verschwunden war.

Gegen Abend kamen wir in Carmelita an. Am Dorfplatz, der auch als Schweineweide diente, erwartete uns Don Rene, der Führer, der uns nach El Mirador bringen würde. Die drei Männer begrüßten einander herzlich. Rene zog eine Flasche Quezalteca aus einem Papiersack und ließ sie reihum gehen.

Er war eine seltsame Gestalt – untersetzt, schwarzes Haar, das stellenweise schütter war, ein schwarzer Schnauzbart, der ihm weit über die Oberlippe reichte, und seine Knie waren verwachsen und angeschwollen, blau. Er rauchte ganze Blüten von Gras, die er mit Toilettenpapier umwickelte, da im Urwald die Luftfeuchtigkeit so hoch war, dass das Zigarettenpapier schon in der Packung verklebte und unbrauchbar wurde. Rene zeigte uns die Unterkunft für die Nacht und sprach von der Schwierigkeit des Fußmarsches nach El Mirador. Die Moskitos – er entblößte seinen Rücken, der vernarbt und von Moskitos erneut zerstochen war –, die Affen, die Hitze, die Schlangen, die Spinnen, der Weg, der endlos erscheinen würde, die Umwege. ›Es ist nicht leicht‹, murmelte er. Die Männer leerten auf der Veranda noch die Flasche Quezalteca und redeten bis tief in die Nacht. Da schaukelte ich schon in der Hängematte. Schlafen konnte ich nicht. Gegen Mitternacht stand ich auf und trat auf den Dorfplatz. Ich schaltete die Taschenlampe ein. In einer Baumkrone entdeckte ich einen Affen, seine leuchtenden Augen. Er schien sich nicht zu fürchten. Er kaute an einem Holzsplitter und musterte mich wie eine Fremde, die in einen Kreis eingebrochen war, in dem sie nichts zu suchen hatte.

Am nächsten Morgen weckte mich Rene. ›Vamos, Chica‹, schrie er und rüttelte an der Hängematte. Am Dorfplatz warteten drei Maultiere, voll beladen mit Wasser und Proviant. Rene zurrte die letzten Pakete an den Satteln fest. Seine Familie stand vor der Hütte und verabschiedete uns. Foster kümmerte sich um die Maultiere und bildete das Ende der Karawane. Rene ging vorne. Er hatte einen Rucksack umgeschnallt, in dem er das Serum gegen Schlangengift verstaut hatte, eine Machete trug er in der linken Hand und ein Joint klemmte zwischen seinen Zähnen. Der Joint bestand aus einer vom Strauch gerissenen Marihuanablüte, die er mit Zeitungspapier umwickelt und mit viel Speichel verklebt hatte. Das Ding rauchte wie ein Schlot. ›Wegen der Moskitos‹, meinte Rene.

In der Mitte gingen ich und der Professor. Zunächst sprach er von den Bäumen und Pflanzen, an denen wir vorübergingen. In den Baumkronen turnten Klammeraffen. ›Die Affen werden uns den ganzen Weg lang begleiten‹, meinte er und zeigte auf einen, der uns zu folgen schien, von Ast zu Ast sprang, bis er einen Papayabaum entdeckte und sich an den Früchten bediente. Ich notierte alles in einem Notizblock, da ich eine Arbeit schreiben musste, die der Professor beurteilen würde. Doch die Anstrengungen des Gehens veränderten die Form der Notizen. Schrieb ich zunächst technische Details zu den Populationen verschiedener Tier- und Pflanzenarten, so schlichen sich allmählich Sätze ein, die keine wissenschaftlichen Details zum Inhalt hatten. Ich schrieb ›der wundersame Flügelschlag des Chachalaca‹ oder ›das Rascheln im Unterholz‹ oder ›wo sind die Lichtbrocken‹.

Nach einer Stunde zog sich die Karawane auseinander. Ich und Rene bildeten die Vorhut. Foster und der Professor verloren den Kontakt. Die Maultiere blieben ab und zu im Matsch der Trampelpfade stecken. Dann zerrten die Männer an den Zügeln und halfen den Tieren so, sich wieder zu befreien. Am Nachmittag kamen die Moskitos. Millionen von Moskitos. Sie stachen durch das Hemd und die Jeans. Nach wenigen Minuten hatte ich Einstiche auf den Augenlidern, den Oberschenkeln, dem Becken, dem Rücken, dem Hals – nahezu kein Körperteil blieb von ihnen verschont. Die Augen verengte ich zu kleinen Schlitzen, sah zu Boden und orientierte mich an Renes Beinen. Ich musste mich beeilen, um den Kontakt mit ihm zu halten. Rene ging nicht, er lief, trotz der verkrüppelten Knie. Mit der Zeit verlor ich ihn aus den Augen. Ich stolperte alleine den Pfad entlang. Ich schwitzte. Moskitos saugten Blut aus meinem Körper. Meine Beine schmerzten. Am liebsten wäre ich umgekehrt. Doch diese Schmach wollte ich mir nicht erlauben. Immer wieder fielen mir Sätze ein. Ich notierte sie und allmählich vergaß ich, was um mich herum geschah. Ich schrieb ›die Zeit liegt nicht in meinen Händen‹ oder ›eingeschlossen in einer Nachmittagskaschemme‹ oder ›der Weg ist eine Wand‹. Dabei stolperte ich über Wurzeln und Erdhaufen. Einmal fiel ich zu Boden. Ich blieb eine Weile liegen und hatte die Augen geschlossen. Einen Augenblick später zog ich mich in die Höhe. Ich schrieb ›an den Baumkronen zerreißen die Schleierwolken‹. Der Satz gefiel mir. Ich wiederholte ihn dreimal. Darüber vergaß ich die Anstrengungen des Fortkommens.

Abends erreichten wir das Nachtlager. Rene machte Feuer und verbrannte Blätter gegen die Moskitos. Wir warteten über eine Stunde, bis Foster samt dem Professor und den Maultieren zwischen dem Dickicht auftauchte. Gemeinsam kochten wir eine Gemüsesuppe. Beim Essen fielen mir die Augen zu und der Rücken schmerzte so sehr, dass ich mich beinahe nicht bewegen konnte. Ich dachte unentwegt an meine Sätze. Irgendetwas musste ich mit ihnen machen. Ich fand es schade, dass jeder für sich auf einem Blatt des Notizblockes stand und nicht Teil eines größeren Ganzen war. Bald verzog ich mich in eine Hängematte. Das Moskitonetz hatte ich mit Steinen am Lehmboden befestigt, damit mir in der Nacht kein Ungeziefer zu nahe käme. Foster und der Professor saßen am Lagerfeuer und rauchten. Rene war am Fluss. Er kümmerte sich um das Trinkwasser für die Maultiere. Der Lichtkegel seiner Taschenlampe schlich durch die Finsternis. Traf er auf die Augen eines Klammer- oder Brüllaffen, erglühten diese. Ich sah hin, sah direkt in diese glühenden Augen, bis sie wieder in der Finsternis verschwanden oder das Tier sich auf einen höhergelegenen Ast verzog.

Auf einmal ertönte Renes Stimme. ›Santa Maria. Santa Maria.‹ Ich sprang aus der Hängematte. Foster lief zum Fluss. Der Professor zog eine Kamera aus dem Rucksack und rannte zur Böschung.

Rene stand am Ufer. Unmittelbar vor ihm ringelte sich eine etwa zwei Meter lange Schlange auf einem Stein. Zwischen sich und der Schlange hatte er Wasserkanister aufgestellt. Sie schien gereizt zu sein. Der Professor schoss Fotos. ›Santa Maria‹, murmelte er, ›man bekommt sie nur selten zu sehen.‹ ›Schau‹, sagte er dann und deutete auf den dicken Bauch der Schlange. Ich dachte, sie hätte eben Beute verschlungen. Doch der Professor meinte: ›Das ist ein Muskel.‹ Seine Lippen waren feucht, er sah mich an. ›Mit diesem Muskel stößt sie sich ab. Sie kann bis zu drei Meter weit springen.‹ Und er drückte ab. Der Blitz zuckte durch die Finsternis. Ich sah Augenpaare in den Baumkronen aufleuchten. Das stakkatoartige Licht verstörte sie. Es verstörte mich.

Foster schrie: ›Don Felipe! Hör auf zu fotografieren. Das macht sie nur noch wilder.‹ Er griff nach einem dünnen, biegsamen Ast und hackte ihn mit der Machete ab. ›Wenn sie einen anspringt, bekommt sie eine Maulspeere‹, meinte der Professor. ›Sie pumpt alles Gift, das sie hat, in den Körper des Opfers. Nach etwa fünf Minuten tritt eine Herzlähmung ein.‹

Foster schwang den Ast. Zweimal holte er aus, dabei schnalzte der Ast wie eine Peitsche. Beim dritten Mal traf er mit dem Ende die Schlange am Nacken und brach ihr das Genick. Sie sank in sich zusammen. Auf einmal war es still. Ich sah in die Baumkronen. Es raschelte. Äste knickten ab. Ich sah keine Augenpaare mehr.

Foster berührte die Schlange mit der Machete. Als er sicher war, Santa Maria tatsächlich getötet zu haben, zerhackte er ihren Körper und warf die Stücke in den Fluss und über den Fluss hinaus an die Uferböschung. Ich legte mich in die Hängematte. Die Männer setzten sich ans Lagerfeuer und tranken Quezalteca. Sie lachten und schienen siegestrunken zu sein. Ich beobachtete sie dabei. Das Licht des Lagerfeuers erhellte den Platz und ließ so den Rest des Waldes noch dunkler erscheinen. Ich schrieb: ›Was ist noch sicher, wenn Schlangen fliegen können?‹

Am nächsten Morgen standen wir um sieben Uhr auf. Rene weckte mich. Er schrie: ›Vamos, Chica!‹ Die Strapazen des vergangenen Tages zeigten erste Wirkungen. Ich hatte einen Muskelkater, der über Nacht noch schlimmer geworden war. Dem Professor ging es mit den Blasen an beiden Fersen ähnlich. Sie waren aufgeplatzt und wegen der Feuchtigkeit aufgequollen und entzündet. Doch er hatte Glück. Er fand einen Platz auf einem der Maultiere. Als er im Sattel saß, meinte er: ›Von mir aus kann es losgehen.‹

Rene war bald auf und davon. Foster und die Maultiere fielen zurück. Ich ging alleine. Die Überwindung war noch größer als am Vortag. Ich verfluchte die Idee der Auslandsexkursion und meinen falschen Ehrgeiz. Dann dachte ich ›Maulbeerblume‹ und notierte es. Den übrigen Weg machte ich mir Gedanken, was ich mit den Sätzen machen sollte. Ich kam zu keiner Lösung. Gegen ein Uhr entdeckte ich Rene. Er hatte ein Lagerfeuer angezündet, in dem er Laub verbrannte. Rene deutete auf ein Schild und sagte: ›Solo nos quedan tres horas para irnos.‹ Auf einen Baum war eine Holztafel genagelt. Auf der Holztafel stand tatsächlich, dass es nur mehr drei Stunden Fußmarsch nach El Mirador seien. Ich sank auf den Waldboden. Der Rucksack auf meinem Rücken diente mir als Kopfpolster. Ich nickte ein.

Ich schlief nicht lange. Foster weckte mich und hielt mir eine Schüssel mit Salat hin. Nach dem Essen drängte ich, weiterzugehen. Ich wollte endlich ankommen ›Solo tres horas‹, sagte ich und deutete dem Professor, er solle sich beeilen. Schnaubend rollte er sich vom Schlafsack.

Wir waren eine halbe Stunde gegangen, als sich in mir etwas veränderte. Ich zog den Notizblock aus dem Rucksack und sah mir die Sätze an. Die meisten kannte ich ohnehin auswendig. Nun begann ich, sie zu verbinden. Zuerst am Papier mit Bleistiftstrichen. Mit der Zeit, als ich weiter ging, im Kopf. Die Leerstellen füllte ich mit neuen Sätzen. Als ich eine Passage zu meiner Zufriedenheit entwickelt hatte, wiederholte ich sie immer wieder, bis ich sie auswendig vor mir hersagen konnte. Ich stolperte dabei über Wurzeln. Doch ich fiel nicht. Ich lief in Spinnennetze. Doch das war mir egal. Dann entwickelte ich die nächste Passage, sagte sie so lange vor mir her, bis ich auch sie auswendig konnte. Ich fügte sie an die erste und rezitierte nun beide. So verging die Zeit. So vergaß ich, wo ich war. Nach etwas mehr als einer Stunde brach Unruhe in den Baumkronen aus. Klammeraffen schrien, kreischten. Bisher hatten sie die höheren Äste bevorzugt, um uns zu beobachten. Doch nun kletterten sie immer weiter herab. Schließlich warfen sie mit Ästen nach mir. Es war absurd. Ich lief weiter. Ich konzentrierte mich auf die Sätze und wagte nicht aufzublicken. Die Klammeraffen hörten nicht auf, mich mit Ästen zu bewerfen. Wir hätten hier nichts verloren, schienen sie zu kreischen.

Ich stolperte über eine Wurzel. Ich sprach Sätze. Ein Ästchen traf mich an der Schulter. Ich rezitierte eine Passage, dann die nächste und die nächste. Ich rezitierte einen Text. Als ich in El Mirador ankam, tauchte Rene gerade seinen Oberkörper in eine Wanne mit braunem Wasser. Er wollte mich den Ausgrabungsleitern vorstellen, doch ich winkte ab. Ich hatte keine Zeit. Ich suchte mir einen wackligen Holztisch. Die feuchten Kleider, die körperlichen Schmerzen – all das zählte nicht. Ich breitete den vollgekritzelten Notizblock aus. Ich fühlte mich leer, leer genug, um mich zwischen die Worte und Sätze auf dem Notizblock, zwischen die auswendig gelernten Passagen zu drängen. Ich fühlte mich leer genug, um den Anfang dieser Erzählung zu schreiben.«

Es läutet an der Tür. Konrad blickt auf. Die gelesenen Blätter liegen verstreut auf der Ledercouch. Er schließt die Augen, öffnet sie. Er denkt an die Sätze seiner Mutter. Er stellt sich vor, wie sie rezitierend durch den Urwald marschiert. Es läutet erneut. Konrad steht auf und öffnet die Wohnungstür.

Caspar fällt sofort der Spiegel im Bad auf. »Ein Unfall«, murmelt Konrad. Caspar nickt. Im Wohnzimmer setzt er sich auf die Ledercouch. Konrad irritiert die Selbstverständlichkeit, mit der sich der Nachbarsjunge in seiner Wohnung bewegt. Caspar sucht nach der Fernbedienung des Fernsehers. Er findet sie nicht. Er steht auf und schaltet den Fernseher mit der Hand ein. Konrad schiebt währenddessen die Blätter in das Kuvert und steckt es in die Gesäßtasche. Caspar wirft sich auf die Couch und zieht die Decke bis an den Brustkorb. »Bei Bela ist es langweilig?« Caspar nickt.

Konrad geht ins Schlafzimmer und blickt aus dem Fenster. Ein Graupelschauer geht nieder. Die weißen Körnchen knistern am Fensterbrett. Er denkt erneut an den Vortag. Dabei will er fluchen, jemanden anklagen. Er will sich entschuldigen. Deshalb wird er zu Manu gehen, beschließt er, Balazs ist meistens bei ihm zu finden.

Als Konrad ins Wohnzimmer zurückkehrt, meint er: »Warum kommst du immer zu mir?« Caspar sieht vom Fernseher auf. »Soll ich gehen? Sag nicht, dass ich gehen soll.«

»Nein, nein. Ich frage bloß.«

Für einen Moment ist es, als wolle Caspar etwas sagen. Er öffnet den Mund, seine Lippen sind rot und voll, doch dann blinzelt er und blickt aus dem Fenster. Konrad legt sich auf die Couch und verfolgt die Zeichentricksendung. »Weißt du«, sagt der Nachbarsjunge, »Bela steht in diesem Augenblick vor meiner Zimmertür und glaubt, ich wäre in dem Zimmer.«

»Was macht er vor deiner Tür?«

»Ich weiß nicht. Reden. Nach Rechtfertigungen suchen, weil er eine Frau oben hat.«

»Warum macht er das? Gefällt sie dir nicht?«

Caspar schweigt. Konrad stellt sich die Szene einen Stock weiter oben vor. Er sieht Bela vor sich. Er sieht Caspars leeres Zimmer. Er hört Bela, wie er sich entschuldigt, wie er Gründe nennt, Rechtfertigungen und ihr Gegenteil. Er sieht vor sich, wie Belas Worte in dem leeren Zimmer verpuffen, wie sie auf ein Schweigen treffen, das sie selbst in ein Schweigen verkehrt. Dieses Schweigen fühlt er in sich wirksam. Er fühlt, wie es sich in ihm ausbreitet, all die Worte und Sätze seiner Mutter auszulöschen droht, all die Bilder, die mit ihrer Erzählung einhergehen.

Konrad springt auf, trinkt ein Glas Wasser in der Küche, kehrt zurück. Er will sprechen. Er will sich gegen dieses Schweigen wehren, wie er sich gegen die Stahlfäden wehren möchte. So sagt er: »Fahren wir in die Stadt. Komm, Caspar, komm, komm, komm.« Caspar zuckt mit den Achseln. Nickt. »Ich habe aber meine Winterkleidung oben vergessen. Jetzt kann ich nicht mehr hinauf. Bela würde zornig werden.« Aus dem Schlafzimmer bringt ihm Konrad eine eingelaufene Daunenjacke. Caspar streift sie über. Ein wenig ist sie ihm zu groß. Konrad zieht ihm eine scharlachrote Haube bis über die Augen. Caspar lacht ein wenig genervt. »Was machen wir in der Stadt?«

»Freunde besuchen. Nun komm.«

Caspar torkelt durch das Wohnzimmer – die Haube über den Augen, die Hände nach vorne gestreckt. Mit Stöhngeräuschen mimt er einen Zombie. »Fremde besuchen«, sagt er, »fremde Freunde besuchen.«

Bevor sie gehen, holt Konrad noch drei Päckchen Speed und ein Säckchen mit fünf 69ern aus der Hutschachtel. Im Wohnzimmer zieht er zwei Linien vom Pulver. Dabei versucht er, Sätze zu formulieren, solche Sätze, die den gleichen Zauber wie jene haben, die er in der Geschichte seiner Mutter gelesen hat. Ihm fällt jedoch nichts ein, was es wert wäre, aufgeschrieben zu werden. So sinkt er in die Couch, schnieft. Auf einmal hält er inne. »Der Schatten als Bedeutung«, murmelt er.

Bevor Konrad Caspar ins Stiegenhaus folgt, geht er ins Schlafzimmer und öffnet den Kleiderschrank. Er ist ruhig geworden, ruhiger. Er glaubt nun mit diesem einen Satz, Herr über das Schweigen geworden zu sein. Er räumt Kleidungsstücke aus dem Kasten, wirft sie auf das Bett. Mit dem Satz ist ein Gedanke einhergegangen, ein Bild, das er nun verwirklichen möchte. Aus dem hintersten Eck des Kastens zieht er die Ledertasche mit der Fotokamera hervor. Er schraubt ein Objektiv vorne drauf und wechselt den Akku. Die Kamera piepst und am Display erscheint in schwachen Grautönen die Welt.

Mit der Ledertasche tritt Konrad auf den Mietparkplatz. Auf einmal zerbirst ein Schneeball an der Hausmauer. Er duckt sich unwillkürlich. Caspar grinst und macht eine Handbewegung, er sei ungeduldig. Konrad stellt die Ledertasche beim Hauseingang ab. Er knetet Schnee und wirft ihn nach Caspar. Er trifft nicht. Caspars Antwort saust an seinem Kopf vorbei und schlägt am großen Fenster des Wettcafés ein. Die Scheibe zittert.

Konrad bemerkt, wie jemand im zweiten Stock aus dem Fenster blickt. Es ist Bela. Nur kurz wagt er hinzusehen.

»Komm, gehen wir zur Bushaltestelle«, meint er und zieht Caspar über den Mietparkplatz. Am Weg zur Bushaltestelle fällt ihm auf, wie der Nachbarsjunge zwischen den Bäumen des Waldstücks nach der Hütte sieht. Konrad entdeckt schon das Wellblech am Dach, die ein wenig nach links geneigte Konstruktion, die Feuerstelle. »Irgendwann ziehe ich dort ein«, meint Caspar, als sie die Bushaltestelle erreichen. »Davor muss die Hütte renoviert werden. Aber das schaffe ich schon.« Caspar sagt dies so, dass Konrad nur nickt und es ihm glaubt. Bei der Bushaltestelle blickt er zum Miethaus. Bela steht noch immer am Fenster. Nach einigen Augenblicken kommt der Bus. Sie fahren in die Innenstadt, wo Manus Wohnung liegt. Als sie aussteigen, entdecken sie an einer Kreuzung einen Verkäufer von Feuerwerkskörpern, der die übriggebliebene Ware verkauft. Der Mann, eingewickelt in eine dicke Schaffelljacke, sitzt hinter dem Stand und trinkt Tee aus einer Thermoskanne. Konrad sieht das alles durch das Objektiv der Kamera. Er hat den Zeitraffermodus gewählt. Er drückt ab. Als »Bitte warten« auf dem Display blinkt, streicht er mit der Zunge über die Lippen. »Lass es mich sehen«, meint Caspar.

Unterbelichtet, denkt Konrad, als die Serie auf dem Display erscheint. Er stellt die Farbeinstellung auf schwarzweiß, damit lassen sich solche Fehler vertuschen. Es hilft nichts. Unterbelichtet, denkt er, unterbelichtet. Caspar zieht an seinem Arm. »Ist es gut geworden?« Konrad nervt, wie sich Caspars altkluge Art minütlich mit lästigen Kindereien abwechselt. Er reißt sich los. Er blickt zum Verkaufsstand. Der Verkäufer hat sie bemerkt und wedelt mit einer Schachtel Schweizer Kracher.

Konrad ersteht drei Packungen. Caspar gibt so lange keine Ruhe, bis er ihm auch Raketen kauft. Als Konrad ihm die Packung überreicht, bemerkt er Caspars Augen. Konrad greift nach Caspars Kinn und mustert ihn. Tatsächlich. Caspar hat zwei verschiedene Augen. Die Farbe ist bei beiden gleich, graubraun. Sie sind jedoch unterschiedlich geformt. Das linke Auge läuft an den äußeren Enden spitz zusammen. Das rechte

Auge erscheint rund. Das linke Auge blickt böse, verschlagen drein. Das rechte Auge wirkt sanftmütig und friedfertig. »Du hast zwei unterschiedliche Augen, weißt du das?« Caspar zuckt mit den Schultern. Er weiß nicht, was er von diesem Merkmal halten soll.

»Das linke Auge ist das böse Auge. Ich nenne es Stahlauge. Das rechte Auge ist das gute Auge.« Konrad überlegt. Und die Kamera wechselt piepsend in den Standbymodus. »Für das rechte Auge fällt mir kein Name ein.« Konrad macht eine Fotoserie von Caspar – vom Stahlauge und von dem, das keinen Namen hat.

Sie gehen zu Manus Wohnung. Caspar hat dabei die Raketen wie eine Schaufel auf der Schulter liegen. Konrad schnieft und schnäuzt sich den ganzen Weg lang. Das Taschentuch ist rot vom Blut seiner Schleimhäute. Er macht Fotos von Passanten, die durch die Stadt bummeln, vereinzelt oder in Gruppen Sehenswürdigkeiten besichtigen. Er denkt an den Mann an der Bushaltestelle, den er mit Tanja fotografiert hat. Irgendwo im Kleiderschrank hat er die Fotografie aufbewahrt. Wenn er zu Hause ist, wird er sie sich ansehen, beschließt er und schießt ein Foto von Caspar. Dabei blickt er auf seine Augen. Es gibt ihm zu denken, dass ihm für das schöne Auge kein Name einfällt. Er macht noch ein Foto. Sie stehen vor Manus Haustür. Als sie das Stiegenhaus hochsteigen, murmelt Konrad: »Nicht alle Dinge brauchen einen Namen. Vor allem die schönen Dinge nicht. Aber wenn du willst, können wir es das namenlose Auge nennen. Was hältst du davon?« Caspar nickt und läutet an Manus Tür.

Es dauert eine Weile, bis aus der Wohnung Schritte zu hören sind. Manu öffnet nur einen Spalt weit, durch den er hervorblinzelt. »Können wir rein?«, fragt Konrad. Manu mustert ihn. »Wer ist das?«, fragt er, als er Caspar bemerkt.

»Ich bin Stahlauge.«

Manu blickt nach hinten, so als entscheide jemand hinter seinem Rücken über Konrads und Caspars Eintritt. Er grinst. »Meinetwegen, kommt herein.«

Konrad zieht Caspar die Haube übers Gesicht. »Gut gemacht«, murmelt er und schlüpft aus den Stiefeln. Es riecht nach Pizza. Er hört Mathildes und Balazs' Stimmen. Er erwägt, wieder zu gehen, doch Caspar ist schon ins Wohnzimmer gelaufen. Konrad blickt auf seine Füße, auf die dunkelblauen Socken, in denen seine Füße stecken. Er schämt sich. Füße, die in Socken stecken, findet er viel nackter, viel schutzbedürftiger als Füße, die tatsächlich nackt sind.

Konrad möchte wieder gehen. Er denkt an seine Mutter. Auch er irrt durch einen Urwald, findet er und zieht die Stiefel wieder an, geht ins Wohnzimmer, grüßt. Manu nickt. Mathilde starrt auf den Fernseher. Balazs dreht eine Zigarette. Auf einmal sieht Mathilde auf. »Eine Kamera? Ich wusste gar nicht, dass du fotografierst.« Konrad lächelt. »Ich kann Fotos von dir schießen, wenn du willst.« Mathilde dreht kokett an einer ihrer geflochtenen Haarsträhnen. »Aber erst später«, setzt er hinzu.

Balazs zündet die gedrehte Zigarette an. Durch den Rauchvorhang reicht er Konrad die Hand. Mit der freien Hand reißt er Löcher in den Rauch. Als Balazs die Hand zurückziehen möchte, hält Konrad sie fest. Balazs wehrt sich nicht gegen den Griff, was Konrad als Annahme der Entschuldigung deutet. Balazs holt einen Jointstummel aus dem Aschenbecher. Zündet ihn an und gibt ihn Konrad, der sich auf die Couch fallen lässt. Caspar setzt sich neben Mathilde. Ihre Haare scheinen ihn zu beeindrucken. Er greift nach den bunten Klips an den Spitzen. Mathilde kichert.

»Aber was war jetzt wirklich los – die ganze Zeit?«, meint Konrad auf einmal. »Habe ich übertrieben? Bin ich ein Komödienclown gewesen?«

»Nein oder ja, manches hat schon gestimmt«, antwortet Manu und spielt mit einem Kronkorken, den er von einem Ende des Tisches zum anderen laufen lässt. »Ich bin mit einer Liste erwischt worden, auf der kleine Mengen Gras notiert waren. Auch die Namen von Tibor und Balazs. Das war's.«

»Und bei dir?«

»Sie haben mich nach Manu gefragt«, sagt Balazs. »Von mir wurde nicht einmal ein Urintest verlangt, verstehst du?«

»Nach mir haben sie nicht gefragt?«

»Nein … Der Polizist hat sich nur nach anderen Leuten erkundigt, die Zeug verkaufen. Kennen Sie den, hat er gefragt, oder kennen Sie den. Er hat mir Fotos gezeigt«, sagt Balazs. »Von dir haben sie nicht gesprochen.«

Pizzageruch strömt aus der Küche. Der Gasofen surrt. Konrad hat nach Anhaltspunkten gesucht, die sein Verhalten rechtfertigen würden. Hier glaubt er, einen gefunden zu haben. Sie fragten zwar nicht nach ihm. Sie fragten jedoch grundsätzlich nach Verkäufern. Sie erkundigten sich nach diesem und nach jenem. Manu und Balazs haben offenbar nichts verraten. Aber was ist mit den anderen Befragten? Fällt der Name Konrad Kantner, weil sich einer verspricht, notieren ihn die Beamten. Anschließend werden die Nächsten befragt und die Nächsten. Sie sind die Fragenden, denkt er, jene, die sich über den Tisch beugen, die mitschreiben. Sie brauchen keine Antworten zu geben – das ist ihre Macht.

Mathilde holt die Pizza. Sie teilt sie mit Manu. »Hast du schon von Tibor gehört«, meint dieser. »Er wird kein Zeug mehr verkaufen.« Da merkt Konrad, dass er bei Manu falsch ist. Er hätte zu Tibor gehen müssen. Bei Manu und Balazs geht es um eine sentimentale Aussöhnung. Die Verbindung zu Tibor ist für Konrad von grundsätzlicherer Bedeutung.

Er greift nach der Kamera und richtet sie auf die anderen. Mathilde wirft ihre Haare über die Schulter und bringt sich in Position. Caspar drängt sich an sie. »Woher bekommt ihr jetzt das Zeug«, fragt Konrad, als er die Lichteinstellungen überprüft. Dabei tut sich vor ihm eine Welt auf, eine, in der er keinen Kontakt mit den Kunden hat, eine, in der jemand zu ihm nach Hause kommt und volle Müllsäcke abholt, ja, sich dafür bedankt, dass er sie bekommt und sie quer durch die Stadt zu den Abnehmern bringen darf. In dieser Welt wäre er ein Puppenspieler, denkt Konrad, er würde Marionetten haben, die er, an den Fäden zupfend, für sich tanzen lassen konnte. Eine Welt sollte für ihn tanzen. Eine Welt tanzt für Tibor. Konrad muss mit ihm sprechen.

»Ich weiß nicht, wo wir jetzt das Zeug herbekommen«, sagt Balazs. Manu spielt mit dem Kronkorken. »Auf der Straße?«

Einen Moment lang erhellt das Blitzlicht das Wohnzimmer und die Körperschatten spiegeln sich an den Wänden. Konrad greift in die Jacketttasche und zieht das Plastiksäckchen mit den 69ern und dem Speed hervor. Wirft es auf den Tisch. Er verbietet sich zu lächeln. Er rutscht zwischen Mathilde und Caspar auf die Couch und zeigt ihnen das Foto. »Hübsch«, sagt Mathilde und meint sich selbst. »Findest du?«, antwortet Konrad und meint die Qualität der Fotografie. Caspar schweigt. Er hat schon die ganze Zeit geschwiegen. Einmal sah er nach links, dann nach rechts, dann wieder nach links. Je nachdem, wer eben sprach. Namenloses und Stahlauge blickten dabei gleich ernst. Drehte jemand einen Joint oder öffnete ein anderer eine Flasche Bier mit einem Feuerzeug, verfolgte es Caspar neugierig, so wie einer, der lernen will, wie er sich zu verhalten hat, um sich später, wenn er so etwas selbst tun sollte, nicht lächerlich zu machen.

»Ich nehme alles«, sagt Manu.

»Teil mit mir.« Balazs schlägt mit der flachen Hand auf den Oberschenkel.

Konrad lacht. »Mir ist das egal. Macht euch das untereinander aus.«

Ein Bild entsteht vor Konrad, eine Bühne, er dahinter mit Fäden um die Finger gewickelt und Puppen auf der Bühne, die auf jede seiner Bewegungen entsprechend reagieren. Aber Bild und Wirklichkeit sind nicht eins. Ein Wissen fehlt ihm, um tatsächlich der Puppenspieler zu werden, der er sein möchte. Er braucht Tibors Kontakt, eine Adresse, einen Namen – und Freundschaft wird folgen. Aber es wird schwer werden, Tibor dieses Wissen zu entlocken. Unmöglich! Unmöglich? Konrad weiß, wie heilig – ja, denkt er, es handelt sich um ein heiliges Wissen, das einen zu dem macht, der man sein möchte – Tibor sein Kontakt ist.

Konrad steht auf, geht zur Toilette. Er versperrt eilig die Toilettentür. Vom Pulver hat er Durchfall bekommen. Vor Eile hat er vergessen, das Licht einzuschalten. Der Schalter ist am Gang. So sitzt er in der Finsternis. Er schlüpft aus dem Jackett. Papier fällt zu Boden, raschelt. Konrad macht Licht mit dem Handy. Das Kuvert. Er hebt es auf, öffnet es. Bevor er zu lesen beginnt, wählt er Tibors Nummer, ohne zu wissen, wie er sich bei dem Gespräch verhalten soll. Soll er ihn einfach wegen des Kontaktes ansprechen? Lächerlich, denkt er und wartet. Als sich die Mobilbox einschaltet, legt er erleichtert auf.

Konrad sucht die Stelle, an der er zu Mittag aufgehört hat zu lesen. Als er sie findet, hält er inne. Er dreht das Licht des Handys ab. Erst in der Finsternis bemerkt er die optischen Täuschungen, die das Speed an die Wände malt. Es handelt sich um geometrische Figuren, überwiegend sind es Dreiecke und Quadrate, Kegel und Würfel. Immer in den Farben grün und lila. Konrad sieht einem Kegel zu, wie er sich von der Decke loslöst, über die Wand kreist, tanzt, am Boden weitermacht und zwischen den Stiefeln verschwindet.

Als er das Licht am Handy angedreht hat, liest er: »In einer Stunde hatte ich den Text zu Papier gebracht. Er endete mit der Ankunft in El Mirador. Ab und zu hielt ich inne. Es fiel mir schwer, die Ordnung in meinem Kopf zur Ordnung auf dem Papier zu machen. Wusste ich nicht weiter, sprang ich auf und lief um die Bambushütte. Allmählich zeigte sich ein Weg, um das Problem zu lösen. Manchmal rief Rene nach mir. Er wollte mich Freunden vorstellen. Doch ich achtete nicht auf ihn, ich achtete auf nichts. Als ich weiterschrieb, knarrte der Holztisch und wackelte bedrohlich. Das gefiel mir. Mir erschien er als ein Sinnbild für meine Arbeit. Als ich fertig war, hatte ich jeden Satz, den ich unterwegs notiert hatte, mit dicken Bleistiftstrichen durchgestrichen. Ich brauche neue Sätze, dachte ich, las laut den Text und korrigierte einzelne Passagen.

Endlich kam auch Foster mit den Maultieren an der Ausgrabungsstätte an. ›Hola, Verena‹, rief der Professor und glitt vom Rücken eines Lasttieres. Er begrüßte einige Männer und winkte mich zu sich. Er stellte mich vor. Ich war überrascht, wie viele wissenschaftliche Professionen hier vertreten waren. Mir nickten zwei Geologen zu, zwei Chemiker, drei Geografen, ein Ethnologe, vier klassische Archäologen und vier Archäologen, die sich mit mittel- und südamerikanischen Urvölkern befassten. Zusätzlich gab es noch fünfzig guatemaltekische Arbeiter für die Ausgrabungstätigkeiten.

Einer der Archäologen zeigte mir und dem Professor das Nachtquartier. Es lag in der Nähe des Tempels El Tigre. Er war das einzige Bauwerk, das bereits zur Gänze ausgegraben und restauriert war. Man konnte bis auf seine Spitze klettern. Der Professor meinte, ich solle das beizeiten machen, die Aussicht sei schön. Ein wenig beängstigend, aber schön.

Ich spannte das Moskitonetz über die Hängematte und drapierte den Schlafsack und die feuchten Kleider auf dem Dach der Bambushütte. Der Professor saß an einen Baum gelehnt und rauchte eine Zigarette. ›Vergiss nicht, Notizen zu machen. Ich möchte spätestens in einem halben Jahr eine Arbeit von dir lesen. Das Thema soll lauten: Bemerkungen über die Differenz von wissenschaftlicher Theorie der universitären Archäologie und dem Grabungsalltag, dargestellt anhand der Ausgrabungsstätte El Mirador in Peten, Guatemala.‹ Er lachte und malte mit der Zigarette die Buchstaben in die Luft.«

Auf einmal läutet das Handy. Konrad erschrickt. Er blickt auf das Display. Es ist Tibor.

»Tibor?«

»Was ist?«

»Ich habe mit Manu gesprochen.«

»Und?«

»Und mich bei Balazs entschuldigt.«

Schweigen. Konrad sieht, wie ein grüner Würfel an der Toilettentür in die Höhe gleitet und an der Decke verpufft – so, als hätte es ihn nie gegeben.

»Ich muss mit dir reden, heute noch.«

Schweigen. Konrad findet, Tibors Schweigen klingt vorwurfsvoll. Dieses Schweigen scheint auf ihn überzugehen, ihn von innen her aufzusaugen. So sagt er: »Ich brauche deinen Kontakt. Oder fürs erste den schwarzen Sack…« »Gib mir den Müllsack«, sagt er.

Ohne sich zu verabschieden legt Tibor auf. Das Freizeichen klingt für Konrad wie eine Sirene. Er legt das Handy auf den Schoß, schließt die Augen. Er denkt an die Kunden, die am Handy das Zeug benannt haben, und er denkt daran, was er ihnen gesagt hat, wie er es ihnen gesagt hat. Er hat gesagt, sie seien unprofessionell. Dabei hat er jede Silbe betont und Pausen zwischen den Silben gemacht, als handelte es sich um Worte oder um Dolche – jede Silbe ein Stich. Ein Wort – ein Todeshieb. Es gehe um das Ge-heim-nis, sagte er, sie müssen ans Ge-heim-nis denken, sie müssen es schützen, nur so können wir tun, was wir tun. Wenn sie schon unbedingt anrufen mussten, sollten sie es von einem Münztelefon machen. Die würden nicht abgehört werden. Und jetzt ist er selbst unprofessionell gewesen, aus Not unprofessionell, wie seine Kunden aus Mangel unprofessionell waren.

Konrad hört Schritte in der Wohnung, Caspars Schritte und Caspars Lachen. »Siehst du mein Stahlauge, mein böses Stahlauge, das alles sieht.« Mit wem spricht er, denkt Konrad und sieht auf die Tür, auf eine lila Kugel, die von der Decke über die Tür auf den Boden gleitet und zwischen Konrads Beinen verpufft. Caspar klopft an die Toilettentür. Und Konrad schließt die Augen. Bitte geh, denkt er. Und Caspar geht.

Konrad schnieft. Vor Wut tritt er gegen die Toilettentür. Er lacht. Ein Tetraeder gleitet über seine linke Hand bis zu den Fingerspitzen. Er schaltet das Licht des Handys ein. Er liest: »Später zeigte mir der Professor das Lager, die Ausgrabungsstätten, den El Tigre und Stellen, auf denen die Heldentaten des Vogelgottes Vucub Caquix in fremdartigen Schriftzeichen und Bildern eingeritzt waren. Ich notierte seine Ausführungen in Stichworten. Wichtiger war mir jedoch, neue Sätze zu finden.

Wir kamen auf einen Platz, der von Steinbänken eingerahmt war, so als handelte es sich um eine Arena. ›Hier hat das Ballspiel der Kolonie stattgefunden. Den Namen des Spiels habe ich vergessen‹, sagte der Professor. Er sah zu Boden, als würde er sich schämen, den Namen vergessen zu haben, und so, als fürchtete er, ich könnte den Namen wissen und aussprechen. Ich kannte ihn nicht. ›Die Jünglinge der Kolonie spielten eine Art Spiel, das an den heutigen Fußball erinnert. Es gab zwei Mannschaften. Jede Mannschaft musste den Ball – es war ein Kautschukball – in eine Art Tor bugsieren. Und das mit der Hüfte. Kannst du dir das vorstellen?‹ Er machte eine Bewegung mit der Hüfte. Und ich äffte ihn nach. ›Die Siegermannschaft – oder war es der Kapitän der Siegermannschaft, falls es einen Kapitän gegeben hat – wurde den Göttern geopfert. Da!‹ Er zeigte auf einen Stein, der auf einer der tribünenartigen Felsformationen lag. ›Da musste er den Kopf drauflegen. Der Priester schnitt ihm die Kehle durch und das Blut wurde in Gefäßen aufgefangen und getrunken. Und alle haben Pilze oder Peyote – Meskalin – gegessen. Das waren göttliche Pflanzen.‹

Ich zog den Notizblock hervor und schrieb: ›der Körper als Geschenk, Blut auf den Steinen‹. Eine Hupe ertönte. Die Arbeiter kletterten aus den Grabungslöchern und trotteten zu den Zelten. Tische waren aufgestellt worden. Töpfe standen auf den Tischen. Es dampfte. Die Sonne schien. ›Komm‹, sagte der Professor, ›Essenszeit.‹ Und wir folgten den Arbeitern. Als wir an einem Tisch Platz nahmen, sagte er: ›Geopfert zu werden, galt als die höchste Ehre unter den Mayas.‹

›Seltsam.‹

›Warum‹, antwortete der Professor, ›soll das seltsam gewesen sein. Kulturen unterscheiden sich. Jeder Standpunkt ist ein Beziehungspunkt, jede Wahrheit so auch eine Lüge.‹

Bald wurde es finster. Endlich verschwanden die Moskitos. Mit Fackeln wurde das Areal beleuchtet. Nach dem Essen blieb man an den Tischen sitzen, redete und rauchte und trank Kaffee aus Thermoskannen. In der Ferne schrien Brüllaffen. Ich holte eine Runde Bier. Die Flaschen trieben im lauwarmen Wasser einer Blechwanne. Ich nahm, so viel ich tragen konnte, und wollte wieder zurück zu den Wissenschaftern. Doch einer der Arbeiter stand hinter mir. Er sprach mich an, sprach im Dialekt, sodass ich nichts verstand. ›Permiso‹, sagte ich und wollte mich an ihm vorbeidrängen. Er redete weiter. Er wirkte nicht gefährlich. Er war um die fünfzig, hatte eine Glatze, leuchtende Augen und Goldzähne. Allmählich konnte ich eine Konstante in dem Gerede ausmachen. Zuerst verstand ich es kaum, doch mit wachsender Konzentration wurde es immer klarer. Er sprach von El Peyote grande und zeigte auf den Tempel, auf den Platz, an dem das Ballspiel ausgetragen worden war, und auf die Bäume ringsum. ›El Peyote grande.‹ Er zeigte auf den Himmel. Der Mond leuchtete hinter einer Wolkenbank hervor.

Der Professor rief, wo das Bier bleibe. Ich entschuldigte mich und lief zu den Wissenschaftern. Es fiel mir schwer, an etwas anderes zu denken als an den Arbeiter und das, was er gesagt hatte, vor allem, wie er es gesagt hatte. Ich trank das Bier und blickte zu den Tischen der Arbeiter. Ich entdeckte den Mann. Er plauderte mit Rene. Und in mir blieb der Ton, der gehauchte Ton seiner Worte: ›El Peyote grande‹. Die Worte selbst, die Bedeutung der Worte, berührten mich wenig. Aber die Aussprache des Mannes, der gehauchte Ton, El Tigre, der Ballspielplatz, die Vorstellung des Götteropfers luden den Ort, die Menschen und das Gespräch mit einer Bedeutung auf, die mich beunruhigte.

Später ging ich zu Bett. In der Bambushütte, in der der Professor und ich unser Nachtlager hatten, machte ich Notizen über das eigenartige Erlebnis. Dann schlüpfte ich aus der Kleidung und kroch in die Hängematte. Die Brüllaffen wurden immer lauter. Ich hatte besonders schwere Steine gesucht, um das Moskitonetz am Boden zu verankern. Der Vorfall mit Santa Maria hatte mich vorsichtig gemacht. Eine Weile lag ich in der Hängematte und starrte auf das Dach aus Bananenblättern. Das Mondlicht und der Schein der Fackeln drangen in die Hütte und warfen den Schatten des Moskitonetzes auf das Dach. Lauter kleine Waben waren zu sehen. Es wirkte wie ein Zaun oder Gitter. Ich versuchte, an nichts zu denken. Ich dachte daran, an nichts zu denken. Ich dachte an alles Mögliche, starrte auf das Dach und zog schließlich den Schlafsack über den Kopf. Endlich schlief ich ein.«

Konrad faltet die Blätter und schiebt das Kuvert in die Innentasche des Jacketts. Er atmet ein, hält die Luft für einen Augenblick in der Lunge. Die Bilder, die er sieht, verstören ihn. Sie scheinen aus Glas zu sein, die Ränder spitz und scharfkantig. Er schneidet sich an den Bildern wie er sich am Vormittag an den Scherben des Spiegels geschnitten hat. Nur jetzt zerstört er kein Bild, sondern fügt eines zusammen, das Bild seiner Mutter entsteht vor ihm und es ist, als würde er so auch sein eigenes Bild wiederherstellen.

Er entsperrt die Toilettentür und tritt auf den Gang, blickt ins Wohnzimmer. Eine Zeichentrickserie läuft im Fernseher. Caspar liegt auf Mathildes Schoß. Konrad hat beschlossen, Tibor zu besuchen. Er will den Kontakt oder zumindest den Müllsack, damit hätte er Zeit gewonnen an seinem Puppentheater weiterzuarbeiten. »Und, seid ihr einig geworden«, fragt er, als er ins Wohnzimmer tritt.

»Ja, wir teilen«, sagt Manu.

Zu Caspar meint er: »Ich muss was erledigen. Bleib du hier. Ich hole dich später ab.«

Caspar sieht sich um. Die anderen starren auf das Fernsehgerät. Mathilde streicht über seine Wange. »Warum warst du so lange auf der Toilette?«, fragt Caspar.

»Naja«, antwortet Konrad. »Ich hole dich ab. Versprochen.« Er macht ein Zeichen mit der rechten Hand, um seine Worte weiter zu unterstreichen.

Caspar schüttelt den Kopf. Manu und Balazs legen dreihundert Euro auf den Tisch. Konrad nimmt sie, zählt nach und steckt sie in eine Tasche des Jacketts. »Setz dich bitte.« Manu häuft ein wenig Speed auf eine CD-Hülle. »Wohin gehst du?«, fragt Balazs. Konrad bleibt stehen. »Setz dich schon. Hier nimm.« Manu gibt ihm die CD-Hülle mit dem Speed. Konrad zieht das Speed in die Nase und sagt: »Ich gehe zu Tibor.«

Mathilde und Caspar starren auf das Fernsehgerät. Mathilde scheint sich wirklich für die Serie zu interessieren. Caspar aber blickt vom Fernsehgerät zu Manu oder zu Balazs oder zu Konrad, je nachdem, wer eben spricht. Das stört Konrad. Er greift nach der Kamera, stopft sie in die Tasche und hängt sie über die Schulter.

In der U-Bahn-Station setzt er sich auf eine Bank. Er wartet auf den Zug und zieht die Kamera aus der Ledertasche. Er macht Schnappschüsse von den Passanten. Sie bemerken nichts, da Konrad den Blitz ausgeschaltet hat. Auf dem Display erscheinen die Bilder. Bilder von Menschen und das Bild von Konrad selbst, das Bild seiner Hände, die über das Display streichen und an den Tasten drücken. Plötzlich kommt Wind auf. Im Tunnel hinter ihm sind die Scheinwerfer der U-Bahn zu erkennen wie zwei Augen. Konrad lächelt. Er blickt auf die Uhr und zieht das Kuvert aus dem Jackett.

»Morgens weckte mich der Professor früher als sonst. Die Morgenbesprechung der Archäologen beginne gleich, das müsse ich gesehen haben, meinte er, warf ein Handtuch über die Schulter und ging zum Wasserbassin.

Die Morgensitzung der Grabungsleitung fand in einer Hütte statt. Die einzelnen Teams präsentierten den Fortschritt und die Probleme des vergangenen Tages in Form von Grabungsdokumentationen. Der Leiter der Grabungsstätte, ein klassischer Archäologe aus Chicago, zeichnete das Gesprochene mit einem Tonbandgerät auf.

Gestern sei man auf geologische Unregelmäßigkeiten gestoßen, flüsterte mir der Professor zu. Ein Geologe meinte, man habe am westlichen Ende von El Mirador eine vollkommen neue Zusammensetzung des Humus entdeckt. Und das in einer Tiefe, die unter dem Niveau der Häuser der Mayas liege, fügte er hinzu und blickte in die Runde. Die Topografie des bisher Ausgegrabenen lasse darauf schließen, dass es sich um den Abfallbereich einer Siedlung handle. Und auf was lasse das schließen, warf der deutsche Ethnologe ein. Ein Kollege würde eben die Humusproben analysieren, meinte ein anderer, aber die Ausrüstung sei schlecht, man könne bloß Vermutungen anstellen. Man werde jedoch eine Probe nach Nordamerika schicken, in etwa ein bis zwei Wochen wisse man mehr. Seiner Ansicht nach handle es sich um eine neue Form, zu bauen, oder um die Verwendung von bisher nicht bekannten Materialien – bei welchen Tätigkeiten auch immer. ›Die Methoden der Archäologie nähern sich immer mehr denen der exakten Naturwissenschaften an‹, flüsterte der Professor, ›ohne sie jedoch jemals erreichen zu können.‹

Die übrigen Berichte beschäftigten sich mit dem Grabungsalltag: abgebrochene Schaufeln, verletzte Arbeiter, ungenaue Surveys und Prospektionen et cetera. Der Professor und ich gingen zum westlichen Ende von El Mirador. Er sprach von der Gründungszeit von El Mirador, von den geschätzten achtzigtausend Einwohnern, von dem Vorteil, eine Handelsstadt zu sein, die durch Zölle den Reichtum des Kontinents zu ihrem eigenen Reichtum gemacht hatte – und davon, dass alle Gebäude, als sie noch bewohnt waren, mit rotem Lehm bemalt waren. ›Die Stadt war rot‹, sagte der Professor und sprang in die Grube, in der gestern die neue Humusmischung gefunden worden war. Ich sah auf den El Tigre und notierte: ›Häuser, Tempel, Hütten – alles war rot.‹ Ich sah auf die Ruinen der Wohnhäuser. Dabei malte ich die Gebäude in meinem Kopf rot an. ›Siehst du die unterschiedlichen Haufen?‹, fragte der Professor. Er versank in der feuchten Erde und ruderte mit den Armen. ›Den Dreck?‹, meinte ich. ›Das ist kein Dreck. Das ist Forschungsmaterial. Das ist die Grundlage, um das Eindeutige vom Wahrscheinlichen und vom Unsicheren zu trennen. Die Übergänge sind fließend.‹

Ein Arbeiter kam, schimpfte. Der Professor kletterte aus der Grube, entschuldigte sich. ›Weil ich in die Grube gesprungen bin‹, meinte er und setzte sich zu den Arbeitern und redete und trank Quezalteca. Ich fragte mich, warum sie den Professor bei sich akzeptierten. Ich beobachtete ihn. Seine Haltung, die Zigarette, die im Mundwinkel hing, der Bart, der Hut, die Stiefel – er schien mehr einer der ihren zu sein als ein westlicher Akademiker, den es in die Unwirklichkeit des Urwaldes verschlagen hatte. Er beherrschte sogar den Dialekt, der im Peten gesprochen wurde. Ich ging zur unserer Hütte und legte mich in die Hängematte. Auf den Notizblock schrieb ich: ›Das Eindeutige vom Wahrscheinlichen und vom Unsicheren trennen.‹

Abends kochten die Arbeiter. Sie hatten ein lahmendes Pferd erschossen. Nun dampfte es auf den Tellern. Der Professor gluckste vor Freude über das Fleisch. Einer der Arbeiter spielte Gitarre. Er sang Lieder der Tigres del Norte. Er sang: ›No tengo dinero‹. Er sang es leise, flüsternd und steigerte sich allmählich, wurde lauter, weithin hörbar, sodass ein anderer Arbeiter von seinem Teller aufsah und mitsang. Dann der Professor. Der deutsche Ethnologe. Don Rene.

Papayakompott wurde aufgetragen. Jemand erzählte Geschichten. Ein anderer schürte das Lagerfeuer. Jeder, der dem Musikanten zuhören wollte, setzte sich ans Feuer. Die Fackeln knisterten in der Finsternis. Allmählich lösten sich die Tischstrukturen auf. Man tauschte Plätze. Nur ich achtete darauf, stets neben dem Professor zu sitzen. Er beachtete mich aber nicht. Er beugte sich über den Tisch und sprach über den neuen Tempel, der gegenwärtig ausgegraben wurde. Er nannte ihn ›La Danta‹.

Und dann verschwand er. Ich sah mich um. Er folgte dem Leiter der Ausgrabungsstätte zu seiner Hütte. Ich war alleine. Ich setzte mich zum Lagerfeuer. Der Musikant hatte zu spielen aufgehört. Man erzählte sich Geschichten vom Vogelgott Vucub Caquix. Das meiste verstand ich nicht. Der Dialekt war zu schwierig, und ich traute mich nicht, Hochsprache einzufordern. Aber ich brauchte selbst nichts zu reden. Das war mir jetzt das Liebste. Ich lauschte dem Singsang der Stimmen und schloss die Augen.

Am Lagerfeuer kochte jemand Tee. Zuerst erkannte ich ihn nicht, doch als sich meine Augen allmählich an das dumpfe Licht gewöhnt hatten, sah ich den alten Mann, den Arbeiter, der tags zuvor von El Peyote grande gesprochen hatte. Er sah mich an, brummte vor sich hin und füllte Schüsseln und Tassen mit Tee.

Die Stimme des Erzählers verlor sich immer mehr im Rhythmus der Geschichte über Vucub Caquix. Er sang, kletterte über Silben und Worte die Tonleiter empor, nur um sie gleich wieder hinabzustürzen. Er gestikulierte. Er starrte ins Leere. In seinen Augen spiegelte sich der Schein des Feuers. Ich nahm eine Tasse und trank. Zehn Minuten später übergab ich mich. Ich kniete zwischen den Büschen und verfluchte das Pferdefleisch. Nachdem ich mit Blättern den Mund abgewischt hatte, ging ich zur Hütte. Ich legte mich in die Hängematte und starrte an die Decke, auf die der Schein der Fackeln das Moskitonetz spiegelte. Ich sah das Gitter, das auf den Bananenblättern wogte. Dabei fühlte ich mich als Insasse einer Zelle.

Ich war nicht müde. Ich war vielmehr hellwach, so wach wie ich es noch nie gewesen war. Ich dachte daran, spazieren zu gehen. Noch nie hatte ich so eine Lust verspürt, spazieren zu gehen. Ich sprang auf. Packte Kleider in den Rucksack, schlüpfte in die Wanderstiefel, rollte den Schlafsack zusammen und befestigte ihn außen am Rucksack. Ich muss Proviant einpacken, dachte ich, und Wasser. Ich würde außerordentlich viel Wasser benötigen.

Vor der Hütte sog ich die Abendluft ein. Ein zweites Mal. Los geh, schien die Luft mir zuzuflüstern, komm schon, ein Schritt, noch einer. Vom Lagerfeuer hörte ich Gelächter. Jemand sprang auf, sprang übers Feuer, und ein Windstoß fuhr in die Flammen und sie züngelten hoch, und ich sah auf den Nachthimmel, auf den tiefschwarzen Nachthimmel, der glühte. Jetzt erst merkte ich, dass sich ein orangefarbener Schein über mein Sichtfeld gelegt hatte. Es war heller als sonst. Ich konnte mehr erkennen, als ich üblicherweise um diese Tageszeit erkennen konnte. Ich wunderte mich, sah auf den orangefarbenen Nachthimmel. Ein Riss war im Himmel. Ich erschrak. Aus dem Riss rann das orange Licht. Es war kein Licht, vielmehr war es eine Flüssigkeit, die Licht ausstrahlte, die aus dem Riss rann und auf die Erde tropfte. Blick nicht zum Himmel, dachte ich, blick nicht auf den Riss im Himmel. Blick auf den Boden. Und das tat ich. Der Boden wogte. Der Boden floss in eine Richtung, die am Lagerfeuer vorbei, durch das Lager hindurch und aus dem Lager hinaus führte. Ich folgte ihm. Um das Feuer saßen mehr Menschen als zuvor. Ich wollte einen Bogen um sie machen, wollte niemanden sehen, mit niemandem reden. Aber man sah mich. Man schrie. Ich meinte, das Rasseln von Ketten zu hören. Man winkte mich her. Ich kam.

Der Arbeiter, der von El Peyote grande gesprochen hatte, empfing mich, gluckste, zeigte auf das Lagerfeuer, durch dessen Flammen wieder jemand sprang. Er sagte nichts, er hauchte vielmehr, mit feuchten Lippen, mit Lippen, die pulsierten: ›Vucub Caquix‹, immer wieder, immer lauter, flehend, fordernd – ich solle durchs Feuer springen.

Aber ich wollte nicht. Ich riss mich los. Ging weiter. Drehte mich um. Sah ihn. Lachte, wie ich noch nie gelacht hatte. Dann folgte ich dem Strom unter meinen Füßen, vorbei am Ballspielplatz und weiter, El Tigre, La Danta und weiter in den urtümlichen Wald. Erst, als ich mich unbeobachtet glaubte, blieb ich stehen und sank auf einen Baumstumpf. Der Wald schien angemalt zu sein. Als hätte jemand beschlossen, die bisherige Zuordnung von Farben und Dingen neu zu bestimmen. Da blitzten türkisfarbene Baumstämme, blaue Blätter raschelten und der Boden war gelb. Das alles bemerkte ich nüchtern. Ich notierte es so in meinem Notizblock. Dabei stieß ich auf den Satz: ›Das Eindeutige vom Wahrscheinlichen und vom Unsicheren trennen.‹

Das machte ich. Jede Wahrnehmung, auch wenn sie mir noch so absurd erschien, notierte ich. Später würde ich alles ordnen und zu einem Ganzen zusammenfügen. Ich war mir sicher, den Dingen auf der Spur zu sein. Manchmal hielt ich inne und trank aus der Wasserflasche. Gurgelte. Spuckte das Wasser aus. Ich erreichte eine Lichtung. Ich war nicht alleine. Schon von Weitem hatte ich Stimmen gehört und das Rasseln von Ketten. Immer wieder das Rasseln von Ketten. Ich duckte mich hinter einem Strauch und verfolgte die Szenerie. Eine

Gestalt stand auf einem Ast. Sie hielt sich mit der einen Hand am Stamm fest, mit der anderen zeigte sie auf eine Menge unter ihr. Die Menge war es, die mit Ketten rasselte und die schrie. Auch sie nahm ich bloß als Gestalten wahr, als Umrisse, als Form. Wo war der Inhalt? Ich notierte in meinem Notizbuch: ›Form ohne Inhalt – auch das ist der Tod.‹ Und: ›Inhalt ohne Form – wucherndes Leben?‹

Die Gestalt am Baum begann zu sprechen. Nun veränderte sie sich. Es schien, als würde sie erst durch die Stimme, durch die Worte, die sie aussprach, zu einem lebenden Wesen werden. Sie bekam einen Inhalt. Ich erkannte schwarzes Haar, das über die Schultern fiel. Ich erkannte einen tätowierten Körper, Federschmuck an den Beinen, Federn im schwarzen Haar, die wie das Haar aus der Kopfhaut wuchsen. Ein Gesicht. Eine Nase. Augen. Ein Blick – Gegenwart.

Die Gestalt redete in einer Sprache, die ich nicht kannte. Ich kannte die Form der Sprache nicht. Ich wusste, die Laute waren nicht die Laute meiner Sprache. Dennoch verstand ich ihn. Die Gestalt sprach von der Erde, vom Licht, von der Sonne, vom Mond. Und sie kannte ihre Herkunft. Sie schrie. Sprang auf einen höheren Ast. Die Gestalten schrien. Das Rasseln von Ketten. Sie drängten zum Baum, versuchten den Stamm emporzuklettern, so als würden sie dem Sprechenden näherkommen wollen. So als wollten sie auch ein Gesicht bekommen, einen Körper, Haar und Federschmuck. Ich dachte an El lago rojo, an Form und Inhalt und blickte auf den Himmel. Keine Sterne. Kein Mond. Nur ein Riss.

Mit einem Mal sprangen zwei neue Gestalten aus dem Dickicht. Die Horde kreischte. Noch bevor sie auf die beiden Fremden losgingen, spannten diese Pfeil und Bogen und schossen auf denjenigen im Baum. Sie trafen. Jäh endete die Szene. Die Gestalt am Baum war verschwunden, ebenso die Horde unter ihm. Leere blieb, Stille, die forderte, weiterzugehen. Ich habe weiterzugehen, dachte ich.

Der Wald schien dichter zu werden. Jedes Mal, wenn ich meinte, ich käme nicht mehr voran, da eine Purpurliane oder ein Glitzerfarn den Weg versperrte, und ich mich ärgerte, ohne Machete losgegangen zu sein, tat sich plötzlich ein Loch im Dickicht auf und ich schlüpfte hindurch. Ich dachte an die Tötungsszene. Ich versuchte, sie mir zu deuten, ihr einen Sinn abzuringen, der über die bloße Wiederholung des Erlebten hinausreichte. Und so stellte ich mir die Szene als etwas Grundsätzliches vor, das selbst nicht aus einem Höheren zu erklären ist. Ich dachte es mir als einen Anfang. Etwas begann mit den Worten der Gestalt am Baum, mit dem Geschrei der Horde, etwas, das in abstrakten Begriffen nicht zu fassen ist, kaum in einer Erzählung. Aber es war da im Gesehenen – als Stück Leben, als Namenloses, das nun in mir fortwirkt, das ich von nun an zu erzählen habe, ich weiß nicht wie.

Plötzlich: Lichtbrocken, das Knacken von Holz, ganz in der Nähe. Zwischen den Bäumen erkannte ich Flammen. Und als ich darauf zuging, begann es heller zu werden, der orange Schleier, der mein Sehfeld getrübt hatte, lichtete sich und die Zuordnung von Farben und Dingen fügte sich allmählich in das gewohnte Maß. Am Feuer saß eine Gestalt. Den Oberkörper hatte sie vornübergebeugt, die Beine eng aneinandergepresst. Es war der Angeschossene. Er keuchte schwer. Er sah auf, als ich näher trat. Ich war froh, dass er lebte. Aus dem Rucksack zog ich eine Wasserflasche. Er trank zögernd. Die Wunden säuberte ich mit einem Tuch. Ich fragte ihn, wer die Täter gewesen seien. Er schwieg. Ich fragte ihn, wohin die Horde verschwunden sei. Er schwieg und starrte ins Feuer. Ob er mich verstand? Ich versuchte, meine ganze Anspannung in dem Wortschwall von mir loszureden, als würde ich mich leerreden wollen, so wie ich mich nun vollschreibe – mit Sätzen, die immer größer werden, größer als die Blätter, auf die ich sie hinwerfe.

Die Gesichtszüge des Angeschossenen waren gespannt. Jedes Mal, wenn ich über die Wunde strich oder Wasser über sie träufelte, verhärtete sich sein Blick, als wollte er den Schmerz vor mir verbergen. Ich hatte kein Verbandszeug. Die Wunde blieb offen. Müdigkeit überkam mich. Ich wollte noch einmal nach seiner Wunde sehen. Er ließ sie mich nicht berühren. So schlüpfte ich in den Schlafsack und legte mich neben das Feuer. Ich blickte noch einmal nach dem Angeschossenen. Er zupfte an seinen Federn und starrte in die Flammen. Ich schlief ein.

Am nächsten Tag erwachte ich spät. War es Morgen, war es Mittag? Die Sonne stand hoch über den Wolken und es nieselte. Ich kroch aus dem Schlafsack. Die Feuerstelle war verschwunden, so als hätte es sie nie gegeben. Das war das Erste, was mir auffiel. Ich lag auf einer Lichtung, doch ich hatte sie ganz anders in Erinnerung. Ich dachte an die Nacht und an das, was geschehen war, wie es geschehen war. Dass im Tee Peyote gewesen sein musste, nahm ich mit einer Gelassenheit hin, die mich befremdete.

Bald fand ich den Weg nach El Mirador. In zwanzig Minuten war ich dort. Ich schlich über den Ballspielplatz. Niemand schien mich zu bemerken. Vereinzelt sah ich Arbeiter auf die Stiele von Schaufeln gelehnt, wie sie Zigaretten rauchten oder nach den Regenwolken blickten. Ich ging zu meiner Unterkunft und warf mich in die Hängematte. Kurz nickte ich ein. Gelächter und Stimmen weckten mich. Ich stand auf und trat vor die Hütte. Mehr Arbeiter tummelten sich auf dem Gelände. Wenige von ihnen machten Nützliches. Die meisten standen in Gruppen beisammen und redeten. Der Regen wurde stärker. Ich fragte einen Arbeiter, was los sei. Ob man zu lange gefeiert habe? Er meinte, man habe keineswegs zu lange gefeiert, aber dem Professor sei etwas zugestoßen. Aber er wisse nichts Genaueres. Die Wissenschafter seien besser informiert. Ein Ethnologe wies mir den Weg zur Küche. Dort liege der Professor, meinte er, und er rief mir nach, er habe kein Mitleid mit ihm, der Professor sei selbst schuld. Ich dachte an Santa Maria. Ich stellte mir vor, wie sie auf den Professor gesprungen war und ihn gebissen hatte, wie der Professor dagelegen war, alleine, und wie er sich ins Lager zurück gekämpft hatte.

Vor der Küche warteten Foster und Don Rene. Ich erzählte ihnen, dass auch ich im Wald gewesen war, dass auch ich den Tee getrunken hatte. Aber das interessierte sie nicht. ›Wir haben ihm das Serum gespritzt‹, meinte Don Rene. ›Das wird wieder werden. Ganz sicher.‹

›Hat ihn Santa Maria gebissen?‹

›Nein‹, antwortete Foster, ›eine Korallenschlange. Die ist weniger gefährlich.‹

›Aber‹, meinte Rene, ›wir werden heute zurückgehen nach Carmelita. Der Professor muss untersucht werden.‹

Ich setzte mich auf die Veranda. Jetzt den Ort zu verlassen, an den ich mich eben zu gewöhnen begann, fand ich merkwürdig. ›Die Wunde kann sich infizieren‹, meinte Foster. ›Die Grabungsleitung ist auch für einen Rücktransport. Ansonsten könnte Unruhe unter den Arbeitern ausbrechen.‹

Um zwölf Uhr machten wir uns reisefertig. Ich packte den Rucksack, kletterte auf El Tigre und blickte über die Ausgrabungsstätte. Foster und Don Rene hatten eine Trage am Zaumzeug eines Maultieres befestigt. Der Professor wurde aus der Küche getragen und auf die Trage gebettet. Bald wird er wieder schlafen, meinte Foster. Ich empfand noch immer kein Mitgefühl mit ihm. Vielmehr war ich wütend, dass ich heute schon zurückkehren musste. Don Rene meinte, wir seien spät dran, aber mit Fackeln könne man bis acht Uhr abends gehen. Bis dahin würden wir das Nachtlager erreichen.

Ich sah mich noch einmal unter den Arbeitern um. Ich suchte den Mann, der von El Peyote grande gesprochen, der den Tee gekocht hatte. Zu sagen hatte ich ihm nichts. Nur einmal wollte ich ihn noch sehen. Don Rene schrie: ›Vamos.‹ Mir blieb keine Zeit. So brachen wir auf.

Mit der Trage kamen wir noch langsamer voran als bei der Hinreise. Don Rene und ich liefen vorneweg. Foster und der Professor fielen zurück. Wir machten jede halbe Stunde eine Pause, um den Abstand nicht zu groß werden zu lassen. Dem Professor ging es tagsüber immer besser. Er wachte auf. Er redete. Er scherzte über den Schlangenangriff. Abends im Lager schien er wieder der Alte zu sein. Nachdem er Antibiotika genommen hatte, ging er zu Bett. Ich beobachtete ihn, wie er sich in die Hängematte legte, wie er in der Hängematte schaukelte, wie das Schaukeln weniger wurde, immer weniger, und er einschlief. Sein Atem pfiff. Ich beschloss, mit niemandem über die Erlebnisse der vergangenen Nacht zu sprechen. Dann las ich mir die notierten Sätze durch. Allmählich verbanden sie sich zu Textpassagen. Ich konnte es kaum erwarten, sie aufzuschreiben.

Morgens standen wir früher auf als üblich. Wir würden länger brauchen mit der Trage, meinte Foster. Um halb sieben verließen wir das Lager. Kurz nach der Abreise entschuldigte sich der Professor. Es tue ihm leid, sagte er, mir die Exkursion versaut zu haben. Als Wiedergutmachung würde er mir ein Zeugnis ausstellen, ohne dass ich eine Arbeit schreiben müsste. Aber das müsse unter uns bleiben, meinte er und zwinkerte mit den Augen. Ich nickte. Dann setzte er sich in der Trage auf und plauderte und aß. So ging es, bis wir Carmelita erreichten.

Ich schrie: ›Buenos dias Carmelita‹ – mehr aus Freude, die Strapazen hinter mich gebracht zu haben, als aus Freude, hier zu sein. Am Abend saßen wir in Renes Hütte. Der Professor trank Quezalteca. Ich wunderte mich, wie schnell alles gegangen war. Während die anderen von El Mirador erzählten, ging ich nach draußen. Ich setzte mich auf einen klapprigen Holzsessel und holte den Notizblock hervor. Die Dieselgeneratoren wurden abgedreht. Dunkelheit fiel über das Dorf. Mit einer Kerze machte ich Licht und las die Notizen. Noch einmal tauchte das Erlebte vor mir auf und so schrieb ich, wie in einem Atemzug, die Erzählung zu Ende.«

Konrad erreicht die Villa von Tibors Tante. Er schiebt die Blätter zurück ins Kuvert. Kalter Wind bläst ihm Schneekristalle ins Gesicht. Er blinzelt und schaltet die Kamera ein. Es piepst. Schwarz und weiß erscheint die Welt am Display. Er sieht auf die Villa und das Kuvert, das er vor das Objektiv hält. Auch er ist den Dingen auf der Spur. Dann drückt er ab. Das Foto erscheint auf dem Display – die Villa von Tibors Tante und ein Teil des Kuverts. Zeugnisse meiner Zukunft, denkt Konrad.

Er läutet an der Türglocke. Lange geschieht nichts. Dann ertönt der Summer und er öffnet die Eichentür. Im ersten Stock bleibt er vor der Wohnung von Tibors Tante stehen. Von drinnen hört er die schrille Stimme einer Radiomoderatorin. Er lauscht, versteht nichts und drückt sich an zwei Körben mit Marillenmarmeladegläsern vorbei. Im zweiten Stock klopft er an Tibors Tür, öffnet. Tibor sitzt auf der Couch, sieht fern. Konrad fällt auf die Couch und starrt auf den Fernseher. Er starrt weiter auf den Fernseher, als Tibor abschaltet und eine Zigarette anzündet.

Tibor legt die Beine auf den Tisch. »Ich habe das Geld für die Reise beisammen«, sagt Tibor, so als wüsste Konrad das noch nicht. Er blickt auf die Wasserpfeife, den Tisch, auf dem ein Schachbrett steht. »Ich freue mich«, sagt Tibor. »Ein Bus, Landschaft und, ja, auch Menschen... Jedenfalls ich, immer nur ich.«

Konrad schüttelt den Kopf. »Ich brauche den Kontakt. Auch wenn du nicht hier bist, verstehst du?«

Tibor bläst den Rauch durch die Nase. Er geht in die Küche und holt eine Dose Fruchtsaft. »Deswegen bist du hier.«

»Deswegen bin ich hier.«

»Wie stellst du dir das vor? Dass wir hinfahren, ich dich als meinen vertrauenswürdigen Freund vorstelle und sie uns den Kofferraum mit Müllsäcken füllen?«

Darüber hat Konrad bisher nicht nachgedacht. Er hat nur daran gedacht, dass er zu Zeug kommen muss, an sonst nichts.

»Glaubst du, er gibt jedem Fremden Säcke voll Zeug. Es dauert, bis er jemandem vertraut. Man lernt sich kennen. Man verschafft sich gegenseitig kleinere Mengen. Man lernt, miteinander umzugehen...«

Konrad sieht zu Boden. Im Stillen lacht er über sich, über seinen dummen Gedanken, ein Puppenspieler werden zu wollen. Maßlos, findet er den Gedanken, und herzenskalt. Er sieht, auch wenn er Tibors Kontakt kennt, ist er eingespannt in ein Netz von Stahlfäden. Nichts anderes als eine Marionette würde er bleiben, aber woher kommt in ihm stets der Trieb, etwas zu wollen, das er nicht hat, jemand zu sein, der er nicht ist, nicht derjenige zu sein, der er ist?

»Weißt du, was der Unterschied zwischen uns ist«, sagt Tibor auf einmal. »Ich habe immer Zeug mit einem Ziel verkauft, verstehst du? Du hast Zeug nur um seiner selbst Willen verkauft.« Konrad nickt, obwohl er weiß, dass das nicht stimmt. Aber er schweigt. Nur das Schweigen scheint ihm in solchen Momenten noch Sinn zu haben. Nach einer Weile steht er auf und schiebt eine CD in den DVD-Player. »Ich brauche das Geld«, sagt er und erschrickt über den Ausdruck in Tibors Gesicht, über den Ausdruck, der zu sagen scheint: Ja, ja, wegen dem Geld bist du hier, wegen dem Zeug. Konrad überspringt zwei Lieder. Es ist eine CD mit Konzertmitschnitten. Die Band kennt er nicht. Ins Rumoren, in die Pfiffe und Schreie des Publikums hinein sagt er: »Ich überlege, mich an der Kunstuni anzumelden ... Fotografie, verstehst du?« Konrad ist überrascht, dass er das sagt. Er hatte die Idee und im gleichen Moment sprach er sie aus. Er richtet sich auf. »Ich habe schon eine Vorbereitungskurs absolviert, früher ... Ich bin kein Anfänger.« Tibor blickt auf die Kamera. »Und deshalb das Zeug.«

»Deshalb das Zeug.«

»Ich werde in zwei Wochen losfahren. Wie lange ich weg sein werde, weiß ich nicht.« Tibor lächelt, rückt an den Tisch und stellt die Schachfiguren in die Ausgangsposition.

»Wenn ich mit dem Studium fertig bin, werde ich bei einer Zeitschrift arbeiten, werde Ausstellungen machen, möglicherweise im Ausland leben.« Konrad redet. Er redet von Preisen, von Stipendien, von einem Loft in der Vorstadt. Konrad redet und fragt sich, woher er diese Ideen hat, wie er sie verwirklichen soll. Aber er redet weiter, redet richtig laut. Konrad will Tibor nicht reden hören, will über Tibors Reise nichts hören, so redet er sich eine Zukunft herbei. Er redet von einer schönen Zukunft, von einer, über die sich reden lässt, mit der man Tibor zum Schweigen bringt. »Kannst du nicht noch einmal, wenigstens einmal, etwas holen. Kannst du nicht noch einmal anrufen und ein wenig Zeug holen. Ich fahre dich hin.« Tibor schüttelt den Kopf. Er reibt sich die Augen. Konrad sieht, dass er genervt ist. »Bitte.«

»Glaubst du, die haben im Keller einen Trödelladen mit Regalen voll Zeug? Man muss vorbestellen.« Tibor sieht zu Konrad, der eine Zigarette anzündet. »Den schwarzen Müllsack kannst du haben«, meint er. »Ich habe nur eine Bedingung. Du musst alles in zwei Wochen verkauft haben.«

»Natürlich«, sagt Konrad, »kein Problem.«

Tibor holt den Müllsack aus dem Keller. Der Inhalt ist beeindruckend. Zweihundert Gramm Speed, das sich locker auf das Drei- bis Vierfache strecken lässt. Sechs Euro-Dope-Platten zu je hundert Gramm und fünftausend Pillen.

»Schach?« Konrad schaltet den DVD-Player aus. Er holt eine Dose Fruchtsaft und eröffnet die Partie. Schweigend machen sie Zug um Zug, bis Tibor gewonnen hat und Konrads Dose zum Mistkübel wirft. Konrad starrt auf den ausgeschalteten Fernseher. Er sieht sich und Tibor und den Müllsack, der neben ihm auf der Couch liegt. Er fährt sich durchs Haar. Er denkt an die Marionetten. Er denkt an sich als Marionette, der die Stahlfäden ins Fleisch schneiden. Er weiß, es gibt nichts mehr zu sagen, und das ist gut so.

Konrad wirft den Müllsack über die Schulter, wie Caspar am Nachmittag die Raketen über die Schulter geworfen hat. Dann verlässt er Tibors Wohnung und geht die Stiege hinunter. Am Weg nach Hause denkt er an seine Mutter, und dass er ihr von seinen neuen Plänen erzählen sollte. Als er die Treppen zur U-Bahn-Station hinuntersteigt, ruft er sie an. Er ist aufgeregt. Eigentlich will er nicht mit ihr reden. Er sehnt das Knacken in der Leitung herbei, das den Anrufbeantworter ankündigt. Er hört es. Er legt auf. Er hat es immerhin versucht. Von der Endstation der U-Bahn nimmt er den Bus zum Miethaus. Die Türen öffnen sich pfeifend. Als er aussteigt, sieht er Feuer im Wäldchen. Caspar, denkt er und springt über das Straßenbankett. Zwischen den Bäumen sieht er den Nachbarsjungen, der vor der Hütte etwas zu bauen scheint. Konrad steigt auf jeden Ast. Er springt über jeden Strauch. Er will Lärm machen, damit Caspar ihn hört. Aber was er auch macht, die Gestalt beim Lagerfeuer reagiert nicht. Schließlich steht er vor der Hütte. Caspar hantiert an einer Abschussrampe für Feuerwerkskörper. Als er Konrad bemerkt, ignoriert er ihn, steckt, anstatt ihn zu grüßen, die Rakete in eine Zwei-Liter-Weinflasche. »Hallo«, sagt Konrad.

Caspar antwortet nicht. Er zieht ein Feuerzeug aus der Hosentasche und zündet die Lunte an. Die Rakete zischt in den Abendhimmel, explodiert und regnet in gelben, in grünen, in weißen Schlieren auf die Erde. »Eine Feuerblume.«

»Ich hätte dich abgeholt. Ich habe es versprochen«, sagt Konrad.

»Versprochen hast du es und mich vergessen.« Caspar zieht den rauchenden Stumpen aus der Flasche und wirft ihn ins Gebüsch. Er verschwindet in der Hütte. Als Caspar nicht mehr zurückzukehren scheint, wendet sich Konrad ab und geht zum Miethaus. Als er seine Wohnung betritt, wirft er den Müllsack auf die Couch. Er blickt aus dem Fenster. Im Wäldchen flackert das Feuer. Noch eine Rakete zischt in den Abendhimmel. »Eine Feuerblume«, murmelt er und greift nach dem Handy. Das Freizeichen ertönt. »Kantner.« Die Schlieren verglühen über den Bäumen. Auf einmal ist es finster. »Kantner. Hallo?«

Das Schweigen hat Konrad im Griff. Jedes Wort, das er zu seiner Mutter sagen würde, erscheint ihm sinnlos – sinnlos ein Gespräch, das im Schweigen verpuffen würde. Konrad legt auf, setzt sich auf die Couch, zieht die Blätter aus dem Kuvert. Er liest erneut die Geschichte seiner Mutter. Es ist nur eine ihrer Geschichten, aber es ist jene, die er ihr gestohlen hat. Er liest. Nun aber laut.

IX

Menschengewimmel. Stimmen. Dazwischen ein Stück Stille, in dem sich Helga wie ein Gespenst über eine Brücke bewegt. Plötzlich Sirenengeheul. Eine Schneise im Fahrzeugstrom.

Die Passanten bleiben stehen, blicken auf, nur Helga geht und geht, einen Stadtplan in den Händen und einen Schmierzettel, auf dem ein Name und eine Adresse notiert sind.

Helga vergleicht die Adresse des Hauses mit der Adresse auf dem Schmierzettel. Sie überquert die Kreuzung. Was wird sie jetzt tun, da sie nun tatsächlich hier ist und all das tun wird müssen, was sie sich im Bus, der sie vom Krankenhaus nach Hause fuhr, ausgemalt hat zu tun. Ich kann immer noch gehen, denkt Helga. Sie bräuchte sich bloß umzudrehen und zurück zur U-Bahn zu laufen, über den Kanal, über die Straßen, niemand würde es bemerken. Sie könnte nach Hause fahren, könnte Vorbereitungen für Adalberts Begräbnis treffen, könnte Freunden und Verwandten die seltsame Nachricht, dass Adalbert tot ist, überbringen, könnte mit Bela sprechen. Niemand würde erfahren, dass sie hier gewesen ist. Sollte sie es jemandem erzählen, wer würde ihr einen Vorwurf machen?

Helga starrt auf das Klingelschild, auf den Namen Klara Prohaska und die Türnummer 18. Helga denkt an den Artikel in der Maturazeitung, an den Steckbrief (Alter: 44, Klassenvorstand der 8b, Unterrichtsfächer: Mathematik und Musik, Hobbys: Lesen und Musik). Bestenfalls würden noch die Hobbys stimmen, sonst würde sich alles verändert haben.

Die Haustür öffnet sich. Ein alter Mann mit einem Hund kommt heraus. Er hinkt. Er grüßt. Er überquert die Straße und geht in Richtung Kanal. Der Hund kläfft. Helga lauscht und starrt auf das Klingelschild, während die Ampel auf Grün schaltet. Das Röhren anfahrender Fahrzeuge verschluckt jedes Geräusch. Bevor die Tür zufällt, schlüpft Helga ins Vorhaus. Es brennt Licht. Der Zeitschalter rattert. Helga geht die Treppe hoch. Ein Mann von einer Reinigungsfirma wischt die Stiege. Aus einer Wohnung dringen Kinderstimmen. Im zweiten Stock bleibt Helga vor der Tür Nummer 18 stehen. Durch das Milchglas sieht sie Licht und die Umrisse einer Gestalt. Helga hört Musik. Die Gestalt summt. Im Erdgeschoß wird die Haustür aufgerissen und jemand steigt die Treppe hoch. Die Schritte klingen fest, sicher. Ein junger Mann, denkt Helga und tritt ein wenig von der Tür weg. Sie hofft, der erste Stock würde sein Ziel sein. Doch er kommt in den zweiten und läutet an der Tür Nummer 18.

Der Mann trägt eine Jacke mit dem Abzeichen der Volkshilfe und eine Tasche, die an seiner Schulter hängt. Helga wendet sich wieder um und zupft an den Blumen, die am Fensterbrett stehen. Sie hört das Knacken des Schlosses. Die Musik dringt nun klar und rein bis auf den Gang. Helga glaubt, die letzten Akkorde der »Ode an die Freude« zu erkennen. »Mahlzeit, Frau Prohaska« und nach einem Augenblick des Schweigens, in dem Helga denkt, sehen sie mich an, fragen sie sich, wer hier an den Blumen zupft, wer das ist, der nicht hierher gehört, sagt der Mann: »Hier, Ihr Rindsbraten.«

»Und das Dessert? Sie haben es nicht vergessen?« Klara Prohaskas Stimme ist dünn. Helga freut sich, so eine dünne Stimme zu hören. Bisher war sie nur die Frau am Foto, die Frau, auf deren Schultern Adalberts Arm gelegen ist. Nun ist sie eine Frau mit einer dünnen Stimme. Das ist schön, denkt Helga. Das beruhigt sie.

»Wein und Pudding – alles dabei«, antwortet der Mann und verschwindet im Stiegenhaus. Klara schließt die Tür, und Helga ist wieder allein, allein streicht sie über die Blumen und blickt auf die Abfallcontainer im Innenhof, aus denen Müllsäcke hervorquellen. Eine Katze tapst einen halb geöffneten Container entlang und schnuppert an einem der blassgrünen Säcke, sieht nach oben und hüpft, als sie Helga bemerkt, mit einem Satz auf eine von Brombeerranken überwucherte Steinmauer, hüpft weiter in den nächsten Garten.

Helga beschließt zu warten. Sie will Klara Zeit geben, ihr Mahl in Ruhe zu sich zu nehmen. So bleibt sie zehn Minuten im Stiegenhaus stehen, bis hinter dem Milchglas Licht eingeschaltet wird und das Klimpern von Geschirr zu hören ist. Da läutet sie an der Türglocke und räuspert sich, als Klara meint: »Ja, ich komme.«

Helga bekommt Angst, als sie Klara gegenübersteht. Klara wird nicht mit mir reden, denkt sie, wenn sie weiß, dass ich

Adalberts Frau bin, sie wird mich wegschicken. Eine andere als ich hätte kommen sollen, eine andere als ich hätte meine Fragen stellen sollen. Und so schweigt Helga einen Augenblick, wünscht sich einen Augenblick, nicht sie selbst zu sein.

Mit der Zeit wird Klara unruhig. Sie will schon die Türe schließen, als Helga sagt: »Mein Name ist Maria Tamazs. Ich bin Sekretärin an der Handelsakademie, an der sie früher unterrichtet haben.«

»Ja, und? Was kann ich für Sie tun.«

Stille. Helga fühlt sich leer. Sie ist wie gelähmt. Sie denkt nicht. Maria denkt. Maria redet. Helga redet als Maria. »Es geht um Ihren ehemaligen Mitarbeiter, Adalbert Safranek. Er hat die Schulbücherei aufgebaut und lange Zeit geleitet. Sie erinnern sich?«

Klara macht einen Schritt zurück. Sie macht Andeutungen, die Türe zu schließen. Sie will nichts mit mir zu tun haben, denkt Helga.

»Natürlich erinnere ich mich.«

»Wir schreiben für die Bezirkszeitung ein Portrait. Deswegen möchten wir mit seinen Freunden und Bekannten sprechen.«

»An einem Sonntag.«

»Nein ... ja ... auch am Sonntag. Entschuldigen Sie ... Ich bin in der Nähe gewesen. Ich dachte ... Ich meine ... Ich kann wieder gehen.«

»Bleiben Sie.« Klara lächelt.

Weshalb lächelt sie? Vielleicht weil ich von Adalbert gesprochen habe, fragt sich Helga und blickt Klara an. Erst jetzt fällt ihr das hochgesteckte graue Haar auf, die Falten um die Augen, auf den Wangen und um den Mund, die ihr etwas Würdevolles verleihen, das Helga nicht näher zu benennen vermag. Helga weiß nur, dass diese Würde da ist, dass sie diese Würde an sich stets vermisst hat, das unsagbare Schöne, das manche Menschen umgibt.

»Sagen Sie, warum wird über Adalbert ein Portrait geschrieben? Ich meine, er ist ja keine Berühmtheit«, fragt Klara.

Helga seufzt als Maria. Helga unterdrückt Tränen als Helga. Sie sagt: »Herr Safranek ist kürzlich nach langer Krankheit gestorben. Diabetes.«

Im ersten Stock kreischen Kinder. Eine Tür fällt ins Schloss. Helga trommelt mit ihren Fingern auf den Oberschenkel.

»Aha«, sagt Klara und zupft am Ärmel des Hauskleides. »Mmhm ... Sie wollen also mit mir reden ... Adalbert ... tot ... schrecklich ... entsetzlich ... Kommen Sie herein.«

Helga zögert. Die Fragen, die sie Klara stellen möchte, kann sie nicht als Maria stellen. Sie kann sie nur als Helga stellen, die genaugenommen nicht hier ist. Aber Klara zieht Helga nun in die Wohnung, meint, Helga könne Musik machen, während sie selbst eine Kanne Kaffee koche. Helga sieht sich im Wohnzimmer um und schaltet den Plattenspieler ein. Es kratzt in den Boxen, die in den gegenüberliegenden Zimmerecken auf Holzpodesten stehen. Und nach einer Weile erklingt noch einmal die »Ode an die Freude«. Die Regale sind voll mit Büchern. Auch am Wohnzimmertisch liegen Bücher, alle mit einem Lesezeichen versehen. Ein wenig kennt sie Klara. Das ist gut so, denkt Helga und streicht über den maronibraunen Plüsch des Fauteuils, auf dem sie sitzt, auf dem vielleicht auch Adalbert gesessen ist.

»Nun, Frau Tamazs, was wollen Sie wissen?«, meint Klara, als sie mit Kaffee und Pudding ins Wohnzimmer tritt. Helga gibt Zucker in den Kaffee. Sie kostet den Pudding und räuspert sich. Klara zupft indessen an ihrem Kleid und scheint sich ganz der Musik zu widmen. »Wie lange kannten Sie Herrn Safranek?«

»Ich habe von September 1983 bis Juli 1986 in der Handelsakademie gearbeitet. Er ist 1986 nach den Semesterferien an die Schule gekommen«, sagt Klara und blickt durchs Wohnzimmer, so als suche sie etwas. Helga sprüht Schlagobers auf den Kaffee und sieht zu, wie es schmilzt. Sie hat keinen Block dabei, nichts, auf dem sie mitschreiben könnte. Sie bittet um Papier und Bleistift. Klara zeigt auf eine Lade in Helgas Rücken. Sie könne sich gerne bedienen. Helga wühlt in der Lade. Endlich findet sie einen Block und zieht ihn heraus. Ein Band mit der Aufschrift »Maturaklassen 1989 bis 2008« fällt ihr auf. Arbeitet Klara etwa immer noch in der Schule? Spielt sie mit ihr? Ein Kloß bildet sich in Helgas Hals, ein Kloß mit Ecken und Kanten. Sie schluckt ihn samt dem bitteren Geschmack des Kaffees hinunter. Wahllos öffnet sie den Band. Sie trifft zufällig auf den Jahrgang 1993/94 und findet das Bild der 12c – mit fünfzehn Schülern, einem Klassenvorstand und einem Bibliothekar. Einen Augenblick starrt sie auf das Bild, dann schließt sie die Lade, schiebt das Bild zurück in die Finsternis, so wie sie ihre Erinnerungen am liebsten zurück in die Finsternis schieben würde.»Wie würden Sie Herrn Safranek beschreiben«, fragt Helga, als sie wieder auf den Fauteuil sinkt.

»Wie meinen Sie das, Frau Tamazs? Als Bibliothekar oder als Mensch?«

Helga löffelt die Schale Pudding leer. »Es soll ein persönliches Portrait werden. Sie kannten ihn ja näher. Sie können offen mit mir reden.«

Klara nippt am Kaffee. Die Musik hört auf zu spielen. Bloß das Kratzen der Nadel auf dem Schellack ist zu hören. »Er war ein guter, ein engagierter Bibliothekar. Er hat aus einer mickrigen Schulbibliothek eine der größten des Bezirks gemacht. Selbst die Kinder haben sich zusehends für Bücher interessiert. Das hat er alleine erreicht.«

»Ja, ja, das wissen wir.«

»Was wollen Sie sonst hören?«

Klara stemmt sich in die Höhe und holt aus der Küche einen Teller Karottenkuchen. Einsatzfahrzeuge fahren lärmend über die Kreuzung. Klara kehrt zurück. Sie taucht den Kuchen in den Kaffee und beißt ab. Sie windet sich, denkt Helga, es gefällt ihr, Wände zu bauen, über die ich nicht hinübersehen kann. »Sie müssen mir Persönliches erzählen, Frau Prohaska. Es soll ein Portrait werden. Portraits gewinnen durch die persönliche Note: Erlebnisse, Anekdoten, Gedanken. Erinnern Sie sich. Waren Sie etwa … einmal mit ihm auf Urlaub?« Helga legt den Zeigefinger an den Mund, so als wollte sie sich verbieten, weiterzusprechen. Ich spiele, ich bin Maria. Genaugenommen war es nicht Helga, die diese Geste ausführte. Es war Maria, denkt Helga, die Helga auffordert, still zu sein.

»Auf Urlaub fahren? Sind Sie etwa mit Ihren Arbeitskollegen auf Urlaub gefahren?« Klara schüttelt den Kopf.

»Es heißt, Sie hätten ein außerordentlich gutes Verhältnis zu ihm gehabt.« Helga greift nach einem Stück Karottenkuchen. Klara steht auf und legt Vivaldis »Vier Jahreszeiten« ein. »Deswegen bin ich auch zu Ihnen gekommen. Niemand soll Herrn Safranek so gut gekannt haben wie Sie.«

»Und was ist mit seiner Frau«, fragt Klara.

»Was soll mit seiner Frau sein?«

»Sie behaupten, ich hätte ein besseres Verhältnis zu ihm gehabt als seine Frau.«

»Ich meine ... Ich habe gehört ... Es soll stimmen, was ich gehört habe.«

»Sie behaupten, unser Verhältnis wäre nicht professionell gewesen, Frau Tamazs?«

»Waren Sie mit ihm auf Urlaub?« Helga weiß nicht, warum sie so sehr auf der Urlaubsfrage beharrt.

Klara sieht auf die Schulbade mit den Fotos der Maturaklassen. Ein wenig Mitleid ist in ihrem Blick zu erkennen, aber auch Zorn. »Frau Tamazs ... Was soll das Spiel, Frau Safranek, ja, Frau Safranek, worauf wollen Sie hinaus? Sind wir Kinder, dass wir uns in unserem Spiel verlieren, dass wir nicht mehr wissen, was wahr ist und was eingebildet? Oder ist die Grenze schon lange verwischt, ist alles egal? Ist es rechtens zu fremden Leuten in die Wohnung zu gehen, vom Tod zu sprechen und sich hinter einer Maske zu verbergen. Ein fremder Name, auch das ist ein Tod, Frau Safranek.« Klara räumt ab. Die Musik beginnt erneut zu spielen. Jeder Ton ist von einem leisen Knistern begleitet. Es liegt Staub auf der Platte. Es hört sich an, als würde es im Hintergrund regnen. Das Geschirr klirrt. Aus der Küche ruft Klara: »Verlassen Sie meine Wohnung.«

Die Stufen sind frisch gewischt. Helga hält sich am rostigen Geländer fest und steigt das Stiegenhaus hinab. Im Vorhaus sitzt der Mann von der Reinigungsfirma auf einem Kübel und raucht eine Zigarette. Helga nickt ihm zu. Vor dem Haus lehnt sie sich an das Brückengeländer. Sie blickt über den Gehsteig, starrt die Menschen an, die an ihr vorüberlaufen. Dabei beginnt sie zu lachen. Lachhaft erscheint ihr die Vorstellung, die sie in Klaras Wohnung aufgeführt hat. Mit der Zeit bilden sich Tränen in Helgas Augenwinkeln. Zunächst glaubt sie, die Tränen kämen vom Lachanfall, doch da bemerkt sie die Bilder vor sich, von Adalbert und Klara und von sich selbst, die diese Bilder sieht. Das Lachen erstickt nun unter diesen Bildern, übrig bleiben die Tränen, das Schweigen und die Gewissheit, dass sie hier warten wird, so lange bis Klara das Haus verlässt.

Nach einer Weile wird tatsächlich die Haustür geöffnet. Helga hätte es beinahe übersehen. Gerade noch erkennt sie eine alte Frau, die um die Häuserecke biegt. Sie läuft über die Kreuzung. Sie folgt Klara in sicherem Abstand. Da vorne, da geht das Wissen um meine Vergangenheit, so wie sie wirklich gewesen ist, denkt Helga. Andere werden von ihrer Vergangenheit eingeholt, Helga läuft der ihren hinterher. Sie will sie zu fassen kriegen. Sie will sie festhalten. Sie muss vorsichtig sein. Sie darf sie nicht vertreiben.

Klara geht sehr schnell. So als ahnte sie, dass Helga sie verfolgt. Bald geht sie auf der rechten Straßenseite, bald auf der linken. Sie blickt in dieses Schaufenster und stöbert in jenem Geschäft. Sie kauft eine Zeitung und spricht mit dem Zeitungsverkäufer. Sie dreht sich nie um. Helga hat Mühe, den Anschluss nicht zu verlieren. Ihr ist egal, dass Klara womöglich weiß, dass sie ihr folgt. Sie wird sie ohnehin gleich ansprechen. Klara bleibt an einer Kreuzung stehen. Bald, denkt Helga, gleich ... fünf Schritte ... drei ... gleich ... jetzt. »Frau Prohaska, so warten Sie doch, bitte.«

Klara reagiert nicht. Grün. Sie dreht sich um, sieht Helga. Geht weiter. »Frau Prohaska, einen Moment ...« Passanten blicken auf, starren Helga an. Sie ignoriert die Blicke und berührt Klara an der Schulter, die wild herumfährt und den Mund öffnet, so als wollte sie schreien, aber dann doch schweigt, die

Augen aufreißt, so wie Helga die Augen aufreißt – Momente erscheinen wie Jahrhunderte, während die beiden Frauen einander anstarren. Dann aber wendet sich Klara ab, läuft über die Straße, und als sie sieht, dass Helga ihr nicht mehr folgt, beruhigt sich ihr Gang. Helga weiß, würde sie jetzt umkehren, ginge sie jetzt nach Hause, würde sie diese Nacht nicht schlafen, egal wie viele Beruhigungstabletten sie nehmen würde. Und morgen würde sie wieder hinter Klara her laufen. Das findet sie traurig, über alle Maßen. Also läuft sie jetzt, greift nach Klaras Schulter. »Ich muss mit Ihnen reden.«

In Klaras wütenden Blick mischt sich ein wenig Furcht. Was mache ich hier, denkt Helga. Bin das überhaupt ich? »Entschuldigen Sie mein Verhalten«, meint sie. »Wenn Sie mir Zeit geben, werde ich alles erklären.« Klara sieht an Helga vorbei auf die Kreuzung, über die ein junger Mann bei Rot läuft. »Es ist kalt«, meint Helga. »Wir könnten etwas trinken. Ich lade Sie ein.«

Schweigend gehen die beiden Frauen zum nächstgelegenen Kaffeehaus.

»Er ist heute Morgen gestorben.« Der Ober bringt den Tee und süßes Gebäck. Klara zündet eine Zigarette an und taucht den Beutel mit der Kräuterteemischung ins heiße Wasser. Der Ober bittet Klara, die Zigarette zu löschen. Er zeigt auf die Nicht-rauchen-Schilder zu ihrer Linken und zu ihrer Rechten. Klara meint, sie werde diese Zigarette nicht ausdämpfen, da könne er machen, was er wolle. Der Ober räuspert sich. Einen jüngeren Gast hätte er vermutlich aus dem Lokal gewiesen. Doch Klaras Auftreten, ihr schwarzes Kleid, das graue hochgesteckte Haar, das pergamentblasse Gesicht, die Falten, diese würdevollen Falten, denkt Helga, scheinen ihn von weiteren Maßnahmen abzuhalten. Mit einer angedeuteten Verbeugung verschwindet er in der Küche.

»Klara … Klara … Adalbert ist heute Morgen gestorben.«

Helga wiederholt den Satz, damit Klara ihn hört, damit sie nicht an ihm vorbeihört, sich nicht hinter den Zügen an der

Zigarette versteckt. »Klara, sagen Sie etwas … Sein Herz … Sein Bein … Man hat ihm den Unterschenkel abgenommen.«

Helga kann nicht mehr vorbeihören. Den ganzen Tag hat sie vorbeigehört. Sie leckte über Adalberts Narbe, sie ging über die Brücke, sie sprach als Maria mit Klara über ein Portrait im Bezirksblatt. Helga schweigt. Sie nippt am Tee und wartet. Sie schließt die Augen und denkt an Adalberts unmenschlichen Körper, an den Leichenbestatter. Nichts anderes fällt ihr ein. Kein Bild von der Hochzeit, keines von den Abenden mit Rotwein vor dem Fernsehgerät. Nur dieses Bett, nur dieser Körper, dieses weiße Bettlaken. Dieses Bild scheint alle anderen Bilder zu überdecken, zu ersticken.

Klara zieht an der Zigarette und tippt die Asche auf den Tellerrand. Sie greift nach einem Stück Gebäck und tunkt es in den Tee. Helga blickt durch das Lokal, sieht immer nur das Bild vom Bett, vom Körper, von der Decke – minutenlang. Dann beginnt sie zu reden. Sie erzählt Adalbert herbei. Sie vertreibt das Bild vom Bett, vom Körper, von dem Laken. Andere Bilder entstehen. Tage und Nächte ihres Lebens. Helga erzählt, wie sie Adalbert kennenlernte. Sie erzählt von der Krankheit. Von der Angst. Sie erzählt von ihrer Mutter Anna, wie sie die Wut über den Verlust ihres Mannes Harald an Helga ausließ. Sie erzählt, wie Anna vermutete, Adalbert habe es auf das Familienvermögen abgesehen. Sie erzählt, dass sie zwei Anträge von Adalbert ablehnte. Dass Adalbert der Wattebausch war zwischen ihr und Anna. Und erst als Anna selbst krank wurde, keine Gegnerin mehr abgab, da hat sie ihn geheiratet. Und die Flitterwochen lösten sich in scharlachroten Tropfen auf, die der Teppich wie ein Schwamm aufsog.

Auf dem Teller zwischen Aschehaufen und Aschehaufen liegen fünf oder sechs Stummel, es blieb nicht bei der einen Zigarette. Dennoch hat Klara zugehört, hat nicht vorbeigehört. Davon ist Helga überzeugt. »Das meiste, was Sie erzählt haben, habe ich bereits gewusst«, meint Klara. Helga legt ihre Hände in den Schoß. Sie klopft mit dem Zeigefinger auf den Daumen. Das macht sie nervös. Sie bittet Klara um eine Zigarette, zündet sie an und legt die Hände ausgebreitet auf den Tisch. Ihre Finger sind krumm, die Haut ist rissig und faltig. Ihre Falten sind nicht würdevoll. Sie sind das, was Falten schon immer gewesen sind – ein Ärgernis und eine Erinnerung. »So«, sagt Helga. »Sie scheinen viel von mir zu wissen.« Und nach einer Pause, in der sie auf ihre Hände blickt, Klara ein Streichholz entzündet und den Schwefelgeruch einatmet: »Genau das ist das Problem.« Helga holt das Foto aus ihrer Manteltasche und legt es auf den Tisch. Sie grinst. Das Foto ist ein Beweisstück. Klara ist nun überführt worden, denkt sie und fühlt sich als Siegerin – aber welchen Spiels? Helga blickt auf das Foto. Je länger sie auf dieses Foto sieht, desto schwächer werden die Bilder, die sie damit verbindet. Stärker wird das tatsächliche Bild, das vor ihr am Tisch liegt. Und schließlich sieht sie das, was sie sieht: einen Mann, dessen Hand auf der Schulter einer Frau liegt. Sonst nichts. Helga steckt das Foto in die Manteltasche. »Also, was haben Sie dazu zu sagen?« In der Manteltasche umklammert sie das Foto mit ihren Fingern, zerdrückt beinahe das Stück Gegenwart, das in die Vergangenheit reicht und sie entblößt.

»Ich weiß nicht, was Sie von mir hören wollen. Aber ich vermute, dass Sie einen«, Klara blickt auf ihre Finger, so als würde sich zwischen ihnen das passende Wort verbergen, »unschicklichen Kontakt zwischen mir und Adalbert vermuten, nicht wahr?«

Helga blickt durch das Fenster aus dem Kaffeehaus. Ein Müllwagen hält an einer Kreuzung. Der Fahrer trinkt von einer Cola-Dose. Allmählich merkt sie, dass sie nickt und dass Klara weiterspricht: »Zum einen muss ich Sie enttäuschen, Adalbert hat Sie meines Wissens nie hintergangen. Zum anderen hat es eine Nähe zwischen uns gegeben, die über das übliche Kollegenverhältnis hinausgereicht hat.«

»Erzählen Sie.«

»Es gibt nichts zu erzählen. Ich bin Lehrerin gewesen und er Bibliothekar. Er wurde vom Direktorat geholt, um die drittklassige Bücherei der Schule auszubauen. Aber das wissen Sie ja. Seine Vorgängerin hat kein Engagement gezeigt und kaum mehr als eine Ansammlung von Büchern, wie sie in jedem Haushalt zu finden ist, angelegt. Als Adalbert gekommen ist, war meine Zeit an der Schule abgelaufen. Ich hatte eine Stelle an einem ausländischen Gymnasium angenommen, die ich nach Schulschluss antrat. In diesem Semester schaffte Adalbert mehr als sechzigtausend Bücher an und brachte die Schüler dazu, sie zu lesen – einige zumindest. Ich habe ihm dabei geholfen. Aber ich war nicht die Einzige. Er stand in engem Kontakt zu allen Klassenvorständen.«

Diese Geschichte kennt Helga. Von ihr will sie nichts hören. Adalbert hat oft von seinem Desinteresse erzählt, den Schülern das Lesen näherzubringen. Ihn interessierten nur die Bücher an sich. »Kommen Sie auf den Punkt, Frau Prohaska. Sie wissen, warum ich hier bin, was ich hören möchte. Wie ist es zu dem Foto gekommen?«

Klara zuckt mit den Achseln. Sie könne sich nicht mehr erinnern, sagt sie. »Das ist über zwanzig Jahre her.«

Der Ober bittet Klara, das Rauchen zu unterlassen. Die Gäste hätten sich beschwert, meint er, er könne auch nichts dafür. Es gebe nun einmal ein Gesetz. Klara dämpft die Zigarette aus und spricht weiter: »Soll ich eine Geschichte erfinden, damit Sie zufrieden sind? Ich erzähle Ihnen meine Geschichte, so wie es für mich gewesen ist. Im Übrigen finde ich Ihr Verhalten beschämend. Ihr Mann ist heute gestorben und Sie zerpflügen seine Vergangenheit. Rücksichtslos finde ich das und herzenskalt.«

»Er ist tot und ich lebe. Das ist das Einzige, was zählt«, antwortet Helga und entschuldigt sich bei Klara, entschuldigt sich eigentlich bei Adalbert, was sie lächerlich findet. Sie entschuldigt sich ein zweites Mal.

Klara geht auf die Toilette. Helga sieht ihr hinterher, sieht den Rock, der sich unter den eiligen Schritten bläht. Sie vergleicht ihre Erinnerungen an das Frühjahr 1986 mit dem wenigen, was sie von Klara gehört hat. Sie findet die eine oder andere Übereinstimmung. Aber ihr Frühjahr 1986 scheint mit all den anderen Frühjahren ihres Lebens verschmolzen zu sein. Helga orientiert sich an markanten Punkten, an den Telefongesprächen, an den Lesungen bekannter Autoren in der Schulbücherei, mit denen Adalbert die Schüler für Bücher zu interessieren versuchte. Sie erinnert sich an die Auseinandersetzungen zwischen ihr und Adalbert, die meistens schweigend abliefen. Den Grund dafür hatte sie stets in den Vorkommnissen der Hochzeitsreise gesehen. Sollte sie ihn anderswo suchen?

Klara winkt dem Ober, als sie von der Toilette zurückkehrt. Sie wolle zahlen. Schweigend gehen die beiden Frauen zur Häuserzeile. Beim Abschied meint Helga, sie werde sich wegen des Begräbnisses melden. Klara nickt, so als wolle sie nicht über das Begräbnis informiert werden. Sie zieht einen Schlüsselbund aus der Handtasche, verabschiedet sich. »Frau Safranek«, ruft sie plötzlich und beugt sich aus der Haustür. »Sie werden nicht finden, was Sie suchen… Hören Sie auf zu suchen.«

Helga läuft bei Rot über die Straße. Mit der U-Bahn und dem Bus fährt sie nach Hause. Nichts also soll geschehen sein, denkt Helga. Klara und Adalbert sind sich nahe gewesen. Aber nicht so nahe, wie sie es befürchtet, ja, wie sie es sich gewünscht hat. Helga weiß, sie hat ein Problem mit Nähe. Die Nähe zu ihr selbst ist maßlos größer als die Nähe zu Adalbert. In diesem, in meinem Fall, denkt sie, ist Irren nicht möglich, vielmehr lügen die anderen, lügt die Welt. Sie lächelt. Wäre es umgekehrt, könnte sie jetzt abschließen. Den Fund des Fotos als seltene Groteske eines selten grotesken Wochenendes abtun. Doch das schafft sie nicht. Bald denkt sie, schließ ab, kümmere dich um die Organisation des Begräbnisses. Bald denkt sie, Klaras Erzählung hat Lücken. Ja, sie muss die Lücken überprüfen. Wo führt das hin? Dass sie die Überprüfung überprüfen muss, dann… Als sie aus dem Bus steigt und den Mietparkplatz überquert, entdeckt sie Bela am Fenster seiner Wohnung. Sie mustert ihn, bis er sie bemerkt und nun seinerseits Helga unumwunden anstarrt. Für einen Moment hält sie Belas Blick stand, eine Blickbahn entsteht so, in dem ihre beiden Leben einander berühren.

Helga versperrt die Tür. Auch die Kette des Sicherheitsschlosses legt sie ein, was sie sonst nie macht. Den Mantel hängt sie in die Garderobe und schlüpft aus den Winterstiefeln. In Adalberts Arbeitszimmer zieht sie das Foto von Klara und ihm aus der Manteltasche. Sie dreht das Licht an. Das Licht blendet. Einen Augenblick lang ist ihr schwindlig. In ihr und außerhalb von ihr ist es gleichermaßen dunkel und konturlos. Sie hält sich am Türrahmen fest. Als Helga sich beruhigt hat, geht sie zu Adalberts Schreibtisch. Auf der weinroten Lederunterlage liegen noch der Bilderrahmen mit dem zerbrochenen Glas und das Foto von Adalbert, wie er auf die Bücherreihen und Folianten seiner Bibliothek blickt. Helga nimmt den Rahmen ab und steckt das Klara-Foto hinter das Bibliothek-Foto, gibt den Rahmen über das Bibliothek-Foto und über das Klara-Foto. Dann holt sie den Staubsauger aus der Abstellkammer. Es ist etwa halb neun Uhr abends. Sie verspürt das Bedürfnis, die Wohnung zu putzen. Zuerst saugt sie in der Küche den Laminatboden, im Wohnzimmer den Teppich und in der übrigen Wohnung den Parkettboden. Danach staubt sie das Mobiliar ab. Das Geschirr, obwohl sauber, gibt sie noch einmal in den Geschirrspüler. Endlich beginnt sie, den Boden zu wischen. Sie schwitzt. Sie ist konzentriert. Sie riecht den Schweiß. Sie mag es, ihren Schweiß zu riechen, die Muskeln in den Oberarmen zu spüren. Nachdem sie geduscht hat, trinkt sie im Wohnzimmer ein kleines Bier. Sie sieht sich um. Die Wohnung sieht eigentlich noch genauso aus wie zuvor, bevor sie zu putzen begonnen hat. Aber über allem, über dem Mobiliar, den Teppichen, dem Boden, den Türen liegt nun die Gewissheit, etwas Sinnvolles gemacht zu haben. Was hätte sie sonst tun sollen? Tabletten nehmen … sich ins Bett legen … an Adalbert denken – dann doch lieber putzen.

Mit einem Mal hört sie eine Stimme. Sie sieht sich um. Die Stimme kommt aus einer anderen Wohnung. Konrad, denkt

Helga. Sie versteht nicht, was die Stimme sagt. Sie lauscht nur dem Auf und Ab des Klangs, das sie an Meereswellen erinnert, die einmal mehr, einmal weniger den Strand emporkriechen. Sie lauscht den Pausen, die Pausen hat sie ganz besonders gern. In ihnen liegt die Angst, die Hoffnung, dass es weitergehen würde, einfach weitergehen müsse.

Konrad hat eine schöne Stimme. Helga schließt die Augen. Sie nimmt einen Schluck vom Bier. Je länger sie zuhört, umso mehr, findet sie, trennt sich die Stimme von Konrad und entwickelt in ihrer Wohnung eine eigene Körperlichkeit. Es scheint, als würden die Wände flüstern.

Im nächsten Augenblick ist es still. Helga öffnet die Augen. Das Bierglas ist leer. Sie lauscht. Schritte. Eine Wasserleitung wird aufgedreht. Wasser prasselt dumpf in eine Emailwanne. Helga greift nach dem Schlüssel. Sie schlüpft in den Mantel und geht in den Keller. Mit Kisten steigt sie die Stufen hoch. Sie kann nur zwei Kisten auf einmal tragen. So muss sie fünf Mal in den Keller gehen. Die Kisten sind mit Klebeband verschlossen und mit einer Jahreszahl versehen. Sie reißt die erste auf. Ordner, Fotos, Notizen. Sie zieht den Ordner von 1986 heraus und blättert ihn durch. Adalbert hat akribisch vermerkt, was jede Woche geschehen ist, welche Bücher ausgeliehen, welche zurückgenommen wurden. Dokumentation für die Schulhistorie, nannte das Adalbert.

Helga öffnet die übrigen Kisten. Insgesamt erstreckt sich der Inhalt über die Jahre 1984 bis 1990. Zunächst legt sie alles auf den Teppich. Legt ein Foto neben eine Rechnung, legt eine Einladung zu einer Lesung neben die Kopie einer Buchbestellung. Rund um jede Kiste legt sie deren Inhalt. So entstehen Blasen, Jahresblasen, die Helga Detail für Detail prüft. Wegen ihrer Kreuzschmerzen setzt sie sich auf die Couch. Sie fragt sich, wie weit sie gehen kann, ob sie schon darüber hinausgegangen ist und ob das zu suchen, was man finden möchte, überhaupt einen Sinn hat.

Aus der Küche holt sie Klebebänder und Reißnägel. Sie befestigt Jahresblase um Jahresblase an den Wänden. Als sie fertig ist, stemmt sie die Hände in die Hüfte. Sie blickt über die Wände im Wohnzimmer und im Vorraum, die mit Dokumenten vollgeklebt sind. Helga schreitet durch ihr Museum, prüft erneut. Fürs Erste sieht sie sich jene Dinge an, die ihr auffallen. Sie geht an der Blase des Jahres 1989 vorbei, sieht einen Vermerk, auf dem steht: »Im Mai mussten sieben Bücher zum Buchbinder geschickt werden. Kosten: 2365 Schilling. (im Monatsbericht vermerken!)«. Helga geht weiter, 1988, 1990 und bleibt stehen. Sie steht zwischen den Jahren, Adalberts Jahren, die nicht ihre und nicht ihre gemeinsamen Jahre gewesen sind. Das Jahr 1986 sieht sich Helga genauer an, war es doch jenes Jahr, in dem das Foto entstand. Sie sucht nach der Einladung für die erste Bibliotheksführung der Schule. »Sechzigtausend Bücher warten, von Ihnen gelesen zu werden«, liest sie und schmunzelt. Dann starrt sie eine Weile auf den Fernseher, schaltet ihn ein, lauscht, schaltet ihn ab. Nach einer Weile bekommt sie Hunger. Ihr Magen macht seltsame Geräusche. Sie streichelt ihn, spürt die Muskeln der Oberarme, die von der Arbeit noch verspannt sind. Sie geht in die Küche und macht sich ein Wurstbrot. Dazu setzt sie sich an den Tisch vor dem Fenster. Sie schmiert Butter aufs Weißbrot und schneidet Essiggurken. Da hört sie das Pfeifen einer Rakete, die mit einem roten Schweif in den nachtschwarzen Himmel zischt und explodiert. Caspar, denkt sie und beißt ins Brot. Als die Feuerschlieren vom Himmel regnen und knisternd verlöschen, lehnt Helga den Kopf gegen die Fensterscheibe. Das kalte Glas findet sie angenehm. Sie murmelt: »Alles um mich ist ein Fragezeichen geworden – das Fragezeichen ist mein Lebenszeichen.« Sie nimmt das Gurkenglas, wirft es an die Wand. Es zersplittert. Ein nasser Fleck bleibt auf der weißen Wand zurück. Es ist ihr egal. Mechanisch räumt sie die Scherben weg und wischt den Boden.

Im Wohnzimmer geht sie von Jahresblase zu Jahresblase, von Dokument zu Dokument. Ihre Schritte werden schneller – hier eine Einladung, da ein Foto, da Adalbert, dort ein Schüler. Sie beginnt zu laufen – hier ein Fragezeichen, da ein Fragezeichen. Sie läuft ins Vorzimmer, läuft in die Küche, ins Wohnzimmer. Sie zeigt mit dem Finger auf das Foto einer Maturaklasse, auf dem auch Klara und Adalbert zu sehen sind. Fragezeichen.

Sie holt Bleistift und Papier, setzt sich an den Wohnzimmertisch. Vor ihr hängt die Jahresblase 1986. Helga konzentriert sich. Sie denkt an naturalistische Gemälde, auf denen nichts ausgespart ist, kein Detail, keine Nuance des Motivs. So soll ihre Vergangenheit sein. Helga versucht aus den Fotos, den Dokumenten, den Bruchstücken von 1986 ein makelloses Ganzes zu machen – ein Gemälde. Gründe erscheinen und Adalberts Gedanken. Sie werden zu Brücken, die die Leerstellen zwischen den Dokumenten füllen, Brücken, die Helga gesucht, die ihr Klara vorenthalten hat. Helga schreibt: »Klara sitzt in einem perlmuttfarbenen Kleid im Lehrerzimmer, hat einen weißen Schal um den Hals gelegt. Die Lippen und ihre lackierten Fingernägel schimmern zinnoberrot. Eine Kerze verströmt den Duft von Kardamom und Zimt. Als die Tür geöffnet wird, flackert das Licht und verlischt. Klara legt den Rotstift beiseite, mit dem sie die Rechenbeispiele der zehnten Klasse korrigiert hat. Der Direktor und Adalbert treten ins Lehrerzimmer.«

Helga steht auf, zerknüllt den Zettel. Vor dem Fenster lacht sie auf, fühlt sich lächerlich, zugleich findet sie sich kühn. Dann glättet sie den Zettel und schreibt: »Adalbert zieht seine Krawatte fest, schließt den obersten Knopf seines anthrazitfarbenen Sakkos und begrüßt die Lehrer.« Helga malt drei Fragezeichen hinter den Satz, lehnt sich zurück, knabbert am Bleistift. Ich muss Adalbert erfinden, denkt sie und malt drei Rufzeichen hinter die drei Fragezeichen. Helga zerreißt den Zettel, zerbricht den Bleistift. Sie flüstert: »Adalbert trägt ein anthrazitfarbenes Sakko.« Und dann lauter: »Adalbert trägt ein anthrazitfarbenes Sakko!« Sie legt sich auf die Couch, schließt die Augen, sieht, wie Adalbert sich bei den Lehrern vorstellt, wie er jedem kurz auflächelnd die Hand gibt, wegsieht, wie er Klara begrüßt, wie sie ihr Kleid glattstreicht, den

Dutt, in dem ein Filzstift steckt, festzurrt und Adalbert die Hand reicht.

Helga streckt ihre Arme aus, sieht Adalberts Hand, wie sie jene von Klara umschließt. Helga spürt Adalberts Hand, die schwarzen Härchen auf seinem Handrücken kitzeln sie auf den Fingerballen, so wie sie es immer getan haben.

Helga murmelt, Helga sieht, wie Adalbert und der Direktor das Lehrerzimmer verlassen. Die Glocke läutet zur Zehn-Uhr-Pause, die Klassenzimmertüren werden aufgerissen, Schüler strömen zum Buffet, das die Frau des Schulwarts organisiert. »Sie werden leider keinen Platz im Lehrerzimmer bekommen«, meint der Direktor, als sie den Gang entlang zur Bibliothek gehen. »Wir sind bereits an unsere Kapazitätsgrenzen gestoßen. Und das Stadtschulamt sperrt sich gegen die Bewilligung eines Zubaus. Aber«, der Direktor klopft Adalbert auf die Schulter, »hier können Sie machen, was Sie wollen. Das ist Ihr Reich.« Er entsperrt eine schmucklose Holztür und betätigt einen Lichtschalter. Nach und nach wird der längliche Raum von Halogenlampen erhellt. Was Adalbert sieht, ernüchtert ihn. Es handelt sich um eine bessere Abstellkammer, in deren vorderem Teil ein Schreibtisch und drei Regale stehen, deren Fächer lose mit Büchern gefüllt sind. Der hintere Teil des Raumes ist vollgeräumt mit Putzkübeln, Besen, ausrangierten Overhead- und Filmprojektoren, Stühlen und Tischen und einem menschlichen Skelett, dem der linke Unterschenkel und Teile des Kiefers fehlen. »Tja«, sagt der Direktor, »die ehemalige Bibliothekarin hat sich nur nebenher um die Bücherei gekümmert, sie hat hauptberuflich Deutsch, Französisch und Bildnerische Erziehung unterrichtet. Sie hatte einfach keine Zeit, um mehr daraus zu machen. Am Ende ist ihr Frau Professor Prohaska zur Hand gegangen. Aber«, der Direktor hakt seine Daumen in die Hosenträger, »wenn Sie mich fragen, hat den Damen das Engagement gefehlt.«

Adalbert nickt. Das habe er sich bereits gedacht, sagt er. »Wenn Sie mehr aus der Bücherei machen wollen, müssen Sie auch mehr Geld ausgeben.«

»Darüber lässt sich reden«, antwortet der Direktor und zieht aus dem Gilet seines aschgrauen Dreiteilers eine Taschenuhr, deren silberne Kette kaum hörbar klimpert. Er müsse los, wenn Adalbert etwas brauche, solle er sich melden, meint er und geht. Sein breiter Körper, an dem der Dreiteiler schlaff herunterhängt, schiebt sich durch den Schülerstrom, der mit Leberkäsesemmeln, Nusskronen und Trinkjoghurts ausgestattet vom Buffet in die Klassenzimmer zurückkehrt. Die Glocke läutet. Die Klassenzimmertüren fallen ins Schloss. Adalbert zieht sich in die Bibliothek zurück. Er schlüpft aus dem Sakko, lockert die Krawatte und krempelt die Hemdsärmel hoch. Zuerst muss der Plunder raus, denkt er und packt das Skelett an der Wirbelsäule. Zwei Tage dauert die Entrümpelung. Adalbert wirft selbst die alten Regale hinaus, da ihm ihre Konstruktion zu fragil erscheint, um sie zur Gänze mit Büchern zu füllen. Insgesamt hatte die bisherige Schulbücherei ein Sortiment von achttausend Büchern, vorwiegend Kinder- und Jugendliteratur zweifelhafter Qualität, daneben Schulbücher und Atlanten. Nichts, was dem Anspruch humanistischer Bildung entspräche, nichts, was den Schülern, vor allem den Maturanten, eine differenziertere Sicht auf das Gewesene, das Vorhandene und das Kommende ermöglichen könnte.

Helga erinnert sich, wie Adalbert an den ersten Märztagen des Jahres 1986 frustriert von der Schule nach Hause kam, wie er vom Berufsdilettantismus der Lehrer sprach und vom Lese- und Bildungsdilettantismus der Schüler. Sie steht auf, holt ein kleines Bier aus der Küche. Sie erinnert sich, wie sie Adalbert zuredete, wie sie von Herausforderungen sprach und davon, dass er alles schaffen könne. Sie erinnert sich, wie sie eben von Annas Pflegeheim zurückgekehrt war, der man dort bereits die Sterbesakramente gespendet hatte, und wie sie dachte, Adalbert habe den falschen Beruf gewählt, er hätte Literaturwissenschafter werden sollen oder vielleicht Schriftsteller. Der Gedanke gefiel ihr. Ihn hat sie sich über die Jahre bewahrt.

Helga legt sich wieder auf die Couch, sieht Adalbert an die Tür des Direktors klopfen. Auf das dumpfe »Ja, herein« lugt er zaghaft in das Büro des Direktors. Er komme wegen der Bücher, aber er wolle nicht stören, meint er. »Sie stören nicht, Herr Safranek. Treten Sie ein.«

Adalbert setzt dem Direktor auseinander, wie schlecht es um die Bücherei stehe, dass es sich genaugenommen um keine Bücherei handle, da manche Privatperson mehr Bücher im Wohnzimmer habe, als den Schülern hier zur Verfügung stünden. Der Direktor nickt und brummt. Die Arme hat er hinter dem Kopf verschränkt. Er zündet einen Zigarillo an und bläst den Rauch aus den Mundwinkeln. »Ich habe erfahren, dass eine kirchliche Privatschule das Sortiment ihrer Bibliothek erneuert«, meint Adalbert. »Zumeist kommt es zu Versteigerungen der Bücher oder gar zu Flohmärkten. Ich kenne den dort beschäftigten Bibliothekar noch von der Ausbildung und von Gewerkschaftstreffen. Ich könnte eine Verabredung arrangieren, möglicherweise ein Geschäft.«

»Ein Geschäft?« Der Direktor bietet Adalbert einen Zigarillo an, den dieser ablehnt.

»Vorausgesetzt, ich bekomme genügend finanziellen Spielraum, um vorzüglich argumentieren zu können, eine Versteigerung der Bücher sei nicht notwendig.«

Der Direktor bläst Rauch an die Decke. Der Rauch wirbelt durch die Luft, formt seltsame Figuren, die keine festgelegte Form haben, in der Form und Inhalt ineinander übergehen, bis sie sich allmählich auflösen. »Wie viel brauchen Sie?«

»Fünfzigtausend Schilling.«

Der Direktor lacht auf, dämpft den Zigarillo aus und öffnet das Fenster. Verkehrslärm, der Motor eines Omnibusses heult auf. »Solche Beträge kann ich nicht einfach aus der Tischschublade ziehen. Ich muss mit dem Schulrat Rücksprache halten, muss die Genehmigung des Stadtschulrates einholen.«

»Dann sind die Bücher weg. Wie viel können Sie mir jetzt sofort geben?«

Der Direktor schnaubt. Er sieht aus dem Fenster. »Wissen Sie, seit fünfzehn Jahren unterrichte ich hier, seit drei bin ich in der Schulleitung. So jemand wie Sie ist mir hier noch nicht untergekommen.« Er lacht. Durch die Gegensprechanlage erklärt er der Sekretärin, sie solle einen Termin bei der Bank ausmachen. »Zwanzigtausend. Die haben Sie in einer Stunde.«

Adalbert bittet doch um einen Zigarillo. Nun sieht er Perspektiven für diese Bücherei, einen Sinn, der über das bloße Bereitstellen von Karl-May-Romanen hinausgeht. »Sie werden nicht enttäuscht sein, Herr Direktor, sicher nicht.«

»Eines noch«, ruft ihm dieser hinterher, als Adalbert schon im Sekretariat steht. »Frau Prohaska wird mitkommen. Wer weiß, was Sie mit so viel Geld alleine machen.«

Mit der Schnellbahn fahren Adalbert und Klara an den Stadtrand und steigen in einen Omnibus. Sie lassen die Vororte hinter sich und fahren durch versprengte Siedlungen, deren provinzieller Charakter Adalbert überrascht, regelrecht verstört. Sie scheinen nichts mit der Welt gemein zu haben, in der er sich für gewöhnlich bewegt. Wie in einem fremden Landstrich fühlt er sich, verloren, ängstlich, aber auch neugierig auf das Kommende und glücklich darüber, nicht alleine in der Schnellbahn zu sitzen.

Von der Bushaltestelle ist es nicht weit zum Internat. Schon von fern sind die Spitztürme zu erkennen. Das Schulgebäude selbst gleicht einem der Prunkbauten aus den vorigen Jahrhunderten wie sie sonst nur in der Innenstadt zu finden sind. Der ganze Komplex ist von einer mehr als zwei Meter hohen Mauer umschlossen. Das Stahltor, dessen Gitter aus geschmiedeten, ineinander verschlungenen Alraungewächsen zusammengesetzt ist, steht offen, als Adalbert und Klara das Gelände erreichen. Schüler machen Leichtathletik auf einem angegliederten Sportplatz. Der schrille Ton der Pfeife, in die der Turnlehrer seine Kommandos bläst, schreckt einen Schwarm Krähen auf, der kreischend in die Höhe stiebt und in konzentrischen Bewegungen wieder herabgleitet und auf einer Stromleitung Ruhe findet.

Klara geht mit gemessenen Schritten einige Meter vor Adalbert. Adalbert lässt absichtlich ein wenig Abstand, um Klara von hinten unbemerkt beobachten zu können. Sie verkörpert eine Art von Frau, die er bisher nicht kannte, das heißt, immer nur aus der Ferne sah, wenn sie etwa in der Innenstadt in Schaufenster blickte und im nächsten Moment aus seinem Sichtfeld verschwand. Allein das interessiert ihn, dass solche Frauen immer aus seinem Leben verschwinden. Nun geht eine solche Frau vor ihm. Ganz nah.

Die Internatsbibliothek hat eine eigene Sekretärin. Sie weist Adalbert und Klara an, durch den Lesesaal zu gehen, an dessen Ende das Büro von Richard Schaller, dem Bibliothekar, liegt. Der Lesesaal hat eine angenehme Größe, etwa hundert Quadratmeter. Die Wände sind mit Bücherregalen vollgestellt. Einige Schüler sitzen an Holztischen, lesen und lernen. Die Decke ist aus Milchglas, durch das ein wenig Tageslicht dringt. Der Saal ist von vier Säulen gestützt, in die Szenen griechischer und christlicher Mythen gefräst sind. Adalbert streicht über eine Szene, die Prometheus an eine Felswand im Kaukasus geschmiedet zeigt. Bilder steigen in Adalbert hoch und einen Moment lang glaubt er an die Wirklichkeit dieser Bilder, die so alt sind wie die Zeit selbst.

Klara zieht ihn weiter und klopft an die Bürotür des Bibliothekars, die mit purpurfarbenem Samt überzogen ist. Schaller und Adalbert haben tags zuvor telefoniert, weshalb der Bibliothekar bereits mit Tee und Keksen wartet. Er umarmt Adalbert, begrüßt Klara mit einem angedeuteten Handkuss und bittet die beiden, auf den Ohrensesseln Platz zu nehmen und sich vom Tee einzuschenken. Schaller spricht mit Stolz über seine Bibliothek. Er leite sie schon seit acht Jahren, gewissermaßen habe er sie modernisiert, das lückenhafte Karteikartensystem korrigiert und Bücher, die vor 1900 erschienen sind, persönlich mit dem Handscanner digitalisiert, so seien auch diese nun in einer Online-Datenbank zugänglich. Er kooperiere mit der National- und der Universitätsbibliothek und bilde deren Bibliothekare aus. Beeindruckend, murmelt Adalbert. Er hat jedoch nicht wirklich zugehört. Die ganze Zeit hat er Schaller gemustert, der in einer Mönchskutte vor ihm sitzt, eine

Pfeife raucht und mit der freien Hand ständig seinen schwarzen Schnurrbart zwirbelt. Klara trinkt den Tee in bedächtigen Schlucken, von denen jeder von einem kaum hörbaren Seufzen begleitet ist, so als sei es für sie ein noch nie dagewesener Genuss, Schwarztee mit Milch und Honig zu trinken. Zunächst ahnt Adalbert dieses Seufzen, dann hört er es leise, allmählich scheint es lauter zu werden und die Worte des Bibliothekars zu übertönen.

»Sehen wir uns die Bücher an«, meint Schaller, während er die leere Tasse scheppernd auf das Tablett stellt, »Ich habe sie schon in Kartons verpacken lassen. In etwa handelt es sich um sechzigtausend Stück.« Sie gehen durch das Magazin, durch enge, endlose Bücherreihen. Nachdem Schaller mehrere schwere Stahltüren geöffnet hat und Adalbert mit dem Duft von trockenem Holz und dem erhabenen Mief der Bücher beeindrucken konnte, kommen sie in eine Lagerhalle, in der etwa zweihundert Kartons zu einem Turm geschlichtet sind. Schaller gibt Adalbert eine Liste mit den aussortierten Exemplaren, die er ihm zum Kauf anbietet. »Änderungen sind möglich. Sag Bescheid.«

Adalbert ist zufrieden. Aus aktuellen Lehrbüchern der Natur- und Geisteswissenschaften, vollständigen Werkausgaben der Klassiker der Weltliteratur und Schriften aus dem Altertum hat Schaller ein schönes Sortiment zusammengestellt. Auch Klara sieht die Liste durch und ist von der Auswahl angetan. Sie findet einige Werkinterpretationen von Mozarts Don Giovanni und von Beethovens Eroica. Die könne sie im Musikunterricht verwenden, meint sie und öffnet den Karton, in dem sie verpackt sind. Für die sechzigtausend Bücher verlangt Schaller jene zwanzigtausend Schilling, die der Direktor zusammenkratzen konnte. Adalbert ist glücklich, so günstig zu dieser bemerkenswerten Bibliotheksausstattung gekommen zu sein. Die meisten der Bücher haben kleinere Schäden am Einband. In manchen Fällen ist der Text ein wenig versetzt auf die Seiten gedruckt. Aber das ist nicht so schlimm, findet Adalbert und setzt seine Unterschrift unter den Kaufvertrag.

Es ist drei Uhr, als Klara und Adalbert in der Stadt ankommen. Der Unterricht ist zu Ende und Klara will nach Hause. Wegen der Mathematikschularbeit. Sie müsse die Aufgabenstellungen erst entwickeln, meint sie. Adalbert schlägt dennoch ein gemeinsames Essen vor. »Es ist doch ein schöner Tag gewesen.« Klara willigt ein und empfiehlt ein Innenstadtrestaurant, in dem sie jedes Wochenende zu Abend isst. Adalbert hat nichts dagegen. Sie bekommen einen Tisch am Fenster. Als die Getränke serviert werden, denkt Adalbert, er müsse reden, immerzu reden, damit aus Klara nicht eine der verschwundenen Frauen werde. Sie darf nicht verschwinden. Er räuspert sich, bedankt sich, dass sie so bereitwillig mitgekommen ist. »Haben Sie das gespürt im Lesesaal des Internats«, fragt er.

»Was meinen Sie?« Klara reißt ein Streichholz an, hält die Zigarette in die Flamme, inhaliert den Rauch und bläst ihn links an Adalbert vorbei. Adalbert ist überrumpelt. Zunächst fällt ihm keine Antwort ein. Er hat über diese Dinge noch nie gesprochen. Helga zeigte nie Interesse an Büchern, an seiner Arbeit. Er macht ihr keine Vorwürfe, Bücher sind für sie nie ein Erfahrungsraum gewesen. »Ich kann nichts dafür«, murmelt Helga und hievt sich in die Höhe, wischt eine Träne aus dem Augenwinkel, noch bevor sie auf die Wange tropft. Sie hängt Schallers Rechnung wieder in die Jahresblase von 1986. Alles, was ich vor mir sehe, denkt sie, den Direktor, Schaller, die Türme des Internats, den Alraun aus Eisen, der das Tor ziert, Klara und Adalbert – all das ist, was es ist, ich bin sicher, dass es so gewesen ist. Wie sonst? Die Erzählung spült dieses Wissen hoch, ein Wissen, von dem ich nichts gewusst habe, das ich nun aus mir hervor-, aus mir herauserzähle.

Helga legt sich wieder auf die Couch. Schließt die Augen. Es dauert eine Weile, bis sie wieder in die Szene hineinfindet. Endlich sieht sie Adalbert vor sich, ein Weinglas in den Händen. »Spüren Sie nicht die Gegensätze, die in einem Lesesaal wirksam sind?«, fragt er. »Ich meine die totale Fülle – die Bücher. Und ebenso die totale Leere – auch: die Bücher.«

Das Essen wird serviert. Adalbert redet weiter, er spricht und freut sich darüber und glaubt, Klara genieße die Unterhaltung, da sie sich über den Tisch beugt und nicht in ihrem Sessel versinkt, was er schon immer bei Gesprächspartnern als Desinteresse deutete. »Erst durch die Schrift und durch die Bücher kam Geist in die Welt«, sagt Adalbert und sieht zu Klara. Sie isst. Sie sieht ihn nicht an. So beginnt auch er zu essen. Das Schweigen stört ihn, zugleich findet er, dass er genug für die Konversation tut. »Warum sagen Sie nichts?«

Klara schluckt den Bissen. »Ich höre Ihnen gerne zu. Ja ... Sie sind jemand, dem man gerne zuhört.«

Adalbert blickt auf, obwohl ihm der zynische Tonfall in Klaras Antwort nicht entgangen ist. Dieser aber passt zu ihr und scheint erst ihren Zauber auszumachen. Er lächelt.

Nur schwach zeichnet sich die Druckerschwärze auf den Karteikarten ab. Adalbert drückt dreimal die Taste N. Das Farbband ist eingetrocknet. Bloß der Einschlag des Bügels auf dem Papier wird immer tiefer. Adalbert fürchtet, es könnte bald reißen, was ihm schon öfters passiert ist. Er wirft den Band »Wie man wird, was man ist«, eine Sammlung von Friedrich Nietzsches Aphorismen, auf den Tisch und sucht nach einem neuen Farbband. Er findet keines. Er steht auf, um ins Sekretariat zu gehen.

Es ist neun Uhr. Bis auf den Gang dringen die Anweisungen der Lehrer und das Gelächter der Schüler. Als er am Klassenzimmer der 8b vorbeikommt, bleibt er stehen, liest, was auf dem Schild rechts der Tür steht: »Klassenvorstand Mag. Klara Prohaska«. Adalbert sieht auf das Schild, auf die Buchstaben auf dem Schild. Er hört die Stimme hinter der Tür, Klaras Stimme. Er geht weiter.

Seit zwei Wochen katalogisiert er die neuen Bücher. Seit zwei Wochen sitzt er in der Bibliothek und hackt auf der altertümlichen Schreibmaschine herum. Nebenher hat er den Tischlern zugesehen, wie sie das Schubladensystem für die Karteikarten in die Wand eingelassen haben. Für die alten achttausend Bücher hatte man bloß einige Boxen für 3,5-Zoll-Disketten zweckentfremdet, um die Karteikarten darin aufzubewahren – eine Methode, die Adalbert so niedlich fand, dass er eine der Diskettenboxen samt dem Inhalt noch immer auf dem Schreibtisch stehen hat. Die Arbeiten der Tischler haben mehr als eine Woche in Anspruch genommen. Adalbert sah ihnen gerne zu, sah gerne, wie das Bild, das er in seinem Kopf hatte, immer mehr ein Ebenbild in der Wirklichkeit fand. Und als einer der Tischler abschließend die Schienen der Schubladen ölte und das Öl noch Stunden später in der Bücherei zu riechen war, da war er froh, dem Direktor noch einmal elftausend Schilling abgerungen zu haben, um das neue Entlehnsystem zu finanzieren.

Die Sekretärin gibt ihm drei Farbbänder. Auf dem Rückweg geht er wieder an der 8b vorbei. Hört Klaras Stimme. Er hat mit ihr seit zwei Wochen nicht gesprochen. Sah er sie, suchte er das Weite und dachte an Helga, ja, an mich hat er gedacht, und verschwand wieder in der Bibliothek.

Adalbert schließt die Tür hinter sich. Die Stille der Bücher. Er setzt sich an den Schreibtisch, spannt das neue Farbband in die Schreibmaschine und katalogisiert den Aphorismenband zu Ende. Aber er lässt den Nietzsche-Band noch auf dem Schreibtisch liegen. Er mag dieses Buch ganz besonders gern.

Auf einmal springt die Tür auf. Der Direktor tritt ein. »Adalbert«, keucht er, läuft in großen Schritten zum Schreibtisch, zieht einen Stuhl heran, setzt sich und überkreuzt die Beine. Adalbert starrt ihn an, rückt ein Stück zurück. Den ganzen Tag ist er alleine, Woche um Woche. Tritt dann jemand an ihn heran, zieht er sich zurück. Und manchmal, wenn er besonders lang alleine geblieben ist, zieht er sich von der Welt insgesamt zurück, liest oder schaut aus dem Fenster. Wenn die Welt etwas von ihm will, dann erschrickt er, denkt, so wie jetzt, das Erschrecken ist das plötzliche Gewahrwerden einer äußeren Welt. »Ja«, murmelt Adalbert, »was kann ich für Sie tun?«

»Der Stadtschulrat hat angerufen. Der Stadtschulrat … Er hat sich erkundigt, wie es mit der Bibliothek laufe, ob sie von den Schülern angenommen werde. Ja, habe ich geantwortet, alles ist in Ordnung, aber Adalbert, wird die Bibliothek von den Schülern tatsächlich angenommen?«

»Noch ist niemand hier gewesen. Noch sind keine Bücher entlehnt worden. Aber ich bin noch mitten in den Aufbauarbeiten. Ich katalogisiere sechzigtausend Bücher – das braucht Zeit.«

Der Direktor springt auf und läuft zu den Schubladen, zieht eine heraus und streicht über die Karteikarten. »Elftausend Schilling hat das gekostet. Insgesamt habe ich Ihnen einunddreißigtausend Schilling zur Verfügung gestellt. Die Schüler müssen die Bibliothek annehmen, notfalls werden wir uns etwas überlegen müssen. Sie verstehen, was ich meine?«

Adalbert schüttelt den Kopf. »Tricks? Mit Tricks wollen Sie die Schüler zum Lesen bringen. Das soll der richtige Weg sein?«

Der Direktor macht eine abwehrende Handbewegung. »Das ist noch nicht spruchreif. Zunächst«, der Direktor setzt sich wieder auf den Stuhl und beugt sich zu Adalbert, »erstellen Sie ein Konzept, wie Sie die Schüler für die Bibliothek interessieren wollen, welche Maßnahmen Sie planen, Sie haben doch Maßnahmen geplant. Am Donnerstag findet eine Lehrerkonferenz statt, da möchte ich erste Ergebnisse sehen.«

Das Telefon läutet. Adalbert hebt ab. Es ist die Sekretärin. Sie verlangt den Direktor. Adalbert gibt ihm den Hörer und sieht aus dem Fenster. Er liebt den Blick aus dem Fenster. Da draußen ist die Welt, denkt er und sieht einen Postboten, der ein gelbes Wäglein hinter sich her zieht. Ein Mann versucht, mit seinem Wagen parallel einzuparken, zwei Mal scheitert er, beim dritten Mal schafft er es, steigt aus, schlüpft in einen Parker und verschwindet. Da draußen ist die Welt, denkt Adalbert, und hier bin ich. Dazwischen ist eine Scheibe.

Der Direktor legt auf. Er müsse gehen, meint er. Die Pausenglocke schrillt. Türen werden aufgerissen. Stimmen, noch mehr Stimmen. Der Direktor verlässt eilig den Bibliotheksraum. »Maßnahmen«, murmelt Adalbert, »was für Maßnahmen?« Ich bin Bibliothekar, denkt er, ein guter Bibliothekar, davon ist er überzeugt. Aber ganz sicher ist er kein Werbetexter, kein Verkäufer. Ihn hat nie jemand vom Besuch einer Bibliothek überzeugen müssen. Er ist immer freiwillig gekommen und geblieben. Adalbert geht zum Fenster. Streicht über die Scheibe. Klopft mit einem Fingernagel dagegen. Er ist noch immer hier und draußen treibt der Wind Wolkenfetzen über den Himmel. Schmutzige Schneefelder schmelzen am Straßenrand unter dem schwachen Licht der Märzsonne, verwandeln sich in Rinnsale, in Pfützen, in denen eine Gruppe Schüler herumhüpft.

Ich brauche Maßnahmen. Ich brauche Ideen. Adalbert greift nach einem Zettel und notiert das Erste, das ihm einfällt. Als er fertig ist, steht »Führungen« auf dem Zettel, »Lesungen« und »Theaterstücke«. Und »Klara«. Adalbert steckt den Zettel in die Brusttasche. Er ist froh, dass ihm auch etwas eingefallen ist, das sich am Donnerstag präsentieren lässt. Er zieht ein Buch aus einem Karton und spannt eine Karteikarte in die Schreibmaschine. Klick. Klack. Klick. Klick. Klack. Das gefällt Adalbert. Er gibt den Rhythmus vor. Er entspannt sich. Er greift nach dem nächsten Buch, nach der nächsten Karteikarte. Es klopft an der Tür.

Adalbert ignoriert das Klopfen. Er will weiterarbeiten, will das Klick-Klack der Schreibmaschine hören. Will niemanden sehen. Die Tür öffnet sich, einen Spaltbreit. Klara lugt in die Bücherei. Adalbert sieht auf und all die verschwundenen Frauen fallen ihm ein, all das Verlorene wird ihm in diesem Augenblick gegenwärtig. »Komm herein. Setz dich.«

Klara tritt in die Bibliothek. Adalbert rückt ihr den Stuhl zurecht. Um keine Lücke des Schweigens aufkommen zu lassen, sagt er: »Weißt du, was eben geschehen ist? Der Direktor ist hier gewesen. Ich soll mir Maßnahmen überlegen, um die Schüler für die neue Bibliothek zu interessieren. Kannst du dir das vorstellen?«

»Deswegen bin ich hier«, meint Klara. »Er hat gemeint, wir sollen zusammenarbeiten. Es habe ja schon einmal funktioniert.« Nach einer kleinen Pause, in der sie über die Stuhllehne streicht, sagt sie: »Es freut mich, mit dir zusammenzuarbeiten, sehr sogar.«

Adalbert richtet sich in seinem Stuhl auf. Er überlegt, was er antworten könnte, doch nichts fällt ihm ein, mit dem er sich nicht lächerlich machen würde.

So lockert er den Krawattenknoten, zieht den Zettel hervor, sieht auf Klaras Beine, auf ihre schwarzen Stiefeletten. Er liest, was auf dem Zettel steht. Er liest laut: »Führungen«, »Lesungen« und »Theaterstücke«. »Klara« liest er nicht, Klara, denkt er, räuspert sich, steckt den Zettel in die Brusttasche seines Jacketts.

»Das sind sehr schöne Einfälle, wirklich sehr nette Ideen«, sagt Klara, »aber wir brauchen mehr. Wir müssen am Donnerstag vor der Lehrerschaft ein Konzept vorstellen. Drei Begriffe sind dafür zu wenig.«

Adalbert spürt, wie an ihm, wie in ihm alles schwer wird. Er sieht aus dem Fenster. Der Märzwind ist stärker geworden, böiger. Er treibt eine Wasserpfütze über die Straße. Äste schlagen gegen die Mauer des Schulgebäudes, gegen das Fenster. Adalbert streicht über den Nietzsche-Band.

»Wir müssen mit Autoren reden«, sagt Klara. »Wir müssen Zeitpläne erstellen, wann Lesungen, Theaterstücke und Führungen möglich sind.«

Adalbert möchte mit Klara Zeit verbringen. Er möchte mit ihr über Bücher reden, möchte sehen, wie sie ihm durch den Garten, wie sie ihm durch die Wüste geschriebener Worte folgt, wie sie ihm widerspricht, möchte sehen, wie er dann lächelnd verstummt, um ihr zuzuhören. Er möchte Klara berühren.

Sie kümmere sich um die Lesungen und die Theaterstücke, meint sie, er solle ein Konzept für die Führungen erstellen.

Ein Konzept für Führungen zu erstellen, widert Adalbert an. Er nickt dennoch. Bis morgen Abend werde er fertig sein, aber eines werde er nicht machen: Er werde keine Präsentation vor der Lehrerschaft halten. Er werde nicht einmal zu der Sitzung gehen.

»Meinetwegen«, entgegnet Klara, »aber wie willst du dann die Führungen machen, wenn es so weit kommt.«

»Wenn es so weit kommt.«

Neun Uhr fünfzig. Die Pausenglocke. Die Schritte am Gang werden schneller. Stimmen. Türen fallen ins Schloss. Klara meint, sie müsse wieder in den Unterricht, sie habe Musikerziehung in der 9a. In der Mittagspause können sie Weiteres besprechen.

Als Klara die Tür schließt, findet Adalbert, dass sie immer mehr zu einem Gegenstück von Helga, von mir, denkt Helga, geworden ist, dass Klara und ich, denkt Helga, auf Augenhöhe einander gegenüberstehen. Wo steht Adalbert? Er steht in der Mitte. Aber nicht auf Augenhöhe, findet er, die beiden Frauen überragen ihn, turmhoch. Auch ich überrage ihn, denkt Helga und trägt die leeren Bierflaschen in die Küche.

Im Wohnzimmer tritt sie vor die Jahresblase 1986. Ein Dokument fällt ihr auf, das sie zuvor nicht beachtet hat. Sie reißt es von der Wand und setzt sich auf die Couch. Es handelt sich um eine Einladung des humanistischen Gymnasiums. Auch der Stadtschulrat werde zugegen sein, so die Ankündigung, und neben mehreren politischen und akademischen Reden werde auch der Leiter der neustrukturierten Bibliothek, Mag. Adalbert Safranek, ein Referat halten. Das Thema: »Das Buch und die Schule – eine leidvolle Wechselbeziehung.«

Helga erinnert sich. Sie war dort. Sie hörte ihm zu, hatte ihm auch tags zuvor zugehört, als er meinte, dass er nicht hingehen werde, dass es ihn nicht interessiere, dass er Angst habe. Und als er dennoch das Referat hielt, saß Helga in der ersten Reihe neben dem Direktor und lauschte ihrem Mann.

Helga legt die Einladung auf den Tisch. Sie braucht diese Einladung für ihre Erzählung nicht. Sie hätte Adalbert auch so genau in diese Situation gebracht. Sie hätte ohne an sein Referat zu denken, ihre Erinnerung aus sich herauserzählt. Sie erzählt den erfundenen Adalbert aus sich heraus. Das macht ihr Angst. Was wird noch kommen, denkt Helga, wo ist das Ende, und ist das Ende überhaupt mein Ziel?

Sie schließt die Augen. Das Licht der Wohnzimmerlampe malt weiße und blaue Punkte auf die Innenseite ihrer Lider. Helga sieht Adalbert vor sich, wie er in der Bibliothek sitzt, wie er Karteikarten katalogisiert, mechanisch, hämmernd, wütend. Klara war eben hier, berichtete von der Sitzung. Sie hatte Adalberts Konzept für Führungen durch die Bibliothek und ihre Ideen zu den Lesungen und den Theaterinszenierungen vorgetragen. Der Direktor war begeistert gewesen. »Das machen wir«, brummte er, »und die Bezirksblätter werden darüber berichten, da bin ich sicher.« Und dann habe der Direktor folgende Idee gehabt: »Wir könnten ja eine Präsentation für Journalisten organisieren, Adalbert soll ein Referat halten und ich werde ein Referat halten, und die Schüler sollen eine szenische Lesung gestalten und es wird belegte Brötchen geben und die 9a soll musizieren. Den Stadtschulrat samt den Bezirkspolitikern laden wir auch ein. Was haltet ihr davon?«

Nun katalogisiert Adalbert Bücher. Er hämmert auf die Schreibmaschine. Klara ist weg. Wie gerne hätte er, dass sie hier wäre. Adalbert unterbricht das Katalogisieren. Er tritt ans Fenster. Schnee. Das macht ihn wütend. Im März will er keinen Schnee sehen. Er schließt die Augen, öffnet sie. Wie wild wirbeln die Flocken durch die Gasse, steigen in die Höhe, sinken herab, mäandern die Hauswände entlang und schmelzen, wenn sie auf den Asphalt oder die Scheibe vor ihm treffen.

Stellt sich Adalbert seine Gedanken der letzten Tage und Wochen vor Augen, so findet er sie lächerlich, so findet er sich lächerlich, ja, kindisch. Und diese Lächerlichkeit hängt mit Klara zusammen. Auch sein Verhalten scheint ihm kindisch gewesen zu sein, seine Scham, als wäre er nicht erwachsen. Adalbert fragt sich, ob man in solchen Beziehungen jemals erwachsen werden könne und ob es gut sei, dass man überhaupt erwachsen werde. Ist der Zustand, in dem er sich befindet, nicht eine Art Regression, eine Regression, die wir alle suchen, jahrelang, tagelang, in jedem Augenblick, eine Regression, die in den Unschuldszauber der Kindheit zurückführt, wollen wir das nicht alle, denkt Adalbert.

Zu Mittag sitzt er in der Schulkantine und löffelt eine Minestrone. Er ist der Einzige des Personals, der in der Kantine isst. Die Lehrer, der Direktor – sie gehen zumeist in Gruppen in eines der Innenstadtrestaurants. Ihm ist die Kantine lieber. Die Schüler behelligen ihn nicht. Er sucht keinen Kontakt zu ihnen. Dass Helga zu Hause auf ihn wartet, nichts tut, als zu warten und Anna, die auf das Ende wartet, täglich im Krankenhaus zu besuchen, wie ich, denkt Helga, auf ihn warte, beschäftigt Adalbert während des Essens. Es sind leere Gedanken, die in ihm aufsteigen, Schuldgefühle, obwohl er nichts gemacht, nur gedacht hat. Das reicht.

»Wie man wird, was man ist.« Adalbert geht durch die Bücherreihen der Bibliothek. Kisten stehen in den Gängen. Der Parkettboden knarrt, die leeren Aluminiumregale klappern bei jedem Schritt. Er denkt an das Referat. Er sucht nach einem Thema. Ihm fällt keines ein. Das ist es, was ihn beunruhigt. Am Schreibtisch greift er nach dem Nietzsche-Band. Es ist ein billiges Taschenbuch, das als Einführung in das Denken des Philosophen gedacht ist. Adalbert schlägt es wahllos auf, blättert um. Liest mal diesen, mal jenen Satz. Er merkt sich nicht, was er liest. Er liest die Aphorismen wie einen Krimi. Er lässt sich berieseln, denkt nicht, denkt abwechselnd an Helga, denkt an Klara, denkt an das Referat. Mit einem Mal blickt er auf, schließt den Band. Die Bedeutung des eben gelesenen Aphorismus macht ihn sprachlos, sprachloser als er es je gewesen ist. Er blättert durch das Buch. Er will ihn noch einmal lesen, sucht und sucht, findet endlich die richtige Seite. Er liest: »Nicht die Abwesenheit der Liebe, sondern die Abwesenheit der Freundschaft macht die unglücklichen Ehen.« Adalbert fühlt sich verstanden.

Helga öffnet die Augen, schließt sie und sieht noch einmal Adalbert vor sich, wie er den Aphorismus liest, wie er auf den Schreibtisch sinkt und immer wieder diesen Aphorismus liest. Helga steht auf. Sie ist sich sicher, dieses Buch in der Wohnung gesehen zu haben. In Adalberts Arbeitszimmer kontrolliert sie die Bücherregale, fährt dabei mit den Fingern über die Buchrücken. Zwischen den Bänden des Brockhauslexikons entdeckt sie einen kleinen Spalt und in dem Spalt ganz hinten steckt der Nietzsche-Band. Helga findet es verrückt, was sie hier tut, was eben geschieht, wie sie aus sich herauserzählt, wie das scheinbar Ausgedachte zu Erlebtem wird, schon immer Erlebtes gewesen ist.

Der Band ist mit Einlageblättern gespickt. Sie geht eines nach dem anderen durch und findet so Adalberts Aphorismus. Sie murmelt: »Nicht die Abwesenheit der Liebe, sondern die Abwesenheit der Freundschaft macht die unglücklichen Ehen.« Aber er hat mich geliebt, denkt Helga und lächelt, lacht. Und was auf der Hochzeitsreise geschehen ist, was sie ihre jahrelangen Träume genannt hat, verpufft vor dem Hintergrund dieses Aphorismus. Ja, denkt Helga, ich habe eine Freundschaft zerstört. Ich bin die Braut gewesen! Das habe ich sein wollen, nichts anderes habe ich sein wollen. Das habe ich bekommen und Adalbert dafür verloren. Ein Tauschgeschäft.

Helga liest den Aphorismus noch einmal und noch einmal. Sie weiß jetzt, woher sie ihn kennt. Schon einmal ist dieses Buch aufgeschlagen auf Adalberts Schreibtisch gelegen. Sie hat im Arbeitszimmer sauber gemacht, hat mit dem Staubtuch über die Regale, über den Schreibtisch gewischt. Da fand sie den aufgeschlagenen Nietzsche-Band, las den Aphorismus. Sie hat sich nichts dabei gedacht, hat das Buch zugeschlagen, hat es zwischen die Brockhaus-Bände gedrückt und das Arbeitszimmer zu Ende gereinigt. Sie hätte nachdenken sollen.

Helga geht ins Schlafzimmer und holt aus der Schublade des Nachtkästchens eine Schachtel Beruhigungspulver. Sie ist so aufgekratzt, so nachtwach, dass sie zwei Briefchen des Pulvers einnimmt. Sie setzt sich auf das Bett. Sie berührt die Bettdecke, das helle Ahornholz des Rahmens. Alles vermischt sich, findet sie, als sich die weißen Kristalle im Wasser sprudelnd auflösen. In einer Stunde wird sie noch ein Glas trinken und nach einer weiteren Stunde wird sie müde werden. Bis dahin wird sie die Geschichte zu Ende erzählt haben.

Im Wohnzimmer fällt Helga auf die Couch, sieht Adalbert vor sich, wie er von der Bücherei zum Lehrerzimmer geht. Es ist fünf Uhr nachmittags. Die Schüler stehen an der Straßenbahnhaltestelle und rauchen und warten. Klara ist noch da. Das weiß Adalbert. Sie erledigt die Korrekturen von Hausarbeiten und Prüfungen immer in der Schule, weshalb sie oft bis nach sieben Uhr abends im Lehrerzimmer sitzt. Von Weitem sieht er den Direktor, der aus seinem Büro tritt, eine Aktentasche unter den Arm klemmt und in einen beigen Mantel schlüpft. Als er Adalbert bemerkt, läuft er auf ihn zu, nimmt zur Begrüßung den grau-karierten Hut vom Kopf, meint: »Herr Safranek, Ihre Ideen für die Bücherei«, wie ein italienischer Koch berührt er mit den Fingerspitzen den Mund und schnalzt mit der Zunge, »haben mir sehr gut gefallen. Ich habe eben mit Frau Prohaska darüber gesprochen. Wirklich sehr gut.« Er macht einen Schritt auf Adalbert zu und flüstert, so als dürfe niemand das Folgende hören: »Wenn auch die Umsetzung klappt, die Führungen ein Erfolg werden, dann, Herr Safranek, verspreche ich Ihnen«, er drückt Adalbert den linken Zeigefinger auf die Brust, »noch mehr Geld für Sie, für die Bücherei bereitzustellen.«

Adalbert mimt den Erfreuten. Er werde alles daran setzen, die Öffentlichkeitsarbeit zu des Direktors Zufriedenheit zu gestalten. Ein Treffen mit Frau Prohaska stünde eben an, da werde die weitere Vorgehensweise besprochen. »Sehr schön, sehr schön«, brummt der Direktor. »Wie läuft es mit dem Referat, schon ein Thema ausgewählt? Ich muss gestehen, mir fällt es schwer, den richtigen Stoff zu finden.« Auch das werde jetzt besprochen, meint Adalbert. Er könne noch nichts Genaueres sagen. Zuerst wolle er alles mit Frau Prohaska akkordieren. Der Direktor lacht auf. »Ich sehe, Sie verraten mir nichts. Auch gut, sehr gut.... Ich muss los.«

Adalbert sieht dem Direktor hinterher. Sonst stört ihn seine aufdringliche Freundlichkeit, aber heute... Zu hören, dass auch der Direktor mit dem Referat Probleme hat, beruhigt ihn. Er klopft an die Tür des Lehrerzimmers. Eine Stimme ist zu hören. Adalbert stellt sich vor, wie Klara an ihrem Schreibtisch vor dem Fenster sitzt, neben ihr eine Tasse dampfender Tee, und sie an den Korrekturen arbeitet. Und als er ins Lehrerzimmer tritt und alles so vorfindet, wie er es sich vorgestellt hat, breitet sich in ihm eine Sicherheit aus, die er seit Langem vermisst hat.

»Was ist?« Ein Stoß von Schulheften liegt auf Klaras Schreibtisch.

»Ich habe gedacht, wir könnten gemeinsam essen gehen. Ich meine, wir könnten bei einem gemeinsamen Essen über die Führungen sprechen. Was hältst du davon?«

Klaras Mimik entspannt sich augenblicklich. Adalbert weiß nicht, was er tun soll. Er steht bei der Tür, hält sich immer noch an der Klinke fest. Hätte man ihn noch vor zehn Minuten gefragt, was ihm an Klara gefällt, er hätte keine Antwort gewusst. Oder er hätte sich in Einzelheiten verloren. Er hätte womöglich geantwortet: »Mir gefällt ihr Dutt.« Oder: »Mir gefällt ihr Gang.« Oder: »Mir gefällt das silberne Kettchen an ihrem Fußgelenk.« Aber jetzt, da er an der Tür lehnt, da ihn Klara anlächelt, findet er, dass immer nur die Gesamtkomposition der Einzelheiten zählt, alles zusammen und der Raum rundherum und die Zeit. Ohne dem Dampf, der aus der Teetasse wölkt, ohne die Schulhefte, ohne die blassgelben Blätter des Gummibaums, ohne die irrenden Schneeflocken im März, die am Fenster kleben bleiben, würde nicht sein, was ist, und was wäre, könnte nie und nimmer an diesen Moment heranreichen, in dem Adalbert an der Tür lehnt und wartet und Klara ansieht.

»Gehen wir – gleich?«

Adalbert lacht. Er greift nach Klaras Daunenmantel mit dem weißen Kunstpelz am Kapuzensaum und hält ihn ihr hin.

Der Ober bringt das Gazpacho. Klara schiebt einen Löffel voll in den Mund. Das Sakko ihres Hosenanzugs hat sie abgelegt. Und die Ärmel des weißen Rüschenhemds umgeschlagen. Adalbert ertappt sich nun doch, wie ihm Details an Klaras

Körper auffallen. Etwa die Grübchen an ihrem Ellbogen, in den er hineinbeißen möchte.

»Ich habe heute den Direktor getroffen«, meint er. »Er hat noch kein Thema, keinen Stoff, wie er es genannt hat, für sein Referat. Das beruhigt mich. Auch ich habe keine Ahnung, was ich schreiben soll. Manchmal denke ich, dass es mir egal sein kann, mir egal sein muss, ob sich jemand für die Bibliothek interessiert oder nicht. Bücher, die nur um der Anerkennung willen geschrieben wurden, sind fast immer schlechte Bücher. Dasselbe gilt, wenn ein Bibliothekar nur an die Bilanzen denkt. Er redet den Schülern zumeist Leseschrott ein.«

Kurz darauf bringt der Ober für Adalbert Thunfisch auf Blattsalat und für Klara den Schweinebraten. »Das sehe ich anders«, sagt Klara. »Nimmt man die Bücher aus, die nur um der Anerkennung willen geschrieben wurden, so bleibt nicht viel an Literatur übrig. Ich glaube sogar, die besten Bücher sind vorwiegend um der Anerkennung willen geschrieben worden.« Sie isst ein wenig von dem Braten und fragt den Ober nach einer Serviette. »Im Übrigen hast du eben ein Thema genannt: ›Das Buch und die Schule – eine leidvolle Wechselbeziehung‹. Oder auch: ›Der Bibliothekar und der Direktor – eine leidvolle Wechselbeziehung‹.«

Adalbert verschluckt sich beinahe vor Lachen. »Das könnte ein interessantes Thema sein«, meint er und sieht vor sich die Struktur des Referats sowie einzelne Formulierungen. Das hat er sich gewünscht: freundschaftlichen Widerspruch zu hören und über Bücher zu reden und zu lachen, ihren Körper zu sehen und über ihren Körper einen Sprung in die Zukunft zu wagen. Klara sieht auf, sieht wieder weg. Und dieses kurze Einverständnis in ihrem Blick, in seinem Blick macht Adalbert so ausgelassen ausgeglichen wie nur selten. Dann fällt ihm Helga ein. Dann falle ich ihm ein. Ich, die die Braut ist, die zu Hause sitzt, an Anna denkt, an ihn denkt, fernsieht und Rotwein trinkt. Nach einem Augenblick, in dem Klara an einer Zigarette zieht, er an nichts denkt, einfach nur wahrnimmt, was geschieht, beugt er sich über den Tisch und küsst Klara.

Er küsst sie knapp neben den Mund, so knapp, dass er Angst vor den Konsequenzen bekommt. Einen Augenblick verharrt sein Gesicht vor Klaras Gesicht. Nichts geschieht. Er sieht die weißen Härchen auf ihrer Wange. Sie zittern, wenn er Luft holt. Dann sinkt er auf den Sessel zurück, so langsam, als stecke in jeder Sekunde, die von nun an vergeht, eine geheime Welt und als wolle er diese geheime Welt entdecken, in sich aufnehmen und zu seiner machen. Nach einem Schluck vom Mineralwasser sieht er Klara an. Sie hält die Augen geschlossen, die Lippen einen Spalt weit geöffnet. Er küsst sie noch einmal.

Am nächsten Tag räumt Adalbert die Karteikarten vom Schreibtisch. Er spannt ein neues Blatt Papier in die Schreibmaschine und beginnt mit der Arbeit am Referat. Allmählich vergisst er darüber seine sonstigen Aufgaben, widmet sich nur mehr der Recherche, den philologischen Überprüfungen in der National- und der Universitätsbibliothek, dem strukturellen Aufbau des Textes und der Plausibilität seiner Thesen. Zumeist versperrt er die Tür der Bibliothek. Wenn jemand klopft, rührt er sich nicht und kommt sich kindisch, ja, lächerlich vor. Dennoch ist er froh, wenn sich die Schritte wieder entfernen. Die Arbeit versetzt ihn in eine Euphorie, die mit jedem neugeschriebenen Wort weiterwächst. Er überlegt, den Text nach dem Vortrag noch weiterzubearbeiten und ihn verschiedenen Fachzeitschriften zur Publikation anzubieten. Er hat schon lange nichts mehr veröffentlicht. Die Aussicht, wieder als Schreibender wahrgenommen zu werden, spornt ihn weiter an. Klara hat er eine Woche lang nicht gesehen.

Als Adalbert den Text ein zweites, ein drittes Mal abgetippt hat, als er sicher ist, fertig zu sein, steht er auf und sieht aus dem Fenster. Er berührt die Scheibe mit den Fingerkuppen. Er sieht Schüler, die rauchen. Er sieht, wie eine Rauferei ganz hinten am Parkplatz stattfindet. Rote Köpfe. Jugendliche Wut, die mit der Pausenglocke verebbt. Er sieht den Sonnenschein, Wolken, die sich vor die Sonne schieben, das seltsame Spiel von Licht und Schatten. Dann ruft Adalbert im Lehrerzimmer an, fragt, ob Klara zu sprechen sei, ob sie kommen könne.

Minuten später klopft es an der Tür der Bibliothek. Er öffnet. Klara steht vor ihm. Sie starrt ihn ausdruckslos an. »Ich habe beinahe täglich geklopft. Du hast nicht geöffnet. Ich habe angerufen. Du hast nicht abgehoben. Was ist los?« Jetzt, da er Klara vor sich sieht, wie sie die Hände vor ihrem Bauch faltet, wie sie ruhig vor ihm steht, während die letzten Schüler ihre Klassen erreichen, die Türen zuwerfen, da tut es ihm leid, sich in der Arbeit dermaßen verloren zu haben. »Komm herein«, sagt er und nimmt ihre Hand, führt sie zum Schreibtisch. Sie wehrt sich nicht. Er überreicht ihr das Manuskript. Es ist dreißig Seiten lang. Zu lang für ein halbstündiges Referat. Aber Adalbert wollte sich nicht einschränken. Er wird einfach ein Exzerpt vortragen. »Liest du es?«

Klara blättert das Manuskript durch. »Das hast du alles in einer Woche geschrieben?« Adalbert nickt und zieht den Krawattenknoten fest. Klara lächelt. »Du könntest heute zu mir kommen. In der Zwischenzeit werde ich das Referat lesen. Bei mir zu Hause können wir in Ruhe darüber sprechen. Oder: Du könntest es mir am Abend vortragen. Damit ich auch deinen Vortragsstil beurteilen kann. Was sagst du dazu? Sag ja.«

»Ja.«

Aus Klaras Blick ist das Einverständnis, das Adalbert vergangene Woche beim Abendessen noch zu erkennen glaubte, verschwunden. Es hat einem Flehen Platz gemacht, das ihm ungeheuerlich erscheint. Er weiß, auch in seinem Blick würde er dieses Flehen finden.

Um sieben Uhr abends verlässt Adalbert die Bibliothek. Der Gang ist dunkel. Aus einigen Klassenzimmern strömt Licht und am Gang bilden sich Lichtblasen, denen Adalbert ausweicht. Die Putzfrauen und den Schulwart hört er im zweiten Stock miteinander sprechen. Im Stiegenhaus trifft er den Direktor, der noch einmal die Treppe heraufeilt. »Mein lieber Adalbert... Sie... noch hier.«

Adalbert lächelt. »Schon fertig mit dem Referat?«, fragt er den Direktor und merkt, wie die Pointe den Direktor trifft, wie er nach einer Antwort sucht, die ihn nicht verrät. »Ich arbeite daran, lieber Adalbert… Ich arbeite.« Er klopft auf Adalberts Schulter und hastet weiter zum Direktorat. Adalbert sieht ihm hinterher, bis der Schulwart im Stiegenhaus das Licht abdreht und Adalbert in der Finsternis das Schulgebäude verlässt.

Zweimal umrundet er das Miethaus, in dem Klaras Wohnung liegt und geht den Kanal entlang. Jogger kommen ihm entgegen. Hunde bellen. Der Abendverkehr auf der Stadtausfahrt verebbt allmählich. Um dreiviertel acht läutet er. Der Summer ertönt. Er drückt die Tür auf. Es riecht nach morschen Ziegeln, obwohl die Pforte und das Stiegenhaus sichtlich gepflegt werden. Im zweiten Stock ist eine Tür angelehnt. Er geht ins Vorzimmer, hängt den Mantel auf einen Kleiderhaken und schlüpft aus den Halbschuhen. Er mag es nicht, seine Füße in Socken zu sehen. Sie wirken, findet er, verletzlicher, als wenn sie nackt wären. Schnell schlüpft er in ein Paar bereitgestellte Hausschuhe und geht dorthin, wo er das Wohnzimmer vermutet.

Ein Fenster steht offen. Klara sitzt auf einem perlmuttweißen Sofa, ein Bein über das andere geschlagen. Auf einem Tischchen stehen Kuchen, eine Kanne Kaffee und eine Flasche Wein. Ein schwarzer Holzverbau teilt das Zimmer in zwei Hälften. In der ersten Hälfte steht ein Esstisch mit einem chromfarbenen Kerzenständer, in dem sich der Lichtschein tausendfach bricht. Im hinteren Teil sitzt Klara auf der Couch.

Wäre das eine Szene in einem Buch – der Held und seine Geliebte –, Adalbert würde es zuschlagen, würde lachen, würde von schlechter Literatur sprechen, würde die Offenheit, die Nähe, die Verletzlichkeit der Personen als Peinlichkeit empfinden. Er hat kein Buch bei der Hand. Er hat nichts, was sich zuschlagen ließe.

»Komm, setz dich.« Klara erhebt sich zur Begrüßung. Beim Sofa bemerkt er das Manuskript. Ihm fallen die unzähligen roten Notizen am rechten Rand auf und die unterwellten Wörter und Sätze. »Was soll das?« Adalbert zeigt auf die Korrekturen.

»Das sind nur Kleinigkeiten. Den Text finde ich sehr schön … Kaffee?« Klara kichert.

Adalbert verneint. Er schenkt sich Wein ein und kontrolliert die Korrekturen. Zumeist handelt es sich um Flüchtigkeitsfehler, die Klara angestrichen hat. Sie stören ihn dennoch. Hier: ein »stummes h« vergessen. Wie unangenehm, findet er.

Klara schneidet Scheiben vom Kuchen. Die Schokoladekrümel wischt sie mit dem Zeigefinger von der Klinge. Keiner der beiden spricht, beide zögern, da sie nicht wissen, wie es weitergeht. Sie scheinen auf eine Anweisung eines Regisseurs zu warten, der ihre Zukunft entwirft – und als nichts geschieht, ihnen keine Regieanweisung erteilt wird, küsst Adalbert Klara. Der Kuss ist flehender geworden, findet er.

Helga reißt die Augen auf. Sieht noch immer dieses Bild vor sich. Sie sieht genau hin, sieht nicht weg. Sie sieht sich selbst in Klaras Wohnzimmer stehen, sieht eine alte Frau. Helga schließt die Augen.

»Los, trag das Referat vor. Ich bin schon gespannt.« Klara gießt Kaffee in eine Tasse. Sie beißt in ein Stück Kuchen und bedeutet Adalbert mit einer Handbewegung zu beginnen. Ihre borstige Art verletzt ihn. Er wundert sich, er hätte mehr Zärtlichkeit von ihr erwartet. Er nimmt einen Schluck vom Weinglas, räuspert sich. Er steht auf. »Das Buch und die Schule – eine leidvolle Wechselbeziehung …« Adalberts Vortrag beschränkt sich auf das schmucklose Vorlesen des gesamten Textes. Er braucht mehr als eine Stunde. Sein Vortragsstil kommt oft ins Stocken, manchmal stottert er, was ihm peinlich ist. Er kennt die Pointen des Textes. Mit zittriger Stimme nähert er sich ihnen, spricht sie aus. Wenn Klara dann kichert oder »sehr schön« sagt oder einfach nur nickt, festigt sich seine Körperhaltung. Er liest lauter, so laut, dass Klara ab und zu den Zeigefinger an die Lippen legt. Als er fertig ist, sieht er zu Klara. Sie lacht, richtig laut. »Du siehst mich an wie ein Volksschüler, der eben ein Gedicht im Deutschunterricht deklamiert hat.« Sie wirft einen Zierpolster nach ihm. Er fängt ihn, spürt, wie er rot wird. »Und, was sagst du?«

Er setzt sich neben Klara auf die Couch. Das meiste, was sie vom Block liest, hat Adalbert schon geahnt. Im Grunde sei es noch kein Referat, sondern ein Essay. Er müsse die Form anpassen, müsse den Text von einem Lesetext zu einem Hörtext machen. Ferner solle er Jahreszahlen nur nennen, wenn sie unbedingt nötig seien. Die Bonmots gefielen ihr. Er nickt, ist jedoch nicht bei der Sache. Er ist auch nicht bei mir, denkt Helga, wo ist Adalbert, wo ist er hin?

Adalbert sieht sich von außen. Normalerweise verstört ihn dieser Zustand. Der Körper funktioniert, der Geist, auch die Kontrolle darüber obliegt immer noch Adalbert. Aber er scheint nicht in dieser Kontrolle aufzugehen, ein Teil von ihm scheint sich ein Stück weit zurückgezogen zu haben, dieser Teil sieht untätig zu. Das Stück scheint wie ein Loch zu klaffen, zwischen ihm und ihm, zwischen Adalbert und Adalbert.

Heute kann er gut mit diesem Zustand umgehen. Weil Klara hier ist? Vermutlich weil ich bei Klara bin, weil er bei Klara ist, nicht bei mir ist, denkt Helga auf der Couch liegend. Adalbert sieht sich, wie er Klaras Hand nimmt, sie zu seinem Mund führt und wie er auf die Handfläche bläst. »Das kitzelt«, sagt sie und rückt näher an ihn heran, drückt sich an ihn. Er drückt sich an sie. Adalbert scheint wieder mit sich zu verschmelzen. Klara steht auf, zieht ihn mit. Sie küsst ihn. Sie zieht ihn weiter, zieht ihn aus dem Wohnzimmer durch den Vorraum, öffnet eine Tür. Das Schlafzimmer. Es sei ihm peinlich, aber er müsse noch auf die Toilette, meint er. Klara kichert.

Auf der Toilette steigen Bilder in ihm hoch. Bilder von mir, denkt Helga, und Bilder von ihm. Als er sich die Hände wäscht, verblassen die Bilder, und als er die Tür entsperrt, die offene Tür des Schlafzimmers sieht und Klaras Schritte hört, verpuffen sie ganz. Adalbert lehnt sich an den Türbogen. Sieht Klara. Nackt. Am Bett liegen, die Beine überkreuzt. Es brennt kein Licht. Nur von draußen dringt der Schein einer Straßenlaterne ins Zimmer und färbt Klaras Haut leichenblass.

Adalbert will etwas sagen. Helga sieht Adalbert vor sich, wie er etwas sagen möchte. Er denkt nach. »Denk nach«, murmelt Helga. Aber nichts fällt ihm ein, was diesem Moment entsprechen würde. So schweigt er, starrt stumm auf Klaras Körper. Plötzlich hebt sie ein Bein und legt es parallel neben das andere. Der Vorhang wirft Schatten auf Klaras Bauch, auf ihre kleinen Brüste. Adalbert spürt erneut die Lücke, die sich in ihm ausbreitet, die sich zwischen Adalbert und Adalbert schiebt. »Los, geh ins Schlafzimmer«, murmelt Helga, und tatsächlich: Adalbert tritt ins Schlafzimmer. »Leg dich ins Bett«, murmelt Helga, »geh schon.« Doch Adalbert bleibt wie angewachsen unter dem Türrahmen stehen. Den Schritt ins Schlafzimmer hat er schon als die Bewegung eines Fremden wahrgenommen, über die er keine Verfügungsgewalt besitzt. Dennoch ist ihm klar, dass es seine Bewegung gewesen ist, dass es keine Ausrede gibt. Einen Moment blickt er zu Boden, dann aus dem Fenster auf das fahle Licht der Straßenlaterne. Sanft schließt er die Tür, so wie ein Fremder die Türe schließt.

Helga öffnet die Augen, hievt sich in die Höhe. Die Pulver wirken noch nicht. Sie streckt sich, ist nicht müde. Sie ist wütend auf Klara. Auf Adalbert ist sie nicht wütend – der ist tot. Ihr fällt ein, dass Klara erzählt hat, sie sei am Ende dieses Semesters nach Deutschland gegangen. Und tatsächlich: Ab der Jahresblase 1987 kommt Klara in keiner Notiz, auf keinem Dokument mehr vor. Auch in den Maturazeitungen ist sie nicht mehr zu finden. Armer Adalbert, denkt Helga und lacht.

Sie löst noch ein Briefchen Schlafpulver in einem Glas Wasser auf. In der Küche blickt sie aus dem Fenster, wie Adalbert aus dem Bibliotheksfenster geblickt hat. Sie berührt die Scheibe und bedauert, die Geschichte nicht notiert zu haben. Andererseits ... Sie geht ins Wohnzimmer. Die Jahresblasen hängen stumm an den Wänden. Sie setzt sich auf die Couch. In einem Zug leert sie das Glas. Ja, Medizin, denkt Helga, die Geschichte herauszuerzählen ist Medizin gewesen. Und sie aufzuschreiben, sie zu fixieren ... Besser nicht, denkt sie, so ist es besser für mich und auch besser für Adalbert.

Wo bin ich währenddessen gewesen? Helga starrt auf die Holzstellage, auf der ein Hochzeitsfoto von ihr und Adalbert an einer mit Goldpaletten beklebten Schnabelvase lehnt. Ich war die Braut. Ich bin die Braut gewesen. Und als Adalbert die Bibliothek aufbaute, Klaras Freundschaft gewann, saß ich an Annas Krankenbett, den ganzen Tag und manchmal ein wenig länger. Helga erinnert sich, wie sie an einem von Annas letzten Tagen bei ihr war, sie aufrichtete und ihr ein wenig Tee einflößte. Das meiste rann ihrer Mutter über das Kinn und zerrann auf dem Nachthemd zu ausgefransten Flecken. Anna konnte nicht mehr sprechen, nur mehr stöhnen. Und das Morphium machte ihre Augen stumm. So stierte Anna in die Leere, die ihre Tochter war. Helga beeilte sich, den Tee von Annas Kinn zu wischen, beeilte sich, ihre Tasche zu holen, in den Mantel zu schlüpfen, ihrer Mutter einen flüchtigen Kuss auf die Stirn zu geben und zu verschwinden.

Wie nah mir Adalbert heute ist, denkt Helga. Einen Tag lang ist er tot. Und einen Tag lang habe ich an ihn gedacht, was ich zu seiner Lebzeit nie gemacht habe. Erst wenn die Toten aus den Köpfen der Lebenden verschwinden, sind sie tatsächlich tot. Und die Geschichte ist in meinem Kopf. Ist eine Kopf-Geschichte, eine Kopf-Wirklichkeit. Helga schlüpft in ihre Winterkleidung. Sie ist noch immer nicht müde und beschließt daher, eine halbe Stunde spazieren zu gehen. Sie löscht das Licht in der Wohnung. Sie entsperrt die Wohnungstür, öffnet sie. Draußen brennt das Ganglicht, erhellt den Vorraum und ein wenig das Wohnzimmer, auch die Jahresblasen. Als Helga die Türe schließt, die Türe versperrt, denkt sie: So ist es gewesen, so war es. So oder auch ganz anders.

x

Bela atmet ein, fährt mit der Zunge über die Lippen. Geht vom Vorraum in die Küche, von der Küche ins Bad, vom Bad ins Schlafzimmer. Das Knarren des Parkettbodens. Annikas Geruch.

An ihre Spuren hat Bela sich gewöhnt. An die Schmutzwäsche, die sie in einem Einkaufssack hinter dem Korbsessel im Schlafzimmer versteckt, an die Kaffeetassen, an deren Rand hin und wieder ein wenig Lippenstift klebt, das Himbeerrot von Annikas Lippen. Ihr Geruch ist ihm bisher nicht aufgefallen.

Er läuft ins Schlafzimmer und holt hinter dem Korbsessel den Sack mit der Schmutzwäsche hervor. Schnuppert. In seinem Vokabular scheint es keinen Namen für diesen Geruch zu geben, wie es bei Gerüchen oft der Fall ist. Zumeist bieten sich Vergleiche an. Immer denkt Bela, Annika riecht wie …

Vom Parkplatz des Miethauses dringt das Röhren eines Motors. Bela blickt auf die Uhr. Halb neun, der Getränkelieferant. Er läuft in den Vorraum, schlüpft in die Winterschnürstiefel und sieht aus dem Fenster. Nebel hängt über der Schnellstraße und dem Wäldchen. Nur die obersten Äste ragen aus der grauen Masse hervor. Als Bela die Treppe hinunterläuft, sucht er immer noch einen Namen für Annikas Geruch. Als er die Haustür öffnet, den Kunstpelzkragen der schwarzen Jeansjacke hochzieht, denkt er, Annikas Geruch ist ein Fleischgeruch, ein Leibgeruch. So riecht Blut, so riecht Haut, so riecht der Schweiß, der über die weißen Härchen tropft.

Bela nimmt dem Lieferanten das erste Fünfzig-Liter-Fass ab und stellt es polternd auf den Asphalt. Gemeinsam tragen sie die Kisten und Fässer in den Abstellraum hinter der Theke. Plötzlich läutet Belas Handy. Es ist der Elektriker, der erklärt, er sei vom Wettanbieter informiert worden, dass es am Wochenende Ausfälle der Fernsehapparate gegeben habe. Er könne heute noch kommen, um sich den Fehler anzusehen, am besten in einer halben Stunde, er befinde sich in der unmittelbaren Nachbarschaft.

Bela freut die Zuverlässigkeit des Wettanbieters. Diese Woche ist eine sogenannte »englische Woche« in der Premier League, was heißt, dass am Samstag, am Mittwoch und am folgenden Samstag Fußball gespielt wird. Eine weitere Panne würden seine Kunden nicht dulden. Bela sieht aus dem Fenster. Er denkt an Annika. Um fünfzehn Uhr wird er sie treffen. Das freut ihn.

Allmählich taucht die Sonne auf. Der Nebel bricht die Strahlen. So scheinen sie sich vor Bela zu einer gleißenden Wand zu verbinden. Mit den Händen formt er ein Augendach und genießt das für diese Jahreszeit ungewöhnlich starke Licht.

Bela öffnet die Fenster des Wettcafés und zieht den Kragen der Jeansjacke höher. Die Stühle lehnen wie eingenickte Betrunkene an den Tischen. Das hasst er an den Vormittagen – die Leere im Wettcafé, die Gegenwart des vergangenen Arbeitstages, die Zigarettenstummel in den Aschenbechern, die Aschereste auf den Tischen, die zerknüllten Quotenhefte, die zerrissenen Wettscheine, die Schmutzschlieren am Boden, die klebrigen Glasränder an der Theke und heute... Caspars Teller mit dem eingetrockneten Ketchup und zwei angebissenen Würsteln. Jetzt ist er in der Schule, denkt Bela. Jetzt weiß ich, wo Caspar ist. Das entspannt.

Jemand räuspert sich. Bela fährt herum. Helga steht in der Tür, hält eine weinrote Lederhandtasche umklammert. Sie trägt ein cremefarbenes Kostüm. Im Revers klemmt eine schwarze Rose. »Darf ich reinkommen?« Bela führt sie zur Theke. Er hilft ihr auf einen Hocker und bietet Kaffee an. Sie sagt: »Mit Milch... und Zucker... Hast du Süßstoff? Adalbert ist tot.« Das Pfauchen und Zischen der Kaffeemaschine verschluckt ihre Worte.

»Was?« Bela klopft den Behälter mit dem Kaffeesud in den Mistkübel. Er füllt Bohnen nach. Das Mahlwerk knirscht. »Was hast du gesagt?«

»Milch, habe ich gesagt... Zucker und Süßstoff... Adalbert... habe ich gesagt.«

Mit einer Tasse Kaffee setzt Bela sich neben Helga an die Theke und lauscht ihrer Geschichte. Helga erzählt von Adalberts Sterben, vom Sonntag. Von Klara Prohaska, von den Jahresblasen erzählt sie nichts.

Es klopft. Zaghaft. Ein Mann in einem tintenblauen Kittel mit einer Werkzeugtasche tritt ins Wettcafé. Er sei der Elektriker. Man habe telefoniert, meint er. Bela zeigt ihm die Bildschirme, die ausgefallen sind, und das Netzgerät hinter der Theke, das die digitale Anlage des Wettcafés steuert. Er macht dies freundlich, mechanisch und eilt, als der Elektriker die Tasche öffnet und mit einer Taschenlampe das Innere eines Flachbildschirms durchleuchtet, zu Helga zurück. Macht ihr noch eine Tasse Milchkaffee.

»Tut mir leid, dass ich es dir erst heute sage, aber ich wollte gestern allein sein.«

»Du hättest dich melden sollen ... Meine Güte, alleine zu sein an so einem Tag – nicht auszuhalten, nicht wahr?«

»Ich war alleine, Bela. Ich war nicht einsam.« Helga greift nach einem Säckchen Süßstoff. Sie schafft es nicht, es aufzureißen. Bela sieht zu, wie die gelblichen Finger, die brüchigen Nägel mit den zarten Halbmonden am Plastik zerren. »Du hättest ihn öfters besuchen sollen«, meint sie und wirft das Säckchen auf die Theke. Bela greift danach, während der Nebel aufreißt, die Sonne schlagartig das Wettcafé erhellt und ebenso schlagartig wieder verschwindet. Er reißt es auf, streut zwei Stück Süßstoff in Helgas geöffnete Hand.

Öfters besuchen ... Der Elektriker ruft nach Bela, der sich bei Helga murmelnd entschuldigt und nach hinten schleicht. Es handle sich um einen simplen Kontaktfehler. Der Elektriker zieht ein Kabel hinter der Wandverkleidung hervor, das die Bildschirme mit dem Steuerungsgerät hinter der Theke verbindet. Die Kunststoffhülle ist abgeschabt. Einige Drähte sind gerissen und zeigen ausgefranst in unterschiedliche Richtungen. Öfters besuchen, denkt Bela und fragt, wie lange die Reparatur dauern wird.

Er könne heute noch jemanden vorbeischicken, meint der Elektriker und streicht mit der öligen Hand über den Haaransatz. Bela blickt auf die Uhr. Zwischen elf und ein Uhr nachmittags wird die Putzfrau hier sein. Der Elektriker blättert in einem Terminkalender. Und Bela sieht zur Theke. Helga schaut auf. Als sie bemerkt, dass er sie anblickt, lächelt sie und trinkt aus der Tasse Milchkaffee.

Um elf Uhr dreißig werde ein Geselle kommen. Die Reparatur dauere nicht länger als eine Stunde, sagt der Elektriker. Bela meint, er werde der Putzfrau einen Zettel schreiben. Der Elektriker verabschiedet sich und eilt aus dem Geschäftslokal.

Bela setzt sich neben Helga. »Kannst du dich noch an die Gräfinnen erinnern?«, fragt sie. »An die Skat-Runde? Wie du immer, wenn eine der Damen Feuer benötigt hat, hinter der Theke hervorgelaufen bist und ein Streichholz angezündet hast. Und so lange am Tisch gewartet hast, bis die Dame ein Stollwerk oder einen Schilling aus der Tasche gezogen hat…« Bela nickt, brummt. Diese Erinnerung ist ihm egal. Er sucht hinter der Theke nach einem Blatt Papier und einem Leuchtmarker. In großen Lettern informiert er die Putzfrau über das Kommen des Elektrikers. Mit einem Reißnagel heftet er den Zettel auf die Innenseite der Lokaltür. Bela ist nicht traurig über Adalberts Tod, wie er nicht traurig über Ernsts Tod gewesen ist. Vielmehr ist er über Ernsts Tod wütend gewesen, genauso wie er jetzt über Adalberts Tod wütend ist. Er ist wütend, weil die Gestorbenen ihn alleine gelassen haben, weil sie einfach abgehaut sind, nun nicht mehr hier sind und nicht mehr kommen werden.

»Ich brauche deine Hilfe.« Helga löffelt den Zucker aus der Tasse. »Ich habe um halb zwölf einen Termin beim Leichenbestatter. Fährst du mich hin? Alleine… ich weiß nicht… bitte.«

Bela denkt an das Treffen mit Annika. Er hätte sich gerne zwei Stunden lang in der Wohnung verkrochen und sich darauf vorbereitet. Das macht er gerne, wenn Termine oder Ereignisse anstehen, die außerordentliche Bedeutung haben und deren Ablauf er nicht kontrollieren kann. Er setzt sich dann ins Wohnzimmer, trinkt ein Glas Wasser, immer nur ein Glas Wasser, und wartet und sieht sich zu, wie er wartet, wie der Moment näherrückt, in dem er aufstehen muss.

»Bis halb drei habe ich Zeit. Dann treffe ich eine Bekannte.«

Helga rutscht vom Hocker und greift nach der Handtasche. Bela dreht den Hauptschalter ab und schlagartig ist es finster. Um sechs Uhr wird es losgehen, Fußballspieler werden über die Bildschirme flimmern, Wettquoten werden sich minütlich ändern. Ja, denkt er, ich hätte Adalbert öfters besuchen sollen.

Als Bela die Tür des Wagens entsperrt, meint Helga: »Unglaublich, wie viel Arbeit es ist, eine Beerdigung zu organisieren, wie viele Entscheidungen zu treffen sind. Ich bin froh, dass du mitkommst.«

Er lächelt, lässt den Motor vorglühen und wartet, bis das rote Lämpchen am Armaturenbrett verschwindet. An der Ausfahrt auf die Schnellstraße entdeckt Helga Konrad, der in der Bushütte sitzt. Konrad sieht her, grüßt. Der Verkehrsstrom ist zu dicht, um auf die Schnellstraße aufzufahren. Konrad beobachtet sie. Bela macht es verrückt, so angesehen zu werden, von Konrad, der gestern Morgen noch wie wahnsinnig vor dem Miethaus herumhüpfte und nach Caspar rief, Caspar Unterschlupf gewährte. »Was ist mit dem los?«, fragt er. Helga kurbelt das Fenster nach unten, ruft: »Wie geht's? Können wir dich mitnehmen?«

Bela wundert sich, woher sie die Energie nimmt, trotz Adalberts Tod so freundlich zu sein, Freundlichkeit so glaubhaft zu mimen. Er könnte das nicht. Er will einwenden, dass die Rückbank noch mit übriggebliebenen Plakaten vom Pokerturnier voll sei und er für ein Ausräumen keine Zeit habe. Aber Konrad winkt ab. Er müsse zur Kunstuniversität, die liege am anderen Ende der Stadt. Er wolle keine Umstände machen.

Bela entdeckt eine Lücke zwischen zwei Lastwägen. Unter heftigem Aufheulen des Dieselmotors reiht er sich in den Verkehr ein. Helga winkt Konrad und kurbelt das Fenster hoch. Allein dass sie Konrad mag, macht Bela zornig. »Wie geht's Caspar?«, fragt sie. »Am Wochenende habe ich einfach keine Zeit für ihn gehabt.«

Bela blickt in den Rückspiegel und reiht sich am Abbiegestreifen ein. Bei blinkendem Grün fährt er über die Kreuzung. »Caspar …«, sagt er, »tja … Caspar.«

Die Bretter und Balken lehnt er an einen Baum. An manchen Stellen ist das Strauchwerk so dicht, dass er es abbrechen oder ausreißen muss, um voranzukommen. Die Schultasche behindert ihn dabei. Er hängt sie an einen Ast, hievt das Bauholz auf die Schulter und stapft weiter. Bei der Hütte wirft er alles auf einen Haufen.

Caspar wird noch mehr Baumaterial heranschaffen müssen, wenn er die Hütte um einen Stock erweitern möchte. Das weiß er. Und er weiß auch, wo er alles herbekommen wird. Auf seinem Schulweg liegt eine Baustelle, ein Abbruchhaus, das einer Tiefgarage weichen muss. Die Arbeiter behelligen ihn nicht, und er kann ungestört bis in die Baugrube vordringen, um sich von den Holz- und Werkzeugvorräten zu bedienen.

Caspar keucht, seine Schuhe sind mit feuchtem Matsch vollgesogen. Er sieht auf, sieht den Nebel, der wie Sirup von den Baumkronen tropft. Was er noch braucht, ist Teer, um die Hüttenwand gegen Kälte und Feuchtigkeit abzudichten – eine schreckliche Arbeit. Es stinkt. In den Lungen und Nasenflügeln brennt der ölige Geruch. Er wird Unmengen an Brennholz benötigen, um den Teer im Kessel am Blubbern zu halten.

Aus der Hütte holt er ein Benzinfeuerzeug, Zeitungspapier und eine Axt. Die Abschussrampe für die Raketen räumt er von der Feuerstelle. Dann zerhackt er Bretter und macht ein Lagerfeuer. Eine grünliche Flamme frisst das Zeitungspapier und geht allmählich auf das Holz über. Einen Grillrost keilt er auf die wackelige Steinkonstruktion, mit der er die Feuerstelle begrenzt. In der Hütte findet er einen Emailkochtopf, den er aus dem Arabella gestohlen hat. Die Schultasche? Er läuft den Pfad durch den Wald zurück und entdeckt sie auf dem Ast. Zwischen den Bäumen sieht er das Miethaus und den Mietparkplatz. Er sieht Bela, wie er Fässer aus einem Lkw lädt. Caspar schleicht sich an den Waldrand, an das Bankett der Schnellstraße. Sein Vater darf ihn beim Schuleschwänzen nicht erwischen. Schon heute Nacht meinte er, als Caspar nach Hause kam – Schmauchspuren an den Händen und den Geruch von verbranntem Schwefel an der Kleidung –, dass er nicht glauben dürfe, sich alles erlauben zu können. Irgendwann sei das Maß voll, sagte Bela, beugte sich zu Caspar herunter, nahm ihn an der Schulter, schüttelte ihn, nicht sanft, nicht grob, aber doch so, dass beide erschraken und Bela das Gesicht in den Händen verbarg. In diesem Moment lief Caspar an ihm vorbei und verbarrikadierte sich in seinem Zimmer. Sein Vater klopfte gegen die Tür, so lange, bis Annika aufwachte und ihn ins Bett zurückholte.

Caspar sieht in den Himmel, sieht ein Stück Blau, das der Nebel preisgegeben hat. Ihm wird schwarz vor Augen, da er direkt in die Sonne sieht. Er schließt die Augen und sieht Farbpunkte, die im Rhythmus seines Lachens aufblitzen.

Bei der Hütte ist das Feuer beinahe heruntergebrannt und der Emailtopf glüht. Aus der Schultasche zieht Caspar eine Dose mit Gulaschsuppe und zwei Scheiben Brot. Er legt Holz nach und schüttet den Doseninhalt in den Topf, aus dem zischender Rauch aufsteigt. Die Brotscheiben legt er auf den Grillrost und lässt sie beidseitig knusprig werden.

Er isst das Gulasch aus dem Topf. Dabei sieht er auf die Hütte, sieht schon den Zubau vor sich. Er sagt: »Mezzanin, mein Mezzanin.« Und beschließt, von nun an nicht mehr vom ersten Stock, nur mehr von seinem Mezzanin zu sprechen. Auch einen Gemüsegarten möchte er anlegen. Er denkt an wuchernde Tomatenstauden, an sichelförmige Gurken und an langstielige Erdbeer- und Heidelbeersträucher, die er um den Garten und die Hütte pflanzen wird, um sich so vom übrigen Dickicht, von der Schnellstraße, vom Miethaus, von der Stadt abzugrenzen. Caspar atmet tief ein. Der Verkehr auf der Schnellstraße wird dichter, lauter. Aber eine Ahnung bleibt, das merkt Caspar, eine Ahnung von Wald, von Stille. Er denkt daran, wie stetig seine Hütte gewachsen, immer mehr zu einem Haus geworden ist. Aber je größer seine Freude darüber wird, umso mehr Angst hat er, sie zu verlieren. Schließlich stehe die Hütte auf fremdem Boden, meinte Bela heute Nacht, der Besitzer, die Stadt, könne mit ihr machen, was sie wolle. Du hättest keine Chance gegen die Stadt, sagte er. Ich habe keine Chance, denkt Caspar und reinigt den Emailtopf mit Wasser aus einer Plastikflasche.

Er drückt sich durch das Strauchwerk, um noch mehr Holz von der Baustelle zu holen und Nägel und eine Säge, vielleicht sogar eine Motorsäge, die er auf der Ladefläche eines Lieferwagens gesehen hat. Bevor er aus dem Wald tritt, blickt er zum Wettcafé. Der Lkw ist verschwunden, von Bela ist nichts zu sehen. Er tritt auf das Bankett der Schnellstraße. Autos bremsen, hupen. Ein Pfiff ertönt, noch einer. Caspar sieht auf und entdeckt Konrad, der in der Bushaltestelle sitzt. »Stahlauge«, ruft Konrad, »komm doch her.«

Caspar wartet eine Lücke im Verkehr ab und läuft über die Straße, springt über eine Wasserpfütze auf den Gehsteig. Er lacht verhalten, so als schämte er sich, vor Konrad eine tiefere Gefühlsregung zu zeigen.

»Nicht in der Schule, was? Sag nichts. Ich verrate nichts – versprochen.« Konrad zündet eine Zigarette an und schlägt die Beine übereinander. Caspar lächelt. Blickt zum Wettcafé. »Bela darf mich nicht erwischen.« Konrad schweigt einen Moment, dann sagt er: »Ich habe deine Raketen gestern Nacht gesehen. Es sind schöne Feuerblumen gewesen, die du auf den Himmel gemalt hast. Für wen waren sie bestimmt?« »Für mich«, antwortet Caspar, »für sonst niemanden.« Ein Wagen bremst, biegt auf den Mietparkplatz. Er sieht ihm hinterher, bis er vor dem Wettcafé hält. Ein Mann in blauem Kittel steigt aus, holt aus dem Kofferraum eine Werkzeugtasche, sieht dabei auf die Bushaltestelle, auf Caspar. Dann verschwindet er im Wettcafé.

»Ich werde mich an der Kunstuni anmelden.« Konrad steht auf, blickt in die Richtung, aus der der Bus kommen wird. Caspar schleicht um die Haltestelle, duckt sich hinter einen geparkten Wagen und versucht zu erkennen, was im Wettcafé geschieht. Aber die Sonne spiegelt sich in den Scheiben. Verfluchte Sonne, denkt er.

»Caspar, hör mir zu, Fotografie werde ich studieren. Das heißt, möglicherweise, wenn sie mich nehmen – ich überlege noch.« Konrad blickt auf die elektronische Anzeigetafel, die die Ankunft des nächsten Busses ankündigt. Er zieht aus seinem Rucksack eine schwarze Mappe mit Bewerbungsunterlagen und gibt sie Caspar, der sie durchblättert. Die meisten Fotografien sind Naturkompositionen oder Licht- und Schattenspiele, in deren Zentrum die Architektur der Provinzhauptstadt steht, in der Caspar einmal gelebt hat. Ihn überrascht, wie genau er sich an diese Stadt erinnert, wie klar ihre Details vor ihm stehen – das Dunkle der Altstadt, die Weite des Schlossberges, der provinzielle Prunk des Hauptplatzes. Am Ende der Mappe sind die »Körperexpeditionen«, wie sie Konrad nennt. Das sind schwarz-weiße Aktfotos, die nackte Körper vor einer schwarzen Leinwand in Szene setzen. Sie hätten etwas Pantomimisches an sich, meint Konrad und erklärt Caspar das Kompositionsverfahren. Das vorletzte Foto zeigt einen nackten Mann und eine nackte Frau, die jeweils mit einem Bein am Boden stehen und sich so weit über den Rücken biegen, dass sie auch mit den Händen den Boden berühren, eine Art Brücke bilden. Sie stehen einander gegenüber und haben das zweite Bein ausgestreckt. Mit den Zehenspitzen berühren sie sich gerade nicht. Konrad meint, das sei sein bisher bestes Arrangement gewesen. Caspar interessiert das Foto, nicht wegen der technischen Raffinessen, sondern wegen der Personen, die darauf abgebildet sind. Die Frau scheint ihm auf eine merkwürdige Art nahe zu sein. Er kennt sie, ihren Körper, die Brüste, die Schenkel, die spitze Nase und das betont ausdruckslose Gesicht, das von der Seite gesehen, unwirklich, ja, verstörend wirkt. »Sag mir den Namen dieser Frau.«

Konrad prüft das Foto. Solange er nicht zu wissen scheint, um wen es sich handelt, blickt er mit ernsthafter Miene. Mit einem Mal erhellt sich sein Blick und verdüstert sich im selben oder im nächsten Augenblick. Caspar erschrickt, ein spöttisches Lächeln huscht über Konrads Miene. »Das ist ... Ich bin nicht sicher ... Es ist schon lange her ... Wir haben uns gut gekannt.«

»Gut gekannt? Ich glaube, ich kenne sie auch.«

»Du? Witzbold ... Die ist viel zu alt für dich. Schon damals ist sie ... ich weiß nicht ... beinahe dreißig gewesen.« Der Ernst in Caspars Augen lässt Konrad verstummen.

»Darf ich einen Abzug von dem Bild haben? Ich möchte es Bela zeigen.«

»Tut mir leid wegen gestern«, meint Konrad. »Komm einfach am Abend, dann bekommst du einen Abzug.«

Caspar verabschiedet sich. Er müsse sich beeilen, meint er und läuft die Schnellstraße entlang, über die Brücke, an den billigen Hotels vorbei in Richtung Innenstadt. Während er läuft, bemerkt er in den Rissen im Asphalt braune Moospölsterchen. Er freut sich darüber, auch hier ist eine Ahnung von Wald, von Stille, denkt er. Den fremden Frauenkörper auf der Fotografie hat er nicht vergessen, das Weiß des Körpers, so bleich, so als hätte sich der Körper nur für den Moment, in dem Konrad auf den Auslöser gedrückt hat, materialisiert und würde danach wieder verschwinden. »Der verschwundene Körper«, murmelt Caspar.

Vor der Baustelle reihen sich Lastwägen, die Beton geladen haben. Mit malmenden Umdrehungen bewegt sich der zylindrische Behälter. Die Fahrer spritzen mit Schläuchen Wasser in die Betonmischung, um ein Verkleben zu verhindern. Einer nach dem anderen rollt in die Grube, um den Inhalt in die aufgestellten Schalungsmauern zu gießen. Arbeiter schreien, Motoren röhren, der Polier beugt sich aus dem Fenster der Leitungsbaracke und ruft den Arbeitern etwas zu, das im Lärm untergeht. Caspar schleicht vorüber, schleicht in einen Rohbau, auf dessen First die Dachdecker sitzen und auf eine Ladung Schindeln warten, die der Kran eben in die Höhe hievt.

Caspar steigt in den Keller. Er tastet sich an den Wänden entlang, durchquert zwei Räume, in denen es nach Nitroverdünnung riecht. Im dritten Raum ist das Holz- und Werkzeuglager. Er nimmt so viel, wie er tragen kann – Bretter, Pfosten, Staffeln und eine grobzackige Säge. Er hievt alles auf die Schulter und macht sich auf den Rückweg. Währenddessen dringt aus den dunklen Innenräumen des Baus Gelächter, eine Motorsäge heult auf. Als Caspar die Treppe hochsteigt, stößt er mit dem Holz an den Türrahmen und seine Hände rutschen ab – alles fällt zu Boden auf seine Füße. Caspar flucht – über den Schmerz, die Bretter, über Bela, vor allem flucht er wegen Bela.

Draußen ergießt sich noch immer der Beton in die Schalungsmauern. Kompressoren zischen. Der Kran hievt weitere Paletten auf den Dachfirst. Caspar sieht zu Boden und verlässt eilig das Baugebiet. Das Holz ist schwer. Er wankt, und manchmal scheint es, alles würde die Ladung zu Boden fallen. Doch er wartet ab, bis die Bretter wieder ruhig auf seiner Schulter liegen, und marschiert weiter. Außerhalb des Baugeländes lehnt er das Baumaterial an den Metallzaun. Die Schulter schmerzt. Er stöhnt auf, mit den Armen macht er kreisende Bewegungen. Er schlüpft aus der grauen Winterjacke und legt sie als Dämpfer auf die Schulter. Dann greift er nach dem Holz, um die Schnellstraße entlang zum Miethaus zurückzugehen. An einer Kreuzung bleibt er stehen. Diagonal auf der gegenüberliegenden Straßenseite sieht er einen Regenmantel, den er kennt, eine Handtasche, blondes kurzgeschnittenes Haar, einen Körper, ein Gesicht, das er kennt. Annika.

Eine Ampel springt auf Grün. Sie quert die Straße und verlässt allmählich sein Blickfeld. Caspar will ihr folgen, warum will ich ihr folgen, denkt er. Aber je undeutlicher ihre Konturen werden, je weiter sich das Baumeln ihrer Handtasche entfernt ... Caspar wirft die Bretter und die Säge in den Straßengraben und läuft über die Kreuzung, Annika hinterher. Hätte sie in einer Trafik nicht Zigaretten gekauft, er wäre ihr nicht nachgekommen. Nun versteckt er sich hinter einem Werbeplakat und ringt nach Atem.

Annika tritt rauchend auf den Gehsteig, quert die Straße und biegt in eine Seitengasse, die in die Altstadt führt. Sie trägt eine limettengrüne Regenjacke, schwarze Jeans und hohe Stiefel. Das Klopfen ihrer Absätze auf dem Kopfsteinpflaster hebt sich deutlich von den übrigen Geräuschen der Passanten ab. Für Caspar verdichtet es sich zu einem sirenenhaften Rhythmus, dem er folgen muss.

Annika sieht in die Auslagen. Sie kauft bei einem Bettler eine Zeitung für Obdachlose und wimmelt die Werber einer

NGO gleichgültig ab. Aus der Leinenhandtasche zieht sie ein Handy, telefoniert. Caspar wundert sich, wie leicht alles an ihr wirkt – die Schritte, das Baumeln der Handtasche, die Farben ihrer Kleidung, das Gespräch. Er ist nur mehr wenige Meter hinter ihr. Am liebsten würde er sie ansprechen, würde gemeinsam mit ihr die Gasse entlanggehen. Aber er ist unsicher. Würde sie Bela erzählen, dass er nicht in der Schule ist?

Caspar folgt ihr die Treppe hinunter in eine U-Bahn-Station. Dort drängen sich die Menschen am Bahnsteig. Er sieht auf die Anzeigetafel, der nächste Zug kommt in zehn Minuten. Eine Stimme entschuldigt sich über den Lautsprecher für die Verspätung. Der Grund sei eine schadhafte Garnitur zwei Stationen weiter. Als er sich wieder nach Annika umsieht, ist sie verschwunden. Caspar drückt sich durch die Wand aus Körpern. Er würde gerne nach ihr rufen. Annika, will er schreien, hier bin ich, hier … schau, Annika. Und die Arme hätte er nach oben gerissen. Doch er macht nichts, blickt noch einmal auf die Anzeigetafel, acht Minuten – so lange hat er noch Zeit. Immer mehr Menschen kommen in die U-Bahn-Station. Immer enger wird es. Caspar kommt kaum noch vorwärts. Er stemmt sich gegen die Körper, gegen die Jacken und Mäntel, gegen die Aktenkoffer und Rucksäcke, gegen die Gleichgültigkeit und die Klagen über sein forsches Auftreten. In der Mitte der Station gibt er auf. Es sind zu viele Menschen hier, um rasch vorwärtszukommen. Er setzt sich auf eine Bank und greift nach einem Gratisblatt. Da plötzlich entdeckt er Annika. Sie zwängt sich zwischen zwei Körpern durch und steht nun direkt vor ihm, telefoniert. Er senkt den Blick. Weglaufen – das kann er nicht, das will er nicht. Zögernd sieht er auf. Sie hat ihm den Rücken zugekehrt. Vor ihm steht dieser fremde Körper, dieser fremde Rücken, der in Belas Bett neben ihm gelegen ist. Er denkt an Konrads »Körperexpedition«, an die Zehenspitzen, die sich nicht und nicht berühren. An die bleiche Frau.

Auf einmal dreht sich Annika zur Seite, holt einen Notizblock aus der Handtasche und beginnt, etwas zu notieren. Caspar sieht zu Boden, so als könne sie ihn nicht sehen, wenn er sie nicht sieht. Er hört ihre Stimme. Es ist, als hörte er auch das Kratzen des Kugelschreibers auf dem Notizblock. Zaghaft hebt er den Kopf. Er sieht die Spitzen von Annikas Stiefeln, die auf ihn zeigen.

»Bei Konrad ist er das ganze Wochenende gewesen… nie bei dir. Warum nie bei dir?« Bela biegt auf den Friedhofsparkplatz. Er fährt zu schnell in die Kurve. Auf dem Rollsplitt kommt der Wagen ein wenig ins Rutschen. Helga schreit auf. Und Bela legt seine Hand auf ihre Schulter. Sie schiebt sie weg. »Das hat doch immer funktioniert… Du hast dich um ihn gekümmert. Und ich musste mir keine Sorgen machen«, sagt Bela.

Der Nebel ist noch dichter geworden, so als hätte jemand eine weiße Steppdecke über den Himmel gespannt. Bela steigt aus – Graupelschnee rieselt aus den Wolken –, geht um den Wagen und hilft Helga in den schwarzen Wintermantel. Er reicht ihr aus dem Fond die Aktentasche mit den Dokumenten, die der Leichenbestatter für die Vorbereitung von Adalberts Beerdigung benötigt.

»Du kannst dir nicht vorstellen, was man alles machen muss, wenn jemand gestorben ist. Bis er aus allen Dateien und Dokumenten, Kontoeinzugsaufträgen und sonstigen Schriftstücken herausgelöscht ist, dauert es eine Ewigkeit.« Helga hakt sich bei Bela ein und weist ihm den Weg zum Geschäftssitz des Leichenbestatters. »Wo Adalbert überall Mitglied gewesen ist«, sagt sie. »In der wissenschaftlichen Buchgesellschaft, bei einem italienischen Weinvertrieb und auch bei der Universitätsbibliothek. Die hat schon eine Mahnung geschickt für ein noch nicht zurückgebrachtes Buch.« Helga lacht und Bela beobachtet, wie ihr Lachen versiegt und sie auf den Boden starrt. Er weiß, wie viel beim Tod eines Familienmitgliedes zu erledigen ist. Es dauerte auch bei Ernst lange Zeit, ihn aus dem Alltag zu entfernen, bis keine Rechnungen mehr auf seinen Namen, keine Angebote von Getränkelieferanten an ihn gerichtet im Kaffeehaus eintrafen. Und erst die Verwechslungen: Nur zu oft hat ein Vertreter, der das ehemalige »Denkmayer« und das nunmehrige Wettcafé »Arabella« nur vom Papier kannte, Bela als Ernst angesprochen. Es brauchte Zeit und vor allem Willenskraft, um Ernst tatsächlich auszulöschen.

Der Firmensitz des Leichenbestatters ist ein schmuckloses Gebäude mit einer breiten Glasfront. Der Schotterweg zur Eingangstür ist mit Grabsteinen in verschiedenen Preiskategorien gesäumt. In einer Garage rechts des Gebäudes bindet eine Frau Kränze und nickt den beiden zu, als sie den Eingang erreichen.

Bela öffnet die Tür, ein Summer ertönt. Niemand ist zu sehen. Nach einer Weile wird ein Vorhang beiseite geschoben und eine Sekretärin tritt hinter das Empfangspult. Sie trägt schwarze Jeans und eine weiße Bluse, in deren Brusttasche ein schwarzes Tuch steckt. Sie hat die Lippen aneinandergepresst, was sie bleich, blutleer erscheinen lässt. Bela findet ihr Gehabe übertrieben, findet die Schmucklosigkeit im Geschäftslokal übertrieben. Blumen hätten ihm gefallen, ein Steinbrunnen, Zierfische in einem Aquarium, Bilder an den Wänden, etwas, das einen ablenkt, etwas Schönes. So aber vervielfacht der Raum die Trauer ins Unerträgliche. Und tatsächlich, Helgas Lippen beginnen ein wenig zu zittern.

»Haben Sie einen Termin?« Die Sekretärin setzt sich an den Schreibtisch und fährt den Computer hoch. Helga zieht die Visitenkarte des Leichenbestatters aus der Handtasche, die er ihr im Krankenhaus gegeben hat. »Nein, aber der freundliche Herr hat gemeint, ich soll einfach vorbeikommen. Ich möchte das Begräbnisprozedere gern mit ihm besprechen.«

Die Sekretärin trommelt mit den weiß lackierten Fingernägeln auf den Tisch. Der Computer sei sehr langsam, meint sie, aber das scheint Helga egal zu sein. Sie nickt. Nach einigen Mausklicken stellt sich heraus, dass der Leichenbestatter eine halbe Stunde Zeit hat.

»Aber momentan führt er ein Gespräch. Er wird in Kürze für Sie da sein«, sagt die Sekretärin. »Setzen Sie sich doch.« Sie weist auf eine Sitzgelegenheit und einen Kaffeeautomaten. Ein Telefon läutet, sie macht eine entschuldigende Geste und hebt ab.

Als Helga Platz genommen hat, wischt sie mit einem Taschentuch die Tränen aus den Augenwinkeln und kontrolliert mit einem Spiegelchen, ob die Schminke nicht verwischt ist. »Du bist schon seltsam«, sagt sie zu Bela gewandt. Bela wirft ein Fünfzig-Cent-Stück in den Kaffeeautomaten und wählt einen Cappuccino. Die Maschine surrt.

»Seltsam bist du ... Ich meine, Adalbert ist gestorben, und du hältst mir vor, mich nicht um Caspar zu kümmern. Ist das etwa meine Pflicht?«

Eine Tür wird geöffnet. Der Leichenbestatter tritt mit einem älteren Ehepaar in den Empfangsraum und begleitet es zum Tisch der Sekretärin. Als der Ehemann die Tür öffnet, der Summer ertönt, schlendert er an Bela und Helga vorbei, eine Hand in der Hosentasche, und meint: »Fünf Minuten noch, meine Lieben, fünf Minuten.«

»Aber du hast es ja immer gemacht«, sagt Bela, ohne auf ihn zu achten, »und ich habe nicht gewusst, dass Adalbert gestorben ist. Du sagst mir ja nichts.«

Er setzt sich mit dem Plastikbecher neben Helga. »Der Junge verbringt Tag um Tag in dieser elenden Hütte«, flüstert er, sodass die Sekretärin nichts hört. »Ich muss arbeiten ...« Und du hast ohnehin nichts zu tun, denkt er und lehnt sich zurück, greift nach einer Zeitschrift, blättert sie durch, fragt sich, warum er sie durchblättert und sagt: »Ich komme nicht an ihn heran, weißt du? Und du hast das immer geschafft. Ich weiß nicht wie.« Dann denkt er an Annika. Er überlegt, ob er Helga von ihr erzählen soll. Doch er schweigt. Noch verschweigt er Annika, macht sie zu einem Geheimnis, macht so erst aus ihr das Besondere, das sie ist.

Kurz darauf bittet der Leichenbestatter sie ins Büro. Er streckt dabei einladend die Arme aus, und als die beiden an ihm vorübergehen, berührt er Bela an der Schulter. Sie blicken einander an – der Leichenbestatter lächelnd, Bela ein wenig zornig, was jener übergeht und meint: »Nehmen Sie Platz ... Kaffee ... Marillenkuchen?« Beide lehnen ab. Sie setzen sich an den Schreibtisch. Auch dieser Raum ist schmucklos. Es hängen keine Bilder an den Wänden, nur ein Brett ist montiert, auf dem wenige Bücher stehen und das Foto eines Kindes. Die Vorhänge sind dunkelgrau, was das fahle Tageslicht noch weiter verdüstert. Ein Computer surrt am Schreibtisch. Der braune Teppich schluckt die Schritte und gibt sie unendlich stiller zurück. Es könnte sich genauso um ein Magistratsbüro handeln, denkt Bela, oder um ein Büro eines Rechtsanwaltes.

»Vorab möchte ich Ihnen mein tiefstes Mitgefühl ausdrücken.« Der Leichenbestatter erhebt sich noch einmal von seinem Stuhl und gibt Helga einen Handkuss. »Sie sind der Sohn?«

»Er ist mein Ziehsohn, ein Freund seit jeher. Er war so freundlich, mich zu begleiten.« Helga tätschelt Bela den Oberschenkel, was dieser einfach geschehen lässt. Der Leichenbestatter kondoliert auch ihm, öffnet den Knopf seines Sakkos und setzt sich. »Also, was kann ich für Sie tun?«

»Du meine Güte, ich möchte ein Begräbnis. Mein Mann hat gebeten, verbrannt zu werden. Also müssen wir ihn verbrennen.«

Der Leichenbestatter holt aus einer Tischlade einen Prospekt und erklärt Helga die verschiedenen Formen des Verbrennens, zeigt ihr an Schaukästen, die hinter ihm stehen und die Bela nicht bemerkt hat, verschiedene Urnen verschiedener Preisklassen. Er bespricht mit ihr das Format der Partebilder, wählt das Gedicht aus, das auf der Rückseite dieser Bilder abgedruckt werden soll. Ein schmalziges, ein durch und durch lächerliches Gedicht, findet Bela und schweigt.

Auch in ihm breitet sich Schweigen aus. Er stellt es mit Befremden fest. Alles, was ihn bisher beschäftigt hat, verstummt angesichts dieses Gesprächs, angesichts der Beine Helgas, die sie übereinandergeschlagen hat und die ein wenig zittern, angesichts der Bewegungen des Leichenbestatters, der mit den Fingern, auf denen feine schwarze Härchen wachsen, über den Prospekt wischt und Helga pompöse Blumensträuße vorschlägt. Die richtigen Blumen würden ein Begräbnis in den Stand einer metaphysischen Feier erheben, meint er, ohne die richtigen Arrangements, die richtigen Kränze ersticke es in alltäglicher Banalität.

Helga blickt hilfesuchend zu Bela, der nun antworten müsste, widersprechen. Dazu ist er hier. Auch der Leichenbestatter, der sich mit einem Kugelschreiber hinter dem linken Ohr kratzt, der sein Handgelenk schüttelt, weil die Armbanduhr zu weit nach vor gerutscht ist, starrt ihn an. Doch in Bela ist es still geworden. Bilder steigen in ihm hoch, Bilder von Adalbert, der im Krankenbett liegt, vom Feuer im Kaffeehaus, vom Telefongespräch mit ihm, davon dass er sich in Helgas und Adalberts Bett versteckte und wartete, immerzu gewartet hat.

»Entschuldigt, ich muss nach draußen.« Bela läuft aus dem Büro, wirft die Tür ins Schloss, um die Blicke wegzusperren, die er auf seinem Hinterkopf spürt. Draußen zündet er eine Zigarette an. Die Gärtnerin, die zuvor die Kränze gebunden hat, drapiert einige Blumenbuketts auf der Ladefläche eines Lieferwagens und fährt davon. Bela sieht ihr hinterher, sieht die Bremslichter aufleuchten und schämt sich, Helga an so einem Tag Vorwürfe wegen Caspar gemacht zu haben.

Vom Friedhofsgelände kommt eine Begräbnisgesellschaft. Zwei Jungen werfen mit Schneebällen auf parkende Autos. Ihre Mutter läuft herbei und schimpft. Eine Frau schiebt einen jungen Mann im Rollstuhl. Sie legt ihren Arm um seine Schulter. Niemand spricht.

Bela geht zum Eingang des Friedhofes, die Nachhut des Begräbnisses kommt ihm entgegen. Er entdeckt einen Haufen bemooster Grabsteine aufgelassener Gräber. Namen und Jahreszahlen sind darauf zu erkennen. Bela blickt zur Straße. Die Gärtnerin biegt mit dem Lieferwagen auf den Parkplatz, würgt den Motor während der Fahrt ab und rollt zwischen Kränzen und frisch polierten Grabsteinen hindurch in die Garage.

Wut steigt in Bela hoch, die ihm Tränen in die Augen treibt. Er drischt mit dem Fuß gegen die ausrangierten Grabsteine. Einmal, zweimal … Er will die Wut aus sich herausprügeln, die Wut, die er gegenüber den Toten empfindet. Ihm ist nicht nur, als hätten sie ihn alleine gelassen, nein, denkt er, vielmehr verkommt ihm so das Marionettenspiel, dem er sich ausgeliefert sieht, endgültig zur Lächerlichkeit. Die Toten machen alles lächerlich, denkt Bela, das ist es, was ihn schmerzt – über alle Maßen.

Helga und der Leichenbestatter kommen aus dem Bestattungsinstitut. Beide starren ihn an. Niemand spricht. Man müsse zum Osteingang, meint der Leichenbestatter plötzlich, dort seien die Urnengräber. Helga hakt sich bei Bela ein, als sie die Friedhofsmauer entlanggehen. Die Urnengräber findet Bela geschmacklos. Wie Schließfächer in den Banken ist eines neben dem anderen aufgereiht. Auch der Ort gefällt ihm nicht. Die Bäume sind niedrig, zu viel wirres Strauchwerk, das den Ratten Unterschlupf bietet, ist angepflanzt worden, und die Sonne wird von der hohen Friedhofsmauer ausgesperrt. Helga gefällt es hier. Sie bückt sich und hebt ein wenig Laub auf, lässt es fallen. »Gibt es hier direkte Sonneneinstrahlung?«

»Die meiste Zeit des Tages. Ich schätze, an die sechs Stunden wirft die Sonne Licht auf die Gräber.« Der Leichenbestatter blickt auf die Uhr. Er scheint es eilig zu haben. Bela fällt es schwer, ihm zu glauben. Aber er versteht ihn. Er verkauft eine Ware, wie Bela eine Ware verkauft. Auch Bela belügt manchmal seine Kunden und hat deswegen keine Schuldgefühle. Genau besehen gleichen sich der Beruf des Leichenbestatters und der des Wettanbieters, findet Bela und lehnt sich an einen Baum. Helga schreitet die Urnengräber ab, öffnet das Türchen eines unbenutzten Grabes und blickt hinein. Sie streicht über eine Messingplakette, in die ein Namen eingraviert ist, ein Teelicht steht auf einem Steinbord. Sie bittet Bela um Feuer und zündet es an. Schließlich zeigt sie auf ein Grab, das genauso aussieht wie alle anderen. »Das nehme ich.«

Der Leichenbestatter notiert die Nummer, sieht erneut auf die Armbanduhr und weist auf einen Termin hin, der unmittelbar bevorstehe. »Sie brauchen am Donnerstag nur zu kommen. Den Rest werden wir erledigen. Sie wissen, wo die Aufbahrungshalle liegt?« Helga nickt.

Per Handschlag verabschiedet er sich. Er müsse sich beeilen, daher könne er die beiden nicht mehr zum Auto begleiten. Das tue ihm leid. Zwischen den Gräbern verschwindet er und hält mit beiden Händen das Sakko geschlossen. Wind ist aufgekommen. Helga hängt sich bei Bela ein. Beide sehen dem Leichenbestatter hinterher. Bela glaubt, auch bei Helga eine Erleichterung zu spüren, ihn endlich losgeworden zu sein. Er zündet eine Zigarette an und inhaliert zweimal. Der Rauch brennt am Gaumen. Er hustet und drückt die Zigarette aus. »Du rauchst zu viel«, meint sie. »Was ist mit dir los gewesen? Ich habe mir Sorgen gemacht.«

»Ach«, antwortet er, »mir ist alles zu viel geworden. Einfach zu viel, vor allem die Sache mit Adalbert... Weißt du, was ich meine? Ich meine... so richtig zu viel.« Helga antwortet nicht. Ein Eichhörnchen hüpft von einem Baum und sucht im Schnee nach Futter. Es gräbt in der aufgeweichten Erde und putzt sich mit den Pfoten das Gesicht, sieht auf, sieht sich um. Es ist ganz dürr von den Wintermonaten und sein Fell klebt an der Haut. Helga bemerkt es und greift in die Handtasche, aus der sie ein Säckchen mit Brotkrumen und Nüssen zieht. Sie streut eine wenig davon auf die Erde. Das Eichhörnchen beginnt scheu, die Nahrung einzusammeln. Als von Weitem das Bellen eines Hundes schallt, stellt das Eichhörnchen die Ohren auf, macht Männchen, schnuppert und hüpft auf den nächsten Baum. Helga steckt das Säckchen in die Tasche. Bela blickt auf die Uhr. In einer Stunde muss er bei Annika sein.

Sie könnten noch bei Ernsts Grab vorbeischauen. Es liege nicht weit von hier, meint Helga, als der Hund, einer Fährte folgend, an ihnen vorüberläuft. Er habe keine Zeit mehr, sagt Bela und drängt sie, zum Auto zu gehen. Er ist froh, keine Zeit zu haben. Schon lange ist er nicht mehr an Ernsts Grab gewesen. Es ist sicher schon von Unkraut überwuchert. Keine Kerze würde brennen. Das Moos würde den Grabstein emporgeklettert sein. Dafür würde er sich schämen.

Als sie ins Auto steigen, meint Helga: »Du kannst Caspar heute gerne bei mir vorbeischicken. Ich brauche ohnehin

Ablenkung. Und er kann mir helfen, Adalberts Sachen in Kartons zu verpacken und in den Keller zu tragen. Er kann sich ein wenig Taschengeld verdienen.«

Bela biegt vom Parkplatz auf die Straße. Helgas Angebot beruhigt ihn. Caspar wird dort sein, wo er ihn haben will. Er braucht sich keine Gedanken zu machen, wenn er mit Annika unterwegs ist. Nachdem er Helga beim Miethaus abgesetzt hat, die Schnellstraße in Richtung Innenstadt fährt, denkt er an Ernst und daran, wie dieser mit ihm umging, und wie er sich schwor, alles anders zu machen. Er lacht über diesen Gedanken. Er machte alles anders, denkt er, aber all das andere scheint auf verschlungenen Wegen zum selben Ende geführt zu haben, zu einem Ende, das er sich nicht ausgesucht hat, dem er vielmehr mit allen Mitteln entgehen wollte.

Er hält an einer Kreuzung, sieht auf eine Plakatwand, auf der ein elektrischer Rasierapparat beworben wird. Auch Ernst hat immer einen solchen Rasierapparat verwendet, nie rasierte er sich nass. Jeden Vormittag setzte er sich an den Schreibtisch, lehnte einen Handspiegel gegen das Radio und rasierte sich eine Viertelstunde lang. Er fuhr mit dem Apparat in kreisenden Bewegungen über sein Gesicht, und Bela sah zu, wie sich seine Wangen unter dem Druck des Apparates zu seltsamen Grimassen verformten. Er freute sich darauf, selbst einmal Haare im Gesicht zu haben und sich rasieren zu müssen. Er aber würde sich nass rasieren, beschloss er.

Einmal, da meinte Ernst beim Rasieren, er sei zu alt, um zu sterben – das nenne er Glück. Einfach so sagte er das. Bela saß am Frühstückstisch. Bela schwieg und goss Milch in den Instantkaffee. Einige Tage zuvor war er aus der Provinzhauptstadt zurückgekehrt, hatte sich wegen des Feuers entschuldigt und Caspar vorgestellt. Ernst nahm ihn wieder auf und ließ ihn vorübergehend mit seinem Sohn bei sich wohnen. Es dauerte eine Weile, bis die Kammer neben Adalberts und Helgas Wohnung so ausgebaut worden war, dass Bela einziehen konnte.

Damals war Ernst beinahe achtzig Jahre. Seine Worte klangen bedrohlich. Nie sterben. Dann klatschte Ernst Rasierwasser in sein Gesicht und ging nach unten, um dem Getränkelieferanten zur Hand zu gehen. Als Ernst zwei Jahre später weiterhin acht Stunden täglich im Kaffeehaus arbeitete, erwog Bela, ob in Ernsts Worten nicht doch etwas Wahres steckte. Er verwarf den Gedanken, sobald er aufkam, immer wieder versicherte er sich seiner Lächerlichkeit, loswerden konnte er ihn dennoch nicht. Also wartete er. Ein Jahr später starb Ernst. Bela war wütend über Ernst, aber im gleichen Atemzug ein wenig erleichtert. Nun konnte er der Papierform gerecht werden. Schon vor Jahren war er schließlich als Besitzer des Denkmayers ins Grundbuch eingetragen worden.

Bela zieht einen Schmierzettel, auf dem Annika ihre Adresse und eine Wegbeschreibung notiert hat, aus der Jeansjacke. Er fährt im Schritttempo die Häuserreihe ab, blickt auf den Zettel. »Ich bin zu alt, um zu sterben«, äfft er Ernst nach. »Du hast gelogen, dafür verachte ich dich.«

Bei Nummer 48 fährt Bela von der Straße und hält auf dem hauseigenen Parkplatz, steigt aus. Ernsts Gedanke, nicht sterben zu wollen, und Ernsts Gedanke, nicht sterben zu können, sind im Organversagen aufgegangen, einfach so verschwunden. »Wenn das Denken im Leben verschwindet…«, murmelt er und versperrt die Tür des Wagens, sieht auf, glaubt nicht, was er sieht, sieht weg, sieht noch einmal hin. Annika und Caspar treten aus dem Wohnhaus, reden.

Annikas Stiefel sind schwarz mit einem Schlangenledereinsatz an den Seiten. Die Spitzen sind mit goldenen Metallaufsätzen verziert und ein wenig nach oben gebogen. Sie erinnern Caspar an die Schuhe von Sultanen aus den Märchen von Tausendundeiner Nacht, deren Spitzen, mit einem Glöckchen versehen, sich wie Schneckenhäuser einringeln.

Annikas Stiefel zeigen auf ihn. Er sieht zu Boden. Die Stimme aus dem Lautsprecher erklärt, die schadhafte Garnitur sei entfernt worden und die planmäßigen Zugsintervalle würden alsbald wieder aufgenommen werden. Körper berühren ihn, drängen sich an den Bahnsteig. Er sieht auf die Anzeigetafel, zwei Minuten noch. Er senkt den Blick. Die Spitzen bewegen sich auf ihn zu. Eine Hand berührt seine Schulter. »Caspar ... Caspar ...«

Er blickt nicht auf. Es hat ihn gereizt, Annika zu verfolgen, jede ihrer Bewegungen zu sehen und zugleich sicher zu sein, für sie nicht nur unsichtbar, sondern nicht anwesend zu sein. Und jetzt? Als Entdeckter schämt er sich und weiß nicht so recht wofür.

Annika berührt sein Kinn und versucht es zu heben. Ihre Hände sind kalt und ein wenig feucht. Er wehrt sich, macht einen Schritt zurück, sodass die Stiefel mit den Metallspitzen wieder näher an ihn herantreten. Er will sie nicht ansehen. Seine Scham würde unter ihren Blicken noch größer werden. Sie würde Antworten verlangen, die er ihr nicht geben will. »Sieh mich an ... Was machst du hier?«

Die U-Bahn fährt ein. Noch mehr Menschen drängen sich in Richtung Bahnsteig. Die beiden werden zu den sich öffnenden Türen und in das Abteil hinein geschoben. Annika versucht einen Platz bei der gegenüberliegenden Tür zu erreichen, um den Fahrplan zu studieren. Caspar sieht ihren Hals und ein Stück von ihrem Nacken. Sie dreht sich um. Blickt ihn an. Er senkt den Kopf, doch er weiß, einmal angeblickt ist sein Verhalten vollends sinnlos geworden. »Sag nichts Bela, gut?«

Die U-Bahn fährt ab. Er greift nach einer Halteschlaufe, stellt sich auf die Zehenspitzen, erreicht sie nicht und schämt sich dafür. Als er das Gleichgewicht zu verlieren droht, hält er sich an der Stange fest, die in der Mitte des Einstiegsbereiches befestigt ist. Und schämt sich dafür, schämt sich dafür, dass sich jede seiner Handlungen unter Annikas Blick vollzieht. Annika kramt in der Leinenhandtasche und zieht ein Päckchen Kaugummi heraus. Sie reicht Caspar einen Streifen. Er zögert, lässt dann doch die Haltestange los und greift nach ihm. »Ich sollte noch in der Schule sein.«

»Und warum bist du es nicht?«

»Das geht dich gar nichts an.« Caspar erschrickt über seine Worte. Jetzt wird sie mich erst recht verpfeifen, denkt er und entschuldigt sich. Doch Annika nimmt es mit einer Art Humor, die ihm so bedingungslos, so von Grund auf ehrlich erscheint, dass er es für möglich hält, sich aus der Sache herauswinden zu können. »Du hast recht«, meint sie, »Bei der nächsten Haltestelle steige ich aus, kommst du mit?«

Caspar weiß nicht so recht. Er muss noch das Holz zur Hütte schaffen. Danach wollte er die ersten Baupläne für das Mezzanin zeichnen. Auch Raketen möchte er noch kaufen, um sich am Abend die Zeit zu vertreiben. Der ganze Tag ist verplant. Mit so einer außergewöhnlichen Situation hat er nicht gerechnet. Er überlegt. Der Kaugummi ist süß, und er hätte gerne noch einen, da mit jedem Bissen der Geschmack schwächer wird.

Der Zug fährt in die Haltestelle ein. Annika steigt aus. Sie wartet am Bahnsteig. Körper drängen sich an ihr vorbei, berühren sie, stoßen sie. Aber sie bleibt standhaft, weicht keinen Schritt zurück. Das beeindruckt Caspar. Während eine sonore Stimme die Abfahrt ankündigt, hüpft er auf den Bahnsteig.

»Und was machen wir?« Er findet den Ton seiner Stimme unpassend. Viel zu offen, viel zu billig, viel zu sprunghaft. Gestern noch hat er Streit begonnen mit ihr und Bela, hat sich im Zimmer eingeschlossen und ist wenig später wie ein Dieb aus dem Haus geschlichen. Und jetzt trällert er ein kindisches »Und was machen wir?«

Annika freut sich. Sie fährt durch ihr blondes Haar, dass ihr bis an die Ohren reicht. Dann geht sie los. Und Caspar muss sich beeilen, den Anschluss nicht zu verlieren, so wie zuvor, als er sie verfolgt hat. »Wir können spazieren gehen, einkaufen. Wir machen, was du willst, gut?«

Was du willst, das hat Caspar schon lange nicht mehr gehört. Tun, was ich will, denkt er, ohne Angst zu haben, jemand könnte es mir verbieten. »Kann ich noch einen Kaugummi haben?« Bei Annika zu sein, fühlt sich gut an, findet er, als sie die Gasse entlanggehen und die Süße des Kaugummis seinen Mundraum einnimmt. Sie schweigen, wie überhaupt die wenigsten Passanten sprechen und wenn, dann ganz leise. Nur das Hallen der Schuhe auf dem Kopfsteinpflaster ist deutlich zu hören. Von Weitem sieht er eine Filiale eines Fastfoodrestaurants. Er müsse auf die Toilette, meint er, ob sie warten könne. Und als er in der Filiale verschwindet, versteckt er sich hinter einem Wandverbau und lugt durch die breite Fensterfront nach draußen. Annika bohrt mit der Metallspitze ihrer Stiefel zwischen den Pflastersteinen, macht eine Blase mit dem Kaugummi. Dann geht sie ein Stück nach vor und Caspar kann sie nicht mehr sehen. Er springt auf. Ob sie geht, ob sie einfach verschwindet, mich hier sitzen lässt? Zwischen Gästen, die mit beladenen Tabletts nach freien Plätzen suchen, läuft er auf die andere Seite des Restaurants und lugt aus dem Fenster. Da ist sie, sieht sich in einer Auslage Frühlingskleider an und Hüte, die man den Schaufensterpuppen tief ins Gesicht gezogen hat.

Annika beißt auf die Oberlippe und scheint zu überlegen. Ihre Augenbrauen machen dabei einen Knick, worüber Caspar kichert. Vor der Filiale der Fastfoodkette geht Annika auf und ab, mit großen, gemessenen Schritten. Caspar hat noch nie solche Schritte von einer Frau gesehen. Die Kraft, die sich hinter diesen Schritten zu verbergen scheint, beeindruckt Caspar, die Kraft und die Selbstverständlichkeit – für Annika scheint alles selbstverständlich zu sein. Allmählich jedoch langweilt ihn das Beobachten. Er sieht dennoch hin und die Langeweile wird zur Scham über das Missverhältnis: unsichtbar – sichtbar. Als er nach draußen tritt, hebt sie die Arme und lässt sie matt auf die Oberschenkel klatschen. Er brauche länger als jedes Mädchen, meint sie und geht voraus. Wenig später erreichen sie den Fluss, der in einer betonierten Wanne durch die Stadt fließt. Von einer Brücke blicken sie auf die Schiffsanlegestelle. »Woher kommen die Schiffe?«, fragt Caspar. Von da – Annika zeigt nach Westen – kommen sie aus den Provinzstädten. Und wenn man weiterfährt, kommt man zum Meer. Und von da – Annika zeigt in die andere Richtung – kommen sie aus dem Osten. Und wenn man weiterfährt, kommt man auch zum Meer. »Warst du schon mal dort?«

»Am Meer? Noch nie.«

»Das ist gut. Dieses dauernde Rauschen macht einen völlig irre. Es ist nie still, verstehst du?«

»Im Wald ist es still«, meint Caspar und denkt an die Hütte, an die Ahnung von Stille, die er trotz der Schnellstraße fühlt.

»Und im Gebirge«, sagt Annika, »im Wald und im Gebirge da lässt es sich leben, nicht wahr?«

Caspar schweigt. Er fühlt jedoch, dass Annikas Worte in ihm etwas berühren, von dem er tief überzeugt ist, das er sich jedoch nicht in Gedanken und Worten vor Augen stellen kann. Dieses Unaussprechliche ist ihm sein Eigenstes, in Form der Hütte, die er vor Zeiten in den Bildern in seinem Kopf entdeckte und nun im Wäldchen beim Miethaus zu verwirklichen sucht. Von der Schiffsanlegestelle gehen sie in die Innenstadt und Caspar fällt auf, dass gleich ums Eck der Stand mit den Feuerwerkskörpern liegt. Caspar beschließt, später zu kommen, jetzt will er mit Annika Zeit verbringen. Als er auf der Toilette gewesen sei, sagt sie, habe sie ein Kleid in einer Boutique gesehen, das müsse sie probieren, ob er mitkomme? Sie brauche jemanden mit einem ästhetischen Gespür. Sie selbst sei sehr unsicher bei der Auswahl von Kleidern. Sie habe kein Gefühl für das, was sie im Spiegel sehe. Daher nehme sie immer jemanden zum Einkaufen mit. »Kannst du das?« Caspar nickt. »Ich treffe mich um fünfzehn Uhr mit Bela, um einkaufen zu gehen«, sagt Annika. »Er meint, er habe so ein Gespür.« Sie lacht und zwirbelt eine Haarsträhne.

Bela? Caspar zieht eine Uhr aus der Hosentasche. Sie haben noch zwei Stunden. Sicher hätte er es gewusst, hätte man ihn danach gefragt, dass dieser Nachmittag zu Ende gehen würde. Aber er hat nicht daran gedacht, so hat es das Ende nicht gegeben. Bela ist dieses Ende. Er wird ihn ablösen und Caspar wird sich wieder um seine Hütte kümmern, die jetzt so fern und so unwichtig ist.

»Eine Uhr ... zeig sie mir«, sagt Annika und will sie ihm aus der Hand nehmen. Doch Caspar gibt sie nicht her, steckt sie wieder in die Hosentasche und meint: »Komm, gehen wir einkaufen.« Annika ist verblüfft, sagt jedoch nichts und folgt Caspar, der vorausgeeilt ist. Nun gibt er das Tempo vor. Sie beginnt zu traben, um ihm hinterherzukommen. Plötzlich ist er verschwunden. Er hat sich in einer Seitengasse versteckt. Als sie vorbeiläuft, schließt er schnell wieder auf. Und sie staunt nicht schlecht, als er sie von der Seite anspricht: »Na, geht's gut?«

Es dauert nicht lange, bis sie die Boutique erreichen. Annika greift nach dem Kleid von vorhin und nach einer Reihe anderer Stücke, die sie rasch und scheinbar wahllos aussucht. Sie verschwindet in einer Umkleidekabine und weist Caspar an, vor den Spiegeln zu warten. Sie komme gleich.

Was er in den Spiegeln sieht, interessiert ihn nicht. Vielmehr interessiert ihn, was hinter dem Vorhang geschieht. Zwischen dem Linoleumboden und dem Ende des Vorhanges ist etwa eine Handbreit frei. So kann er Annikas Füße erkennen, wie sie aus den Stiefeln schlüpfen, wie die Jeans herunterfällt und sie ein wenig tollpatschig heraussteigt. Dann: das Klimpern von Kleiderbügeln. Annika hebt ihre glatt rasierten, gebräunten Beine und steigt in das Kleid, zieht es hoch. Caspar hört das Schaben des Stoffes auf der Haut. Er tritt näher heran. So nah, dass er ihren Schatten hinter dem Vorhang erkennt und auch sie seinen Schatten sehen müsste. Er atmet ein. Er atmet aus. Macht einen Schritt zurück. Annika schlüpft aus den Socken und streckt ihre schwarz lackierten Zehen wie morgens nach dem Erwachen die Arme. Auf der zweiten Zehe des rechten Fußes steckt ein Ring. Caspar macht einen Schritt zurück. Am liebsten hätte er sich auf den Boden gelegt, hätte seinen Arm ausgestreckt, hätte diesen Ring auf dem Zeh berührt, ihre Zehen berührt, die fein sind und zart, nicht so wie seine oder Belas klobige Zehen mit den Nägeln, die ihn an Klauen erinnern.

Annika schiebt den Vorhang beiseite und tritt vor den Spiegel. Streckt das eine Bein, dann das andere. Sie dreht sich um und sieht auf den freien Rücken. »Und ... was sagst du?«

Es ist ein tintenblaues Kleid mit einem breiten weißen Gürtel. Es reicht bis zu den Knien, dort franst es ein wenig aus, aber nicht so, dass es schlampig wirkt, sondern durchaus stilvoll. »Es passt dir«, sagt er.

»Aha… und?«

Caspar überlegt. Er sieht das Kleid. Die Farbe. Den Schnitt. Und wie es über Annikas Körper fällt. »Es passt dir einfach. Manchmal sollte man nicht zu viel reden. Kauf das Kleid, es steht dir.«

Sie sieht in den Spiegel. Streckt ein Knie nach vor und hebt ein wenig das Kleid, sodass ihre Oberschenkel hervorblitzen. »Ich hoffe, dein Vater hat mehr dazu zu sagen.«

Annika verschwindet in der Umkleidekabine und probiert die restlichen Stücke. Caspar achtet nicht mehr auf sie. Er sitzt neben dem Spiegel, sieht zu und versucht das Schöne oder das Hässliche an den verschiedenen Kleidungsstücken auszumachen. Das Hässliche weiß er sofort zu benennen. Über das Schöne jedoch hat er nichts zu sagen. Er denkt an das Stahlauge und starrt auf Annikas Zehen, die unter dem Vorhang in den Socken und den Stiefeln verschwinden.

Sie hängt die Kleider zurück. Als die beiden die Boutique verlassen, fragt sie, ob er Hunger habe, sie könnten zu ihr fahren, etwas essen. Bevor Bela komme, müsse er verschwinden. Caspar willigt ein, obwohl er genug von ihr, von sich, von ihnen beiden hat. Aber dann zieht er die Uhr aus seiner Hosentasche und gibt sie Annika. »Schau«, sagt er, »die hat meiner Mutter gehört. Jedenfalls glaube ich das. Ich habe sie Bela gestohlen, der sie bei seinen Erinnerungsstücken an Tanja, so heißt sie, aufbewahrt hat. Er glaubt, sie sei verlorengegangen und ärgert sich darüber. Das freut mich.«

Sie gehen in eine U-Bahn-Station. Der Zug fährt eben ein und sie hüpfen gerade noch durch die sich schließenden Türen. Caspar beugt sich vor und keucht. Annika mustert die Uhr. Ihr fehlt das Armband. Das Gehäuse ist weiß und die Ziffern und Zeiger sind violett. Die Farben würden ihm ganz besonders gut gefallen, meint Caspar, als er sie wieder einsteckt. »Wirklich wichtig ist mir die Uhr wegen dem Ticken, verstehst du? Das Ticken beruhigt mich und ich denke an Tanja. Ohne das

Ticken kann ich nicht einschlafen. Ich lege die Uhr unter den Kopfpolster, und es dauert nicht lange, bis mich der Rhythmus einlullt.«

Von der U-Bahn-Station ist es nicht weit zu Annikas Wohnung. Sie liegt im dritten Stock, und die hohe mit Brandgravuren gemusterte Wohnungstür ächzt, als Annika sie öffnet. Den ganzen Weg über hat sie geschwiegen und auf den Boden gestarrt. Caspar ist froh darüber gewesen. Auch weil er fand, dass sie zuviel redeten, dass er zuviel erzählte. Erst jetzt in der Wohnung scheint sich Annika wohler zu fühlen, so als ob sie das von Caspar Erzählte im Stiegenhaus zurückgelassen hätte. »Salat oder Pizza?«

»Salat und Pizza«, antwortet Caspar und blickt Annika hinterher, als sie in der Küche verschwindet. Bis das Essen fertig ist, schleicht Caspar durch die Wohnung. Im Badezimmer berührt er die Borsten von Annikas Zahnbürste, öffnet die Dose mit den Tampons und sprüht ein wenig von ihrem Parfüm auf den Handrücken. Es riecht nach Mango und irgendwie auch nach Vanille. Im Schlafzimmer streicht er über die schwarze Bettdecke.

Schon im Vorraum ist Caspar der Geruch aufgefallen und auch im Wohnzimmer. Im Bad ist er stärker geworden, sogar das Parfum konnte ihn nicht überdecken. Im Schlafzimmer aber scheint er die einzig relevante Größe zu sein. Selbst die Gegenstände scheinen unter ihm verborgen zu liegen. Caspar atmet ein. Schnuppert. Annikas Geruch. Es kann sich nur um ihren Geruch handeln. Was er ist, wie es riecht... Er kann es nicht benennen.

Er geht zur Kommode, nimmt eine Kette aus der Ziermuschel und legt sie an. Jadesteine und Kunstbernstein wechseln einander ab. Im Spiegel sieht er, dass sie ihm nicht steht. Er nimmt sie ab und öffnet die erste Lade. Annikas Unterwäsche. Von ganz unten zieht er ein knallgelbes Höschen heraus. Er stülpt es über den Kopf und blickt in den Spiegel. Aus den Beinlöchern ragen zwei Haarbüschel. Er atmet ein. Nichts. Frisch gewaschen. Aus der Küche hört er, wie die Teller klirren. Er zieht das Höschen vom Kopf und wirft es in die Schublade. Im Wohnzimmer häuft Annika den Salat auf kleine Teller. Während des Essens, ist es vollkommen still, nur das Kratzen des Bestecks ist zu hören. Plötzlich meint Annika: »Ich habe die gleiche Uhr wie deine Mutter gehabt. Schau, was ich für dich habe.« Sie legt die Gabel beiseite und holt ein violettes Kunststoffarmband hervor. Caspar zieht die Uhr aus der Hosentasche und drückt die Haken des Armbandes in die Öffnungen am Gehäuse.

Er selbst hat das Uhrband abgerissen, weil es ihm so praktischer vorkommt und die Uhr so besser zu verstecken ist. Hätte er sie am Handgelenk getragen, Bela hätte es sofort bemerkt. Aber er will Annika nicht enttäuschen. Sie scheint es nett zu meinen. Und das reicht ihm, sich über die Aufmerksamkeit zu freuen. Er legt die Uhr um sein Handgelenk und schüttelt es. »Passt perfekt«, meint er und isst schweigend zu Ende.

Es ist kurz vor drei Uhr, als Annika den Geschirrspüler einräumt. Sie haben die Zeit vollkommen übersehen. Er weiß, dass Bela zumeist einige Minuten zu spät kommt. Dennoch ist er aufgeregt und beeilt sich, in die Schuhe zu schlüpfen. Er ruft nach Annika. Sie kommt aus der Küche. Auch sie erschrickt über die Uhrzeit. Sie läuft ins Schlafzimmer, zieht sich etwas Frisches an, wie sie sagt, das Alte rieche nach Küchendunst, und streift den grünen Regenmantel über. Sie werde vor dem Haus auf Bela warten, meint sie, damit sie gleich in die Innenstadt fahren könnten.

Am Weg nach unten hätte Caspar am liebsten die Uhr vom Handgelenk gerissen. Das Armband schabt an der Haut und das Gewicht, auch wenn es noch so gering ist, ist ungewohnt und scheint die linke Hand regelrecht nach unten zu ziehen. Das alles stört ihn an dem Armband, aber er ist nicht sicher, ob es der tatsächliche Grund ist, warum es ihn stört. Er ist nicht sicher! Diese Unsicherheit zu benennen, wagt er nicht. »Wann werden wir uns das nächste Mal sehen?«, fragt Annika.

»Sobald du jemand brauchst, der dir beim Einkaufen zur Seite steht.«

»Ich weiß nicht, dein Gespür ... Das überlege ich mir noch.«

Caspar tritt auf den Parkplatz. Da entdeckt er seinen Vater, der die Tür des Wagens versperrt. Bela blickt auf, sieht zu Annika, dann wieder zu ihm. Langsam kommt er näher.

»Was ist das eben gewesen?« Bela beugt sich vornüber und keucht. Annika reicht ihm ein Taschentuch, mit dem er sich die Stirn abwischt. »Was war das?« Er spuckt auf den Boden. Ein Speichelfaden bleibt auf den Lippen und seiner Jeansjacke hängen. Mit dem Ärmel wischt er ihn weg. »Er sollte in der Schule sein«, schreit er. Eine Frau mit Kinderwagen kommt aus dem Haus. Annika grüßt. Bela dreht sich um, zündet eine Zigarette an. »Gehen wir nach oben. Da können wir reden«, meint sie, als die Frau außer Hörweite ist. Bela klammert sich an das Geländer. Er schwitzt. Annika geht vor. Sie werde Kaffee machen, gut? Bela nickt und lehnt sich an die Mauer, nimmt einen Zug. Caspar einzuholen war ihm unmöglich. Das sah er bald ein. Dennoch lief er weiter – über den Parkplatz, über die Straße und den Hof eines Arbeiterwohnkomplexes. Caspar war etwa fünfzig Meter vor ihm und schien sein Tempo nicht zu verringern. Es war nutzlos zu schreien, er solle stehen bleiben. Genau das trieb Caspar an, noch schneller zu laufen. Manchmal drehte er sich um, und Bela sah die Angst, ja, das Entsetzen in seinen Augen. Was sieht Caspar, dachte er.

Als Bela in Annikas Wohnung tritt, atmet er ein. Schnuppert. Im Wandspiegel über dem Schuhkasten erkennt er sein Gesicht. Er zieht einen Kamm aus der Jeansjacke und scheitelt das schweißnasse Haar. Die Wangen sind rot und mit eigenartigen weißen Flecken überzogen. Er öffnet den Mund. Der Zustand der Zähne schockiert ihn. Sie sollten schmerzen, so verfault, wie sie aussehen.

Annika kommt aus der Küche. Bela fährt herum, als er einen Teil ihres Körpers im Spiegel erkennt. »Der Kaffee ist fertig.« Sie sinkt auf einen blassgelben Hocker aus Metall, der neben der Garderobe steht. Bela fällt auf, dass sie nicht nur die Stiefel, sondern auch die Socken ausgezogen hat. Ihr Zehenring gefällt ihm, auch die weiß lackierten Nägel. Er beugt sich zu Boden, küsst den Ring, die Zehen. Annika kichert. Einen Augenblick lang bleibt er liegen, blickt sie an und steht dann auf, um sich vor dem Spiegel erneut den Schweiß von der Stirn zu wischen. »Ich meine ... Warum hast du mich nicht angerufen? Er macht, was er will. Er hätte in der Schule sein sollen ... Ich habe keine Ahnung, wo er sich jetzt herumtreibt.«

Bela sinkt neben Annika auf den Boden. Sein Körper erholt sich allmählich. Der Herzschlag wird langsamer, die Atmung regelmäßiger. Aber in den Oberschenkeln spürt er Anzeichen eines Muskelkaters. Er drückt mit den Daumen auf die Oberschenkelmuskel. Der Schmerz wird größer. »Ich bin ein Wrack«, sagt er und lacht. Annika stimmt in sein Lachen ein – für einen Augenblick.

»Das ganze Wochenende ist Caspar mit unserem Nachbarn herumgelaufen, hat sogar bei ihm geschlafen. Ein Fremder, verstehst du? Konrad heißt er. Ach, Konrad ... Ich weiß nicht.«

»Warum ist er nicht bei dir gewesen«, fragt sie.

»Weil du bei mir warst.«

Annika krault Belas Nacken. Er verstummt, schließt die Augen. Das Kribbeln auf dem Hinterkopf geht auf das Gesicht über und auf den Oberkörper. Er möchte einschlafen. Sie aber zieht die Hand weg und er öffnet die Augen. So verharren sie. Auf einmal sagt er: »Der Kaffee. Wir könnten eine Kleinigkeit dazu essen?«

»Ich habe schon mit Caspar gegessen«, antwortet Annika.

Bela grinst, zerstrubbelt das gekämmte Haar. Beißt die Zähne aufeinander und spürt einen stechenden Schmerz. Er greift an den Kiefer. »Gut, sehr gut ... Kann ich mich duschen? Ich rieche wie ein Affe.«

Das Wasser ist kalt. So mag er es. Er prustet. Er stemmt sich gegen die Duschkabine, die ein wenig nachgibt, knackt. Nach einer Weile dreht er wärmer und seift sich ein. Wahrscheinlich ist er bei Konrad, denkt er, oder in seiner Hütte. Immer wieder denkt er das. Und immer wieder stellt er sich vor, wie Caspar durch Annikas Wohnung gelaufen ist, wie er im Wohnzimmer gesessen ist, wie er mit ihr gegessen hat, wie er sie vermutlich angebettelt hat, nichts zu verraten. »Verrate nichts Bela, gut?«, äfft er ihn nach.

Bevor er aus der Wanne steigt, dreht er das Wasser eiskalt. Annika klopft gegen die Tür, meint, er solle sich beeilen, der Kaffee werde kalt. Als ihre Stimme verstummt, verkrampft sich sein Körper. Er ballt die Fäuste, seine Nackenmuskeln werden hart, seine Zehen drücken gegen das Email. Die Knöchel zeichnen sich weiß unter der Haut ab. Sein Kopf wird leer. Er keucht. So rinnt der Schwall kalten Wassers, der auf der Haut brennt wie Salz in einer Wunde, über Belas Körper. Allmählich entspannt er sich.

Annika hat sich Mühe gegeben, den Tisch zu decken. Auf einem weißen Tuch, das mit Fingerfarben in konzentrischen Kreisen bemalt ist, hat sie Blüten von Plastikrosen verstreut. Eine schwere, Bela findet mittelalterlich wirkende Kerze, von der das Wachs in erstarrten Sturzbächen herunterhängt, hat sie angezündet. »Wieder beruhigt?« Annika kommt aus der Küche mit einem Teller billiger Kekse. »Geht so. Hast du ein Hemd für mich? Meines ist noch feucht.« Annika lächelt. Ihr Handy läutet, bevor sie abhebt, sagt sie: »Männerkleidung habe ich keine.« Telefonierend verschwindet sie in der Küche. Gedämpft hört Bela ihre Stimme, während er sich Kaffee eingießt. Ernsts Methode, ihn schon in jungen Jahren ins Kaffeehausgeschäft einzubinden, erscheint ihm plötzlich als nicht ganz so misslungene Art der Erziehung, wie er es bis heute immer empfunden hat. Ernst hatte ihn unter Kontrolle. Als Kind zumindest. Und als Erwachsener hasste er es, wie Ernst zu werden. So bekam Caspar jede Freiheit, selbst den Schnee am Mietparkplatz braucht er nicht zu schaufeln.

»Wie kann ich an Caspar näher herankommen«, fragt Bela, als Annika ins Zimmer tritt. Sie winkt ab. »In der Arbeit gibt's EDV-Probleme. Ich soll aushelfen. Alle sind überfordert. Es wird nicht länger als eine halbe Stunde dauern.«

Bela leert die Tasse in einem Zug, schiebt zwei Kekse in den Mund. »Du willst fahren … meinetwegen … fahren wir.« Er schlüpft in das verschwitzte Hemd. Annika wartet an der Tür. So hat er sich den Tag nicht vorgestellt. Bisher hat es gemeinsame Nächte gegeben. Es hätte ihr erster gemeinsamer Tag werden sollen. Annika meint, er solle sich beeilen. Er kann in ihrer Gestik und Mimik keine Enttäuschung darüber erkennen, dass es nicht so läuft, wie sie es sich vorgestellt hätte. Wie hat sie es sich vorgestellt? Bela beeilt sich. »Warte ... Hör zu, wie kann ich Caspar an mich heranholen?«

Annika hört ihn nicht. Sie ist vorausgeeilt. Er wiederholt seine Frage, nun lauter. Läuft. »Gib mir eine Antwort ... Komm schon.«

Annika wartet beim Auto. Bela entsperrt den Wagen mit der Fernbedienung. Sie öffnet die Tür, rutscht auf den Beifahrersitz und schnallt sich an. Als Bela den Wagen startet, meint sie: »Lass ihn ... lass ihn einfach. Das fügt sich, glaub mir.«

Bela schweigt. Er biegt auf die Straße. Vor der Kreuzung meint Annika, er müsse sich am linken Abbiegestreifen einreihen. Doch Bela wählt den rechten. »Links ... links habe ich gesagt.«

»Nein.« Er krallt sich am Lenkrad fest. Atmet ein. Beruhigt sich. »Ich muss kurz nach Hause. Es dauert nicht länger als eine halbe Stunde. Ich muss wissen, wo er ist, verstehst du?« Annika sinkt in den Sitz zurück und verschränkt die Arme. »Ich habe ihnen versprochen zu kommen«, sagt sie und schiebt die Unterlippe nach vor.

»Du wirst kommen. Nur eine halbe Stunde später, gut?« Er mag ihre kindliche Art, wütend zu sein. Annika antwortet nicht. Ihre Hände liegen auf den Oberschenkeln. Sie starrt geradeaus. An einer Kreuzung sieht er sie an. Er berührt ihre Schulter. Sie stößt seine Hand weg. Grün.

»Und was wirst du tun, wenn du ihn gefunden hast? Eis essen gehen?«

Über das Danach hat er sich keine Gedanken gemacht. Er wollte ihn finden. Er will ihn finden. »Ich mach ein Polaroidfoto von ihm und stecke es in meine Geldbörse. Damit er immer bei mir ist.«

Annika kichert. Als sie an der Bushaltestelle vorbeifahren, streckt Bela den Kopf und bemüht sich, etwas im Wäldchen zwischen den Fahrstreifen der Schnellstraße zu erkennen, die Hütte, einen Körper. Aber es geht zu schnell. Er biegt auf den Mietparkplatz und fährt zum Wettcafé. »Was machen wir nachher, wenn wir Zeit für uns haben?«

»Wir könnten in die Innenstadt fahren«, sagt Annika. »Ich brauche deine Meinung zu einem Kleid, das ich mir dort kaufen möchte. Ich weiß noch nicht so recht … Caspar hat's gefallen.«

»Ich glaube, du verwechselst uns beide«, meint Bela erstaunt und schlägt die Tür zu. Er läuft die Stiege hoch und öffnet die Wohnungstür. Der Lichtkegel, der vom Gang in die Wohnung fällt, wird breiter und breiter. Erinnerungen steigen in ihm hoch. Er tritt ein. Zuerst blickt er auf die Schuhstellage. Caspars Schuhe fehlen. Er ist erleichtert. Wundert sich. Und weiß nun, warum er hier ist. Er öffnet die Tür von Caspars Zimmer. Nichts. Er zieht den Reißverschluss des Zeltes in die Höhe. Niemand hier.

In der Küche trinkt Bela ein Glas Wasser. Er wird ruhiger und ruhiger. Sein Handy läutet. Annika steht am Display. Er solle sich beeilen, meint sie, sonst fahre sie mit dem Bus. Bela läuft die Stiege hinunter. Im ersten Stock bleibt er vor Konrads Tür stehen, überlegt. Hebt die Faust. Überlegt. Pocht gegen die Tür. Einmal. Zweimal. Noch einmal. Bela wartet. Aus Helgas Wohnung hört er das Surren eines Staubsaugers. Er klopft. Der Staubsauger läuft weiter. Dann geht er die Treppe hinunter und tritt auf den Mietparkplatz.

»Komm mit«, sagt er und geht an Annika vorbei, blickt auf die Straße und über die Straße auf das Wäldchen. Erst als er ihre Schritte hört, wartet er auf sie. »Ich sehe noch kurz in der Hütte nach. Dann können wir fahren. Fünfzehn Minuten … Verstehst du?«

»Lächerlich«, schnaubt Annika, folgt ihm aber und drückt sich mit Bela durch das Gestrüpp. Die Lichtung vor der Hütte sieht unordentlich aus. Bretter liegen herum, der Schnee ist matschig, von unzähligen Fußspuren zertreten, in der Feuerstelle dampfen die Scheite. Bela öffnet die Holztür. Die Scharniere quietschen. »Hier verbringt er seine Zeit. Ernüchternd, nicht wahr?«

»Ich finde es gar nicht übel. Das hat er alles selbst gebaut?« Annika bläst in die glühende Asche, die in die Höhe wirbelt und auf die Fußspuren im Schnee herabstäubt. »Er ist nicht hier. Gehen wir?«

Bela setzt sich auf einen Stein der Feuerstelle. Eine Krähe landet am Dach der Hütte und tapst über das Wellblech. Er weiß, wo Caspar nicht ist. Er weiß aber nicht, wo Caspar ist. Er blickt auf die Hütte, auf die Tür der Hütte und läuft los, immer schneller. »Warte, was ist mit dir«, meint Annika, die ihm nicht nachkommt. »Noch fünfzehn Minuten«, ruft er. »Dann fahren wir.«

Annika schweigt. Darüber ist Bela enttäuscht. Im Geheimen hat er bislang gehofft, dass sie versuchen würde, ihn aufzuhalten. Darauf einzugehen, hat er nicht vorgehabt. Es wäre ihm aber ein Zeugnis ihres Interesses gewesen. Er hätte sich wertvoll gefühlt, lebendig. So aber glaubt er, dass er ihr egal ist, dass für sie nichts anderes zählt, als in die Arbeit zu kommen.

Erst beim Wettcafé bemerkt er ihr Keuchen im Rücken. Während er die Tür entsperrt, tritt sie neben ihn. Er sieht sie nicht an. Aus Scham? Aus Wut? Bela will nicht darüber nachdenken. Vielmehr will er sprechen, sich ablenken. »Ich werde die Hütte verbarrikadieren«, meint er. »Dann muss Caspar nach Hause kommen, nicht wahr?« Annika lehnt sich gegen die Mauer. »Du versuchst, alles richtig zu machen. So machst du alles falsch.«

Bela beachtet sie nicht. Er läuft durch das Geschäftslokal, sucht den Schlüssel für die Getränkekammer. Wenigstens versuche ich es, denkt er. Von der Werkbank holt er einen Akkuschrauber. Und aus der Werkzeugkiste zieht er ein Vorhängeschloss und ein Gelenk aus Gusseisen, mit dem sich eine Tür versperren lässt. Einige Holzschrauben schiebt er in den Mund.

Langsam geht er zum Wald und durch den Wald zur Hütte. Er schwitzt. Annika folgt ihm. Wie jemand, der ein Verbrechen begeht, blickt er links und rechts über die Schulter. Das ist richtig, was ich mache, denkt er, das ist vernünftig.

Die Arbeit geht schnell voran. Das Holz ist weich von der Feuchtigkeit. Es zersplittert nicht, als er die Schrauben hineintreibt. Das Surren des Akkuschraubers macht ihn nervös. Er blickt sich um. Annika erreicht die Lichtung. Er lächelt. Sie schüttelt den Kopf, tritt näher an ihn heran, sieht auf die Uhr. Bela beeilt sich. Schrauben fallen ihm aus dem Mund. Annika hebt sie auf. Und reicht ihm eine nach der anderen.

Nach einer Weile hakt Bela das Vorhängeschloss ein. Es knackt und ein Schwarm Krähen, der am Baum über der Hütte sein Lager hat, stiebt in die Höhe.

Caspar läuft, als wäre es ein Spiel. Er rudert in engen Kurven mit den Armen. Er spreizt die Beine, wenn er über Eisplatten schlittert. Der Wind reißt ihm die Kapuze vom Kopf. Tränen laufen über die Wangen und vertrocknen, bevor sie über das Kinn auf die Jacke tropfen. Er reißt die Augen auf. Er beißt die Zähne aufeinander. Er stemmt sich gegen die Kälte, die auf seiner Haut brennt.

Hinter ihm keucht Bela und schreit. Soll er schreien! Er wird mich nicht erwischen, denkt Caspar. Aber das Stampfen in seinem Rücken wird er nicht und nicht los. Blickt er zurück, so sieht er dieses torkelnde Körpermassiv, das er lächerlich findet und über alle Maßen furchterregend. Und erst die Fäuste, Belas haarige Fäuste, denkt Caspar und wird schneller und schneller. Er hat sie geballt, dabei schiebt er den Daumen immer zwischen den Zeigefinger und den Mittelfinger. Warum er das mache, hat Caspar ihn einmal gefragt. Aus Gewohnheit und damit er nicht zuschlage. Würde er so zuschlagen, würde er sich den Daumen brechen, meinte Bela und strich Caspar das aschblonde Haar aus dem Gesicht. Das habe ihm Ernst gezeigt, als er ihn einmal nach einer Rauferei vom Nachsitzen in der Schule abgeholt habe.

Caspar nähert sich dem Torbogen eines Arbeiterwohnkomplexes, der dunkel wie der Eingang zu einer Höhle oder einer Festung vor ihm liegt. Die schnörkellosen Tore mit den Zacken an den Enden stehen offen. Erst im Inneren des Hofes wird es wieder hell. Aus einem Fenster im dritten Stock ruft eine alte Frau, er solle nicht so schnell laufen, das sei gefährlich. Mütter mit Kindern und Hunden sehen ihm hinterher, als er am Spielplatz vorbeirennt. Hinter ihm keucht Bela. Caspar biegt durch einen Seitenausgang aus dem Wohnkomplex und springt in einen leeren Müllcontainer, zieht den Deckel zu.

Er wartet, hört nichts, was auf Bela hindeutet. Bedachtsam hebt er den Deckel und lugt auf die Grünflächen, die das Wohngebäude säumen. Er sieht einen alten Mann, mit einer Krücke, und dessen Terrier, der unter dem Strauchwerk herumschnüffelt. Von der Straße kommen einige Schulkinder, die gedankenverloren miteinander diskutieren. Von Bela ist nichts zu sehen. Er schließt den Deckel. Ein fauliger Geruchsbrei steigt ihm in die Nase. Er ignoriert ihn und starrt in die Finsternis. Minuten später blickt er erneut hinaus. Noch immer wagt er nicht, den Container zu verlassen. Was geschieht, wenn sein Vater unter dem Torbogen steht und raucht, wartet? Caspar schließt den Deckel und zieht die Uhr mit dem neuen Armband aus der Hosentasche. Die Zeiger leuchten in der Finsternis. Das Ticken des Uhrwerks beruhigt ihn. Er zieht am Armband. Doch es reißt nicht, und die feinen Metallstäbe, die das Gehäuse mit dem Armband verbinden, brechen nicht ab. Er lehnt am einen Ende des Containers, mit den Beinen berührt er das andere. Er streckt die Arme aus, streicht über den Boden, berührt die Wände in der Finsternis. Er atmet. Und nach einem Augenblick steht er auf, stemmt mit dem Rücken den Deckel in die Höhe. Eine Gänsehaut schüttelt ihn. Er spürt, wie seine Augen größer und größer werden.

Die Grünflächen sind leer. Der alte Mann und die Schulkinder sind verschwunden, von Bela ist nichts zu sehen. So klettert er aus dem Container und sucht eine U-Bahn-Station. Mit den Fingernägeln reißt er die Metallstäbchen aus dem Gehäuse. Das Armband wirft er über die Straße und eine Böschung hinab. Tanjas Uhr steckt er in die Hosentasche. Kurz darauf entdeckt er ein blaues Schild mit einem großen U darauf. Nur die Hütte zählt, denkt er, als er über eine Kreuzung läuft. Ich muss weiterarbeiten. Ich brauche mehr Holz. Ich habe Pläne zu zeichnen. Nichts anderes zählt als die Hütte.

Mit der U-Bahn fährt er in die Innenstadt, um Raketen zu kaufen. Am Abend will er sie in den Nachthimmel schießen. Er mag das. Er mag es, das Pfeifen zu hören, wenn sie in die Höhe zischen und er nicht weiß, wann die Zerlegerladung explodieren wird, ob sie einen Augenblick lang Palmen formen wird, oder Päonien, Saturne, Kometen oder, Caspars Lieblingsfigur, Chrysanthemen.

Der Zug ist leer. Er setzt sich an ein Fenster und sieht auf eine Plastikscheibe, die den Einstiegsbereich von den Sitzgelegenheiten trennt. Er erkennt sich in der Scheibe, aber nur schwach und verschwommen. Bewegt er sich, so verzieht sich sein Körper zu einem schemenhaften Etwas, das er nicht zu benennen vermag. Ja, wer ist er denn eigentlich, fragt er sich, und denkt an Annika und Bela, um sich von dieser Frage abzulenken, die ihm nichts verspricht als neue Fragen und eine Leere in ihm, mit der er nicht umzugehen weiß.

Caspar hat keine Ahnung, was Annika und Bela tun. So erfindet er Antworten, aber keine verschafft ihm Genugtuung. Er will zurückfahren, will nachsehen. Aber was dann? Soll er klopfen, soll er sich entschuldigen, für was soll er sich entschuldigen? Er holt die Uhr aus der Hosentasche und hält sie ans Ohr. Er hört nichts. Es ist zu laut im Abteil. Er sieht auf das Ziffernblatt, kaum merklich glimmen die Zeiger. Bei der nächsten Station steigt er aus. Mit dem Lift fährt er nach oben. Schnee fällt. Windböen wirbeln die Kristalle über das Kopfsteinpflaster der Innenstadt. Caspar ist nicht sicher, wo er ist. Bei dieser Haltestelle ist er noch nie ausgestiegen. Er entdeckt ein Schild, das auf den Radweg, der den Kanal entlang führt, hinweist und folgt ihm. Er fragt sich, wer recht hat. Hat Bela recht oder hat er recht oder hat niemand recht? Er erfindet Antworten, aber keine verschafft ihm Ruhe. Keine Antwort täuscht darüber hinweg, dass er Bela gegenübertreten wird müssen.

Der Kanal wirkt wie eine Schneise, in der sich die Windgeschwindigkeit vervielfacht. Caspar macht sich klein, zieht die Kapuze über den Kopf, aber die Böen reißen sie ihm herunter. Er duckt sich. Er denkt an die Hütte, an das Mezzanin. Auf der Baustelle hat er einen kleinen Holzofen gesehen, der im Schnee neben einer der Toiletten versunken ist. Er bräuchte ein Abzugsrohr, das er vom Erdgeschoß – er lächelt bei dem Gedanken, ein Erdgeschoß zu besitzen und bald ein Mezzanin – durch das Dach verlegen würde. Dort würde er ein kreisrundes Loch ausschneiden, sodass das Rohr hindurchpasst. Er sieht schon die flüchtigen Dunstwolken vor sich – meine Hütte wird atmen, denkt Caspar –, die aus dem Rohr dampfen und sich zwischen den Bäumen verlieren.

Von Weitem entdeckt er die Umrisse der Schiffsanlegestelle. Ein Touristenschiff fährt ein. Die einen kommen von Osten, die anderen aus den Provinzstädten, erinnert sich Caspar an Annikas Worte, und alles wird vom Meer umschlossen. Neben der Brücke steht eine Tafel, auf der die Preise der Tickets angeschrieben sind. Caspar hat hundertfünfzig Euro eingesteckt. Damit käme er weit in den Osten und noch tiefer in die heimische Provinz, nahezu alle Provinzstädte wären mit diesem Betrag zu erreichen. Er überlegt, spuckt schließlich ins Wasser. Wie ein weißer Knopf werfen die Wellen seinen Speichel hin und her, bis sie ihn auf einmal verschlucken.

Zum Verkaufsstand mit den Feuerwerkskörpern ist es nicht weit. Er drängt sich an den Touristengruppen vorbei und läuft zwischen den Bussen über die Straße. In den engen Gassen bläst der Wind viel schwächer als am Kanal und Caspar wird ein wenig wärmer.

Der Feuerwerksverkäufer sitzt unter dem Stand auf einer Truhe und feilt seine Fingernägel. Als er Caspar sieht, bleibt er zunächst sitzen, unschlüssig, ob es sich bei dem Jungen um einen Käufer handelt oder um einen Schaulustigen. Doch dann erkennt er ihn wieder, legt die Feile in ein Etui und meint: »Ah, Kollege, zufrieden gewesen mit den Raketen?«

Caspar nickt.

»Willst du noch welche haben? Du hast Glück, ich bin nur noch zwei Tage hier. Jetzt ist Winterschlussverkauf – alles muss raus.« Er winkt ihn hinter den Verkaufsstand, wo unter Decken noch andere Truhen verborgen liegen. Er zieht die Decken weg und hievt eine Truhe auf die Ablage des Standes. Dabei ächzt er. Seine Lippen sind feucht und glänzen. Er scheint lange auf Kundschaft gewartet zu haben.

Die Truhe ist voll mit Knallkörpern. Der Verkäufer greift hinein und zieht Schweizer und Kugelkracher heraus, Böller und Vulkane und Raketen mit den verschiedensten Effekten. Er scheint nach etwas Bestimmtem zu suchen. Er nimmt ein Paket, liest sich die Beschreibung auf der Verpackung durch, legt es zurück und greift nach einem anderen. Endlich scheint er mit dem Gefundenen zufrieden zu sein. Er reißt das Plastik auf und zieht zwei Raketen heraus. »Bei dieser hier«, er greift nach der kürzeren, die jedoch eine dickere Kammer für das Schießpulver hat, »zündet die Zerlegerladung in mehreren Etappen, dadurch wird eine besonders lange Strahlkraft der Figur erreicht.«

»Welchen Effekt hat sie?«, fragt Caspar. Er nimmt die Rakete, prüft, ob die Zündschnur trocken und fest in der Hülse verankert ist.

»Eine Päonie.« Dann greift Caspar nach der zweiten Rakete. Sie ist etwa einen Meter lang, der Holzstab ist so dick wie ein Daumennagel und die Kammer für das Schießpulver ist proportional dünner als die der ersten Rakete. Für sich betrachtet ist sie bemerkenswert groß, findet Caspar und wiegt sie in den Händen. »Der Effekt ist eine Chrysantheme, nicht wahr?«

Der Verkäufer nickt.

»Ich nehme das Set.«

Der Verkäufer verlangt hundertdreißig Euro. Als Caspar die Raketen auf die Schulter hievt, meint er, morgen und möglicherweise übermorgen sei er noch hier. In der Kiste habe er noch einige andere Feuerwerkskörper, die für ihn von Interesse sein könnten. Doch Caspar beachtet ihn nicht. Er läuft über die Straße zur nächsten U-Bahn-Station. Im Abteil setzt er sich an ein Fenster und stellt das Raketenset zwischen die Beine. Das Plastik der Verpackung riecht noch neu und künstlich. Er mag diesen Geruch. Der Ofen fällt ihm wieder ein und wie schön es wäre, einen Ofen zu besitzen, der Dunstwolken aus dem Rauchfang bläst. Er beschließt, noch einmal zur Baustelle zu gehen, um den Ofen zu holen und die Bretter, die Säge, die er im Straßengraben zurückgelassen hat.

Drei Stationen später steigt Caspar aus. Als er die Treppe hochsteigt, sieht er von Weitem die Lkws, die Beton geladen haben und vor der Baustelle parken. Er geht an ihnen vorüber, an den rauchenden Fahrern, die in Grüppchen beisammenstehen. Die Raketen lehnt er bei der Einfahrt an den Stahlzaun, um nicht weiter aufzufallen.

An der Baustelle hat sich einiges verändert. Schalungsmauern sind mit Beton gefüllt worden, der an ihnen heruntertropft. Das Dach ist beinahe schon gedeckt. Der Kran hievt eine weitere Palette mit Schindeln in die Höhe. Bei den Toiletten findet er den Ofen. Er ist aus schwerem schwarzem Gusseisen und rußig, von Schlamm und Eis überzogen und zur Hälfte eingeschneit. Es dauert eine Weile, bis Caspar ihn aus dem gefrorenen Schnee befreit hat. Der Ofen ist so schwer, dass er nicht weiß, wie er ihn zur Hütte bringen soll. Er sieht sich nach einer Scheibtruhe um. Bei der Baugrube findet er eine, die mit Kalk beladen ist. Er leert den Kalk aus, der in weißen Schlieren in die Höhe wölkt. Plötzlich ... ein Stimme. Caspar sieht auf. Vor der Bauhütte steht ein Mann und schreit, was er da mache, wer er überhaupt sei. Arbeiter sehen auf, nähern sich. Er wartet, steht einfach da, Eindrücke prasseln auf ihn nieder, und Worte, Bruchstücke steigen in ihm hoch. Los, hau ab, lauten sie, verschwinde, lauf, Caspar, lauf.

Er rennt auf den Ausgang zu, ein Arbeiter stellt sich ihm in den Weg, doch er schlägt einen Haken, sieht die Hand, die ihn an der Schulter nicht und nicht zu packen bekommt und läuft aus dem Tor hinaus, greift nach den Raketen und flieht weiter die Straße entlang. Er dreht sich um, niemand verfolgt ihn. Die Arbeiter stehen am Zaun bei den Lkws, rufen ihm Verwünschungen hinterher, so als dürften sie die Baugrube nicht verlassen, so als wären sie Hunde, die auf die Verteidigung eines Grundstücks abgerichtet worden sind.

Bei der Kreuzung, an der er Annika am Vormittag entdeckt hat, wirft er sich in den Straßengraben, keucht, zittert und findet nicht weit von ihm die Bretter und die Säge. Eine Weile bleibt er mit dem Kopf nach unten liegen. Schnee rieselt auf ihn herab, knistert auf seinem Anorak. Er dreht sich um, sieht nach oben. Einige Kristalle treffen sein Auge. Er blinzelt. Die Schneeflocken scheinen aus dem Nichts zu kommen, kein Ursprung ist zu erkennen. Sie fallen einfach herab, fallen und fallen und fallen – und schmelzen, als sie den Boden erreichen. Er steht auf, hievt die Bretter und Balken auf die Schulter, nimmt die Säge und das Raketenset und marschiert zur Hütte.

Im Wäldchen kommt er schwer voran. Das Holz verheddert sich im Strauchwerk. Er zerrt daran. Mehrmals fällt es ihm zu Boden und seine Stiefel versinken im Schnee. Er keucht. Nach einigen Augenblicken hebt er das Baumaterial auf die Schulter, greift nach dem Raketenset und der Säge, stapft weiter. Seine Handflächen sind aufgerissen und Splitter stecken in der Haut. Als er endlich die Hütte erreicht, wirft er das Holz auf den Bretterhaufen und setzt sich auf einen Stein bei der Feuerstelle. Die Raketen lehnt er an die Hütte. Mit ein wenig Schnee reibt er den Schmutz und das Blut von den Händen. Dabei treibt er die Splitter noch weiter ins Fleisch. Es ist still. Caspar sieht auf. Das kommt selten vor. Kein Auto, kein Motorenlärm, selbst die Krähen scheinen auf den Ästen einen Moment lang keinen Laut von sich zu geben.

Am Mietparkplatz wird ein Wagen gestartet. Caspar steht auf, sucht eine freie Stelle, von der aus er das Miethaus sieht. Das Blubbern des Dieselmotors wird lauter, drohender, und er erkennt Belas Wagen, der auf die Schnellstraße rollt. Er sieht dem Wagen hinterher, sieht die Bremslichter und den plötzlich aufleuchtenden Blinker. Dann wendet er sich ab.

An der Feuerstelle knetet er einen Schneeball. Er knetet ihn lang und hart, bis das Eiswasser von seinen Fingern tropft. Nach einem kurzen Blick wirft er ihn nach einer Krähe, die auf einem Ast über der Hütte hockt. Und verfehlt sie. »Dummes Vieh«, murmelt er und geht zur Hütte, um ein Jausenbrot aus der Schultasche zu holen. Den Blick auf die Krähe gerichtet, die ihre Federn putzt, so als hätte sie den Schneeball nicht bemerkt, greift er nach der Tür, nach dem Knauf, will die Tür öffnen, dreht sich um, sieht das Vorhängeschloss, sieht die Schrauben, die tief im Holz stecken, rüttelt und rüttelt an der Tür, setzt sich zur Feuerstelle.

Worte, Satzfetzen steigen in ihm hoch. Immer wieder denkt er, ich weiß ... ich weiß ... ich weiß ... wer es gewesen ist. Er lacht. Er sucht nach Gründen, nach Erklärungen, nach Antworten und deren Bedeutung. Er scharrt mit den Füßen im Schnee, immer heftiger und heftiger. Das Eis bricht. Die Stücke zersplittern unter dem groben Profil der Winterstiefel. Er erreicht den gefrorenen Boden, scharrt weiter, scharrt das braune Gras weg, kommt zur Erde. Ein kaputtes Feuerzeug taucht auf, Kieselsteine, ein Zigarettenstummel. Er scharrt und scharrt, so als glaubte er, da unten würde eine Antwort verborgen liegen und noch weiter unten ihre Bedeutung, die alles erklärte.

XI

Das Gebäude wirkt wie ausgehöhlt. Die Treppen sind leer. Niemand befindet sich in den Hörsälen, die für Konrad einsehbar sind. Die Parkplätze neben dem Eingang sind unbesetzt. Auf dem schmalen Grasstreifen zwischen dem Gebäude und den Parkplätzen pickt ein Stadtbediensteter Zigarettenpackungen und Getränkedosen mit einer spitzen Eisenstange vom Boden auf und wirft sie in einen Korb, den er am Rücken trägt. Das Gebäude ist etwa sechs Stockwerke hoch. Die Fassade ist nahezu voll verglast. Konrad erkennt mehrere Treppen, die die Konstruktion wie Stahlträger ein Baugerüst zu stützen scheinen. Vor allem eine fällt ihm auf, sie ist die massivste, die wuchtigste – sie wirkt wie das Rückgrat des Gebäudes.

Seit fünfzehn Minuten steht er auf der gegenüberliegenden Straßenseite. Er hat zwei Zigaretten geraucht und könnte nun hineingehen. Geh hinein, denkt er und bleibt stehen. Ein Mädchen biegt von der Hauptstraße in die Seitengasse, in der das Gebäude steht. Sie hat es eilig. Der braune Pferdeschwanz und die Tasche hüpfen am Rücken im Takt ihrer großen Schritte. Sie öffnet die schwere Glastür und nickt dem Portier zu. Konrad folgt ihr, geht über die Straße, an dem Steinschild vorbei, das das Gebäude als die Zweigstelle »Architektur, Industrial Design u. a.« der Kunstuniversität ausweist.

In der Aula riecht es nach Nitroverdünnung und verschwitzten Socken. Der Portier blättert in einer Zeitung. Plötzlich wendet er sich nach hinten, dreht an den Knöpfen eines Radios, und als er einen Sender gefunden hat, der Musik aus den Achtzigern spielt, verschränkt er die Beine am Tisch und wippt mit den Zehen zum Rhythmus des Liedes. Das Mädchen ist verschwunden. Konrad hört nur mehr ihre Schritte, die sich über eine der Treppen entfernen.

Er geht zu einem Anschlagbrett, das mit Zetteln vollgeheftet ist. Es handelt sich um das Vorlesungsverzeichnis. Er sucht den Studienzweig Fotografie, und als er ihn gefunden hat, liest er halblaut die Titel der Lehrveranstaltungen vor. »Einführung in die Studienfotografie, interessant«, murmelt er. »Kameratechnik, Licht und Beleuchtung, brauchbar«, murmelt er. »Dunkelkammertechniken, auf der Suche nach Bildern, vom Wesen des Lichts.« Konrad lächelt und fühlt sich gut dabei.

Er blättert seine Bewerbungsmappe durch. Die Bilder gefallen ihm. Er ist sicher, dass sie von Talent zeugen, egal, was die Ausbildner in der Provinzhauptstadt gesagt haben. Im Begleitschreiben findet er einen Rechtschreibfehler. Das stört ihn. Mit einem Becher Kakao aus dem Automaten sinkt er auf eine zerschlissene Cordcouch. Auf dem Tisch davor liegen Folder mit Ausschreibungen für Preise und Stipendien. Die Bewerbungsvoraussetzungen sind sehr niedrig. Publikationen, also bereits ausgestellte Bilder seien vorteilhaft, würden aber nicht zwingend vorausgesetzt. Der Lebensmittelpunkt sollte in der Hauptstadt sein. Die Geldbeträge beeindrucken ihn: zwanzigtausend Euro, fünfzehntausend Euro pro Jahr. Er liest Bruchstücke wie »für begabte junge Künstler«, wie »gefördert wird sozial engagierte Kunst«, wie »um dem Künstler die Arbeit an einem aufwendigen Projekt, einer Ausstellung oder Ähnlichem zu ermöglichen«. Natürlich wird er sich bewerben. Wird er genommen, so braucht er den Kontakt nicht mehr. Er braucht ihn sowieso nicht. Er hat den Sack zu Hause. Alles wird sich fügen.

Konrad geht die Treppen hoch in den dritten Stock, in dem das Fotografie-Institut liegt. Das Chaos überrascht ihn. Tische und Stühle stehen aufeinandergestapelt an den Glaswänden. Im zweiten Stock, Institut für Malerei, türmen sich Farbkübel. Der Dunst der Nitroverdünnung brennt in seinen Augen. In einer Ecke liegen Pinsel mit verklebten Borsten. Bei einem geöffneten Fenster stehen zwei Studenten, die rauchen und, als er die Stiege hochkommt, das Gespräch unterbrechen und ihm zunicken.

Als Konrad vom zweiten in den dritten Stock steigt, hört er, wie das Gespräch flüsternd fortgesetzt wird und wie ein Mantra oder eine Beschwörungsformel durch das Stiegenhaus hallt. Am Gang, der zum Institut für Architektur führt, hängen Fotos von Mies van der Rohe und von Walter Gropius. Kaputte Bauhausstühle liegen ineinander verhakt am Gang. Als handle es sich um ein Ersatzteillager, sind bei manchen die Ledersitze zerrissen, bei anderen sind Teile der Konstruktion mit einem Schweißbrenner herausgeschnitten worden. Beim Aufgang zum vierten Stock hängt eine großformatige Fotografie von Frank Gehrys Guggenheim-Museum in Bilbao. Konrad sieht es zum ersten Mal. Er zieht seine Kamera aus der Tasche und macht ein Foto.

Die Wände des Fotografie-Instituts sind weiß und kahl und nur an manchen Stellen mit Filzstift oder Kugelschreiber beschmiert. Der Linoleumboden ist frisch aufgewaschen und Konrad muss aufpassen, nicht auszurutschen. In drei Schaukästen werden Kameras und Objektive verschiedener technischer Entwicklungsstufen ausgestellt. Er geht einen langen Gang entlang, der auf der einen Seite mit Aktenschränken, die bis zur Decke reichen, vollgestellt ist. Gegenüber liegen die Büros der Professoren, die alle abgesperrt sind. In keinem brennt Licht. Nach einigen Metern öffnet sich der Gang zu einem hallenartigen Raum, der beinahe leer ist. Nur eine Couch und ein Tisch, auf dem eine Kaffeemaschine steht, dienen als Mobiliar.

Konrad entdeckt eine offene Tür, aus der Licht auf den Gang fällt. Eine Frau sitzt an einem Schreibtisch und telefoniert. Konrad klopft zaghaft gegen das Milchglas. Die Frau sieht auf und deutet ihm, sie brauche noch einige Minuten, er müsse warten. Plötzlich öffnet sich eine Tür und Studenten strömen in die Halle, setzen sich auf die Couch und kochen Kaffee. Das Mädchen mit dem braunen Zopf ist unter ihnen. Sie bemerkt ihn, sieht ihn an und sieht weg, als ihr jemand eine Tasse mit Kaffee reicht.

Die Sekretärin bittet Konrad einzutreten. Er setzt sich vor den Schreibtisch und zieht die Bewerbungsmappe hervor, hält sie mit beiden Händen. »Mein Name ist Konrad Kantner.« Die Sekretärin nickt, als hätte er eine Frage richtig beantwortet. »Ich möchte mich für das ordentliche Studium der Fotografie bewerben.« Er reicht ihr die Mappe über den Tisch.

»Sie haben noch nicht unsere Homepage besucht?« Ohne eine Antwort abzuwarten, spricht sie weiter. »Die Bewerbungsmappen sind in den ersten beiden Wochen nach den Osterferien abzugeben, persönlich oder per Post, das ist Ihnen überlassen. Im Juli, falls Sie die Vorauswahl überstanden haben, werden Sie zu einem Aufnahmegespräch eingeladen. Im September bekommen Sie allenfalls den Aufnahmebescheid zugeschickt.«

Konrad zieht die Mappe zurück und legt sie auf die Oberschenkel. »Das heißt, ich bin zu früh dran?«

Die Sekretärin sucht aus einer Stellage neben der Tür eine Reihe von Foldern und Unterlagen, die sie vor Konrad auf dem Tisch auffächert. »In diesem geht es um allgemeine Bestimmungen für das Studium an der Kunstuniversität. Dieser hier behandelt das Studium der Fotografie und hier geht es um formale Kriterien für die Bewerbungsunterlagen. Auf der Rückseite stehen einige Termine für allgemein zugängliche Informationsabende und Einführungsvorträge.« Konrad blättert die Folder durch. »Und heute kann ich meine Mappe nicht abgeben? Quasi ausnahmsweise?«

Das Telefon läutet. Die Sekretärin hebt ab und bittet um einen Rückruf in fünf Minuten. »Die Bestimmungen gelten für alle. Außerdem bezweifle ich, dass Ihre Mappe den formalen Kriterien entspricht. Die meisten schaffen es selbst nach Lektüre des Folders nicht, die Mappe richtig zu gestalten. Fragen Sie mich nicht warum.«

Konrad blickt über die Schulter. Die Studenten gehen in einen Seminarraum und lassen leere Tassen am Tisch und eine rauchende Zigarette im Aschenbecher zurück. »Gut, dann komme ich wieder.« Die Sekretärin greift nach dem Telefonhörer. »Machen Sie das. Und achten Sie auf die Einreichfristen. Wenn Sie Ihre Unterlagen zu spät schicken, kann ich sie ebenfalls nicht annehmen.«

Konrad schiebt die Mappe in die Tasche und geht durch den Gang zum Stiegenhaus und die Treppen hinab. Er wäre die Mappe gerne losgeworden. Er hätte gerne zu sich gesagt, jetzt hast du dich beworben. Jetzt liegt es nicht mehr in deiner Hand.

Auf einmal läutet das Handy. »Manu«, steht am Display. Konrad steckt das Handy wieder ein. Doch es hört nicht auf zu läuten. So hebt er ab. Manu fragt: »Können wir kommen? Tibor hat keine Zeit.« Was Zeug heißt. Konrad legte immer schon Wert darauf, bei Telefongesprächen in Chiffren von seinem Geschäft zu sprechen. »Er hat gemeint, du hast Zeit.

Komm schon.« Dass Manu das Geplänkel einfach weglässt, gefällt Konrad nicht. Er mag dieses Spiel des langsamen Annäherns, des Zierens, des möglichen Scheiterns und des letztendlichen Zusagens. »Nein, nein… Ich habe heute keine Zeit«, meint Konrad.

Er hört, wie Manus Atem schwerer wird. »Und wie wäre es morgen?«

»Kann ich jetzt noch nicht sagen. Ich werde mich bei dir melden. Gut?«

Manu legt auf. Sie werden kommen, denkt Konrad, sie kommen immer wieder, solange der Sack nicht leer ist. Das dauert noch.

Der Portier nickt ihm zu, als er das Gebäude verlässt. Wenn er zu Hause ankommt, denkt Konrad, wird er alleine sein. Der Gummibaum fällt ihm ein, die Schatten, die seine Blätter auf die weiße Wand werfen. Was wird er dann tun? Er stellt sich vor, wie er ein Ohr an die Wand legt, um Geräusche aus der Nachbarwohnung zu hören. Die Mauer wird kalt sein, denkt er. Er wird frösteln. Aber eine Ahnung von Wärme wird sich auftun. Das könnte Helgas Stimme sein.

Bei Rot läuft er über die Straße und setzt sich in eine Haltestelle. Auf der Anzeige steht, dass der Bus in drei Minuten kommen wird. In der Zwischenzeit starrt er vor sich hin. Es fällt ihm auf, dass der Asphalt Risse hat. Einzelne Grashalme wachsen in ihnen. Dann blickt er auf. Eine Zeit lang denkt er nichts.

Nachdem der Bus in die Haltestelle eingefahren ist, setzt Konrad sich hinter den Fahrer, stemmt die Knie gegen die Plexiglaswand. Er zieht sein Handy aus der Tasche, wiegt es in den Händen. Schließlich schickt er Manu eine SMS, dass er doch kommen könne, aber erst abends um halb fünf. Dabei stellt er sich seine Wohnung vor, die voll mit Kunden ist. Er wird Musik machen, wird Bier eingekühlt haben, wird den Sack aus dem Lüftungsschacht in der Küche holen, wird ihn nicht sofort öffnen, wird sich in der Couch zurücklehnen und dem Gespräch lauschen. Ab und zu wird er auf die Wände starren, die seine und Helgas Wohnung voneinander trennen und gleichzeitig miteinander verbinden. Er zieht seine Jacke aus und legt sie auf den Nachbarsitz. Die Heizung wärmt seine Oberschenkel. Er blickt auf die Stadt. Er sieht, was geschieht, und stellt sich vor, was noch alles geschehen könnte. Eine Frau überholt den Bus in einem Sportwagen, ein Straßenarbeiter streckt den Kopf aus einer Grube im Asphalt, Schnee fällt vom Dach eines Museums. Die Haltestelle, bei der er aussteigen muss, um die U-Bahn in die Vorstadt zu nehmen, lässt er vorüberziehen. Bis halb fünf hat er noch Zeit. Und wenn er ein wenig zu spät kommt? Die Kunden werden warten.

Er macht vier große flinke Schritte – das Profil seiner Winterstiefel krallt sich in den Schneematsch – und stößt sich ab, fliegt, hält die Augen offen und kracht mit der Schulter gegen die Holztür, die nicht und nicht nachgibt. Er rüttelt am Schloss. Er tritt dagegen. Nichts. Er setzt sich keuchend auf den Stein bei der Feuerstelle und starrt in die Asche. Er sieht auf. Eine Autokolonne fährt heulend die Schnellstraße entlang. Caspar zittert. Er vergräbt sich in der Winterjacke, zieht die Kapuze hoch. Als er sich auf der Lichtung umsieht, bemerkt er, wie schäbig es hier aussieht, wie wahllos die Bretter übereinanderliegen, wie der Schnee und die Erde sich zu einem braunen Brei vermengt haben, wie die Hütte mehr einer Baracke ähnelt als einem Haus. Ein Mezzanin, denkt er und lacht über die Vorstellung, hier leben zu wollen, auch über sich und Bela, die diese Vorstellung ernstgenommen haben.

Etwas ist verloren gegangen, findet Caspar, als er nach einem Stein sucht, um die Tür aufzubrechen. Der Wald, die Hütte sind nicht mehr der Ort, den er am Vormittag verlassen hat. Daran gibt er dem Schloss die Schuld, das stumm an der Türe hängt – Belas Melodie.

Bei der Feuerstelle findet er zwischen schweren Brocken einen faustgroßen Stein. Er wiegt ihn in der Hand und geht zur Tür. Krähen landen auf dem Dach der Hütte, auch eine Dohle. Mit all seiner Kraft schleudert Caspar den Stein gegen das Schloss. Er rutscht ab und reißt sich an den Gräten der Stahlschiene die Haut an den Fingern auf. Der Stein fällt zu Boden. Caspar klemmt die Wurfhand zwischen die Oberschenkel. Der Schmerz sticht durch sein Hirn. Das Kra-Kra der Krähen erscheint ihm wie Hohngelächter über seine Ungeschicklichkeit.

Es dauert eine Weile, bis das Blut stockt und sich eine Kruste bildet. Das Schloss hat keine Schrammen davongetragen. Nur einige Holzfasern knapp darüber sind abgesplittert. Mit ein wenig Schnee wäscht er das Blut rund um die Kruste ab. Seine Hand pocht und ist rot vom Schmerz und von der Kälte.

Ihm fällt ein, dass hinter der Hütte ein Brecheisen liegt, das er von einem der früheren Raubzüge durch die städtischen Baustellen mitgenommen hat. Er läuft um die Hütte und gräbt mit bloßen Händen im gefrorenen Schnee, bis er das Brecheisen entdeckt. Als er um die Hütte läuft, murmelt er immer wieder: »Mezzanin, mein Mezzanin«, immer wieder malt er sich aus, wie es aussehen wird, wie der Ofen in der Hütte glühen wird … Aber etwas ist verloren gegangen, das weiß er, das ignoriert er.

Zunächst ritzt Caspar eine Kerbe zwischen die Stahlschiene und das Holz, um mit dem Brecheisen nicht abzurutschen. Dann keilt er es in die Kerbe und treibt den Schnabel mit einem Stein noch weiter hinein. Ein wenig Späne rieselt aus den Löchern der Holzwürmer und bestäubt seine Winterstiefel. Als das Brecheisen tief zwischen der Tür und der Stahlschiene steckt, stemmt er sich mit aller Gewalt von unten dagegen. Er drückt mit der Schulter, um noch mehr Hebelwirkung zu erzeugen. Er stöhnt. Die Schrauben ächzen und reißen Windung für Windung aus den Holzfasern.

Auf einmal macht es einen Knall. Caspar fällt rücklings auf den Boden. Er blickt auf die Tür. Seine Hose wird feucht vom braunen Schneebrei. Die Tür steht offen. Die Stahlschiene baumelt am Schloss, die Schrauben stecken noch in abgebrochenen Holzsplittern. Er springt in die Höhe. Jetzt ist es ein Leichtes, mit dem geraden Ende der Brechstange die Öse aus dem Türrahmen zu drehen. Umdrehung für Umdrehung wird er euphorischer. Er spürt, wie sich die Pupillen weiten, wie er mit der Zunge über die Lippen streicht. Das Holz ächzt. Und als Stahlschiene, Schloss und Öse zu Boden fallen, greift Caspar danach, macht drei schnelle Schritte. Krähen stieben in die Höhe. Er wirft alles in die Sträucher des Wäldchens. Äste knicken, die Baumstämme klingen hohl, als das Geschoß an ihnen anschlägt. Caspar setzt sich an die Feuerstelle. »Nichts hat sich geändert«, murmelt er, »nichts, nichts.« Er lacht. Er glaubt sich selbst nicht. Dann blickt er zur Tür, sieht Löcher im Holz. Splitter liegen im Schnee. All das sind Zeichen, dass sich doch etwas geändert hat. Er kann diese Zeichen ignorieren. Sie werden dennoch da sein. Er kann diese Zeichen vergessen. Ein Blick – und sie werden wieder da sein.

Caspar schließt die Augen. Für einen Augenblick sieht er, wie Rauchwölkchen aus dem Schornstein der Hütte dampfen, sieht den Gemüsegarten, Halbmondgurken, wuchernde Sträucher, das Rot von Erdbeeren. Als er die Augen öffnet, fallen ihm als Erstes die Holzsplitter im Schnee auf. »Mezzanin«, murmelt er, »mein Mezzanin«, und greift nach der Raketenabschussrampe.

Er drückt sich durchs Strauchwerk. Die zuvor gekauften Feuerwerkskörper trägt er auf der Schulter. Die Abschussrampe zieht er hinter sich her. Als er am Straßenrand ankommt, formt er aus Schnee einen Altar und stellt sie darauf ab. Den Flaschenhals, der senkrecht in die Höhe zeigt, senkt er, sodass er in einem spitzeren Winkel zum Boden steht. Er reißt die Verpackung der Raketen auf, zieht jene hervor, die eine Chrysantheme formt, und steckt sie in den Flaschenhals. Aus der Hosentasche zieht er ein Feuerzeug und nimmt die Schutzkappe von der Zündschnur. Er blickt zum Miethaus. Keine Autos parken vor dem Wettcafé. Die Abschussrampe und das Miethaus liegen auf einer Gerade. Wie bei einem Sternspritzer fliegen die Funken, als die Flamme die Zündschnur emporkriecht. Dann, als sie im Sprengstoffgehäuse verschwindet und ein wenig Rauch austritt, geschieht zunächst nichts. Allmählich wird der Rauch dichter. Er scheint etwas Großes, etwas Unwiderrufliches anzukündigen, findet Caspar und macht einen Schritt zurück. Ein Pfeifen ertönt, das stärker und stärker wird. Mit einem Mal hebt die Rakete ab. Im nächsten Augenblick schießt sie bereits über die Straße. Ihm ist unheimlich, mit welch einer Präzision sie auf das Miethaus zusteuert.

Der Knall ist gedämpft, als die Rakete am Miethaus einschlägt. Sie hat die Fensterscheibe des Wettcafés verfehlt. Etwa zwei Meter darüber ist sie auf der grau-meliert verputzten Wärmedämmung eingeschlagen und hat Schmauchspuren hinterlassen. Jetzt liegt sie vor dem Eingang des Wettcafés. Die Zerlegerladung explodiert in mehreren Schüben. Funken sprühen in die Höhe, in allen Farben. Grün kann Caspar erkennen und rot und ein Blau, das so intensiv ist, dass es zu weiß wird.

Ein Linienbus fährt in die Haltestelle, als Caspar die Straße überquert und zum Miethaus geht. Dass er die Chrysantheme verschenkt hat, wird ihm erst jetzt so richtig klar. Eine Päonie hätte für Bela auch gereicht, findet er, und die Rauchfähnchen, die aus dem Sprengstoffgehäuse wölken, verlieren zusehends an Intensität. Auf der Höhe des ersten Stocks sind sie nur mehr eine Ahnung, im zweiten Stock… eine Erinnerung. Erst als Caspar vor dem Wettcafé steht, erkennt er das Ausmaß des Schadens. Die Rakete hat die Wärmedämmung durchschlagen. Die Ränder des faustgroßen Lochs sind verkohlt und Caspar sieht bis auf den Ziegelstein. Er tritt gegen die Rakete, die die Hausmauer entlangschlittert und läuft ihr hinterher, hebt sie auf. Er will sie wegwerfen und holt mit dem Arm aus. Aber dann denkt er, nein, und lacht, nein, lacht lauter, nein. Er legt die Rakete vor den Eingang des Wettcafés, als ein Pfiff ertönt. Es kann nicht Belas Pfeifen sein, da es kraftvoll klingt, beinahe schrill. Bela jedoch bringt immer nur ein zauderndes Pusten hervor. Caspar dreht sich um und sieht Konrad über den Mietparkplatz laufen. »Wenn du willst, kann ich dir einen Abzug des Fotos geben«, ruft er ihm zu. »Du weißt schon… die Frau.« Caspar geht ihm entgegen, um ihn von der Rakete und dem Schaden an der Hausmauer fernzuhalten. Doch Konrad ist schneller und sie treffen sich bei den für die Gäste des Wettcafés reservierten Parkplätzen.

Zuerst entdeckt Konrad die Schmauchspuren an der Hausmauer, dann die ausgebrannte Rakete. Als Caspar glaubt, jetzt würde er etwas sagen, jetzt würde er fragen, was geschehen sei, stellt Konrad seine Tasche ab und zieht das Foto hervor.

Jeder Wagen, der auf der Schnellstraße am Miethaus vorbeifährt, lässt Caspar aufblicken. Jedes Motorengeräusch ist ein mögliches Belageräusch. Konrad gibt ihm das Foto. Caspar blickt kurz auf die Frau, faltet das Foto und steckt es in die Gesäßtasche. Gemeinsam gehen sie die Stiege hoch. Bevor Konrad ihn fragen kann, ob er noch eine Weile zu ihm kommt, schlüpft Caspar in den zweiten Stock. Er wartet solange, bis er das Knacken von Konrads Türschloss hört. Dann geht er wieder hinunter.

Aus Helgas Wohnung hört er Geräusche. Er bewegt sich nicht, lauscht. Helga stöhnt, sie scheint schwere Sachen zu tragen. Caspar überlegt, ob er läuten soll. Ihm fällt kein Grund ein, es nicht zu tun. Dennoch zögert er. Von draußen hört er einen Wagen, der auf den Parkplatz biegt und vor dem Miethaus hält. Kurz darauf ertönen Stimmen. Keine davon klingt nach der von Bela. Das beruhigt ihn. Aus der Gesäßtasche zieht er das Foto der Frau. Eine Weile starrt er darauf. Die Nähe, die er zu ihr empfindet, verwirrt ihn. Er ist beinahe sicher, sie schon einmal gesehen zu haben – vielleicht in einem Traum, denkt er, der ihm entfallen ist?

Caspar läutet an Helgas Tür, klopft, wartet. Läutet noch einmal. Er hört Schritte, hört, wie ein Schlüsselbund scheppert, ein Schlüssel sich im Schloss dreht. »Hat Bela dich vorbeigeschickt?« Helga trägt ein schwarzes Kostüm. Caspar greift nach der Blume im Revers. Sie bückt sich. Er nimmt sie, riecht daran. »Aus Plastik?« Helga nickt. »Die verwelken nicht«, sagt sie und tritt zur Seite, macht eine einladende Handbewegung. »Du kannst dir ein wenig Geld verdienen, hat Bela dir das gesagt?«

Caspar weiß nicht, was sie meint, spielt jedoch mit. »Ja, er hat mich angerufen. Wobei kann ich dir helfen?« Helga zeigt auf etwa fünfzehn Kartonkisten, die sie im Wohnzimmer an der Wand aufeinander gestapelt hat. »Alter Plunder«, sagt sie. »Trag ihn bitte in den Keller. Alleine schaffe ich es nicht.«

Sie packt noch einige Fotos in den letzten Karton und schneidet mit einem Stanleymesser von einem Isolierband einige Streifen ab. »Was hast du am Wochenende gemacht«, fragt sie und heftet die Streifen an die Tischkante, sodass sie wie schwarze Lianen zu Boden hängen.

»Ich war bei Konrad und in der Hütte, habe ein Lagerfeuer gemacht und Raketen abgeschossen.«

»Bei Konrad?«

Caspar zuckt mit den Schultern. »Ich habe bei dir geläutet. Du hast nicht geöffnet.« Er setzt sich neben sie auf die Couch. Die Kiste ist randvoll. Caspar drückt sie zusammen, um Helga das Verschließen zu erleichtern.

»Wo ist Adalbert?«, fragt er auf einmal.

Helga klebt schweigend Streifen um Streifen auf den Karton. Sie blickt nicht auf, starrt vielmehr konzentriert auf die Kiste. Caspar räuspert sich. Als er merkt, dass Helga ihm keine Antwort geben wird, sinkt er noch tiefer in die Couch und sieht ihr zu, wie sie einerseits sorgfältig das Klebeband auf dem Karton glattstreicht und wie sie andererseits die Kiste ein wenig ruppig auf den Wohnzimmertisch stellt, so als handle es sich um etwas Wertvolles, dessen Wert so außerordentlich sei, dass man ihn mit allen Mitteln verringern müsse, um ihn zu ertragen.

Als Helga fertig ist, schlägt sie mit der flachen Hand auf den Deckel und meint: »In Zukunft werde ich es anders machen.« Caspar nickt. Er weiß nicht, was sie meint oder wie sie es meint. Aber irgendetwas hat es mit Adalbert zu tun, das ahnt er und hievt die Kiste auf die Schulter. Helga zieht den Kellerschlüssel aus der Kommode im Vorzimmer. Caspar greift nach einer zweiten Kiste. Beinahe wäre sie hinuntergefallen, doch Helga hält sie fest und er bekommt sie so wieder zu fassen. Sie schiebt ihm den Schlüssel zwischen die Zähne und sieht ihm hinterher, wie er mit den Kartons die Treppe hinuntersteigt.

Bela sinkt auf eine rote Ledercouch. Er blickt durch die Boutique nach draußen auf die engen Gassen der Innenstadt. Dann steht er auf und holt aus einem Glasbehälter an der Kassa einige Bonbons. Eine Handvoll schiebt er in die Taschen seiner Jeansjacke. Ein einzelnes steckt er in den Mund. Er blickt zu den Umkleidekabinen. Hinter einem Vorhang erahnt er Annika, die in ein Kleid schlüpft. Sie summt ein Lied, das Bela nicht kennt. Er lächelt.

Als er sich wieder auf die Ledercouch setzt, tritt Annika vor ihn. »Und?« Sie blickt über die linke Schulter in einen Spiegel, zupft am Kleid. Bela schließt für einen Moment die Augen. Die Süße des Bonbons beruhigt ihn. Sein Hemd ist noch ein wenig feucht vom Schweiß. Leicht kann er ihn riechen.

»Wie gefällt es dir?«

Bela beißt in das Bonbon und eine flüssige Fruchtfüllung ergießt sich in seinen Mundraum. »Sehr schön«, antwortet er, »das Tintenblau und die weißen Fransen passen gut zueinander.«

»Was hältst du vom Schnitt?«

Bela blickt auf die Straße. Er stellt sich vor, wie Caspar vor der Hütte steht und an dem Schloss rüttelt. Vielleicht flucht er, denkt Bela, vielleicht sitzt er an der Feuerstelle und scharrt mit den Beinen im Schnee.

»Bela ... der Schnitt.«

Er blickt auf. Annika steht mit herunterhängenden Armen vor ihm. »Sehr schön«, meint er, »wirklich sehr schön.« Annika seufzt. »Selbst Caspar ist eine größere Hilfe gewesen als du.« Sie ruft nach einer Verkäuferin und zieht sie zu einer Stange mit Sommerkleidern. Bela ist froh, dass er seine Ruhe hat. Er schlägt die Beine übereinander und beobachtet Annika, ihre nackten Füße, den Ring auf dem Zeh. Dann steht er auf und schiebt erneut eine Handvoll Bonbons in die Jackentasche. Gebückt schleicht er aus der Boutique und geht zu seinem Wagen. Dort versucht er, eine SMS an Annika zu schreiben. Zunächst schreibt er, dass er ins Wettcafé müsse, bald würde er aufsperren – das löscht er. Dann schreibt er von Caspar. Er habe übertrieben und werde das Schloss von der Hütte abmontieren – auch das löscht er. Annika würde ihn lächerlich finden. Schließlich schreibt Bela, er würde sich morgen bei ihr melden – diese SMS schickt er ab.

Der Verkehr ist zäh. Es dauert eine Weile, bis er die Vorstadt erreicht. Vor den Stundenhotels und den billigen Kinos stehen die Freudenmädchen. Bela winkt einer von ihnen, als sie ihn erkennt, und fährt weiter über die Brücke.

Den Wagen parkt er am äußersten Ende des Mietparkplatzes. Aus dem Kofferraum holt er den Akkubohrer und läuft zum Wäldchen. Schon von Weitem sieht er die offene Holztür. Er schmunzelt, als er die Hütte erreicht und tritt gegen die Tür. Das Vorhängeschloss kann er nirgends entdecken. Es beeindruckt ihn, dass Caspar ohne Akkuschrauber das Schloss aufgebrochen hat. Bela setzt sich an die Feuerstelle. Er blickt auf die Hütte. Die Feinheiten des Baus fallen ihm auf, die Genauigkeit, mit der die Bretter zugeschliffen sind, der schöne dunkelbraune Lack, mit dem sein Sohn sie gestrichen hat. Auch die Konstruktion erscheint ihm vorbildhaft. Ein wenig ist die Hütte schief, aber das liegt am weichen Waldboden und nicht an Caspars Planung.

Bevor er zum Miethaus zurückkehrt, schließt Bela die Holztür und lehnt einen Stein dagegen, damit der Wind sie nicht auf und zu schlägt und sie so womöglich zerstört. Mit dem Akkubohrer auf der Schulter verlässt er das Wäldchen. Als er über die Schnellstraße läuft, sieht er, dass zwei Wägen auf den Parkplätzen des Wettcafés halten. Es sind Freunde von Konrad. Er ruft, sie sollten sich von seinen Parkplätzen verziehen, doch sie hören ihn nicht und verschwinden im Miethaus. Bela beschließt, ein Schild anzubringen, auf dem er auf die private Nutzung der Parkplätze hinweist. Wenn dennoch einer von Konrads Freunden sie benützt, wird er die Polizei rufen. Die kann dann das Übrige klären.

Bela sucht den Schlüssel für das Wettcafé in seiner Jackentasche. Er hält inne. Schon von Weitem erkennt er Brandflecken an der Hausfassade. Er beginnt zu laufen. Als er das Wettcafé erreicht, entdeckt er den ausgebrannten Stumpen der Rakete, der vor der Eingangstür liegt. Er hebt ihn auf und zerbricht ihn über dem Oberschenkel. Dann öffnet er das Wettcafé und holt eine Leiter aus der Abstellkammer. Draußen stellt er sie bei den Fenstern auf und klettert nach oben zu den Brandflecken.

Der Schaden an der Wärmedämmung ist nicht groß. Nur die äußere Schicht ist ein wenig verkohlt und eingedrückt. Der Ziegelstein ist noch ganz. Bela beschließt, morgen in den Baumarkt zu fahren und die Stelle auszubessern. Mit Caspar wird er darüber sprechen. Er wird ihn jedoch nicht belehren oder bestrafen. Er wird ihn auffordern zu erzählen. Caspar soll den Vorfall aus sich herauserzählen, soll von den Gründen sprechen, den wahren, den falschen und allen anderen. Aus all den Stahlseilen, in denen sich sein Leben verheddert hat, soll er erzählend feinere Stränge bilden. Er soll sie verknüpfen. Ein Netz wird entstehen, eine Geschichte. Bela selbst wird schweigen und zuhören. Aber vielleicht wird auch er etwas erzählen. Möglicherweise entsteht so ein gemeinsames feineres Netz zwischen ihm und Caspar. Sie sollen sprechen, wie sie es noch nie gemacht haben, denkt er und steigt von der Leiter.

Nachdem er die Leiter in der Abstellkammer verstaut hat, dreht er im Lokal den Hauptschalter an – der Computer surrt, die Spots hinter der Theke flimmern. Mit der Fernbedienung knipst er die Fernsehgeräte an. Vorberichte zu den Fußballspielen der englischen Liga laufen bereits. Aus der Abstellkammer holt er ein frisches Fass Bier und schließt es an den Zapfhahn an.

Die ersten Gäste treffen ein. Bela sieht die Lichtkegel, die über den Mietparkplatz tasten. Als einer der Gäste die Parkplätze des Wettcafés besetzt vorfindet, hupt er. Bela tritt aus dem Wettcafé. Der Gast parkt vor dem Eingang des Miethauses und steigt aus. Es ist einer von Belas Stammgästen. Den will er nicht verärgern. So meint er, er werde sich darum kümmern und läuft in den ersten Stock des Miethauses. Am Treppenabsatz bleibt er stehen. Er lauscht. In Konrads Wohnung läuft leise Musik, Türen werden zugeschlagen. Nebenan spricht Helga und mit einem Mal ist auch Caspars Stimme zu hören. Bela legt sein Ohr an Helgas Tür. Nun hört er ganz deutlich die Stimme seines Sohnes, die sich vor Lachen überschlägt. Bela schmunzelt. Kurz überlegt er zu läuten. Er greift nach der Glocke. Doch er lässt es und presst sein Ohr wieder fest an das kalte Holz.

Mit der flachen Hand streicht Bela über die Tür. Nun beginnt auch er zu lachen. Er weiß nicht, woher das Lachen kommt. Er torkelt zurück und sinkt auf die Treppe. Er legt den Kopf auf die Schenkel. Beinahe bekommt er keine Luft, so sehr schüttelt es ihn. Erst nach einigen Minuten beruhigt er sich, steht auf und blickt durch das Stiegenhaus aus dem Fenster. Draußen fällt Schnee.